rowohlt
BERLIN

TÉA OBREHT

IM MORGENLICHT

ROMAN

Aus dem Englischen von
Bernhard Robben

ROWOHLT · BERLIN

Die Originalausgabe erschien 2024 unter dem Titel
«The Morningside» bei Random House, New York.

Deutsche Erstausgabe
Veröffentlicht im Rowohlt · Berlin Verlag, Oktober 2024

Satz aus der Ingeborg bei CPI books GmbH, Leck
Druck und Bindung GGP Media GmbH, Pößneck
ISBN 978-3-7371-0205-6

FSC
www.fsc.org
MIX
Papier | Fördert
gute Waldnutzung
FSC® C014496

Für Dan und Nela

IM MORGENLICHT

Eine altvertraute Furcht erwartete mich an diesem Morgen. Woher sie kam, wusste ich nicht. Sie war mir aus keinem Traum gefolgt – jedenfalls, soweit ich mich erinnern konnte –, doch als ich aufstand, verbarg sie sich in allem. In der reglosen Hitze des Motelzimmers. Im Glorienschein aus Sonnenlicht rund um die geschlossenen Fensterläden. Im leeren Lächeln der jungen Frau an der Rezeption, als sie meinen Schlüssel entgegennahm.

Ich dachte, wenn ich das Motel verließe, würde sie vielleicht hinter mir zurückbleiben, aber sie fuhr per Anhalter mit mir durch die Wüste. Hockte einfach nur da, verengte die Welt. Sie kannte mich so gut.

Erst als ich zum Bahnhof kam, gab ich schließlich nach und tat, wozu mich mein Gefühl drängte: Ich gab Mutters Namen ein. Ich hatte das lange nicht mehr getan, denn die Anspannung machte mich krank, auch wenn das, was ich mir ausmalte, meist schlimmer war als das, was gepostet wurde. Doch der Vormittag schien mir keiner für schlechte Nachrichten zu sein: ruhig, blau, windstill und nirgendwo Buschfeuer, was ungewöhnlich war. Der Zug hatte Verspätung, der Bahnsteig war fast leer. Einige Passagiere schlenderten aus dem Gebäude, standen in der Sonne und blickten die Schienen entlang. Eine weitere Handvoll, darunter ich, war offensichtlich gekommen, um jemanden abzuholen. So ruhig wie heute hatte ich mich die ganze Woche nicht gefühlt, also tippte ich den Namen meiner Mutter in die Suchleiste. Kurz flackerte jene Nervosität auf, die mir immer den Atem verschlug, während die Foren geladen wurden. Die Angst, es könnte sich etwas verändert haben, etwas Neues könnte hinzugekommen sein, ein giftiges Durcheinander. Meist aber war da nichts. Schon seit Jahren nicht mehr.

Heute war es anders. Die Seite im Fall Belen war um ein neues Bild ergänzt worden, allerdings nicht, wie ich befürchtet hatte, um ein Polizeifoto von Milas Leiche, sondern vielmehr um ein Polaroid, aufgenommen vor fast sechzehn Jahren, nämlich an jenem Tag, an dem wir nach Island City gekommen waren. Das Bild zeigt meine Mutter und mich auf der Straße im Gegenlicht der untergehenden Sonne. Unsere Koffer kaum im Blickfeld. Wir lächeln verlegen, stehen gerade so weit voneinander entfernt, dass ein bequemes Umarmen unmöglich ist. Meine Mutter wirkt fahrig und abgekämpft, wie sie da in einem meiner alten Kleider steht, sichtlich zu lang für sie. Ich bin die größte Elfjährige, die man sich nur vorstellen kann: schlaksig, keine Form, ich habe ihr andeutungsweise einen Arm über die Schultern gelegt und bemühe mich zu lächeln, wohl der Person hinter der Kamera zuliebe: meiner Tante Ena, die ich zur Begrüßung noch nicht umarmt habe.

Ich erinnerte mich an den Moment, in dem die Aufnahme gemacht worden war, und erinnerte mich auch vage daran, dass das fertige Resultat an unseren Kühlschrank gepinnt hing, bis es unter den vielen Flugblättern zum Wiederansiedlungsprogramm verschwand. Seit unserer Flucht hatte ich es nicht mehr gesehen und seit Jahren nicht mehr daran gedacht. Aber nun war es hier, nach all der Zeit. Wer hatte es hochgeladen? Wie zum Teufel war es in dessen Hände gelangt? Und wann? Da lebte ich mein Leben, glaubte, diese Erinnerung und das dazugehörige Bild ruhten irgendwo weit zurück in der Vergangenheit, unverwundbar selbst von dem, wovor ich mich fürchtete – dabei starrten Fremde es seit einer unbekannten Weile auf ihren beiläufigen Wegen durch jene Handvoll Foren an, die sich noch immer der Kriminalität meiner Mutter widmeten.

Es dauerte nicht lang, bis mir so schwindlig wurde, dass ich fast ohnmächtig geworden wäre. Als der Händler vorbeikam, holte ich mir eine Flasche Wasser und trank sie in einem Zug leer.

Es kam noch schlimmer. Im Hintergrund der Aufnahme, ein Stück weit die ansteigende Straße hoch, konnte ich die unverwechselbare Gestalt von Bezi Duras ausmachen. Sie ging gerade den Hügel hinauf, und ihre drei Hunde – langgliedrige Silhouetten, schwarz wie der Raum zwischen den Sternen – liefen ihr voraus. Woran auch immer ich mich bei diesem Foto erinnerte, Bezi Duras gehörte auf keinen Fall dazu. Auch nicht die Hunde. Schon komisch, dachte ich. Da hatte ich ein ganz anderes, sehr präzises Bild von unserer ersten Begegnung im Gedächtnis, doch war längst dieses Foto im Umlauf und bewies eine mit meiner Erinnerung völlig unvereinbare Wahrheit. Irgendein Fremder, dessen Namen ich nie erfahren und dessen Gesicht ich nie sehen würde, hatte uns alle in der Hand: Bezi, meine Mutter und mich. Sogar Ena, außerhalb des Bildes. Die Einzige, die in dieser Szene fehlte, war Mila, natürlich.

Und ebenso natürlich war sie die Einzige, für die sich alle, die dieses Bild kommentierten, überhaupt nur interessierten. Bloß passte für sie nichts darauf zusammen. Sie brachten höchstens «Ist das nicht die Frau vom Fall Belen?» vor, worauf sie allenfalls einige unzureichende Antworten von Fremden erhielten.

Zum ersten Mal seit Jahren dachte ich daran, meinen eigenen Senf dazuzugeben. Was konnte es schon schaden, wenn ich in den Chor einstimmte? Wenn ich etwas schrieb wie: «Ihr habt ja nicht den geringsten Schimmer.» Anonyme Kommentare gab es zuhauf. Meiner würde sich von ihnen in nichts unterscheiden. Nichts würde auf mich zurückverweisen.

Dann aber erwachte mit einem Knacken der Lautsprecher zum Leben, und der einfahrende Zug wurde angesagt. Ich ixte mich aus dem Forum und trat mit meinem kleinen Schild vor.

BUCH I

ENA

Vor langer Zeit, noch vor der Wüste, damals, als meine Mutter und ich zum ersten Mal nach Island City kamen, zogen wir in ein turmartiges Hochhaus, das «Morgenlicht» hieß und in dem meine Tante schon seit zehn Jahren als Hausmeisterin arbeitete.

Vor mehr als einem Jahrhundert war das Morgenlicht das Juwel eines vornehmen Viertels namens Battle Hill gewesen. Bis auf eine Handvoll seiner ursprünglichen Bewohner war der Turm jedoch verlassen und sah auch so aus. Mit nur wenigen erhellten Fenstern, die an dem schwarzen Gebäude hinaufhuschten wie die Noten eines unfertigen Songs, ragte der Bau über dem Park und die umgebenden Wohnhäuser auf, hier und da ein Licht bis hoch zum dreiunddreißigsten Stock, wo die Fenster von Bezi Duras' Penthouse Tag und Nacht in alle Richtungen leuchteten.

Als wir eintrafen, waren die meisten Menschen, vor allem jene, für die solche Wohntürme eigentlich gedacht gewesen waren, vor Not, Fäulnis und ansteigender Flut weggezogen, weiter flussaufwärts in kleine, verstreut liegende Frischwasserstädte. Die in der City Verbliebenen gehörten einer von zwei Gruppen an: Das eine waren Leute wie meine Tante, meine Mutter und ich, dank des Wiederansiedlungsprogramms aus dem Ausland rekrutierte Schutzsuchende, die hier einziehen und eine Gegenkraft zur umfassenden Stadtflucht bilden sollten; oder sie waren Teil jener Handvoll standhafter Ortsansässiger, die in ihren schrumpfenden Vierteln ausharrten, weil sie davon überzeugt waren, dass, wenn nur die richtige Person ins Bürgermeisteramt gewählt wurde und die Flutpumpen wieder funktionierten, die Dinge sich zumindest so entwickeln würden, wie alles früher immer gewesen war.

Das Morgenlicht hatte mehrmals den Besitzer gewechselt und gehörte nun einem Mann namens Popowitsch. Er stammte aus der Alten Heimat, dem alten Land, und das war auch der Grund dafür, dass meine Tante eine Stelle bei ihm bekommen hatte.

Ena war meine einzige lebende Verwandte – zumindest nahm ich das an, da sie die einzige war, die meine Mutter je erwähnte, jene, in deren Richtung wir uns stets bewegt hatten, während wir durch die Welt zogen. Was dazu führte, dass sie große Räume meiner Fantasie bewohnte, erst recht, weil meine Mutter, die nie freiwillig mit irgendwelchen Informationen rausrückte, mir nur wenig gegeben hatte, womit ich einen mentalen Prototyp meiner Tante erstellen konnte. Es gab keine Bilder von Ena, keine Geschichten über sie. Ich war mir nicht mal sicher, ob sie die Tante meiner Mutter war oder meine Tante oder nur ganz allgemein Tante hieß, ohne jede Blutsbande zu irgendwem. Ich hatte nur ein einziges Mal mit ihr gesprochen, damals, als wir aus Paraiso anriefen, um ihr die gute Neuigkeit mitzuteilen, dass unser Wiederansiedlungsantrag endlich durchgekommen war, und meine Mutter gewartet hatte, bis sie den Rufton hörte, ehe sie mir zuflüsterte: «Denk dran, ihre Frau ist gerade gestorben, also vergiss nicht, Beanie zu erwähnen», um mir dann den Hörer in die Hand zu drücken.

Bis zu diesem Moment hatte ich noch nie zuvor von dieser Frau, dieser «Beanie», gehört.

Acht lange Jahre hatte ich Ena aus dem Nichts heraufbeschworen und eine Version von ihr geschaffen, die mir gefiel: eine hochgewachsene, kluge und souveräne Frau, großzügig, kichernd, stets in Wohlwollen gehüllt. Man stelle sich meine Enttäuschung vor, als sie sich als kleine, laute Person erwies, die unfassbar ungeübt darin war, mit elfjährigen Nichten zu kommunizieren.

«Mein Gott, Silvia», war das Erste, was sie mir von Angesicht zu Angesicht sagte, als sie mit ihrer Kamera vorm Tor zum Morgenlicht stand und meine Mutter und ich unsere Koffer den Hügel hinaufschleppten, «haben wir auch genug Rationen für dich?»

Es ließ sich unmöglich sagen, ob sie meinte, ich müsste viel mehr oder viel weniger bekommen, als mir zugeteilt worden war. Irgendwas in ihrem Ton deutete an, dass sie mir womöglich ein besseres Frühstück als das, was ich gewohnt war, besorgen konnte, eines, von dem ich bislang nur gelesen hatte – Brötchen und Marmelade, vielleicht sogar Eier. Aber natürlich galt auch für Island City eine Version der Nachweltmaßnahmen; und das Frühstück blieb Glückssache, wie überall, wo wir bislang gelebt hatten: manchmal Regierungstee und Dosenbrei, manchmal einen Laib Brot und ein dubioses Ei, das man sich mit zwei, drei oder vier Leuten teilen musste. Was immer die Lebensmittelkarte auch anzeigte, wenn sie morgens geladen wurde – vorausgesetzt, das Geschäft hatte das Gewünschte überhaupt vorrätig.

Ena lebte im zehnten Stock des Morgenlicht in einer schäbigen Drei-Zimmer-Hausmeisterwohnung, die vollgestopft war mit angesammelten Dingen: einem lieblos bezogenen Sofa, einem kleinen Esstisch, umstellt von Stühlen in unterschiedlichen Stadien der Restaurierung, einem Farn- und Efeudschungel, Pflanzen, die auf irgendeinem Gehweg abgestellt gewesen, von Ena gefunden und zu neuer, üppiger Pracht herangezogen worden waren. Die Bucht, grau und brackig, erfüllte den Blick aus unserem Fenster. Bei Ebbe konnte man den alten Freeway erkennen, der westlich am Turm vorbeigeführt hatte. Immer mal wieder blieb ein Lastkahn im überfluteten Geländer hängen, und dann lief das ganze Viertel runter zum Wasser, um bei der Bergung zuzusehen, was einen daran erinnerte, dass die Stadt nicht so leer war, wie sie aussah.

Meine Mutter und ich teilten uns eine Liege in dem Zimmer, das Beanie als Arbeitsraum gedient hatte. In unserer ersten Nacht unterm begrünten Dach lag ich wach und sah ungewohnte Lichter über die Decken wandern. Unsere gesamte Wohnung in Paraiso hätte man in diesem Zimmer unterbringen können, aber so klein sie auch gewesen war, sie hatte sich viel sicherer angefühlt. Über uns, unter uns, um uns herum hatten Nachbarn gelacht und sich gestritten, lief Musik oder trampelte jemand die alten, widerhallenden Treppen rauf oder runter. Das einzige Geräusch aber, das sich hier gelegentlich vernehmen ließ, war das Nebelhorn des Leuchtturms oder ein seltsames Klappern und Kreischen, das zeitweise durchs Fenster drang. Meine Mutter schien das nicht zu hören, was es nur noch schlimmer machte.

Ich hatte schon lang nicht mehr den Drang gespürt, einen Zauber für uns zu wirken. Darauf war ich stolz – nicht nur weil ich mich an meine Entscheidung gehalten hatte, derlei mit Paraiso hinter mir zu lassen, sondern auch, weil es bedeutete, dass es mir gelungen war, meine Angewohnheit vor meiner Mutter geheim zu halten. Jahrelang hatte ich in der Angst gelebt, sie könnte die in unserer Wohnung versteckten Talismane entdecken, könnte sie fälschlich für Müll halten und sie ohne mein Wissen entsorgen und ihre Wirkung so zunichtemachen. Oder, schlimmer noch, sie könnte mich deswegen zur Rede stellen.

«Was zur Hölle ist das denn?», würde sie fragen.

Ich, innerlich auf ebendiesen Moment vorbereitet, würde sagen: «Sieht aus wie dein altes Parfümfläschchen.»

«Und was macht das hinterm Herd?»

«Keine Ahnung.»

«Ich könnte schwören, dass ich das schon vor Jahren weggeworfen habe.»

«Tja.»

Das sollte meine unschuldige, vorgeblich unwissende Schlussbemerkung sein – denn was hätte ich sonst auch sagen sollen? – «Du hast das Fläschchen *tatsächlich* weggeworfen, Mama, aber ich habe es wieder aus dem Müll gefischt, weil du es so geliebt hast, und Signora Tesseretti meinte, für einen wirksamen Schutzzauber brauche ich mindestens drei bedeutungsvolle Gegenstände.»

Aber was soll's, das lag jetzt alles hinter mir. Leer und widerhallend von ungewohnten Geräuschen, konnte das Morgenlicht so hoch aufragen, wie es nur wollte. Für einen Schutzzauber besaß ich keine drei Gegenstände mehr. Den Fotoschnipsel, der jemanden zeigte, den ich für meinen Vater hielt, hatte ich wohlweislich fortgeworfen, weshalb die notwendige Triade nicht mehr zustande kam. Geblieben waren mir nur eine Schere und jenes Parfümfläschchen, mit dem sich meine Mutter auch dann noch in Richtung Hals besprüht hatte, als es längst nichts mehr enthielt. Zudem hatte ich mir fest vorgenommen, dass mich nichts zwingen konnte, diese beiden Dinge noch einmal zu benutzen.

Ena selbst war an und für sich bereits eine Art Schutzzauber, und es gab nichts, was sie nicht erklären oder dem sie nicht alle Macht nehmen konnte. Als ich sie am nächsten Morgen nach dem Klappern und Kreischen fragte, deutete sie nur auf ein riesiges Nest auf dem Dach des nächsten Reihenhauses.

Erst seit etwa zehn Jahren gab es Graukraniche in der Stadt, weshalb man sie noch für Zugezogene hielt, für Neuankömmlinge – auch wenn sie für uns, die wir noch neuer waren, so sehr zu den Dächern der Stadt gehörten wie die Wassertürme, auf denen sie ihre Nester bauten. Wir hatten im Norden der Insel einige Brutpaare gesehen, ihre eigentliche Nistgegend aber war sechzig Blocks südwärts in der sogenannten Marsch, diesem unpassierbaren Mittelstreifen der Insel, der die obere von der unteren Hälfte trennte und der seit Kurzem vom Fluss auf der einen und der Bucht auf der anderen Seite bedrängt wurde. Die Ansicht der Anrufer bei Drowned City Dispatch, unserem Funkradiosender, war gleichermaßen geteilt zwischen der Auffassung, Island City könne sich glücklich schätzen, dass diese Stadt auf der Flugroute der Zugvögel lag, sowie jener Meinung, derzufolge der gesamte Schwarm vernichtet gehörte. Ena neigte zu Letzterem – allerdings würde sie vermutlich anders darüber denken, wenn die Vögel jene Flächen, für deren Sauberkeit sie zuständig war, einfach ignoriert hätten.

Ena litt unter allem, was ihr die Arbeit erschwerte. Für die Stelle als Hausmeisterin wurde sie allmählich zu alt, was sie selbst nur zu gut wusste. Dabei war sie stolz auf ihr Durchhaltevermögen und rekapitulierte in Gedanken ständig, was sie getan hatte, gerade tat oder noch tun musste.

Gegenüber allem, was mit dem Morgenlicht nichts zu tun hatte, legte sie jedoch eine gelassene Neutralität an den Tag. Hatte sie vielleicht die letzten Jahre inbrünstig darum gebetet, dass meine Mutter und ich zu jenen wenigen Glücklichen gehörten, die ins Wiederansiedlungsprogramm aufgenommen wurden? Eigentlich nicht – trotzdem war sie froh, dass wir es geschafft hatten. War sie optimistisch, was die Nachweltinitiative anging? Glaubte sie, dass Lebensmittelkarten, ein sinkender Wasserpegel und das gemeinsame An-einem-Strang-Ziehen tatsächlich funktionieren könnte und wir, wie versprochen, zum Dank dafür, dass wir unseren Teil zur Wiederbevölkerung der Stadt beitrugen, ein Haus auf South Falls Island zugewiesen bekamen? Vielleicht. Glauben würde sie es sicher erst, wenn sie es mit eigenen Augen sah. Bis dahin aber frühstückte sie im Dämmerlicht um fünf Uhr früh und führte ein angeregtes, wenn auch einseitiges Gespräch mit jenen Anrufern beim Radiosender Drowned City Dispatch, über deren Ansichten sie sich am meisten ärgerte. Um unsere Rationen aufzubessern, durchstreifte sie den Park am Ende unserer Straße und kehrte mit Tüten voll namenlosem Grünzeug heim, das sie kochte, in flache Teigtaschen füllte und hinten im Gefrierfach stapelte. Sie roch nach Metall und Seife. Ihr rechter Daumen stand in einem ungewöhnlichen Winkel von der Hand ab, und wenn ihr danach war, sich mit mir anzulegen, tat sie, als hätte sie sich den Daumen gerade wieder aufs Neue gebrochen.

Das ganze Morgenlicht bot jedenfalls vielfältige Gelegenheiten, sich den Daumen oder sonst ein Körperglied zu brechen. Zu seiner Zeit hatte das Gebäude als architektonisches Wunder gegolten. Dreiunddreißig Stockwerke aus hellem Malteser Kalkstein. Sechs opulent eingerichtete

Wohneinheiten pro Stockwerk. Eine Bücherei. Im Keller ein vom großen Mosaikkünstler Flynn Vethers entworfener Pool. Ein überwältigendes Penthouse mit eigenem Fahrstuhl. Hatte man den Hof durchquert, öffnete sich die Lobbytür zu einer riesigen, glasumschlossenen Eingangshalle, aus der eine schwarze Spiraltreppe in die Lounge führte, die sich in früheren Tagen einer glitzernden Bar rühmte, Ort glamouröser Partys, die auf alten Fotos rund um die Tür festgehalten wurden.

Das Gebäude war mehr als hundert Jahre alt. Und mächtige Kräfte waren am Werk. Einmal im Jahr traf sich der Vorstand der Hausbewohner mit der Ingenieursfirma Mischkin & Mischkin, und das Resultat lautete stets gleich: Die Lage sei stabil, nur war das Morgenlicht nicht errichtet worden, um Wirbelstürmen zu trotzen, auch nicht einem Untergrund, der durchlässig wurde und langsam, aber stetig zur Bucht abglitt. Noch war die Situation nicht so schlimm wie in der Exchequer Street; unmittelbar bestand keine Einsturzgefahr, aber es zeigten sich erste Risse. Seit einiger Zeit blieb der Fahrstuhl mindestens einmal die Woche stecken. Und wenn das passiert, meinte Ena, als sie uns am ersten Tag auf einen Rundgang durchs Haus mitnahm, willst du nicht im Fahrstuhl sein. Man könnte dann leicht den Verstand verlieren. Finger auch – weniger im Fahrstuhl als bei dem schlecht beratenen Versuch, durch die Notluke aussteigen zu wollen. Ein Junge im Teenageralter war vor zwanzig Jahren bei so einer Aktion zerquetscht worden. Jetzt wohnte er im achten Stock und geisterte manchmal durch den Flur in denselben Sachen, die er am Tag seines Ablebens getragen hatte.

«Red keinen Unsinn», sagte meine Mutter und deutete mit heftiger Kopfbewegung in meine Richtung.

«Warum? Ist doch harmlos!» Ena packte mich an der Schulter und starrte mir beschwichtigend ins Gesicht. «Harmlos!»

Gleiches konnte man über die anderen Tücken des Gebäudes nicht sagen. Die Fenster ließen sich nur mühsam öffnen und konnten, wenn beleidigt, wie eine Guillotine auf deine Hände niederkrachen. Der Teppich im Zwischengeschoss, rot wie eine Zunge, besaß die Angewohnheit, sich in Falten aufzuwerfen. Und manchmal, wenn man in den Schalterraum ging, spürte man einen elektrischen Schlag und wusste nicht, was das bedeutete – unmöglich zu sagen, ob sich ein Draht gelöst hatte oder das Gebäude nur einen Moment brauchte, um sich zurechtzuruckeln. In solchen Fällen wartete man lieber, ehe man etwas anfasste, und lauschte auf das Ausatmen der kompakten, rostverschmierten Kellerwände.

«Notier das», sagte Ena, was meine Mutter – mit einem Augenrollen in meine Richtung – auch tat.

Es gab genau drei Dinge im Morgenlicht, auf die man sich verlassen konnte. Das Erste war die Müllentsorgung. Wie schlimm auch immer es stand, die Müllabfuhr kam stets nach Plan. Auseinandersetzungen mit der Stadt konnten jedoch gelegentlich für Verzögerungen sorgen, und wenn mehr als eine Woche zwischen zwei Terminen verging, wurde es nötig, Enas verrosteten kleinen, in der Tiefgarage geparkten Wagen hochzuholen und den Müll zur Deponie zu bringen, je sechs Tüten auf einmal, bis der Bürgersteig vor dem Gebäude wieder frei war.

Bezi Duras war das Zweite, worauf man sich verlassen konnte. Sie stammte wie wir aus der Alten Heimat, war aber schon vor uns nach Island City gezogen, lang vor dem Krieg, weshalb sie kaum noch fünf Worte auf Unser zusammenbrachte, und wenn, dann mit grauenhaftem Akzent. Sie wohnte im Penthouse, der Wohnung mit dem privaten Aufzug. Man konnte sich darauf verlassen, dass sie stets pünktlich und höflich war und nie und nimmer um Hilfe bat. «In zehn Jahren bin ich nicht ein einziges Mal da oben gewesen», sagte Ena. «Wenn sie was braucht, hat sie dafür ihre eigenen Leute.»

Das Dritte waren die Gaffer. In den Blumenbeeten im Hof wucherten heute nur noch Disteln in wenigen Varianten, dabei war das Morgenlicht für seinen Garten berühmt. Er musste so beeindruckend gewesen sein, dass er die Neugier von Passanten geweckt hatte, die den Kopf durchs Haupttor steckten, sooft ein Wagen passierte. Die Leute wünschten sich weiterhin diese Art Zugang. Studenten der alten Universität am Ende der Straße baten immer wieder darum, Fotos von den Wasserspeiern machen, sich die Büchersammlungen in der Bibliothek ansehen oder eine Skizze von der Lobby zeichnen zu dürfen. Ena hatte die Geduld mit ihnen verloren. Sie hing unscharfe Printouts der Hartnäckigsten von ihnen an die schwarzen Bildschirme im Wachhäuschen: eine schmächtige, gelehrt dreinblickende junge Weiße mit Nasenpiercing; ein breitschultriger, sanftgesichtiger Schwarzer mit Brille und beginnender Stirnglatze. Wir sollten uns ihre Gesichter merken und ihnen ohne Erklärung jeden Zutritt verweigern. «Dieser da», sagte sie und tippte auf das Bild des Mannes, «der ist gnadenlos. Versucht es mindestens einmal im Monat.»

«Was denn?», fragte ich.

«Na, hier reinzukommen. Rumzustöbern.»

«Und warum darf er das nicht?»

«Das hier ist nicht Paraiso, Sil. Hier musst du vor Leuten auf der Hut sein. Diebe und Versager.»

«Ist er denn ein Dieb?»

«Sind sie doch alle.»

Und die, die keine Diebe oder Versager waren, waren Klunkerer, ein Ausdruck, den Ena und meine Mutter für jene Bewohner benutzten, die stets ihren gesamten Schmuck am Leib trugen. Davon gab es im Morgenlicht so einige. Nach Enas Meinung ging dieser Charakterfehler auf eine fatale Kombination von Reichtum und Alter zurück. Man ließ sich von ein paar Wirbelstürmen und einem überschwemmten Industriegebiet doch nicht davon abhalten, jenen Wohlstand zur Schau zu stellen, den sich ihre Großeltern so mühselig erworben hatten. «Deshalb tun sie, als wäre alles noch wie vor vierzig Jahren, und leisten sich weiter ihre kleinen Marotten. Stellen den Müll einfach vor die Tür, lassen ihre Köter in die Flure kacken und beschweren sich über das Wasser, die Hitze und den Lärm.»

Wer zu dieser Spezies gehörte, sprach einen meist ohne Augenkontakt an und oft, ohne sich die Mühe zu machen, ganze Sätze zu bilden. Wie etwa Mrs. Gaspard, die skelettöse Vorstandspräsidentin, die, als wir ihr in der Lobby vorgestellt wurden, nur eine Frage hatte: «Und? Wie viel musste der Vorstand rausrücken, um euch herzuholen?»

«Nicht einen Cent, Mrs. Gaspard!», erwiderte Ena vergnügt. «Wiederansiedlungsprogramm! Bonuspunkte!»

«So, so», sagte Mrs. Gaspard. «Gott segne die Bonuspunkte.»

«Und sie ist die Schlimmste», erzählte uns Ena.

Erwartungsgemäß hätte das eigentlich Bezi Duras sein müssen, die in ihrem Penthouse den dreiunddreißigsten Stock für sich allein bewohnte. Ena hatte sich noch immer keine abschließende Meinung über sie gebildet, doch wenn eine Person sich zehn Jahre lang nicht die mindeste Mühe gemacht hatte, auch nur im Ansatz zu beweisen, dass sie keine Klunkerin war, dann durfte man getrost davon ausgehen, dass sie genau dies war. Viele Anzeichen deuteten darauf hin. So Bezi Duras' Reichtum. Auch ihr beharrliches Alleinsein. Und dann noch diese Hunde. Bezi Duras besaß drei kolossale Vierbeiner, die sie verwöhnte; ihr Futter war besser als alles, was wir seit Langem zu essen bekommen hatten, und sie durften den ganzen Tag oben in der Sonne dösen.

«Aber ich möchte nicht, dass du einen falschen Eindruck von unseren Hausbewohnern bekommst. Es gibt hier auch anständige Leute.» Mrs. Sayez in 16A zum Beispiel, die war ein Schatz; und sie war Koordinatorin des Wiederansiedlungsprogramms für die Oberstadt – eine Tatsache, die sie mehrfach wiederholte, während sie im Flur vor ihrer Wohnung meiner Mutter die Hände drückte.

«Wie gefällt es Ihnen hier?», fragte sie.

«Sehr gut», brachte meine Mutter heraus. «Danke.»

«Ein bisschen überwältigend, ich weiß, aber es ist auch wirklich eines der prächtigsten alten Gebäude in der ganzen Stadt, und ich bin so froh, dass Sie noch einen Eindruck davon bekommen, wie es einmal gewesen war.»

«Schön», sagte meine Mutter. «Sehr schön.»

«Haben Sie alles, was Sie brauchen?»

«Wir sind ja so froh. Danke.»

«Das freut mich zu hören.» Mrs. Sayez tätschelte meiner Mutter die Hand. «Ach ja, ich hab da noch was.» Ihr kurzer Abstecher in ihre Wohnung gestattete einen Blick auf den in leuchtendem Butterblumengelb tapezierten Flur. «Kannst du Englisch lesen?», fragte sie mich. Das konnte ich und sagte es ihr. «Und deine Mutter, sie auch?»

«Natürlich», log ich.

«Das ist ja ganz wunderbar, nicht? Du kennst schon die Sprache, *und* du hast eine Tante, die dafür sorgt, dass du dich bei uns zu Hause fühlst. Hier.» Sie drückte mir einen Stapel Karten in die Hand. «Wir vom Wiederansiedlungsprogramm freuen uns immer auf deine Meinung. Wie du dich fühlst. Wie du dich noch besser zu Hause fühlen könntest. Denk daran, alle paar Wochen eine von denen hier auszufüllen und in den Briefkasten zu werfen. Und wegen der Briefmarken mach dir keine Gedanken – sie sind bereits frankiert. Aber schreib uns deine ehrliche Meinung, und vergiss nicht, Spaß zu haben!» Sie drehte sich zu meiner Mutter um. «Es soll schließlich auch Spaß machen.»

Auf jeder Karte standen dieselben drei Fragen, ordentlich untereinander und in unaufdringlichen Großbuchstaben:

Wie zufrieden sind Sie mit Ihrem neuen Zuhause?

Was gefällt Ihnen am besten an Ihrem neuen Zuhause?

Was könnte Ihr neues Zuhause noch besser machen?

«Was hast du da?», fragte meine Mutter, kaum waren wir einige Schritte den Flur hinuntergegangen.

«Spaßkarten», antwortete ich törichterweise. Es war nicht schwer, sich vorzustellen, welche Wirkung diese Salven zudringlicher Neugier auf meine Mutter haben würden.

«Aber das sind Fragen – guck doch, da sind Fragezeichen.»

«Richtig.»

«Und was wird gefragt?»

«Wie wir uns einleben. Solche Sachen.» Ich versuchte zu lächeln. «Leicht und einfach.»

Ena musste gewusst haben, dass ich nicht ganz ehrlich war, doch ließ sie sich nichts anmerken. Vielleicht spürte sie selbst auch, dass es richtig war, meiner Mutter in diesem Punkt nicht die ganze Wahrheit zu sagen. Die letzte Frage auf der Spaßkarte stellte mich allerdings vor ein Dilemma – eines, an das ich bereits bei Beginn unseres Rundgangs gedacht hatte.

«Gibt es in diesem Gebäude noch andere Kinder?», fragte ich Ena.

«Früher mal», sagte sie. «Aber weißt du, die Familien sind alle flussaufwärts gezogen.» Auf halbem Weg die Dienstbotentreppe hinunter kam ihr der Gedanke, dass dies wohl nicht gerade die von mir erhoffte Antwort war. Kaum hatte ich sie eingeholt, drückte sie meinen Arm. «Was aber nur heißt, dass du das ganze Haus für dich allein hast. Willst du einen Blick ins Spielzimmer werfen?»

Der letzte Stopp auf unserem Rundgang. Als ich das Zimmer sah, fragte ich mich, ob Ena auch nur das Geringste von Kindern verstand. Der Raum war für die Allerkleinsten gedacht und roch vage nach frühkindlichem Zeitvertreib – Wasserfarben, Kreide, Klebstoff –, war aber leer bis auf das Wandbild, eine rundum laufend gemalte Waldlandschaft mit Tieren, die eine Party feierten. Ein possierliches, besorgtes Reh kam zu spät, und der Klang seiner Hufe hatte die Aufmerksamkeit eines Dachses erregt, der auf dem Platz ganz links mit dem Rücken zum Betrachter saß. Als er den Kopf drehte, um nach dem Reh zu sehen, musste er ein Glas Wein umgekippt haben, dessen Inhalt sich jetzt über das weiße Tischtuch ergoss. Rund um den Tisch lagerten freundliche Waldbewohner, plauschten oder spielten einander Streiche, obwohl sie doch offenkundig dem Wildschwein zuhören sollten, das am Kopfende stand und gerade eine Rede hielt, die Hauer gereckt, ein Weinglas gefährlich schief in der haarigen Pfote. Mitten auf dem Tisch hatte man ein Festmahl ausgebreitet. Die einzelnen Speisen waren mir nur deshalb vertraut, weil die Bücher, mit denen ich aufgewachsen war, vorzugsweise opulente Mahlzeiten beschrieben hatten. Die glänzend gelben Kugeln waren gewiss Quitten. Das riesige, runde, geschichtete Etwas dürfte eine Art Kuchen sein. Das halbe, kreuzweise eingeschnittene Wagenrad an der Seite war fraglos ein Käse, orangerot und voller Löcher. Aus einem ragte der Kopf einer Maus, die aus irgendeinem Grund nicht zur Party eingeladen worden war – vielleicht weil sie als Einzige der dargestellten Figuren keine Kleider anhatte. Und direkt in der Mitte prangte ein glänzender rot-weißer Klumpen, oben mit einer Krone Knochen geschmückt.

«Was ist das?», fragte ich, glaubte die Antwort aber schon zu kennen.

Ena warf nur einen kurzen Blick darauf. «Das ist Fleisch.»

Der Lüftungsschacht der Waschküche im Keller führte direkt ins Spielzimmer, weshalb man sich unmöglich an das dekadente, dabei grauenerregende Wandbild erinnern konnte, ohne zugleich auch an den blütenseifigen Mief der uralten Waschmaschinen zu denken. Ihr Rumpeln war der Basslauf im angrenzenden Hausmeisterbüro, jenem Raum voller Schatten und Gebrumm, der bedrückend wirkte mit seiner niedrigen, rohrüberzogenen Decke und dem unsichtbaren Wasser, das gleich überm Kopf im flackernden Dämmer hin und her rauschte. Dort stand, verborgen unter einer Vielzahl von Briefen und Werkzeugkästen, Enas Schreibtisch, auf dem ihr kleines Radio dudelte, wie alle Empfänger der Stadt den ganzen Tag lang auf Drowned City Dispatch eingestellt.

In jenen Tagen war es üblich, aus jedem beliebigen Anlass beim Radio anzurufen. Der Dispatcher drängte die Zuhörer, vor allem Geschichten über Island City zu erzählen, wie es heute war oder wie sie es in Erinnerung hatten – aber waren die Anrufer erst einmal zugeschaltet, taten sie, wonach auch immer ihnen gerade der Sinn stand. Sie ließen sich über Ärger mit den Nachbarn aus, hingen sentimentalen Gedanken über verflossene Lieben nach oder spielten jenes Spiel, das wir liebevoll nur Rationen-Roulette nannten und bei dem man die nutzloseste Kombination von Dingen nannte, die für die Woche zugeteilt worden war: Rote Bete und Backpulver; Petroleum und Pastinaken; Alupapier, Streichhölzer und eine halbe Tüte Mandeln. Die meiste Zeit ließ der Dispatcher sie gewähren. Er hatte eine raue, abgehackte Stimme und eine flotte Art, redete aber nie über sich selbst und trug nur selten etwas zu jenen Erinnerungen bei, um die er seine Zuhörer bat. Manchmal riefen Leute an, weil sie glaubten, endlich seine wahre Identität herausgefunden zu haben – er sei ihr Nachbar, sagten sie, ihr Briefträger oder der Typ, der früher Bücher an der Ostseite des Parks verkauft hatte –, woraufhin er jedes Mal sagte: «Hey, Sie haben recht!», was aber nie stimmte.

In der Woche, in der wir bei Ena einzogen, wurde ein Meteorschauer über der äußeren Bucht gesichtet. Die Mannschaft eines Patrouillenbootes hatte ihn dem Dispatcher gemeldet, der dies fälschlich für ein einmaliges Ereignis hielt. Jemand rief an, um ihn zu korrigieren: Eigentlich sei es ein wiederkehrendes Himmelsphänomen, das alle hundertvierzig Jahre stattfinde. Am folgenden Abend wurde über nichts anderes geredet. Und aus dem Radio schwappte das Thema in die Eckläden und Förderstellen, wurde zu einem jener Gesprächsfetzen, die man im Vorübergehen auf der Straße aufschnappte. Die Titelblätter aller Zeitungen zeigten plötzlich das gleiche verschwommene Bild des Nachthimmels überm Horizont. Der Dispatcher forderte Experten auf, beim Radio anzurufen und mit ihm darüber zu diskutieren, ob solch feine Lichtfitzel vor zehn Jahren überhaupt sichtbar gewesen wären.

Nein, lautete die Ansicht der meisten, bestimmt nicht.

«Vielleicht also», sagte der Dispatcher, «vielleicht bedeutet dies, dass die Lichtverschmutzung endlich ein wenig abnimmt?»

Ja, wurde ihm bestätigt. Der Meteorschauer könnte tatsächlich das lang erwartete Signal sein – das große, wahrhaftige Zeichen, ein klarer Hinweis darauf, dass die Nachweltmaßnahmen griffen und die Dinge sich endlich zum Besseren wandelten.

Dann aber vergingen mehrere Wochen ohne regierungsamtliche Bestätigung. Die Leute hörten auf, deswegen anzurufen. Der Meteorschauer hatte die in ihn gesetzten Hoffnungen nicht erfüllt, und wir warteten erneut auf ein Omen.

An denen bestand damals kein Mangel. In jedem Winkel der Stadt ereigneten sich an Wunder grenzende Phänomene, die versprachen, die lang versprochene Wende zu besseren Tagen anzukündigen. Manche, wie der Meteorschauer, waren von großer Tragweite, andere dagegen einfach nur gespenstisch, etwa der fußballgroße Goldfisch, den ein Vater mit seinem Sohn im Abwasserkanal vor ihrem Haus entdeckte.

Früher oder später würde eines dieser Fast-Wunder das richtige sein, und wenn es so weit war, sagten die Leute, würden sie den größten Laib Brot oder die größte Flasche Champagner kaufen, die sie nur auftreiben konnten. Sie würden ihre alten Lebensmittelkarten zerreißen und den Himmel nicht länger nach Zeichen absuchen. Sie würden auf den Kais und Brücken tanzen, auf Schiffsdecks und Hausdächern, im Kreis geliebter Menschen und umgeben vom Lärm wetteifernder Partys. Und über den Köpfen Feuerwerk. Immer ein Feuerwerk.

«Ich habe jede Menge Bedenken, ob dies überhaupt je passieren kann, ob es passieren wird», sagte der Dispatcher dann. «Aber wenn? Wenn, meine Freunde, dann werden wir die glücklichsten Menschen auf Erden sein.»

Dann würden wir es in unseren überfluteten Straßen ausstehen, würden die Panikmache der Schwarzmaler ignorieren und mithelfen, Island City den Wassermassen wieder abzuringen. Wir würden uns in der Stadt von ehedem wiederfinden. In der Stadt, wie sie gewesen ist und immer noch war, unter wie über Wasser: die Stadt der Fanfaren und elektrisierenden Herbstabende, der Musik, laternenhellen Straßen und funkelnden Markisen, der sich hinter Fenstern verstohlen umschlingenden Verliebten, der sattgrünen Parkanlagen, der in mondloser Nacht heimelig leuchtenden Häuser. Und wer daran zweifelte, brauchte zur Vergewisserung nur zur Plakatwand mit der Tanzenden aufzuschauen. In jedem Viertel gab es so ein Plakat. Das von Battle Hill hing an der Kreuzung Moritz und Pine, wenige Straßen südlich vom Morgenlicht, und zeigte eine wohlgestalte, dunkelhaarige Frau in flammend gelbem Kleid. Sie war im Profil zu sehen, wie sie im Schein einer Laterne Walzer tanzte vor gesichtslosen, nur als Silhouetten zu erkennenden Nachtschwärmern, allesamt in eines dieser Wohnzimmer gepfercht, wie man sie aus den Stadthäusern der Jahrhundertwende kannte. Irgendwas an dem Plakat vermittelte den Eindruck, die Wohnung gehöre der Tanzenden, vielleicht gerade erst gekauft, vielleicht eine von jenen auf South Falls Island, wie sie auch unsereins versprochen worden war. Die Tische im Zimmer bogen sich unter ihrer farbenfrohen Last. Man musste direkt unterm Plakat stehen, um die Details erkennen zu können: vereinzelte Fischgräten, ein regelrechtes Feuerwerk an Bonbons, bis an den Rand gefüllte Sektschalen. Am Rand der Tanzfläche ein riesiges Fenster, durch das man die ferne, doch unverkennbare Skyline der Inselstadt im Süden und einen schmalen, fröhlichen Streifen der anbrechenden

Dämmerung erkennen konnte. Unbeachtet in der einzigen freien Ecke dieser seligen Szene lag ein zusammengerollter Regenschirm, doch nicht irgendeiner, sondern einer mit dem unverwechselbaren Logo der Nachweltinitiative. Der Schirm, unter dem wir alle gelebt hatten: zusammengerollt und nicht länger nötig, nun, da das Feuer überstanden war. Und es war kein Zufall, dass der Schirm und das Kleid der Tanzenden dieselbe Farbe hatten. Ihr habt euch standhaft unter unserem Schutz abgemüht, schien das Plakat zu sagen, nun tragt zur Feier dieselbe Farbe.

Rechts der Frau prangten geschmackvoll arrangiert die Namen der Plakatsponsoren: das Wiederansiedlungsprogramm von Island City und das Landesbüro für Nachwelt. Links davon, gleichsam alles betonend, das vorherrschende Mantra unserer Zeit: Wir haben es fast geschafft.

Der Glaube an Plakat und Party war der Lebenssaft der Stadt. Beim Blick auf die Tanzende bröckelte unser Zweifel. Und niemand war gegen ihre Faszination immun – nicht einmal meine Mutter.

Vielleicht haben Sie noch nie von meiner Mutter gehört. Vielleicht aber haben Sie den Fall Belen auch verfolgt und sich schon vor Jahren Ihre Meinung gebildet. Vielleicht haben Sie ihr Gesicht gesehen, dieses nicht besonders schmeichelhafte Foto aus ihrer Wiederbevölkerungsakte, das überall in den Nachrichten gezeigt wurde. Wie unheimlich sie gewirkt haben muss, mit dem wilden, die Stirn umwölkenden Haar, den blutunterlaufenen Augen, die meine Mutter auf diesem Bild wirklich ein wenig verrückt aussehen ließen.

Sie war eine drahtige, kleine, dunkelhaarige Frau. In einem anderen Leben hätte sie Jockey sein können, in diesem aber war sie Handwerkerin, Tischlerin und einen unseligen Sommer lang auch Hufauskratzerin.

Eine agile, geistesgegenwärtige Person, die sich vor nichts fürchtete, was ihren Körper befallen könnte, und die ausgesprochen begabt für Sprachen war, nur nicht für Englisch, das fand sie chaotisch. Sie hasste Chaos. Sie hasste außerdem Unwissenheit – oder vielmehr hasste sie es, Unwissenheit bei sich selbst in Situationen feststellen zu müssen, in denen sie längst Bescheid wissen sollte. Sie hasste außerdem Ungereimtheiten in Geschichten und bei Menschen. Sie hasste Unhöflichkeit, und sie hasste Fremde, die sich zu sehr anbiederten, aber auch Freunde, bei denen sich erwies, dass ihnen weniger an ihr als ihr an ihnen lag. Aber sie liebte Tiere. Und Fleiß. Und sie liebte mich.

Regeln bestimmten ihre Welt und meine. Regeln wie: Stelle Fragen niemals schriftlich, wenn du sie persönlich stellen kannst – geschriebene Worte können einen ewig verfolgen. Bewahre keine Bilder oder Unterlagen länger als ein Jahr auf. Wenn du schon darüber nachdenken musst, ob die Information, die du preisgeben willst, jemandem schaden könnte, halte auf jeden Fall den Mund. Sprich Unser nur zu Hause, nur mit Familie – was bis zu dem Tag, an dem wir bei Ena einzogen, bedeutete, dass ich Unser nur allein mit meiner Mutter sprechen konnte. Verrate nie, woher du kommst. Wenn man dich fragt, gib bloß den Ort an, den du zuletzt dein Zuhause genannt hast – was, bis wir nach Island City zogen, Paraiso gewesen war. Kommen Nachfragen, bleib bei dieser Antwort. Und sag, du könntest dich an nichts erinnern, was vorher gewesen war.

Ich hatte Jahre damit zugebracht, einen Knoten von Theorien aufzudröseln, die erklären sollten, warum meiner Mutter so sehr daran gelegen war, unsere Herkunft zu verschleiern. Anfangs schien mir die plausibelste Erklärung eine sinistre Familiengeschichte zu bieten: ein militanter Großvater. Eine in Ungnade gefallene Tante. Als ich älter wurde, redete ich mir ein, wir gehörten irgendwie der königlichen Familie an und versteckten uns auf unserer Flucht von Stadt zu Stadt vor gesichtslosen Thronräubern. Ließ ich das Geschick meiner Mutter für handwerkliche Arbeit sowie die Tatsache außer Acht, dass sie gelegentlich eine Veterinärschule erwähnte, erschien mir meine Annahme durchaus einen Sinn zu ergeben. Jedenfalls würde sie erklären, warum wir keine Bilder und keine Unterlagen über meine oder ihre Kindheit hatten, auch keine Verwandten, ob lebend oder tot, wozu auch mein unerwähnter und unerwähnbarer Vater gehörte.

Ena dagegen bot ihre Vergangenheit überreichlich allen Blicken dar. Bilder, Postkarten, Flugblätter. Noch nie hatte ich eine Wohnung gesehen, die derart von Informationen überquoll. Meist ging es dabei um Beanie. Selbst ihre Bestrahlungstermine hingen noch an der Wand, ihr Shampoo stand noch im Bad, ihre Aquarelle lagen auf dem Konsolentisch im Flur. Schaute man sich hier um, könnte man glauben, sie sei gerade nur nach draußen gegangen und kehrte jeden Moment zurück. Ena redete sogar in der Gegenwartsform über sie. Ich wusste nicht viel über die Liebe, aber das hier kam mir wie Liebe vor. Ein unablässiges Sichumgeben mit dem, den man liebte. Eine Umhüllung des Ichs durch den anderen.

Zahllose Fotos, die an der Kühlschranktür hingen, zeigten Beanie als eine kleine, hellwache Frau, die offenbar schnell einen Sonnenbrand bekam. Es war nicht zu übersehen, dass sie und Ena in der Vorher-Zeit viele Vergnügungsreisen gemacht hatten. Hier standen sie vor einem alten, sonnengebleichten Tempel, dort vor einer heißen Quelle.

«Wo ist das hier?», fragte ich Ena etwa eine Woche nach unserem Einzug und zeigte auf Beanie, die, hitzeversengte Hügel im Hintergrund, ein selbstzufriedenes Ferkel im Arm hielt.

«Das weißt du nicht mehr?» Sie klang verletzt. «Auf Babas Farm.»

Während ich noch mit der Offenbarung zu kämpfen hatte, dass wir vom Land kamen – nicht nur keine königliche Familie, nein, nicht mal Stadtleute! –, beschrieb Ena Wacholderbüsche, eine Garage mit einer kleinen roten Tür, bekränzt von einem umlaufenden Balkon. Dieser war ganzjährig von Wein überwuchert, erzählte sie, sodass man, wenn man aufstand, nur die Hand auszustrecken brauchte, um sich die staubigen grünen Kugeln aus den Trauben zu pflücken und sie sich eine nach der anderen in den Mund zu stopfen. «Weißt du nicht mehr?», fragte sie erneut, aber ich konnte mich kaum an Paraiso erinnern, geschweige denn an einen Ort, der jener Kette von Heimstätten voranging, die uns bis zu diesem Moment schmerzlicher Einsichten geführt hatte. «Im vorderen Hof stand ein riesiger Olivenbaum», fuhr Ena fort. «Als du noch klein warst, haben wir eine Schaukel aufgehängt. Ich glaube, irgendwo habe ich noch ein Bild – wir sitzen alle am Tisch, und du schaukelst. Kannst du dich wirklich nicht erinnern?»

Als sie das Foto nicht finden konnte, fühlte ich mich betrogen. Wie seltsam, sie von Erinnerungen erzählen zu hören, in denen ich vorkam, die es in mir aber nicht gab. Da lief ich allem Anschein nach über sonnenbeschienene Wiesen, schaukelte an Olivenästen, aß Weintrauben, umarmte vielleicht Ferkel, aber allein in ihrem Gedächtnis, nicht in meinem. Wie ungerecht.

«Können wir dahin zurück?», fragte ich.

«Ich wünschte, wir könnten, Sil», erwiderte Ena. «Aber diesen Hof gibt es nicht mehr.»

In dieser Endgültigkeit stimmte ihre Sicht der Vergangenheit mit der meiner Mutter überein. Solange ich mich erinnern konnte, war mir eingetrichtert worden, dass es zu Hause nicht mehr gab. Doch da ich nie Bilder davon gesehen hatte, war dieses Gibt's-nicht-mehr stets ziemlich abstrakt geblieben. Gewiss, die Tatsache, dass es eines Tages ein Zuhause gegeben hatte, am nächsten Tag nicht mehr, war im Grunde tragisch, aber da ich es nie gesehen hatte, konnte ich mir diese Leerstelle und das, was ihr vorausgegangen war, bloß vorstellen. Fotografien vom echten Zuhause tilgten nun diesen imaginären Raum.

Von dem wenigen, was ich meiner Mutter entlocken konnte, wusste ich, dass es dort, wo einmal unser Zuhause gewesen war, nur noch zerfallende Palisaden gab. Staubwirbel und verbrannte Felder, Küstenabschnitte gespickt mit den Ruinen alter Häuser, so weit das Auge reichte. Der Bergrutsch, der Erdabgang, der seit Jahren gedroht hatte, führte zum Fortzug der Menschen, Abertausende Familien, wie meine Mutter andeutete, darunter unsere eigene. Er hatte Etwas in Nichts verwandelt. Hatte aus Freunden Unbekannte gemacht. Hatte Mutter zu jenem Menschen werden lassen, der alles im Stich ließ, ihr einjähriges Kind an die Hand nahm und zu Fuß aufbrach, ohne jeden Plan.

Damit will ich nur sagen, wie wenig ich, als mir der Hof so deutlich vor Augen gebracht wurde, die Grundrisse der Vergangenheit tatsächlich kannte. Nach einem Leben in verhaltener Neugier und voll nebulöser Projektionen wollte ich nun mehr wissen. Und dieser Wunsch wurde gleich zum Hauptstreitpunkt zwischen Ena, die sich nur allzu gern erinnerte, und meiner Mutter, die das nicht wollte.

«Erinnerst *du* dich denn an den Hof?», fragte ich meine Mutter eines Abends nicht lange danach. Wir lagen Gesicht zu Gesicht auf unserer schlichten schmalen Liege in Beanies Arbeitszimmer. Ich hatte gehofft, unsere körperliche Nähe und die Anwesenheit von Ena im Nachbarzimmer sowie die Tatsache, endlich, nach all der Zeit, hier, in Island City, zu sein, dass all dies zusammen sie vielleicht zu einem Gespräch über ein Thema verleitete, über das sie sich bislang immer nur ein, zwei Augenblicke lang ausgelassen hatte.

«Ich kann mich an dies und das erinnern», sagte Mutter.

«War es so, wie Ena es beschreibt?»

«Nun ja, manchmal.»

«Und …?»

«Ach, ich weiß nicht, Sil. Wir haben viel Zeit damit verbracht, auf Regen zu warten. Und wenn er kam, haben die Wassermassen Menschen mit sich gerissen. Auch Häuser.»

«Aber es *gab* Weintrauben und Ferkel?»

«Verlass dich nicht allzu sehr auf die Version der Dinge, die deine Tante dir erzählt.» Meine Mutter strich mir das Haar aus dem Gesicht. «Sie kann von Glück sagen, dass sie von zu Hause fortging, ehe sie gehen musste. Als es noch grün war.»

«Wie meinst du das?»

«Bevor alles zum Teufel ging.»

«Und wie ist es zum Teufel gegangen?»

«Das weißt du doch. Die Dürre. Der Erdrutsch.»

«Aber es war nicht *nur* das, oder?»

«Na ja, dann kam der Krieg, aber das weißt du auch.»

«Aber was ist mit dem Vorher? Was mit den guten Dingen?»

Meine Mutter gab sich nur selten Mühe, mir zu verheimlichen, wann die Grenzen ihrer Geduld erreicht waren. «Ich bin sehr müde, Sil.» Sie drehte sich auf die andere Seite und blickte zur Decke. «Egal, was deine Tante dir darüber erzählt, es war kein schöner Ort, um dort aufzuwachsen. Ich wollte das nicht für dich. Und es hatte schon seinen Grund, warum ich froh war, gehen zu können.»

Dies aber war laut Ena eine ungeheuerliche Verdrehung der Tatsachen.

«Sie hat den Hof *geliebt*! Was glaubst du denn, wo sie so viel über Tiere gelernt hat? Immer die Hand im Maul irgendeiner Kreatur. Immer ein halbtotes Etwas unterm Arm, und: *Können wir das nicht behalten?* Mein Gott, was glaubst du denn, wer den Hof geführt hat, nachdem ich gegangen bin?» Sie schob mich zum Kühlschrank und ließ mich warten, während sie ein Bild suchte, das die Unaufrichtigkeit meiner Mutter belegte. «Siehst du hier? Das ist deine Mutter mit dem Hund.» Jedenfalls sah es ganz danach aus. «Und hier ist sie noch mal. Schwanger mit dir. Und siehst du, wo sie steht? Komm mit.» Einer Schachtel im Flur entnahm Ena einen Stapel kleiner Polaroids und blätterte sie durch, bis sie das vergilbte Bild eines Mädchens mit einem Baby im Arm fand. «Das hier bin *ich* mit deiner Mutter im Arm, direkt vor demselben Tor. Siehst du? Das war, zwei Monate nachdem meine Schwester deine Mutter im Stich gelassen hat. Hat sie einfach dagelassen, hat es *uns* überlassen, sie aufzuziehen, deiner Großmutter und mir. Damals dürfte die Kleine kaum älter als zwei Monate gewesen sein, deine Mutter, ein rosiges winziges Ding; im Vergleich mit normal großen Babys so klein, wie sie heute im Vergleich zu normal großen Menschen ist. Meine Schwester hat sie mir übergeben und gesagt: *Hier, halt mal, bin gleich wieder da.* Und dann hat sie sich umgedreht, ist über die Auffahrt runter, durchs Tor und die Straße hinab, als wollte sie zum Laden, aber wir haben sie nie wiedergesehen.»

«Das ist ja *irre*», sagte ich, schwindlig von so viel freiwillig herausgerückten Familiengeschichten.

«Aber wahr. Frag deine Mutter.»

Eine Woche brauchte ich, um den nötigen Mut aufzubringen. «Hat deine Mutter dich bei Ena und Baba zurückgelassen, als du ein Baby warst?»

«Natürlich nicht», erwiderte meine Mutter. «Was habe ich dir über deine Tante gesagt?»

Aufgrund dieser Geschichte flogen Worte hin und her. Meine Mutter und Ena stritten sich lauthals, aber stets hinter verschlossenen Türen, weshalb ich nicht herausfand, ob Ena nun vorgeworfen wurde, mir Lügen aufzutischen oder etwa mir die Wahrheit zu erzählen. Unbeabsichtigtes Ergebnis dieses Patts war, dass Ena entschlossener denn je schien, mich mit Informationen zu versorgen, die mir ungerechtfertigterweise vorenthalten worden waren. Wie meine listige Baba damals im Dorf ein hohes Tier dazu gebracht hatte, das Fundament für unser Haus zu legen. Oder dass unser Stück von der Küste Nadelbucht hieß, weil ein Nachbar jahrzehntelang jeden Seeigel, der im Netz hängenblieb, zurück ins Meer geworfen hatte, weshalb der Meeresboden mit ihnen, ihren Nachkommen sowie deren Nachkommen geradezu übersät war, Abermillionen wogende schwarze Stacheln.

«Um Himmels willen», sagte meine Mutter, «hör auf, ihr den Kopf mit solchem Unsinn vollzustopfen.»

Aber es war kein Unsinn – und jede entsprechende Andeutung führte unmittelbar dazu, dass Gegenbeweise vorgelegt wurden. In diesem Fall ein Zeitungsausschnitt – auf Unser – mit dem erschütternden Bericht eines Schwimmers, der versucht hatte, dieses stachelige Minenfeld zu durchqueren, was ihn fast das Leben gekostet hätte.

Je heftiger meine Mutter protestierte, desto eifriger legte Ena nach. Hatte sich die Vergangenheit bislang wie ein verbotenes Zimmer angefühlt, in das ich nur manchmal einen flüchtigen Blick erhaschte, wenn meine Mutter gerade die Tür zuzog, hielt Ena diese Tür nun weit auf. Ich konnte alles sehen, jedes einzelne Detail, konnte bleiben, solange ich wollte. Kaum hatte meine Mutter irgendetwas im Gebäude zu erledigen, wurde Enas Sammelalbum vorgeholt. Hier ein Bild vom Haus meiner Urgroßmutter: bröckelndes Weiß, die Fensterläden weit offen, erdrückend heiß an Sommerabenden und so nahe am Meer, dass man trotz der lärmenden Zikaden die Brandung hören konnte. Dort, an der Südwand, wuchs die Bougainvillea, riesig und flammend rot. Und hier stirnrunzelte meine hakennasige Urgroßmutter, für Familie wie Fremde nur Baba, aus den Tiefen ihres Verandastuhls.

«Was ist das?», fragte ich und zeigte auf ein hölzernes Instrument, das sie sich unters Kinn geklemmt hatte.

«Eine Geige.» Ena blätterte in die Zukunft, bis sie ein Foto von Baba fand, lachend am Lagerfeuer, zu allen Seiten von verwackelten Tanzenden umringt. «Sie hat nie eine Gelegenheit zum Spielen versäumt. Manchmal zogen Hochzeitsgäste um drei, vier oder fünf Uhr morgens durch unsere Straße, und sie sprang im Nachthemd aus dem Bett und hat ihnen aufgespielt. Falls eine Saite riss, hat sie sich drei Haare rausgerupft, ihre Geige damit bespannt und einfach weitergespielt.»

«Das ist doch gar nicht möglich», sagte ich, aber mein Protest wurde zum Schweigen gebracht durch das Vorholen eines weiteren Albums, in dem eine lange weiße Strähne lag, dick wie ein Messerrücken. «Zupf daran», sagte Ena. «Hör, wie sie klingt.»

Diese Streifzüge durch die Vergangenheit verliefen nur selten ohne Störung. Ich zeigte die Unmöglichkeit einer vorgebrachten Sache auf, und Ena brachte Argumente für deren Wahrheit vor. Da war zum Beispiel ein Bild von einem wilden Fuchs, den meine Mutter eines Winters in den Hügeln gefangen hatte; er hockte zahm in der Küche und bettelte um Essensreste.

«Von dem Fuchs hat sie mir nie erzählt.»

«Du kennst doch diese kleinen Dellen an ihrer linken Hand?» Ich nickte – ich kannte sie gut. «Was glaubst du, woher sie die hat? Weißt du, wie scharf Fuchszähne sind?»

Genau darin bestand Enas Magie. Vertrautes, das man längst für selbstverständlich hielt, wurde durch ihre Geschichten verwandelt, ihre Version der Dinge zur einzigen. Sie konnte die Wirklichkeit einer Sache verändern, von der man geglaubt hatte, sie schon ein Leben lang zu kennen.

Mit der Zeit weiteten sich Enas Geschichten von Babas Haus auch bis auf den kurzen Kieselstrand aus, die Straße hinunter, vorbei an einem Küstenstreif mit sonnenhellen Gebäuden. Hier ein Bild von dem kleinen Stand, wo die Kinder aus der Nachbarschaft Honigwaben holten. Hier der Pinienhain, das Kloster und der Friedhof, auf dem an blauen Winterabenden verängstigte Kinder auf die Geister ihrer Vorfahren warteten. Und da ein von hoch oben aufgenommenes Bild vom Dorf: Meer, Dächer, Kloster. Die vielen Morgen der Obstwiese meiner Urgroßmutter: Pflaumen- und Pfirsichbäume, Aprikosen und Feigen, die süßesten Früchte, die man sich nur vorstellen konnte, Kilometer um Kilometer bis zum schattenverzerrten Fuß des Modra Gora, jenes Berges, auf dem die Vila hauste.

«Was ist eine Vila?», fragte ich.

«Ah!» Die Vila ist ein Berggeist. Nicht jeder Berg hat eine Vila, aber zu jeder Vila gehört ein Berg, eine hohe Warte, von der aus sie das umliegende Land überblicken und ungestört ihre Gärten pflegen kann. Die Vila vom Modra Gora war für ihre Obstbäume bekannt, von denen auch die Bäume auf den Wiesen meiner Urgroßmutter abstammten. Alles südlich der Steinmauer am uralten Modra Gora – auf Enas Foto nur als schmale, zerklüftete Linie zu erkennen – gehörte meiner Baba. Alles nördlich davon, den Berghang hinauf, gehörte der Vila. Obstpflücker und Kinder wurden ermahnt, während der Erntezeit vorsichtig zu sein, denn die Vila war dafür berüchtigt, diese Grenze zu schützen, und konnte zudem ihrer Neigung zum Schalk nur selten widerstehen. Ihre drei Söhne, die über den Berg streiften in ebenjener Gestalt, die ihr jeweils am besten gefiel – Wiesel, Fuchs oder Krähe –, lockten unbesonnene Obstpflücker über die Grenzmauer, wo sie unwissentlich das Obst der Vila ernteten und für dieses Vergehen dann Wiedergutmachung leisten mussten.

«Klingt, als war sie ziemlich launisch.»

«Ach», sagte Ena. «Wenn du wüsstest …»

Vor langer, langer Zeit, erzählte sie, hatte ein alter König beschlossen, seinen Palast am Ostufer jenes Flusses zu errichten, der sich in die Nadelbucht ergoss. Also ging er, wie es Brauch war, auf den Modra Gora, um die Vila für den Bau um Erlaubnis zu bitten. Sie war wie immer auf ihrer Obstwiese. Ihre drei Söhne, Krähen an diesem Tag, hockten in einem Baum. Die Vila war vom Anblick des Königs alles andere als erfreut – länger als tausend Jahre hatte sie bereits auf diesem Berg gelebt, ohne von Menschen allzu sehr behelligt worden zu sein, und sie dachte nicht daran, den Uferstreif jetzt mit ihnen zu teilen. Und weißt du, warum nicht, Sil?

«Menschen bringen Dürre», antwortete ich.

Das stimmt – und dies seit Anbeginn der Zeit, meinte Ena. Dennoch, ein Jahrtausend Einsamkeit geht an niemandem spurlos vorüber. Und der König schmeichelte der Vila also mit Geschenken und versuchte auch nicht, ihre Pflaumen zu stehlen. Also gab sie ihren Segen unter der Bedingung, dass Schloss und Stadt auf das Ostufer beschränkt blieben, ein gutes Stück weit vom Berg entfernt. Der König erklärte sich damit einverstanden und sagte sich wie alle Bauherren: Für kleine Abänderungen ist später immer noch Zeit, ging nach Hause und ließ sein Schloss bauen.

Die Stadt gedieh und wuchs, und dem König und seinen Kindern ging es gut. Doch dauerte es nicht lang, da tauchten die ersten Häuser am Westufer auf, weshalb der König fand, er täte gut daran, eine Brücke zu errichten. Steinmetze aus dem ganzen Land wetteiferten um die Gunst, den Auftrag zu erhalten; einer nach dem anderen kam, stellte dem König seine Pläne vor – und einer nach dem anderen wurde eingestellt, denn eine nach der anderen brachen die Brücken in sich zusammen. Der König fragte die unweit wohnende Hexe um Rat, und sie wollte wissen, ob er in letzter Zeit einen Pakt geschlossen und ihn gebrochen hatte – da fiel es ihm wieder ein.

«Die Vila», unterbrach ich sie.

Tja, ganz genau, die Vila selbst verhinderte den Bau der Brücke. Jedes Mal, wenn die Arbeiter begannen, wachte sie auf und sah diese Brücke und die neuen Häuser und die gepflasterten Straßen, die sich in ihre Richtung wanden; und jede Nacht stieß sie einen derart wütenden Schrei aus, dass die Brücke zu Staub zerfiel. Und so ging es weiter, drei Jahre lang, bis der König sich schließlich erneut aufmachte, ihr einen Besuch abzustatten.

«Hat sich ja auch lang genug Zeit gelassen», sagte ich.

«Bis ein Mann einen Fehler eingesteht, nun ... nur weniges dauert so lang.»

Auf Knien trug der König der Vila seinen Fall vor. Sah sie denn nicht ein, wie notwendig es war, diese Brücke zu haben? Wie beengt es in der kleinen Stadt zuging? «Wir hatten vereinbart, dass Ihr auf dem jenseitigen Ufer siedelt», erinnerte sie ihn. «Und Ihr habt Euer Wort bereits gebrochen.» Dagegen aber wandte der König ein, falls er denn sein Wort gebrochen habe, dann doch nur, weil die Stadt so prächtig gedeihe! Menschen aus dem ganzen Land strömten herbei; sie wollten sauberes Wasser, zum Essen Fisch und Arbeit in den Zünften.

Damit aber kam er bei der Vila nicht gut an.

«Ganz offensichtlich. Warum sollte sie auch wollen, dass noch *mehr* Leute kommen?»

Nun, genau dies wollte sie nicht. Und damit der König auch das volle Ausmaß seines Ersuchens begriff, sagte sie als Nächstes: «Egal, wie oft Ihr auch versucht, die Brücke zu bauen, sie wird immer wieder in sich zusammenbrechen. Es sei denn, Ihr bringt mir ein Opfer dar: Erwählt eine Frau aus Eurer Stadt, die bei lebendigem Leib ins Fundament der Brücke eingemauert wird.»

«Wie grauenhaft», sagte ich.

«Nicht wahr?»

«Das ist das Schlimmste, was ich je gehört habe.»

Nun, das hat der König auch gedacht. Es schien ihm nicht rechtens, aus seinem Volk ein zufälliges Leben zu wählen, um es dann zu beenden. Schließlich hatte er selbst das Versprechen gebrochen, das zu dieser Misere geführt hatte. Wenn also ein solches Opfer dargebracht werden müsse, sagte er der Vila, dann habe dies seine eigene Familie zu erbringen. Seine Frau war bereits vor vielen Jahren gestorben, seine Söhne aber waren alle drei verheiratet; und unter ihren Frauen müsse das Opfer gewählt werden.

«Nur gerecht», sagte ich.

«Nun, warte ab.»

Der König legte den Söhnen seinen Plan dar – allerdings wollte er ihnen nicht zumuten, selbst entscheiden zu müssen, welcher von ihnen Witwer wurde. Stattdessen sollte das Schicksal walten. Er trug allen auf, kein Sterbenswort von der Bedingung der Vila zu verraten. Wessen Frau auch immer am nächsten Tag dann als erste den Arbeitern ihr Mittagessen brachte, die sollte es sein. Sie war vom Schicksal auserkoren. Was könnte fairer sein? Die drei jungen Prinzen willigten ein und gingen schweren Herzens nach Hause. Nun – rate, was dann passiert ist.

«Irgendwer hat geredet.»

«Aber natürlich.»

Der älteste Bruder war ein guter Mann, doch ein großer Säufer. Wie er an jenem Abend am Kamin saß und zusah, als seine Frau ihren kleinen Söhnen vorsang, trank er und trank und weinte wie ein Kind. Als sie ihn schließlich fragte, was denn los sei, konnte er sich nicht zurückhalten. Er flehte sie an, den Arbeitern am nächsten Tag bei Strafe des Todes kein Mittagessen zu bringen. Was für eine lächerliche Bitte, sagte sie und verspottete ihn, aber sie war eine gute Frau, und sie gehorchte.

«Das wäre einer», sagte ich, «bleiben noch zwei.»

Nun, der zweite Bruder hielt etwas länger durch als der erste, sicherlich weil er mit dem Trinken nichts am Hut hatte. Er verbrachte die ganze Nacht mit seiner Frau, am Morgen aber packte ihn plötzlich das schlechte Gewissen, und er zog sie zurück ins Bett. Geh noch nicht, sagte er. Lass uns den Tag zusammen verbringen.

«Es sind immer die Jüngsten, die das Richtige machen», sagte ich.

«Unterbrichst du mich jetzt jedes Mal, wenn du glaubst, du weißt, was passiert?»

«Nein, mach ich nicht.»

«Denn wenn, dann kann ich auch gleich aufhören.»

«Nein, nein, bitte nicht.»

Ja, normalerweise wäre es der dritte Sohn gewesen, der seinem Vater treu blieb, aber der dritte Sohn dieses Königs war ein verschlagener kleiner Mistkerl, dem alles egal war, allein die Tatsache, dass er als Jüngster sowieso nichts erbte, war ein rotes Tuch für ihn. Er sagte seiner Frau rundheraus: «Meine Brüder kriegen immer alles, aber dich sollen sie nicht auch noch kriegen.» Und er bat sie, daheim zu bleiben.

Und so kam es, dass des Königs Tochter, die Prinzessin, den Arbeitern an jenem Tag das Essen brachte. Der König war hinab zum Fluss gegangen, um zu sehen, welche Schwiegertochter sich blicken lassen würde. Als er dann sein eigenes Kind über den Hügel kommen sah und den Verrat seiner Söhne begriff, weinte er. Diese Tochter war zweifellos sein Lieblingskind. Auch wenn sie nie das Reich erben und nie seinem Namen in einer Schlacht Ehre machen würde, liebte er sie mehr als alle anderen.

Mit tränenverschleiertem Blick fand der König seinen Weg auf den Modra Gora. Dort fiel er vor der Vila abermals auf die Knie. «Bitte», sagte er. «Meine Tochter. Nimm stattdessen jemand anderen.»

Die Vila aber zuckte nur mit den Achseln. «Abgemacht ist abgemacht.»

Und dabei blieb es.

Sein Wort haltend, befahl der König, die eigene Tochter ins Fundament der Brücke einzumauern. Die Prinzessin verstand, warum dies getan werden musste; trotzdem flehte sie um ihr Leben. Sie war gerade Mutter geworden, weißt du, und sie wollte ihre kleine Tochter aufwachsen sehen.

«Ich hasse diese Geschichte», sagte ich.

Weil er nicht wollte, dass es ihm das Herz brach, gewährte der König seiner Tochter ein Zugeständnis. Er ließ die Arbeiter ein Fenster einbauen, durch das sie aus dem Fundament der Brücke hinausschauen und ihr kleines Mädchen am Flussufer spielen sehen konnte. Bis das Kind zwei Jahre alt war, gab die Prinzessin ihr durch das offene Fenster die Brust. Die Vila ließ die Brücke stehen. Und so, wie der König es erwartet hatte, strömten Menschen aus dem ganzen Land herbei und bauten am Westufer Häuser und Höfe. Die Jahre vergingen, und immer weniger Leute erinnerten sich an die Vila und die Brücke, kaum jemand wusste noch, warum an manchen kalten Winternächten das Wasser des Flusses salzig schmeckte.

«Wegen der Tränen?», fragte ich.

«Natürlich.»

Ich dachte nach. «Und all das ist verschwunden?»

«Alles. Die Stadt, die Brücke, die Berge. Vom Erdrutsch fortgeschwemmt.»

«Und die Vila? Was ist mit ihr?»

Tante Ena schloss das Album. «Was geschieht schon mit Frauen, die ein gewisses Alter überschritten haben? Sie werden auf ihre Art bequem, und man sieht sie komisch an, wenn sie das Haus verlassen.» Mir war, als hätte sie Letzteres eher zum eigenen Amüsement gesagt, als um meine Frage zu beantworten. Ich runzelte die Stirn.

«Niemand weiß es. Wenn die Welt zerbricht, ziehen die Vilé weiter. Es muss Aberhunderte von ihnen geben, die wie wir dahintreiben.»

Ich ließ das einen Moment sacken. «Und die Obstwiesen meiner Großmutter?»

«Verschwunden.»

«Ich wünschte mir, ich könnte mich an sie erinnern.»

Ena drückte meine Schulter, schob mich in die Küche und fischte unten aus dem Kühlregal ein stramm in braunes Papier gewickeltes Bündel hervor. Drinnen war ein Weckglas, fast leer bis auf die dicke, kristallisierte Schicht einer blauroten Substanz ganz am Grund.

«Marmelade», sagte Ena. «Von den Feigen deiner Großmutter.»

Ich warf einen Blick auf diese kostbare Masse. Erde, Wasser, Sonnenlicht und Frucht, all das konzentriert in wenigen Gramm einer brüchigen Dunkelheit am Glasboden.

Ena gab mir einen Stups in die Rippen. «Gönnen wir uns was.»

«Nein! Wirklich?»

«Nur, weil du nicht drum gebettelt hast.»

Auf einer Löffelspitze holte sie ein wenig für mich und ein wenig für sich heraus. Anfangs schmeckte es trocken und wächsern, doch nachdem die Zunge die Marmelade eine Weile erwärmt hatte, enthüllte sie einen Hauch ferner Süße, die wuchs und immer kräftiger wurde.

«Lass den Atem drüberstreichen», sagte Ena, während ich dastand und aus Angst, den Geschmack zu verlieren, nicht zu schlucken wagte. «Nicht übel, oder?» Sie beobachtete mich aufmerksam. «Weckt das irgendwelche Erinnerungen?»

Weil es mich an Sonnenlicht denken ließ, antwortete ich: «Glaub schon.»

Ena nickte. «Es hilft, nicht?»

Wir wohnten seit etwa zwei Monaten bei Ena, als Mutter sich zwecks meiner Anmeldung an die Schule wandte. Mein Name wurde auf eine Warteliste gesetzt, unter, wie man meiner Mutter zu verstehen gab, jene Namen von neununddreißig weiteren Kindern, die *nicht* dem Wiederansiedlungsprogramm angehörten. Einige Faktoren könnten meinen Listenplatz verbessern: so etwa die Bereitschaft, an zusätzlichen Begabungstests teilzunehmen; oder die Bereitschaft meiner Mitbewerber, Gleiches zu tun; oder, wichtiger, die Bereitschaft der Eltern, behördliche Hände mit besserem als jenen Boni zu schmieren, auf die meine Mutter und ich angewiesen waren. Jedenfalls bestand nicht die geringste Hoffnung, dass ich vor nächstem Herbst anfangen konnte. Das waren enttäuschende Neuigkeiten für alle, insbesondere aber für mich, die ich keine Freunde und Freundinnen hatte. Missmutig zog ich Mrs. Sayez' Spaßkarten unter meiner Matratzenseite vor.

Wie zufrieden sind Sie mit Ihrem neuen Zuhause?

Was gefällt Ihnen am besten an Ihrem neuen Zuhause?

Was könnte Ihr neues Zuhause noch besser machen?

Die Antworten – zumindest jene, die meine Mutter von mir erwartete, falls ich denn den unentschuldbaren Fehler begehen sollte, in diesem Zusammenhang einen Stift auf Papier zu setzen – waren mehr als offensichtlich:

Sehr.
Alles.
Nichts.

Aber wäre es denn wirklich so schrecklich, wenn ich als Antwort auf die letzte Frage schriebe: *Die Gelegenheit, eine Ihrer hervorragenden Bildungseinrichtungen besuchen zu dürfen*? Was würde passieren, sollte ich – wenn ich das nächste Mal die Mülltonnen von der Straße holte – die Karte in den Briefkasten werfen? In der Welt, wie meine Mutter sie sah, würden vermutlich uniformierte Männer vor unserer Tür auftauchen. Sie würden mich in einen der diversen Kühlräume im Morgenlicht bringen und Druck machen, bis ich blau anlief. Warum hatte ich *die* Frage *so* beantwortet? War ich mit meiner gegenwärtigen Situation unzufrieden? Und was war mit dem Wiederansiedlungsprogramm – hatte ich den Eindruck, es würde mir nicht gerecht? Warum hatte ich die beiden übrigen Fragen nicht beantwortet? Was hätte ich geschrieben, hätte ich den Anstand besessen, sie zu beantworten? Und so weiter.

Was aber, wenn meine Antworten stattdessen einfach mit vielen hundert anderen abgeheftet und studiert wurden, womit sie dazu beitrugen, das Wiederansiedlungsprogramm weiter zu verbessern? Vermutlich würde das nicht mehr rechtzeitig geschehen, um für mich selbst von Nutzen zu sein, aber vielleicht half es in der Zukunft einem anderen schulwürdigen Neuling.

*

Um mir die Zeit zu vertreiben, machte ich mich im Morgenlicht nützlich. Ena bestand darauf, dass mich niemand arbeiten sehen dürfe, schon gar nicht die Klunkerer und erst recht kein Mitglied des Gebäudevorstands. Für mich waren angemessene Beschäftigungen jene, denen man im Geheimen nachgehen konnte, etwa alle Wohnungen aufzusuchen und zu prüfen, ob es Anzeichen von dem gab, was Ena «Störungen» nannte. Es wäre durchaus verzeihlich, nähme man an, wie ich es tat, dass Leere Leblosigkeit bedeutete. Aber nein – alte Gebäude steckten voller Leben, waren voller Bewegung – und Krisen. Heizkörper leckten. Rohre platzten. Mäuse fraßen sich durch Gips und Leitungen. Geschah derlei in belegten Wohnungen, schlugen die Bewohner Alarm. Störungen in unbewohnten Einheiten blieben jedoch wochenlang, manchmal gar monatelang unentdeckt, was oft größeren Schaden nach sich zog. Es lag nun in meiner Verantwortung, nachzusehen und dafür zu sorgen, dass überall die gewünschte Art von Leblosigkeit herrschte.

Meist waren die Wohnungen in gutem Zustand: sauber, sanft erhellt und still bis auf meine Sneaker, die über den alten Lackboden quietschten. Störungen, die ich entdeckte, waren meist eher unbedeutend. Ein unerklärlicherweise offen gelassenes Fenster. Eine Deckenlampe, die fest montiert gewesen schien, nun aber in Scherben auf dem Boden lag. Der vertrocknete Kadaver einer Fledermaus, zu ihren Lebzeiten eingedrungen durch irgendeine mysteriöse Öffnung, die nun gefunden und geschlossen werden musste.

Vögel verursachten die nachhaltigsten Störungen. Graukraniche, die raffiniert genug waren, eine Woche oder einen Monat unbeobachtet auf einem der Balkone zu nisten, hinterließen einen Berg von Unrat aus Federn, Zweigen und halb verdauter Beute. Zur Beseitigung ihrer Hinterlassenschaften brauchte man Handschuhe und Maske; außerdem hatte Mutter mir verboten, sie anzufassen. Allerdings waren sie unwiderstehlich. Angeblich war irgendwo im

Süden der Insel in einem solchen Haufen mal ein menschlicher Rippenknochen gefunden worden, was zu einer kurzen Hysterie unter den Hörern von Drowned City Dispatch geführt hatte. Alles, was ich jedoch jemals fand, waren Froschleichen oder auch Fischgräten – helle Silbernadeln, die einen in die Finger pikten, war man so unvorsichtig, sie anzufassen.

Es geschah während einer dieser geheimen Erkundungen, dass mein Leben eine neue Richtung nahm. Ich stand auf einem Balkon im zweiunddreißigsten Stock, kauerte am Geländer und blickte zum Schacht, der vom Ostflügel des Morgenlicht hoch zum Penthouse verlief. Der Haufen Unrat vor mir bot nur einige der üblichen Enttäuschungen: Rattenzähne und Fellfetzen. Von dort, wo ich hockte, konnte ich sehen, wo die tropfenden Wasserspeier die Mauern nach und nach mit etwas Dunkel-Schlüpfrigem und vermutlich auch Lebendigem überzogen. Ich war mir sicher, dass irgendwer mich erkennen würde. Doch die zum Schacht hinausgehenden Fenster gehörten meist zu hinteren Schlafzimmern, und bis auf die Umrisse eines Bildes hier und da, eines Spiegels an einer fernen Wand oder der schattengleichen Bewegung eines Bewohners, der hinterm Vorhang vorüberlief, gab es wenig zu sehen. Gerade hatte ich angefangen, im Haufen herumzustochern, als mein Blick über den Schaft auf ein Fenster im nächsthöheren Stockwerk fiel.

Eine Frau stand dort, im Penthouse, und zog sich an oder auch aus, jedenfalls war sie von der Taille aufwärts nackt. Ihr Kopf wurde von der Jalousie verdeckt, aber ich wusste, es war Bezi Duras. Beidseits ihres großen blauen, flach auf dem Brustbein liegenden Anhängers grinsten dort, wo ihre Brüste sein sollten, zwei lange, gezackte Narben.

Sie waren nur für einen kurzen Moment zu sehen, dann wandte sich die Frau vom Fenster ab, eine weiße Seidenbluse fiel über ihren Rücken, und es war vorbei. Sie tauchte nicht wieder auf. Sie hatte nicht nach unten geblickt und mich nicht gesehen. Trotzdem hielt ich es für besser, rückwärts vom Balkon ins kühle Dunkel der Wohnung zu kriechen, in der ich dann lang einfach dastand und die Zeit mit meinem Herzschlag maß. Bis ich schließlich glaubte, mich wieder bewegen zu können.

Stunden später stocherte ich, immer noch aufgeregt, stumm in meiner Essensration herum. Mutters Hand an meiner Wange fühlte sich eiskalt an. «Du brennst ja.» Ihre Lippen sanken auf meine Stirn und blieben dort. «Was ist denn los?»

«Nichts», log ich und achtete in der folgenden Nacht darauf, dass mein schlafloses Hin-und-her-Wälzen meine innere Qual nicht verriet.

Was *war* denn nur los? Es passierte schließlich nicht zum ersten Mal, dass ich etwas sah, was ich nicht sehen sollte. Damals, in Paraiso, hatte ich durch das Fenster im gegenüberliegenden Haus oft mitbekommen, wie Signora Tesseretti ihre Leidenschaften auslebte, besaß sie doch die Angewohnheit, sich mit fremden Männern zu vergnügen, wenn ihr Ehemann auf Arbeit war. Ich berichtete das Gesehene gleich meiner Mutter, deren oberflächliche Anerkennung meiner Unschuld als Spionin von einem kleinen Funken des Vorwurfs begleitet war. Stimmt, sagte sie, ich hätte nichts davon mitbekommen, wenn sich unsere Nachbarin ein wenig diskreter verhalten würde, aber vielleicht hätte ich auch etwas *weniger* gesehen, wenn ich nicht gar so neugierig, dafür aber braver gewesen wäre und meinen gesünderen Impulsen gehorcht hätte.

Dass ich gerade bei Bezi Duras zu weit gegangen war, fühlte sich besonders fürchterlich an. Dabei hatte ich nichts Verbotenes getan. Mir war es zwar peinlich, sie nackt gesehen zu haben, nur hatte ich es nicht absichtlich getan. Und Bezi Duras hatte sich schließlich nur angezogen. Die Nachbarin in Paraiso mochte sich sittlich weit Fragwürdigerem hingegeben haben, doch dürfte sie dabei – zumindest laut Einschätzung meiner Mutter – eine gute Zeit gehabt haben. Hier dagegen hatte ich es mit etwas zu tun, das man nicht gut finden konnte, egal unter welchem Blickwinkel man es betrachtete. Etwas war mit Bezi Duras passiert. Etwas Gewaltsames. Irgendwer – oder irgendwas – hatte sie schrecklich verletzt. So schrecklich, dass große, blaurote Narben zurückgeblieben waren. Diese Narben wurden verdeckt, sie waren ein Geheimnis, das nur Bezi kannte. Und indem ich zur falschen Zeit am falschen Ort war, hatte ich sie um dieses Geheimnis gebracht. Schlimmer noch: Bezi Duras hatte mich nicht gesehen. Während sie ihr Haar band und sich zum Spiegel vorbeugte, konnte sie nicht wissen, dass das Mädchen, das keine fünf Meter tiefer Eimer und Wischlappen einsammelte und sich ins kühle Innere von 32F zurückzog, ihre größte Schwachstelle entdeckt hatte.

Gerade weil Bezi nichts von der Wahrheit ahnte, schämte ich mich so. Etwas Derartiges zu wissen, fühlte sich über die Maßen falsch an. Und doch war ich zugleich auch die einzige dafür verantwortliche Person. Wenn ich es niemandem sagte, würde es niemand sonst wissen. Hier und jetzt hatte ich die Macht, das Geheimnis stillschweigend für immer zu bewahren – und aus irgendeinem Grund fand ich das noch unerträglicher. Wem aber konnte ich mich anvertrauen? Ganz bestimmt nicht meiner Mutter. Sie würde Fragen stellen. Würde wissen wollen, warum ich auf dem

Balkon aufgetaucht war, und selbst wenn ich log, würde sie ahnen, dass ich etwas getan hatte, was ich nicht hätte tun sollen, und sie würde in die 32F hochgehen und herausfinden, dass ich in dem Haufen dort gekramt hatte – was, weil es mir verboten war, ein schlechtes Licht auf den Rest meiner Geschichte werfen würde. Plötzlich wäre jedes Detail des Vorgefallenen dem gleißenden Scheinwerfer des Verdachts meiner Mutter ausgesetzt. Wo genau hatte ich gehockt, als ich aufblickte und Bezi Duras sah? War ich geblieben, als ich begriff, dass sie nackt war, oder hatte ich getan, was die Höflichkeit gebot, und mich von dieser verletzten, ahnungslosen Fremden abgewandt? Hatte Bezi Duras seither irgendwas zu mir gesagt oder angedeutet, dass sie mich gesehen hatte oder dass meine Mutter und Ena irgendwie an meinem Vergehen beteiligt gewesen waren?

Absolution fand sich nur am fernen Ufer einer riesigen Kluft des Unwissens. Wenn ich es ihr also erzählte, würden zu vielen Fragen ausgewichen werden müssen, wäre die Wahrscheinlichkeit groß, meine bereits erschöpfte Mutter noch weiter zu zermürben.

Also blieb mir nichts anderes übrig, als dieses schreckliche Wissen zu verschweigen. Was sagte das über mich aus? Eine bessere Tochter wäre bestimmt mit allem rausgerückt, sie hätte ihre Strafe auf sich genommen und wäre zum Penthouse gegangen, um sich zu entschuldigen.

Diese Tochter aber kehrte zu ihren alten Gewohnheiten zurück und schummelte eine Schere unters Sofa im Wohnzimmer und das leere Parfümfläschchen ihrer Mutter unters Küchenwaschbecken. Was mein Elend nur verstärkte. Dieser Schutz war bloß eine halbe Sache, und ich wusste es. Ohne einen dritten Talisman waren die Dinge nutzlos, waren nichts weiter als eine Erinnerung an meine Unfähigkeit, mich von besagten Gewohnheiten loszusagen, die ich, so mein Schwur, in Paraiso hatte zurücklassen wollen.

Bis weit in die folgende Woche hinein fiel mir das Atmen schwer, auch das Schlucken. Essen ging nicht runter, Luft kam nicht rauf. Ich hatte mehrere Pfund abgenommen, als meine überlastete Mutter mich zu einem zwielichtigen Medikus schleppte und ich überrascht hörte, wie er sagte, ich hätte eine Erkältung und bestimmt keinen echten Stein in meiner Kehle stecken.

So hätte es noch monatelang weitergehen können. Ich, in unterernährtem Zustand herumgeisternd, während Schere und Parfümfläschchen in nutzloser Böswilligkeit an ihren jeweiligen Orten verharrten.

Doch eines Abends, nur kurze Zeit später, spitzten sich die Dinge zu. Ich war im Hof und entrollte den Schlauch, mit dem Ena die Steinplatten abspritzte. Über unseren Köpfen färbten sich Wolkenfetzen von Oktobergelb zu Abendgrau.

«Da kommt sie», hörte ich Ena murmeln, und da kam sie tatsächlich: Bezi Duras verließ die kleine Gasse, die zu ihrem privaten Aufzug führte. Sie war eine über die Maßen groß gewachsene Frau, größer, als ich erwartet hatte, hager und mit langem Hals; kerzengerade stand sie da, obwohl das Gewicht eines Rucksacks auf ihren schmalen Schultern lastete. Das fahle Haar hatte sie im Nacken zu einem Knoten zusammengebunden. Die hüfthohen Hunde umdrängten sie. Ena hatte mich glauben lassen, sie seien große, unbändige Ärgernisse. Verzogen und wild. Vielleicht ein bisschen überfüttert. Nichts könnte der Wahrheit ferner sein. Sie sahen aus, als wären sie geschaffen aus Ruß und Stahlwolle. Als hätten sie vor langer Zeit als hagere Schatten begonnen, die sich wieder und wieder in Laub und

Fetzen von Dunkelheit gewälzt und sich so über die Jahre irgendwie zusammengesetzt hatten. Drahtige, schwarze, wölfische Wesen mit diamantharten Augen. Bezi hielt sie eigentlich nicht an einer Leine; alle drei waren vielmehr an ihren Gürtel gekettet, der sich um eine jener weißen Blusen schlang, die ich sie in der Woche zuvor anziehen sah.

Ena rief auf Englisch: «Guten Abend!»

Bezi Duras drehte sich um. «Guten Abend.»

Mit dickem Handschuhfinger zeigte Ena aufdringlich in meine Richtung. «Das ist meine Nichte Silvia.»

Und das war Bezi Duras. Die Ena ansah. Und mich ansah. Die nur mit dem Mund lächelte. Ich beging den Fehler, ihren Blick zu erwidern. Wäre ihre Stimme in meinem Kopf explodiert, hätte mich das nicht gewundert, schien sie doch bereits in allem präsent zu sein, ein ozeanischer Widerhall, der mich umgab. Sie wusste Bescheid. Sie wusste, dass ich etwas verheimlichte. Ehrlich gesagt gab es vermutlich nichts, was Bezi Duras nicht wusste. Dass meine Mutter ein Findling war. Dass ich es nicht geschafft hatte, die Angewohnheit aufzugeben, Schutzzauber auszulegen. Dass ein Mann, den ich nie zuvor gesehen hatte, sich vor mir in einer Gasse in Paraiso die Hose herunterzog und ich schreiend davongelaufen war, aber auch die vielen tausend anderen Geheimnisse, die ich vergessen wollte, all die kleinen Sünden, die sich verstreut in den unerleuchteten Winkeln meines Herzens verbargen: dass ich oft um die Rückkehr meines Vaters gebetet und mich dann in den Schlaf geweint hatte. Dass ich wusste, wie Fleisch schmeckt, weil ich es einmal gekostet hatte – unwissentlich, als ein Gast jenes Hotels, in dem meine Mutter arbeitete, mir einen Bissen anbot, da ich (ungefähr drei Jahre alt, über den Boden krabbelnd) gerade an seinem Tisch vorbeikam, und ich hatte mich vorgebeugt und, ohne nachzudenken, die Gabelspitze mit etwas in den Mund genommen, zum Entsetzen meiner Mutter, die das von Weitem sah; zumindest hat sie mir dies immer wieder so geschildert, da ich selbst mich an diesen Vorfall nicht erinnere, ihn inzwischen allerdings so oft erzählt bekommen hatte, dass er wie abgespult in mir ablief, alles jedoch in der dritten Person.

Dieses ganze Wissen trug Bezi Duras durch das Haupttor auf die Straße, wo die Hunde sie den dunkelnden Hügel hinauf und außer Sicht zerrten.

Ena wandte sich zu mir. «Warum hast du denn nicht Guten Abend gesagt – was ist nur los mit dir?»

Was für eine Frage. Zum Verrücktwerden, unbeantwortbar. Ich setzte mich auf die Treppe und seufzte tief, womit ich andeuten wollte, wie schwer so vieles auf mir lastete, das ich mit niemandem teilen konnte. Ena stupste mich mit dem Ellbogen an den Arm. «Was ist denn?»

«Nichts», sagte ich. «Gar nichts.»

Sie muss sich gesagt haben, dass wohl irgendein gewöhnlicher Nichtenunsinn hinter alldem steckte, jedenfalls machte sie sich wieder daran, die Fliesen abzuspritzen, während ich nutzlos dasaß und mir fest vornahm, ehrlich zu sein. Warum fiel es mir nur so schwer, es zuzugeben?

«Ich weiß was über Bezi Duras.»

«Was denn?»

«Ich weiß nicht, wie ich es dir sagen soll.»

Ena drehte das Wasser ab. «Was ist es?»

«Ich weiß nicht, ob ich das sagen kann.»

«Was Schlimmes?»

«Ich weiß nicht.»

«Etwas Gefährliches?»

«Glaub nicht.»

«Es hat mit den Hunden zu tun, stimmt's?»

Ich runzelte die Stirn. «Nein.»

«Du bist dahintergekommen, richtig?»

«Nein, es geht um sie – um Bezi.»

«Oh, ach so. Und was ist mit ihr?»

«Versprich mir, dass du Mama nichts davon sagst.»

Ena hob die Hand feierlich zum Schwur.

«Bezi Duras hat keine Brüste.»

«Wie meinst du das?»

«Sie hat nur diese Narben.» Ich deutete sie an, fuhr mir über die eine, dann über die andere Brust. «Ich glaube, irgendwer hat ihr wehgetan.»

«Woher weißt du das?»

«Ich habe gesehen, wie sie sich anzog, durchs Fenster. Aber ohne Absicht.»

«Und das ist alles?»

«Das ist alles.»

Ena sah – wie? – enttäuscht aus? Erleichtert? «Sicher ist sie einfach nur krank gewesen.»

«Krebs», verkündete ich düster.

«Kriegen die meisten Menschen.»

«Aber warum hat man ihr die Brüste abgeschnitten?»

«Damit er sich nicht ausbreitet. Mein Gott, Sil, du hast mir vielleicht Angst gemacht. Was bist du nur für ein albernes Mädchen.»

«Tut mir leid.»

Sie schien nicht darauf aus, mir irgendwelche Vorwürfe zu machen.

«Ich habe mich einfach schlecht gefühlt, weil ihr bestimmt nicht recht wäre, dass ich das jetzt über sie weiß. Ich musste es einfach jemandem sagen.»

«Keine Sorge, ich erzähl es nicht weiter.»

«Danke.»

Ena senkte den Schlauch und ließ das Wasser wieder in die Fugen zwischen den Steinplatten spritzen. Sie wirkte erleichtert. Warum? Was hatte sie befürchtet, dass ich herausgefunden hätte?

«Wie hast du das mit den Hunden gemeint?»

«Ich kann dich nicht hören, Sil.»

«Die Hunde! Was hast du gemeint? Was ich über sie herausgefunden hätte?»

«Nichts.»

Nun war es an mir, ungläubig zu reagieren. «Ena!» Ich stand auf und ging zu ihr. «Was ist? Sag's mir!»

«Vielleicht», antwortete sie, «aber nicht heute.»

«Ach, Ena, jetzt komm schon. Bitte!»

Sie drehte das Wasser wieder ab und sah mich an. «Denk doch mal nach», sagte sie.

Das wollte ich ja, unbedingt, nur wusste ich nicht mal, wo ich anfangen sollte.

«War ich je oben in Bezis Wohnung?», fragte Ena. «Nein. Du? Nein. Hast du diese Hunde je tagsüber gesehen? Nein. Ehrlich gesagt, ich würde wetten, dass du noch niemals irgendwo solche Hunde gesehen hast. Nicht mal in einem Bilderbuch.»

Das stimmte, hatte ich nicht. «Und was hat das zu bedeuten?»

«Ist das nicht offensichtlich? Das sind keine Hunde.»

«Wölfe», stieß ich atemlos vor. Natürlich.

Doch diese Offenbarung und mein Triumph, es so rasch erraten zu haben, trugen mir nur einen angewiderten Blick ein. «Nein», sagte sie. «Um Himmels willen. *Menschen!*»

«Menschen?», wiederholte ich.

«Männer. Tagsüber sind sie Männer und nachts Hunde.»

Ich blinzelte. «Was redest du denn da?»

«Komm schon, Sil.»

«Woher weißt du das?»

«Ist doch offensichtlich, wenn man die Zeichen kennt.»

«Was für Zeichen?»

Müde bückte sie sich und begann, den Schlauch aufzurollen. «Mehr erzähle ich dir ein andermal.»

«Warum nicht jetzt?»

«Ich bin müde, Sil.»

Das war genau die Art Antwort, mit der meine Mutter mich so oft zum Schweigen zu bringen versuchte. Der Augenblick war vorbei. Was auch immer Ena in diesem Moment, als sie beinahe geredet hätte, wichtig gewesen war, es war nicht wichtig genug. Ich ging zurück zu meinem Platz auf der Treppe und wartete, bis das Brennen in meinen Augen nachließ.

«*Mein* Geheimnis habe ich dir erzählt», sagte ich schließlich.

«Und? Habe ich dich darum gebeten?»

«Nein.»

«Also lass es gut sein.»

«Bis wann?»

«Bis der richtige Zeitpunkt gekommen ist. Man kann solche Dinge nicht erzwingen, Sil. Man muss sich auf sie zutreiben lassen, aber dafür bist du noch nicht bereit. Es gibt eine Welt jenseits dieser Welt. Und du kannst nicht ewig danach fragen und fragen und fragen, damit verdirbst du nämlich die kurzen Blicke, die man darauf erhaschen kann.»

Ich wusste nicht, was das bedeuten sollte, entschied mich aber, nie wieder zu fragen und zu fragen und zu fragen. Sondern stillschweigend dahinzutreiben und darauf zu warten, dass Ena das Thema selbst wieder aufbrachte, sobald die Zeit dafür reif war – was, wie ich hoffte, sehr bald sein würde.

Aber dann waren wir mit dem Abendessen spät dran, und hinterher schlief Ena auf dem Sofa ein. Und am folgenden Vormittag platzte in einem Badezimmer im vierzehnten Stock ein Wasserrohr, und Ena brachte den ganzen Nachmittag damit zu, die Wand aufzustemmen, für Mutter die Lampe zu halten und Entlüfter aufzustellen, damit die Feuchtigkeit aus dem Mauerwerk wich. Zwei Tage später bückte sich Ena zwischen dem sechzehnten und siebzehnten Stock im Treppenhaus, um sich einen Schuh zuzubinden, und starb. Der Tod sei schnell gekommen, sagte der Amtsarzt, ein Aneurysma, das vermutlich schon seit Jahren in ihr gelauert hatte.

Niemandem schien aufzufallen, dass die Person, die neuerdings den Müll wegbrachte oder um zwei Uhr früh unter ein Waschbecken kroch, nicht mehr die robuste ältere Frau war, die sie seit Jahren kannten, sondern meine streichholzdünne Mutter. Ich nahm an, dass dieser Stellenwechsel in den Büchern irgendeines Kellerbüros vermerkt wurde, aber wer weiß, vielleicht auch nicht. Es würde mich jedenfalls nicht wundern, sollte ich irgendwann erfahren, dass meine Mutter Enas Boni einfach weiter kassiert hatte, da niemand wusste, dass sie nicht dieselbe Person war, und niemandem daran gelegen war, es herauszufinden. Der Bank nicht, dem Security-Büro nicht und schon gar nicht der Handvoll Bewohner des Morgenlicht, die zu Enas Beerdigung einen Kranz geschickt hatten, ohne sich auch nur zu erkundigen, wie man ihren Namen richtig buchstabierte. Also blieb nichts weiter übrig, als sie auf Fells Island zu bestatten, wo sich die langen Beerdigungsgräben wie Erdnähte aneinanderreihten.

Meine Mutter wartete eine Woche, ehe sie in Enas Zimmer zog. Ich hockte auf dem Rand unserer Liege und sah zu, wie sie für die Reise über den Flur ihre Sachen packte. Ein düsterer Moment: Wir würden getrennt schlafen, zum ersten Mal, seit ich mich erinnern konnte. Etwas daran kam mir noch endgültiger vor als Enas Tod. So als würde jemand durch all die Zimmer meines Lebens gehen und ein Licht nach dem anderen ausknipsen.

«Hast du keine Angst, Ena könnte heute Nacht auftauchen und wissen wollen, was du in ihrem Bett zu suchen hast?», fragte ich.

«Nein.» Meine Mutter lachte.

«Du klingst ja ziemlich sicher.»

«Selbst wenn so etwas geschehen *könnte* – und, Sil, das kann es nicht –, glaube ich nicht, dass Ena als Geist ihre Großzügigkeit verloren hat.»

«Erzähl mir etwas aus der Zeit, in der du ein Kind gewesen bist.»

Meine Mutter dachte ernsthaft über die Bitte nach. «Ich glaube, mich hat überrascht, nach all den Jahren zu begreifen, wie klein sie in Wahrheit gewesen ist. Für mich war sie immer sehr groß. Bei ihr habe ich mich sicher gefühlt.»

«Ich auch. Ich hab mich bei ihr auch sicher gefühlt.»

«Du fühlst dich doch immer noch sicher, oder?»

Eigentlich nicht. Mein Leben lang war ich überzeugt gewesen, dass meine Mutter und ich mehr oder weniger allein auf der Welt waren, erst Enas Tod machte deutlich, dass es immer eine Dritte gegeben hatte, die stets da gewesen war, in der Ferne, unsichtbar, aber real. Jetzt gab es *wirklich* nur noch uns beide, und es fühlte sich anders an. Einsam und marginal – wir waren so überaus unbedeutend, meine Mutter und ich, in dieser alten Wohnung, in diesem zugigen Gebäude mit seinen unentdeckten Geheimnissen, in dieser seltsamen, unverständlichen Stadt. Bloß konnte ich dafür keine Worte finden, also sagte ich nur: «Natürlich.»

Sie versuchte, mir mein Haar aus dem Gesicht zu streichen. «Vielleicht sollten wir dafür sorgen, dass diese Wohnung sich ein bisschen mehr wie die unsere anfühlt – was meinst du?»

«Es ist aber nicht unsere», erwiderte ich. «Sie gehört Ena und Beanie.»

«Ich weiß, Schätzchen. Aber die sind nicht mehr.» Müde blickte sie sich im Zimmer um. «Nächste Woche räumen wir ein paar von ihren Sachen fort. Würde das helfen?»

Es war wieder so weit. Meine Mutter konnte nicht einmal warten, bis Ena kalt unter der Erde lag, da knallte sie schon die Türen zu all den Räumen in der Vergangenheit zu, die sich mir gerade erst geöffnet hatten.

Ich überließ sie ihren gnadenlosen Überlegungen, ging in die Küche und verharrte vor dem Kühlschrank mit seiner fröhlichen Collage aus Enas und Beanies Leben. Alles, was ich über sie wusste, begann bereits zu verblassen. Warum hatte ich bei Enas Geschichten nicht aufmerksamer zugehört? Meine Rippen wurden mir so eng, dass ich fürchtete, sie wollten mein Herz pulverisieren. Wie wenig doch ausreichte, diesen Erinnerungen ihre Bedeutung zu nehmen. Und jetzt holte meine Mutter zum letzten Schlag aus und verwandelte sie zu Staub, wie sie es stets mit allem tat.

Dann offenbarte sich mir die überwältigende Freiheit des Alleinschlafens. Ich konnte unter der Decke meine Socken abstreifen, durfte so laut atmen, wie ich wollte, mich so ausgiebig herumwälzen, wie ich nur mochte. Und das tat ich, die ganze Nacht, während mein unkontrolliertes Hirn Dinge fand, die es zählen konnte: die Falten in den Vorhängen, das Rauschen vorbeifahrender Autos, den Lärm der Graukraniche auf dem nahen Dach.

Vielleicht vermochte meine Mutter sich nicht vorzustellen, dass Ena Anstoß an der Auslöschung ihrer Lebensgeschichte nahm – ich konnte es sehr wohl. Hand in Hand würde sie mit Beanie am Fuße meines Bettes auftauchen und so etwas sagen wie: «Nach allem, was ich getan habe, was ich dir gesagt habe – und was tust *du* jetzt, außer rumzusitzen und zuzulassen, dass deine Mutter alles hinwegfegt?»

Einige Stunden nachdem das Licht unter der Tür zum Zimmer meiner Mutter ausgegangen war, stahl ich mich wieder in die Küche. Da war das Marmeladenglas, hinten im Kühlfach, immer noch in braunes Packpapier gewickelt. Es passte so gerade unter den Lattenrost. Eigentlich hatte ich es nur sicherstellen, es außer Reichweite meiner marodierenden Mutter bringen wollen, doch noch in derselben Stunde wärmte ich mich im Wissen um seine tröstliche Nähe. Da war es, wartete am Ende des Kreislaufs meiner Dinge – Fläschchen, Schere, Glas, eins zwei drei, eins zwei drei –, wie eine vertraute und angemessene Umarmung.

BUCH II

BEZI DURAS

Nicht lange nach Enas Tod führte meine Mutter mich zu einem aufgegebenen Laden am Ende unserer Straße. Früher einmal war es das Café Tufaah gewesen. Den Namen konnte ich auf einer Speisekarte erkennen, die auf einer Sitzbank nahe am Fenster lag, sodass ich sie durch eine Lücke in dem Zeitungspapier lesen konnte, mit dem man die Fensterscheiben beklebt hatte. Die Hälfte der Tische war umgekippt, die übrigen sahen aus, als hätte man sie mitten beim Essen einfach verlassen. Der über dem großen Kronleuchter drapierte unechte Efeu war das Einzige in diesem Laden mit ein bisschen Farbe und schien, für immer leuchtend grün, im Dunkeln zu gedeihen.

«Was steht auf denen da?», fragte meine Mutter und deutete auf die Flut vor der Tür raschelnder Flugblätter. Ich fing an, sie vorzulesen: Reklame für Schädlingsbekämpfung, Vorladungen ins Rathaus. «Steht da irgendwo, dass das hier zu verkaufen ist?»

Ich sah erneut nach und schüttelte den Kopf.

«Sil», sagte sie und stellte sich auf Zehenspitzen, um besser sehen zu können. «Wir werden dieses Café kaufen.»

Meine Mutter redete über das Tufaah, als sei das Fest, das wir irgendwann feiern würden, bereits beschlossene Sache. Sie stellte es sich vor, die Türen zum Abend weit geöffnet, das auf den Gehweg fließende Licht. Ich hatte noch nie erlebt, dass sie irgendwelche Pläne machte. Pläne verlangten Glauben. Man musste davon überzeugt sein, dass man Schritte vollziehen konnte, die zum gewünschten Ergebnis führten. Meine Mutter wusste es eigentlich besser. Absichtserklärungen, die Hybris der Selbstbestimmung – derlei passte nicht in ihre Vorstellung vom Universum. Die wenigen Male, da sie genötigt gewesen war, etwas Folgenreicheres als ein Abendessen zu planen, hatte sie sich einen engen Horizont gesetzt. Von Vesvere nach Safar gelangen, ohne vorauszuplanen. Von Safar nach Paraiso und nicht weiter. Sogar unseren Umzug nach Island City hatte sie nicht geplant, hatte nur die Gelegenheit genutzt, sich für das Wiederansiedlungsprogramm zu bewerben, als sie sich bot.

Die Dinge änderten sich in dem Moment, als sie den Schmutz von den dunklen Scheiben des Tufaah rieb. Sie begann, Pläne zu schmieden. Natürlich versuchte sie, es zu verheimlichen, indem sie einen Graben voller *Vielleichts* drum herumzog. Vielleicht würden die Dinge sich ja ausnahmsweise mal so entwickeln, wie sie sich entwickeln sollten. Vielleicht gehörte uns im nächsten Jahr tatsächlich ein neues kleines Haus auf South Falls Island. Laut Wiederansiedlungsprogramm lief die Renovierung der alten Stadthäuser nach Plan – vielleicht stimmte das ja. Meine Mutter hatte skeptisch auf die enthusiastische Behauptung reagiert, dass uns ein solches Häuschen kostenfrei zustünde, allein weil wir gewillt waren, in diese Stadt zu ziehen und es mit dem Leben hier zu versuchen. Aber vielleicht war es ja die Wahrheit. Und falls das zutraf, vielleicht könnten wir dann ein bisschen Geld auf die hohe Kante legen. Und wenn *das* klappte, vielleicht hätten wir schließlich genug, um das Tufaah kaufen zu können. Nicht gleich, natürlich nicht, aber bald. Vielleicht würde sie die Besitzerin finden. Ihr ein Angebot machen. Sodass, wenn das Wahre Zeichen kam, das Große Zeichen – wir bereit waren, die gesichtslosen Nachtschwärmer von Battle Hill auf unserer ureigenen Party willkommen zu heißen.

Sie verbreitete diese Visionen, als wären wir irgendwie außer Hörweite jener eifersüchtigen, rachsüchtigen Kräfte, die ihr gesamtes Leben überschattet hatten. Als ich sie darauf hinwies, lachte sie.

«Ach, Sil», sagte sie. «An manchen Orten kann man sich der Dinge gewiss sein, an anderen nicht. Und wir sind hergekommen, um ein bisschen Gewissheit zu haben.»

Die Gewissheit war in jenen Tagen zwei Straßenzüge weit in jede Richtung und auf die dreiunddreißig Stockwerke des Morgenlicht begrenzt. Wir wussten relativ genau, wann der Fahrstuhl ausfallen oder wann die querulantische Mrs. Golub die Polizei rufen würde, weil sie sich von einem Nachbarn belästigt fühlte. Wir wussten, dass Buschratten die Wohnungen im Ostflügel durchstreiften und dass wir ihre Köttel an den unwahrscheinlichsten Orten finden würden.

Und natürlich wusste ich ganz sicher, dass Bezi Duras oben im dreiunddreißigsten Stock ihre Geheimnisse hütete.

*

Nicht lange nach Enas Beerdigung gab ich die Hoffnung auf, dass meine Tante sich noch einmal blicken lassen würde, sei es als Geist wie der unzufriedene Teenager im Flur, in einem Spiegel oder in einem blassen Lichtsplitter auf den Vorhängen. Falls sie sich verpflichtet fühlte, mir wie versprochen mehr über Bezi Duras zu erzählen, genügte dies offenbar nicht, ihren Geist zurückzubringen. Sie hatte keine Rechnung mehr offen. Sie war fort.

Diese Einsicht hätte meine Neugier in Bezug auf Bezi und ihre Hunde dämpfen sollen, das Gegenteil war jedoch der Fall. Mit mir als einziger Hüterin simmerte ihre vage Offenbarung weiter. Sie köchelte vor sich hin, ein doppeltes Geheimnis, das war alles, was mir von Ena geblieben war, quälerisch verlockend, doch außerhalb meiner Reichweite. Immer und immer wieder ging ich unser Gespräch durch, nur wich die Wahrheit stets weiter vor mir zurück. Was genau hatte Ena zu wissen behauptet? Wie sicher war sie sich der misslichen Lage der Hunde gewesen – und hielt sie es überhaupt für eine missliche Lage? Oder nur für eine existenzielle Tatsache? Hatte sie gesagt, Bezi Duras hätte Männer in Hunde verwandelt? Oder dass irgendwas – oder irgendwer – sie *ihr zuliebe* verwandelt hatte? War sie ihre Betreuerin? Oder hielt sie die Hunde gefangen? Hatte Ena je angedeutet, dass es Beweise für ihre Behauptung gab? Dass sie welche besaß? Oder war sie der Frage bloß ausgewichen, hatte gesagt, sie würde mir «mehr» erzählen, wenn der richtige Zeitpunkt gekommen war, ohne diese Absicht je gehabt zu haben?

Hätte ich an jenem Abend im Hof doch nur gewusst, dass dies meine letzte Gelegenheit war, Ena zu fragen, was genau sie meinte. Hätte ich doch nur weiterhin sanften Druck ausgeübt. Vielleicht hätte sie dann entschieden, dass die Zeit reif war, es mir zu erzählen, sodass ich heute nicht durch die Flure des Morgenlicht zu stromern brauchte mit diesem unfertigen Gefühl und der Hoffnung, Bezi Duras zu begegnen – oder auch zu hoffen, dass ich ihr *nicht* begegnete, denn ihr gegenüberzutreten hieße, ihr furchteinflößender Blick würde all *meine* Geheimnisse aus mir herausbrennen.

Geheime Wunden, dachte ich, und in Tiere verwandelte Männer. Wie hängt das zusammen?

Ena hatte es gewusst.

Aber ich würde es wahrscheinlich nie herausfinden.

Was wusste ich über Hunde? Sie hatten in meinem bisherigen Leben keine große Rolle gespielt. Natürlich kannte ich Hunde, es gab sie in den Randgebieten diverser Städte. Sie strichen nach Einsetzen der Dunkelheit um Müllcontainer herum. Wichen gelegentlichen Wurfgeschossen aus. Grinsten einen mit langer Zunge an, wenn man so dumm war, draußen zu sitzen mit einem seltenen Stück Käse, das sich nur zu besonderen Gelegenheiten ergattern ließ. Manchmal waren sie fast zahm, gehörten irgendwie zu einer Gruppe Menschen, die mit ihnen arbeitete – Jäger oder Bauern, Leute, die dafür sorgten, dass sie regelmäßig zu fressen bekamen. Doch auch diese Exemplare waren Teil eines Kosmos an Gefahren, den ich zu meiden gelernt hatte – fremde Männer, Schuppen, Keller, Wälder und rasch dahinströmendes Wasser.

«Was weißt du über Hunde?», fragte ich meine Mutter eines Abends. Sie summte am Herd eine unbestimmte Melodie vor sich hin, und ich dachte, vielleicht ist sie so entspannt, dass sie die Alarmsignale überhört.

«Hunde?» Sie dachte kurz nach. «Sie haben einen kräftigen Schädel und einen schwachen Magen.» Ihre Gutgläubigkeit verpuffte. «Warum?»

Ich zuckte die Achseln.

«Wir werden uns keinen Hund anschaffen», sagte sie.

«Ich weiß. Hab nur welche in unserer Gegend gesehen. Sie sehen so anders aus als die Hunde in Paraiso.»

«Nun ja, weil sie hier verhätschelt werden. Sie dürfen ins Haus, dürfen ins Bett der Leute.» Offenbar ein widerlicher Fehler. Sie fuhr fort, im Topf zu rühren, behielt mich aber im Auge.

«Und warum haben sie einen schwachen Magen?»

«Weil sie Aasfresser sind und eine Menge gefährlicher Dinge verschlingen, und die müssen sie dann rasch wieder erbrechen können.»

«Was denn zum Beispiel?»

«Alles Mögliche.» Sie sagte, ich würde nicht glauben, was sie während der zwei Jahre, in denen sie an der Veterinärschule gearbeitet hatte, in Hundemägen für Sachen gefunden hätte. Plastiktüten. Patronenhülsen. Einmal sogar eine komplette Leuchtfackel, noch mit Zünder.

War es hilfreich, im Licht dieser neuen Erkenntnisse über Bezi Duras' Hunde nachzudenken? Nicht besonders. Sie hatten schon auf den ersten Blick nicht gerade wie Allerweltshunde ausgesehen. Und ich glaubte auch nicht, dass sie aus ihren Mägen etwas so Gewöhnliches wie eine Plastiktüte oder einen Spielzeugpanzer erbrechen würden, überhaupt irgendwas, das vorher nicht mit Blut gefüllt gewesen war.

Vielleicht fand sich die Antwort auf das, wonach ich suchte, in Bezi Duras' Kommen und Gehen. Nur konnte ich sie von unserer Wohnung aus nicht beobachten. Die Tür zum Penthousefahrstuhl ließ sich nur von zwei Stellen aus im Blick behalten: vom kleinen Park auf der anderen Seite der Gasse, den Polizisten ständig nach neuen Hütten oder Zelten absuchten, oder von unserem eigenen Hof, wo ich mich zwar mit glaubwürdigem Grund aufhalten konnte, aus allen nach Süden gehenden Wohnungen aber zu sehen war. Letzteres schien mir die sicherere Option zu sein, und es war jene, die ich probierte. Nur war der Hof so leer, und es gab so wenig, worum ich mich kümmern konnte, dass mir nach ein, zwei Stunden die Vorwände ausgingen, mich dort noch länger aufzuhalten. Es dauerte eben bloß eine begrenzte Zeit, ein Tor zu ölen, und die Disteln konnte man auch nicht stundenlang gießen. Nach zwei Tagen riss Mrs. Golub oben im achtzehnten Stock ihr Fenster auf. «Ich sehe dich da unten, kleine Göre!», schrie sie. «Hör auf rumzuschnüffeln!»

Und damit hatte die Sache ein Ende – zumindest für eine Weile.

Etwa eine Woche später befand ich mich zufällig in einer leeren Wohnung in 16F und hielt die Leiter, während meine Mutter eine Glühbirne wechselte. Von dort, wo ich stand und vor Langeweile in Richtung Fenster seufzte, sah ich, wie unten im Dämmerlicht das Tor zur Gasse geöffnet wurde und Bezi Duras im Gefolge ihrer Hunde um die Ecke bog. Sie glitten von Laterne zu Laterne und verschwanden über den Hügel.

Was für eine glückliche Fügung. Eins zwei drei, eins zwei drei.

Von diesem Tag an wurde 16F zu meinem Basislager. Abends hatte meine Mutter gewöhnlich viel zu tun, da sie sich um kleine Unannehmlichkeiten kümmerte, die sich zu Katastrophen auswachsen konnten, wenn man sie über Nacht schwären ließ: ein verstopftes Waschbecken, ein verdächtiger Fleck, der sich an der Decke ausbreitete. Vom Fenster der Wohnung hatte ich einen ungehinderten Blick auf jenen Abschnitt der Straße, den Bezi Duras mit ihren Hunden auf dem Weg nach Norden in Richtung der unbekannten Weiten der Oberstadt überquerte.

Es dauerte einige Wochen, bis ich mein Wissen um mehrere entscheidende Details vermehrt hatte.

Ena hatte gesagt, auf Bezi Duras sei Verlass, und das hatte sie auch so gemeint. Bezi war ein Gewohnheitsmensch. Sie trug immer die gleichen Kleider: schwarze Hose, weiße Bluse. Nahm immer exakt denselben Weg. Hatte sie tagsüber Besorgungen zu erledigen, verließ sie das Gebäude stets um halb zwei, immer allein, und kehrte vor drei Uhr zurück.

Die Hunde begleiteten sie nur am Abend, was sicherlich eines jener Zeichen war, von denen Ena geredet hatte. Jedenfalls widersprach es den Gewohnheiten ihrer Artgenossen in der Nachbarschaft, die meinen Beobachtungen zufolge zwei-, dreimal am Tag mit ihren Herrchen oder Frauchen vor die Tür kamen. Die Hinterlassenschaften auf dem Flecken trockenem Gras vor dem alten Stadthaus auf der anderen Straßenseite konnten die Vielzahl ihrer Ausflüge bezeugen. Bezi Duras' Hunde aber kamen nie vor Sonnenuntergang nach draußen.

Und dann war da noch die Tatsache, dass Ena nie einen Fuß in Bezis Wohnung gesetzt hatte. Zehn Jahre lang entsorgte sie Müll, flickte Vorhänge und brachte die notorisch lärmenden Heizkörper des Gebäudes wieder zum Schweigen – niemals aber im dreiunddreißigsten Stock. War das nicht merkwürdig? Gar verdächtig? Sinn ergab es allerdings, wenn man bedachte, dass Bezi Duras Raum für ihre Hunde brauchte, die tagsüber Männer waren. Sie durfte nicht zulassen, dass das Personal misstrauisch wurde, dass es zu ihr heraufkam und unangemeldete Gäste sah und so weiter – was vor allem für Personal aus der Alten Heimat galt, das möglicherweise genug wusste, um eins und eins zusammenzuzählen.

Der wahre Clou aber war folgender: Obwohl sich der exakte Zeitpunkt des Sonnenuntergangs mit fortschreitendem Herbst änderte, passte das Quartett seinen magischen Moment des Aufbruchs stets entsprechend an. Woche um Woche hielten sie sich daran: Die Tage wurden kürzer, und Bezi erschien mit ihren Hunden früher und früher, umrundete die Ecke, gleich nachdem die Sonne hinter den Gebäuden auf der anderen Seite des Flusses verschwunden war. Ein subtiles Detail, das, wie ich mir gern einbildete, gewiss nicht jedem aufgefallen wäre, aber trotzdem ein starkes Zeichen. Da Bezi Duras in allen übrigen Dingen ihres Lebens einer verlässlichen Routine anhing, müssten ihre abendlichen Spaziergänge da nicht wie all ihre anderen Erledigungen gleichfalls an eine feste Uhrzeit gebunden sein? Wenn sie stets um halb zwei zum Laden ging und ausnahmslos bis drei Uhr zurückkehrte, sollte sie da nicht der Sorte Mensch angehören, die ihren letzten Spaziergang des Tages auf eine bestimmte Uhrzeit festlegte – sagen wir auf sieben oder acht Uhr –, statt sich an den eigenwilligen und stetig wechselnden Zeitplan der untergehenden Sonne zu halten?

Etwas anderes musste ihren Gang auf die Straße zu diesem allabendlichen Ritual auslösen. Und es war offensichtlich, dass sie sich darin nicht an die von Menschen erdachte Zeitmessung hielt.

Ich war mit meiner kleinen Liste von Zeichen zufrieden. Jedes von ihnen hätte auch Enas Musterung standgehalten. Nur war Ena, wie ich mir gelegentlich in Erinnerung rief, nicht diejenige, die ich überzeugen musste. Ich sammelte Beweise, weil ich meine Mutter in dieses seltsame und mächtige Geheimnis einweihen wollte; aber sooft ich mir vorstellte, ihr zu sagen, was ich bislang erfahren hatte –

mich zum Abendessen an den Tisch zu setzen und ihr zu erklären, dass die Frau aus dem dreiunddreißigsten Stock eine Art Magierin war, die sich drei Männer in Hundegestalt hielt –, wummerte mein Herz. Selbst falls sie nicht wütend, sondern amüsiert reagierte, würde sie meine Belege in der Luft zerpflücken. Hatte ich je gesehen, wie sich die Hunde in Männer verwandelten? Hatte ich auch nur den geringsten Beweis dafür, dass diese Verwandlungen stattfanden? Deutete ich nicht zu viel in die Tatsache, dass ich sie nie zurückkommen sah? Sicher, man konnte vom Morgenlicht nicht weiter als sechs Blocks in irgendeine Richtung laufen, ohne ans Wasser zu stoßen, aber war es nicht denkbar, dass Bezi Freunde oder Familienangehörige besuchte, die innerhalb dieses Umkreises wohnten? Für so vieles gab es keinen Beleg.

Manchmal stellte ich mir vor, beim Radio anzurufen, damit die Zuhörer halfen, die Lücken zu füllen. «Hi, Dispatcher, ich liebe diesen Sender – ich höre ihn den ganzen Tag, jeden Tag, aber wen wundert's? Irgendwas Seltsames geht mit dieser Frau in meinem Gebäude vor, die mit drei Hunden zusammenlebt. Ich würde wahnsinnig gern wissen, wohin sie geht und was sie treibt, nur kann ich ihr nicht folgen, ohne dass meine Mutter dahinterkäme. Kann mir irgendwer was über die Frau mit den Hunden sagen?» Und dann würden die Anrufe von Leuten eintrudeln, die entlang jener Strecke wohnten, die Bezi Duras jeden Abend ging. *Ja, ich habe sie an meiner Ecke gesehen. Ich sehe sie jeden Tag im Park.* Es wäre herrlich, wunderbar gemeinschaftlich, all die eingehenden Anrufe, während ich Nadel um Nadel in den schäbigen Stadtplan über Enas Schreibtisch steckte. Natürlich war das eine ganz unmögliche Idee. Selbst wenn Bezi genau diese Sendung nicht hören sollte, würde man gleich erkennen, um wen sich die Nachforschungen drehten. Man würde vielleicht sogar herausfinden, wer die Frage gestellt hatte. Und dann würde man Bezi davon erzählen, oder man würde meiner Mutter davon erzählen, und ich wusste nicht, was schlimmer wäre.

*

Eines Nachmittags betrat ich, von unbändigem Mut gepackt, den Hof, auf dem sich der Aufzug zum Penthouse befand. Nichts Extravagantes, nur eine kleine Rotunde aus dem gleichen hellen Stein wie der Rest des Gebäudes, umgeben von einer niedrigen Mauer. Der Aufzug selbst war ein brutalistisches Konstrukt ohne Knöpfe, es gab stattdessen nur ein rundes Loch im Metall, das aussah, als könnte man einen Schlüssel hineinstecken. Falls das stimmte, musste der Schlüssel anders aussehen als alle, die ich kannte, denn das Schlüsselloch war kein schmaler Schlitz, sondern eine etwa anderthalb Zentimeter breite Öffnung, umgeben von lauter kleinen, labyrinthähnlichen Einkerbungen.

Während ich dastand, gab die Tür plötzlich einen hohen, einzelnen Klingelton von sich.

Ich ergriff die Flucht.

Das sollte mir eine Lehre sein, eins zwei drei, dachte ich später sicher behütet in meinem Bett. Ich darf den Zugang zu weiterem Wissen nicht erzwingen. Wenn die Zeit gekommen ist, würde es sich mir schon offenbaren, genau wie Ena es gesagt hatte.

Wenige Wochen später war es dann so weit. Ich half meiner Mutter, im Keller Rattenfallen aufzustellen, als uns Mr. Ellers erschreckte, ein gebrechlich wirkender Ausländer, der allein in 17D wohnte. Er sah geradezu durchsichtig aus, und es schien, als würde er allein vom Stoff seines Anzugs aufrecht gehalten. Ob er in Satzbruchstücken redete, weil er nicht gut genug Englisch konnte oder weil er annahm, dass wir die Sprache nicht ausreichend beherrschten, ließ sich unmöglich sagen. Jedenfalls neigte er dazu, mich mit Ausrufen zu begrüßen, «Laufen!» zum Beispiel, Ausrufe, denen jeder Zusammenhang fehlte und die auch um keine weiteren Anweisungen ergänzt wurden, die ihnen womöglich ein wenig Sinn verliehen hätten, also etwa: «Lauf nicht so schnell!» Oder: «Hier wird nicht gelaufen!» Oder auch: «Lass uns laufen gehen!»

An diesem Tag eröffnete er mit: «Ausgesperrt.» Er blinzelte meine Mutter an und drehte leicht das Handgelenk. «Kein Schlüssel.»

Meine Mutter trat an einen Spind in ihrem Büro, von dem ich immer angenommen hatte, er würde nur zahllose weitere Kisten mit Papieren enthalten. Aber ich hatte mich geirrt. Hinter der Tür stand ein Safe. Und in dem Safe lag ein enormer Reif mit Schlüsseln.

Meine Mutter wuchtete ihn heraus. «Sie in 17D?», fragte sie Ellers.

«Ja.» Ellers blieb reglos stehen, während sie den Schlüsselreif durchging und dann gleich noch mal von vorn. Ich stand ebenfalls nur da, vermutlich mit offenem Mund. Mir war nie der Gedanke gekommen, dass meine Mutter natürlich einen Ersatzschlüssel für jede Wohnung im Gebäude besaß. Oder womöglich hatte ich daran gedacht, nur war ich nie so weit gegangen, mir einen materiellen Vorrat an Schlüsseln an einem bestimmten Ort vorzustellen, der mit bestimmten Mitteln und zu bestimmten Zwecken zugänglich war.

«Kein 17D», sagte meine Mutter schließlich. Sie funkelte ihn an. «Sie sind sicher, Sie haben bei uns Schlüssel abgegeben?»

«Ja», sagte Ellers, nachdem er den inneren Kampf mit ihrer Frage überstanden hatte. «Ich habe Ersatzschlüssel gegeben, ganz sicher.»

Wieder ging sie die Schlüssel durch. «Ich finde nicht – Sie vielleicht?» Sie warf ihm den Reif hin, den er gerade noch auffangen konnte.

«Wie unhöflich!», stammelte er. «Wir *bezahlen* Sie!»

Wütend, aber wortlos ging meine Mutter ihm voraus in den siebzehnten Stock, ich hinterher. Ich ärgerte mich mit ihr, schämte mich ihretwegen aber auch ein bisschen, doch verblassten diese Gefühle angesichts des faszinierenden Schauspiels der rotierenden Schlüssel, die sie an der Tür zu 17D ausprobierte. Schlüssel um Schlüssel um Schlüssel. Laufschlüssel, doppelseitige Schlüssel, zwei-, dreimal mehr, als es Türen im ganzen Morgenlicht geben konnte. Einige von ihnen sahen aus, als wären sie hundert Jahre alt. Auch der Schlüssel zum Penthousefahrstuhl musste darunter sein – genau wie Ellers' Schlüssel.

Einige Tage später kehrte ich, kaum hatte Bezi Duras mit ihren Hunden das Haus verlassen, zu dem kleinen Vorhof zurück, um mir den Aufzug ein weiteres Mal anzusehen. Natürlich hatte ich das wichtigste Detail genau in Erinnerung: das Schlüsselloch, eine umränderte Mulde mit einer Abfolge komplizierter, labyrinthähnlicher, präzise gearbeiteter Einkerbungen.

Ich bemühte mich, das Bild im Kopf zu behalten, während ich auf den richtigen Moment zum Handeln wartete. Wochen vergingen. Ich wurde zur unermüdlichen Helferin meiner Mutter, wrang Wischmopps aus, räumte Schutt beiseite und fegte sogar die Kadaver der riesigen Käfer zusammen, die mit dem Bauch nach oben in irgendwelchen Winkeln verendet waren.

«Du bist wirklich fleißig», sagte meine Mutter.

«Mir ist langweilig», erwiderte ich, und das war nicht gelogen – seit drei Monaten warteten wir auf Neuigkeiten von der Schule.

All ihren Mut zusammenraffend, rief meine Mutter erneut in der Schule an und überwand die Hürden unwirscher Telefonistinnen, bis sie schließlich zur Vertreterin des Wiederansiedlungsprogramms vordrang. Die Neuigkeiten waren nicht gut. Sie seien «ausgebucht, Ma'am – absolut ausgebucht». Ich könne, um auf der Warteliste ein wenig vorzurücken, diverse virtuelle Kurse belegen; und man würde mir auch gern den Lehrplan zukommen lassen, damit ich mich für den Rest des Jahres eigenständig fortbilden konnte.

«Wissen Sie, was Schulbücher kosten?», fragte meine Mutter.

Das wusste sie. Man lud meine Mutter zu einem Bezirkstreffen aller Eltern ein, die am Wiederansiedlungsprogramm teilnahmen, und sobald sie aufbrach, nutzte ich die Chance, schnappte mir ihre Werkzeugtasche und öffnete den Safe. Obwohl ich den Fährenfahrplan sowie den Irrgarten der Straßen im Süden der Insel kannte und wusste, dass sie für dieses Treffen mindestens drei Stunden brauchte, hörten meine Hände nicht auf zu zittern, als ich im dunklen Penthousevorhof stand, eine Taschenlampe zwischen den Zähnen, die Schlüssel durchging und einen nach dem anderen in das seltsame Schlüsselloch des Aufzugs zu stecken versuchte.

Es dürfte an die zwanzig Minuten gedauert haben, den

ganzen Reif einmal durchzuprobieren. Kein Schlüssel passte.

Ich trat einen Schritt zurück und schaute im verwaschenen orangefarbenen Licht der Straßenlampen am Gebäude hoch. Vielleicht gab es noch einen anderen Weg. Einen Sicherungskasten, irgendeinen Mechanismus, um den Lift bei Notfall in Betrieb zu setzen. Ich tastete die Mauer ab. Vor und zurück, nichts, nichts, nichts – bis ich mit den Fingerspitzen schließlich auf eine im Gebüsch verborgene Metalltür stieß. Ich bückte mich und entriegelte sie. Drinnen wimmelte es tatsächlich nur so von Hebeln und Knöpfen. War ich so mutig, einen auszuprobieren? Was, wenn es der falsche war und die Tür sich nicht öffnete, sondern dauerhaft verschloss? Vielleicht böte sich damit ja *die* Gelegenheit für meine Mutter, zur Rettung gerufen zu werden, sobald Bezi Duras zurückkehrte. Und dann? Eine langwierige Untersuchung nach den Ursachen für den Ausfall; die unvermeidliche Entdeckung, dass sich jemand am Kasten zu schaffen gemacht hatte. Die klebrigen Fingerabdrücke überall auf dem glänzenden Metall, die auf mich verwiesen. Meine schuldbewusste Miene. Eins zwei drei.

In der Zeit, in der ich dort gehockt hatte, halb im Gebüsch, halb draußen, war ein Gesicht über der niedrigen Mauer zur Gasse aufgetaucht, was ich aber erst bemerkte, als eine Stimme in meinem Rücken sagte: «Da schnüffelt sie wieder.»

Hastig richtete ich mich auf. Ein korpulenter Mann, Schwarz, mit Brille und aufgekrempelten Ärmeln, beugte sich über die Mauer. Trotz der flachen Mütze, die sein Gesicht verschattete, kam er mir irgendwie bekannt vor, nur konnte ich ihn nicht zuordnen.

«Ich schnüffle nicht», sagte ich.

«Oh doch», insistierte er. «Das ist – was? Das dritte Mal, dass ich dich hier sehe?»

«Klingt so, als wären Sie derjenige, der schnüffelt.»

«Ich bin hier nur vorbeigekommen», sagte er. «Kümmere mich um meine eigenen Angelegenheiten und treibe mich nicht da rum, wo ich nichts zu suchen habe. Ganz im Gegensatz zu dir.»

Das saß. «Aber ich gehöre hierher!» Mit der ruhigeren Hand hielt ich den Schlüsselbund hoch. «Sehen Sie? Ich arbeite in diesem Gebäude.»

«Du *arbeitest*? In diesem Gebäude?» Er nahm seinen Hut ab und hob eine Augenbraue. «Dann sollte ich wohl besser das Sozialamt anrufen.»

«Wie? Was?» Davon hatte ich noch nie gehört.

«Wie alt bist du? Zehn? Zwölf? Keine Ahnung, wo du herkommst, Fräulein Naseweis, aber in unserem Land gibt es Gesetze gegen Kinderarbeit.»

«Das ist doch keine Kinderarbeit», sagte ich. «Ich helfe nur meiner Mutter.»

Plötzlich drängte sich mir fast gewaltsam der Eindruck auf, dass es schrecklich falsch gewesen war, hierzubleiben und zu argumentieren, statt Unwissenheit vorzutäuschen und zu verschwinden. Da war ich nun, fest davon überzeugt, überaus vorsichtig gewesen zu sein, nur war mir der neugierige Fremde entgangen, der mich beschattete. Man würde mich für Diebstahl und Lügen bestrafen, ebenso meine arme Mutter.

«Wobei genau hilfst du denn deiner Mutter? Beim Einbrechen in Bezi Duras' Penthouse?»

«Was?», rief ich. «Natürlich nicht!» Und dann fiel mir wieder ein, wer er war. Das Haar kürzer, die Geheimratsecken ausgeprägter, ein bisschen mehr Weiß im Bart, aber er war es, definitiv. «Ich kenne Sie», sagte ich. «Bei meiner Tante hängt Ihr Bild an der Wand. Im Wachhäuschen!»

«Ich habe keine Ahnung, wovon du redest.»

«Doch, haben Sie wohl – Sie machen im Hof immer Fotos. Ich erkenne Ihre Brille. *Sie* sind hier der Schnüffler! Schnüffler!», schrie ich ihm lächerlicherweise nach, auch dann noch, als er längst verschwunden war. «Schnüffler!»

Ich werde jetzt nicht auflisten, wie schlimm so ein abendliches Treffen mit einem erwachsenen Fremden für ein elfjähriges Mädchen ausgehen kann. Und ich sag es lieber rundheraus: Das hier ist keine Geschichte von dieser Sorte. Und er war kein Fremder von dieser Sorte.

*

Als meine Mutter an diesem Abend nach Hause kam, wartete ich bereits am Esstisch auf sie. Unsere Ration stand auf dem Herd. Die Schlüssel waren wieder am gewohnten Platz. Vor lauter Panik, Enttäuschung und Unterstellungen war ich ganz rot im Gesicht und fest davon überzeugt, dass meine Mutter mir etwas anmerken würde, aber sie wirkte zu niedergeschlagen, um mich auch nur anzusehen. «Ich fürchte, du wirst allein anfangen müssen, den Lehrplan durchzuarbeiten», sagte sie.

«Wieso? Was hast du herausgefunden?»

Sie setzte sich und begann, sich die Fußsohlen zu massieren. «Sie sagen, an der Warteliste wird sich die nächsten sechs Monate nichts ändern, aber einige der Eltern – ich weiß nicht, vielleicht habe ich sie auch nur falsch verstanden.»

«Was haben sie gesagt?»

«Sie haben alle so schnell gesprochen.»

«Was haben sie gesagt, Mama?»

«Ich glaube, sie haben gesagt, dass sie schon seit Jahren warten.»

«Seit Jahren? Seit wie vielen Jahren?»

«Das meiste war zwei, glaub ich.»

«Zwei *Jahre*?» Panik durchfuhr mich.

«Vielleicht habe ich sie auch falsch verstanden.»

«In zwei Jahren bin ich alt und verknöchert.»

Sie lächelte mich an. «Manchmal wirkst du jetzt schon ziemlich alt.»

Mir war nicht nach Scherzen zumute. «Würdest du auch, wenn du ich wärst.»

*

Zum Glück gab es bald eine Ablenkung, willkommen für mich, weniger willkommen für meine Mutter, die eines Morgens feststellen musste, dass die Abfalltonnen, die wir am Abend zuvor an den Straßenrand gestellt hatten, nicht geleert worden waren – zumindest nicht in die Müllwagen, die auf dem Weg zur Marsch meist in den frühen Stunden am Morgenlicht vorbeirumpelten. Stattdessen lag ihr Inhalt über den ganzen Block verstreut. Überall Quittungen und Verpackungen. Dass es leicht geregnet hatte, nachdem die Tonnen umgekippt worden waren, machte das Ganze noch schlimmer, denn durch den Regen hatte der Müll seinen Weg in die Gosse gefunden und war bis ans Ende der Straße, sogar bis vor die Tür des Tufaah gespült worden. Wir brauchten fast den ganzen Vormittag, um den Müll wieder einzusammeln. Schlimmer noch war, dass wir ihn bis zur nächsten Abholung lagern mussten, und die Hausbewohner warfen ständig neue Mülltüten in den Schacht.

Am Freitag brachten wir alles wieder raus – und zu Mutters großem Ärger und meiner Bestürzung erwartete uns am Samstagmorgen ein bekannter Anblick. Umgeworfene Tonnen, eine windverwehte Müllspur.

Für meine Mutter war es wie eine persönliche Kränkung – zum einen, weil sich kein Bewohner, der das Gebäude verließ, einen Kommentar verkneifen konnte. Natürlich nicht direkt an sie gerichtet, doch so laut in den Wind geredet, als teilten sie ihren Frust über die ruinierte Ästhetik des Wohnblocks mit einer höheren Macht, die von oben auf sie herabblickte. «Ach, du meine Güte – was ist nur aus diesem Haus geworden?» Und zum anderen, weil meine Mutter sich sicher war, dass sie aus dem Morgenlicht, aber auch aus umliegenden Gebäuden beobachtet wurde von Leuten, deren Gesichter sie nicht sehen konnte und die verrückte Vermutungen über ihre Inkompetenz anstellten, während meine Mutter zum zweiten Mal in dieser Woche mit ihrem Müllgreifer die Straße auf und ab lief. Ich blieb hinterm Tor, sah ihr zu und hörte Fetzen ihrer Tirade, die sie halblaut vor sich her murmelte, bis sie mit einem Mal verstummte.

Sie kam zurück zum Tor und streckte mir durch die Gitterstäbe entgegen, was sie zuletzt mit dem Greifer aufgeklaubt hatte. «Hast du eine Ahnung, was das ist?» Was immer es war, es stank grauenhaft. Sie wartete nicht ab, ob ich es erriet. «Ein Hühnerknochen.» Ihr Gesicht zeigte eine ungewöhnliche Kombination von Blässe und Röte. «Irgendwer», sagte sie, «isst hier *Fleisch.*»

Ihre Wut über das angerichtete Chaos wurde von diesem grausigen Fund noch vermehrt. Irgendwer im Gebäude – vielleicht sogar mehr als eine Person – empfing Regierungsrationen und verstieß zugleich nicht nur gegen die

Protokolle der Nachweltinitiative, sondern auch gegen jene viel, viel älteren Edikte, die einzuhalten wir alle gelobt hatten. Welche Falschheit! Welche Ungerechtigkeit! In Paraiso hätte sie damit gerechnet, auch in der Alten Heimat, aber hier? Hier?

Als die Müllmänner am Dienstag zurückkehrten, bekamen sie von ihr ordentlich was zu hören.

«Gute Frau», sagte einer der Müllmänner. «Wenn es nicht in den Tonnen ist, können wir es nicht einsammeln.»

«Soll heißen?», rief meine Mutter. «Da! Tonnen!»

Der Müllmann, mit dem sie sich anlegte, hatte ein zerfurchtes Gesicht, aber eine geduldige Miene. Er stellte einen Fuß vom Laster auf die Straße, rückte ihr somit etwas näher. «Tonnen kippen», sagte er und drehte eine Hand vom Vertikalen ins Horizontale. «Überall verstreut. Können wir nicht aufsammeln.»

Meine Mutter war stinksauer. Sie hatte sich solche Mühe gemacht, die Tonnen so aufzustellen, dass das Gewicht einer einzelnen Tonne die anderen nicht alle umwarf. Ein, zwei Tage lang wütete sie gegen die Müllsammler, deren Verlogenheit, dagegen, dass sie hinter ihrem Rücken bestimmt über sie lachten. Dann wechselte sie das Thema. «Ich könnte wetten, es sind diese gottverdammten Blagen, die nachts die Tonnen auskippen», sagte sie, ohne genauer zu sagen, welche gottverdammten Blagen sie meinte. Bis auf jenes kleine weiße Mädchen, das im grünen Mantel hinter ihrer Mutter die Straße entlanggetrottet war, hatte ich seit Wochen kein Kind gesehen.

Ich wurde dazu verdonnert, ihr beim Aufspüren der Schuldigen zu helfen – ein Bemühen, das dazu führte, dass wir uns eines Abends in der kleinen Gasse zwischen der Außenmauer des Morgenlicht und den benachbarten Gebäuden aufhielten und gemeinsam auf einem umgekippten Milchkasten hockten, während wir darauf warteten, dass die Schuldigen sich blicken ließen.

Gegen vier Uhr morgens schlenderte eine dickliche graue Gestalt aus dem Park in Richtung Gehweg. Wir entdeckten sie im genau selben Moment, die einzige Bewegung auf der gesamten Straße. Meine Mutter packte mich am Arm.

«Was ist das?», fragte ich.

«Ein Waschbär.»

Keine von uns hatte je zuvor einen gesehen. Wir beobachteten, wie er die Steine von der Mülltonne schubste, den Deckel anhob und sich in die Tonne sinken ließ. Er tat dies mit einer regelrecht selbstzufriedenen Gewissheit – die angewinkelten Ellbogen und die kleinen schwarzen Hände machten den Eindruck, als ließe sich das Tier in eine Badewanne gleiten. Es blieb nur wenige Augenblicke in der Tonne, brachte sie ins Wanken. Ich sah, wie mit jedem leisen Grunzen, mit jeder herausgeschleuderten Handvoll Abfall der Wille meiner Mutter dahinschmolz, den Übeltäter zu töten. Schließlich brachte der Waschbär die Tonne zum Umkippen, rollte sich hinaus und ging zur nächsten. Kaum hatte er alle Tonnen umgeworfen, huschte er die Mauer hoch und lief den Weg zurück, den er gekommen war.

«Ist das zu fassen?», sagte meine Mutter.

Ich konnte mich nicht erinnern, sie je so – was? Gerührt? Verzaubert? – gesehen zu haben. Wir liefen zum Gehweg, richteten die Tonnen wieder auf, und meine Mutter grinste wie verrückt. Sie stellte sich mitten auf die Straße, stemmte die Hände in die Hüften und sah zum Hügel hoch. «Weißt du was? Manchmal denke ich, die Leute haben recht.»

«Womit?»

«Dass die Dinge *tatsächlich* ein bisschen besser werden.»

Sie drehte sich um, aber als sie die Straße entlangblickte, änderte sich plötzlich ihre Miene. «Sieh nur», sagte sie.

Im Tufaah brannte Licht, schimmerte durch die Lücken im Zeitungspapier. In drei Sekunden war meine Mutter am Ende der Straße und presste ihr Gesicht ans Fenster.

«Was siehst du?», rief ich ihr hinterher. Sie gab keine Antwort. «Mama? Was siehst du?»

«Nicht viel. Schwer zu sagen, ob sich irgendwas verändert hat – komm, schau selbst.»

Aber ich traute mich nicht. Das Licht kam mir wie etwas Lebendiges vor, das uns anfunkelte. Ich mochte mich ihm nicht aussetzen. Meine Mutter sah es dagegen direkt an. «Ich frag mich, ob jemand im Café ist.» Sie trat an die Tür und hämmerte dagegen, noch ehe ich sie davon abhalten konnte.

«Was tust du denn?», rief ich.

«Mrs. al-Abdi?», rief meine Mutter durch die geschlossene Tür.

«Wer zum Teufel ist das denn?»

«Die Frau, der das Café gehört.» Meine Mutter trat zurück und sah hinauf zu den dunklen Fenstern der Wohnung über dem Café. «Mrs. Safiya al-Abdi?»

«Bitte! Hör auf zu rufen!» Meine Hände waren schweißnass. Wann hatte sie herausgefunden, wer die Besitzerin war? Wie lange hatte sie mir diese Information schon verheimlicht? Und warum glaubte sie, mitten in der Nacht den Namen der Besitzerin zu den Fenstern hinaufzurufen, könnte helfen, ihr Vorhaben mit diesem Ort, wie immer das auch aussehen mochte, Wirklichkeit werden zu lassen?

Aus Richtung Morgenlicht kam ein Krachen, dann ein Bellen. Wir liefen zurück und trafen Bezi Duras dabei an, wie sie versuchte, ihre Hunde aus der Baumscheibe gleich vor unserem Tor zu zerren. Sie hatten unseren Waschbären ins Geäst gescheucht und knurrten jetzt bedrohlich nach oben. Von dort, wo wir standen, konnten wir sehen, wie das Tier durch das Laub nach unten auf die Hunde starrte, das maskierte Gesicht triumphierend und voller Zorn. Meine Angst um den Waschbären verflog: Bezi Duras lächelte.

«Kaum zu glauben, oder?», sagte sie. «Es ist ewig her, seit ich zuletzt einen Waschbären gesehen habe.»

«Was für ein Glück!», rief meine Mutter.

Ganz genau, was für ein Glück. Der gute Waschbär hatte mir ungewollt die Zeit von Bezis Rückkehr verraten. Sie sah zerzaust aus und klang heiser, abgesehen davon aber wirkte sie so elegant wie eh und je, als sie den Sand von ihren Schuhen klopfte. Seit Enas Tod hatte ich ihre Stimme nicht mehr gehört, und ich hatte ihren Klang vergessen. Irgendwie war durch meine Spurensuche eine größere Distanz zwischen mir und meiner Furcht geschaffen worden, aber nur ein einziger Moment von Angesicht zu Angesicht genügte, und alles stürzte wieder auf mich ein. Sie musterte mich und lächelte, und mein Innerstes zog sich zusammen.

Meine Mutter und ich begleiteten Bezi Duras zurück zum Vorhof, und sie öffnete das Tor. Ich sah, wie sie einen Schlüssel aus ihrer Tasche zog und im Schloss umdrehte. Der Fahrstuhl öffnete sich. Sie lockte die Hunde ins Innere und verschwand.

Es war offensichtlich, dass meine Mutter ihr Vorhaben, den Waschbären nicht zu beseitigen, noch einmal überdenken musste, und so kam es dann auch. Wenige Tage später zog sie los, um eine Falle zu besorgen. Wütend und rot im Gesicht kehrte sie zurück, und wenn ich es nicht besser gewusst hätte, hätte ich geglaubt, sie hätte geweint.

«Ich brauche deine Hilfe», sagte sie noch in der Tür. «Jetzt sofort.»

Sie führte mich zwei Blocks die Straße hinunter zu Ricky's, einem winzigen, halb im Souterrain gelegenen Geschäft, das nach Bleiche und Kampfer roch. Ricky, der Besitzer, beugte sich über den Tresen, den kahlen Kopf in beide Hände gestützt. Als er mich sah, leuchtete sein Gesicht auf.

«Ah», sagte er. «Sie müssen die Übersetzerin sein.»

«Stimmt», sagte ich zögerlich, «worum geht's?»

«Sag diesem Idioten, dass ich einen Waschbären fangen will», sagte meine Mutter in Unser.

«Bitte erkläre deiner Mutter, dass wir hier nicht das verkaufen, was sie offenbar haben will.»

Anscheinend war sie auf dem Weg zu Ricky's ein wenig durcheinandergekommen und hatte bei ihrer Ankunft nach «milden» Fallen gefragt. Was Ricky veranlasste, ihr ein Mittel zur Milbenbekämpfung zu bringen – und als sich herausstellte, dass dies der falsche Artikel war, hatte er ihr milde Seife gebracht, danach ein mildes Waschmittel, was sie alles nur noch weiter aufbrachte.

«Sag ihm: *human*», sagte sie zu mir in Unser. «Ich suche nach einer *humanen* Falle.» Ein letztes Mal wandte sie sich mit all ihrer Wut in seine Richtung. «Mild fangen. Nicht töten.»

«Meine Mutter möchte eine Lebendfalle», erklärte ich. «Eine große.»

Rickys Miene hellte sich auf. Er nahm meine Mutter am Arm, führte sie in den hinteren Teil des Ladens und zeigte ihr alles, was er zu bieten hatte: Plastikboxen für Mäuse, Schlingfallen und sogar ein grausam grinsendes Tellereisen. «Was sucht Ihre Mutter?», fragte er mich.

«Die da», sagte ich, zeigte auf den am harmlosesten aussehenden Käfig und entfernte mich, ehe ich anfing, mir allzu bildlich vorzustellen, wozu die übrigen Fallen fähig waren. Ich ließ mich durch die Gänge treiben, musterte flüchtig das seltsam bunte Allerlei – Wasserreinigungstabletten, Sicherheitskameras, Notfallkoffer –, bis ich ans andere Ende des Ladens kam und mich mit einem Mal das deutliche Gefühl packte, beobachtet zu werden, weshalb ich durch ein Regal Dosen mit püriertem Kürbis spähte und direkt in das Gesicht des brillentragenden Fremden von letzter Woche blickte.

«Hallo, Naseweis», sagte er.

Die inzwischen vergangenen Tage hatten meine Erinnerung verblassen lassen. So war er nicht zuletzt viel älter, als ich ursprünglich angenommen hatte. Weiße Haarsträhnen schlängelten sich durch Haar und Bart. Er trug eine schmale, senfgelbe Brille und einen lachsfarbenen Leinenmantel. Vor langer Zeit musste sein Outfit wie angegossen gepasst haben, dürfte sogar glamourös ausgesehen haben, alles an der Art und Weise aber, wie es jetzt saß, wirkte diesem Eindruck entgegen.

«Glück gehabt?», fragte er.

«Glück?»

«Hast du es in den Fahrstuhl geschafft?»

Es war schrecklich, dass er meine Absichten in Hörweite meiner Mutter so unverblümt zur Sprache brachte. Ein rascher Blick um die Ecke bestätigte jedoch, dass sie sich immer noch hinten im Laden aufhielt und mit vernichtenden Gesten auf Rickys Regale mit Tierbeseitigungsgeräten deutete.

«Naseweis?»

«Ja.»

«Heißt das: ‹Ja ich bin im Penthouse gewesen›?»

«Ja», log ich, da ich entschieden hatte, dass dies der schnellste Weg war, die Sache zu Ende zu bringen. «Ja, war ich.»

Seine Brauen schossen so heftig nach oben, dass die Brille verrutschte. «Wie hast du das denn geschafft?»

«Weiß nicht – ich hab's einfach getan, okay?»

Meine Mutter blickte sich um, weil sie selbst über diese Distanz mit ihren Fledermausohren gehört hatte, dass ich mit einem Fremden redete.

Und dieser Fremde traf inzwischen die desaströse Entscheidung, auf meine Seite des Regals zu kommen. «Naseweis», sagte er, «du lügst.»

«Tu ich nicht. Warum sollte ich lügen? Und was geht Sie das überhaupt an? Hören Sie auf, mir nachzulaufen.»

«Jetzt beruhige dich», sagte er. «Ich laufe dir nicht nach. Wie ist es denn so da oben?»

«Schön.»

«Schön?»

«Ja, nett.»

«Naseweis.» Er grinste. «Jetzt komm schon. Brauchst du Hilfe reinzukommen?»

In diesem Moment schoss meine Mutter aufgebracht um die Ecke und schob sich wie eine wütende kleine Drohne zwischen uns. «Kann ich helfen?», sagte sie. «Wer sind Sie? Wollen Sie mit mir reden? Oder reden Sie nur mit kleinen Mädchen?»

Eine grotesk absurde Frage, eine, die so tief aus dem Strudel ihres Horrors hinsichtlich der Natur der Männer kam, dass meine Mutter ihre Absurdität nicht einmal wahrnahm. Ich war anderthalb Kopf größer als meine winzige Mutter – kleines Mädchen, dass ich nicht lache.

Der Fremde blieb gefasst. «Hallo, Ma'am. Ich heiße Lewis May.» Er hielt ihr die Hand hin und stand so lange mit ausgestrecktem Arm da, bis es meiner Mutter zu peinlich wurde und sie seine Hand schüttelte. «Ich habe Ihrer Tochter nur gerade gesagt, wenn man einen Waschbären fängt, muss man ihn weit, sehr weit wegbringen.»

Er redete mit ihr in jenem etwas lauteren Ton, der oft gegenüber alten Leuten angeschlagen wird. Was meiner Mutter nicht entging. Ihr Blick wurde noch finsterer. «Ach ja?», sagte sie.

«O ja! Sehr weit weg. Sonst kommt er gleich zurück. Stimmt doch, Ricky, oder?»

«Ganz genau.» Ricky war zu uns gekommen und beobachtete uns. «Aber ehrlich gesagt, May, ich weiß nicht, ob man sie überhaupt *weit genug* wegbringen kann – sind Sie sich wirklich sicher, dass Sie nicht vielleicht doch Gift wollen, Ma'am?»

«Kein Gift», sagte ich kleinlaut.

«Wissen Sie, wohin Sie das Tier bringen sollten?», verkündete Ricky aufgekratzt. «In den Sorey-Park.»

«Oder an die Ostgrenze der Marsch», warf May ein. «Da wird es ihm gut gehen.»

Meine Mutter, ganz nervös von dieser Flut unverständlicher Vorschläge, starrte sie weiterhin finster an. «Das alles?»

«Das ist alles.» May sah mich an. «Wir sind hier in Battle Hill. Wir kümmern uns umeinander.»

Kaum hatte er die Tür hinter sich zugezogen, wirbelte sie zu mir herum. «Wer zur Hölle ist das?»

«Keine Ahnung.» Eins zwei drei.

Aber das kaufte sie mir nicht ab. Wohnte er in der Nähe? Hatte er mich vor dem heutigen Tag schon einmal angesprochen? Hatte er je versucht, mich irgendwohin zu locken? Irgendwie kam er ihr bekannt vor – hatte sie ihn schon mal gesehen? So gut ich konnte, wehrte ich ihre Fragen ab und versteifte mich auf die Lüge, dass ich vermutete, er würde ein paar Straßen weiter im Förderbüro arbeiten – was ein Fehler gewesen wäre, hätte ich nicht gewusst, dass die Sprachbarriere sich für sie als viel zu unüberwindbar erweisen würde, um zu überprüfen, ob ich die Wahrheit sagte.

Nach einigen Tagen versiegten ihre Fragen. Ihre Bemühungen, diese Person mit welchem Vorgehen auch immer aus meinem Leben zu verbannen, verloren nach und nach an Priorität. Mays Angebot aber, mir zu helfen, brannte weiterhin in meinem Gedächtnis. Welche Art Hilfe konnte er mir bieten? Und warum war er so hilfsbereit? Mir schien er eines jener Hindernisse zu verkörpern, mit denen man jemandem den Weg verstellte, wenn man herausfinden wollte, ob dieser Jemand zu neuen Einsichten bereit oder immer noch derselbe alte Sturkopf war, der derlei nicht verdient hatte. Einerseits könnte es zu einer Unterstützung durch einen Fremden kommen, weil man sie sich durch die eigene Geduld verdient hatte, andererseits aber käme diese Hilfe einem falschen Abzweig gleich. «Brauchst du Hilfe?», hatte der Fremde gefragt. Brauchte ich? Natürlich. In Übereinstimmung mit allem, was ich über den Wechselkurs des Universums wusste, müsste die richtige Antwort aber offensichtlich «Nein» lauten.

Und doch.

Schließlich gab ich klein bei, und nachdem ich den Vorhof über eine Woche gemieden hatte, machte ich mich wieder auf den Weg dahin. Noch innerhalb derselben Stunde ließ May sich blicken.

«Du hast dich versteckt», sagte er.

Ich zuckte die Achseln. «War beschäftigt.»

«Ich habe Besseres zu tun, als hier herumzulungern und mich zu fragen, ob du vielleicht irgendwann aufkreuzt.»

«Ganz offensichtlich nicht.»

Er zog sich die Mauer hoch, schwang die Beine rüber, setzte sich und blickte auf mich herab. «Wieso interessiert dich Bezi Duras?»

«Was geht Sie das an?»

«Ich dachte, du willst meine Hilfe.»

«Weiß nicht», knurrte ich. «Bestimmt wollen Sie dann im Gegenzug was von mir.»

«Sei nicht widerlich», sagte er und runzelte die Stirn. «Was macht deine Mutter eigentlich im Morgenlicht?»

«Sie ist die Hausmeisterin»

«Was ist mit der alten – Eba?»

«Ena.» Ich spürte, wie mir heiß wurde. «Meine Tante. Sie ist tot.»

Er schwieg lange genug, um mich glauben zu lassen,

dass er diese Auskunft erst einmal verdauen musste. «Tut mir leid. Sie war eine nette Dame.»

«Nein, war sie nicht. Und Sie tun ihr keinen Gefallen, wenn Sie Lügen über sie verbreiten. Aber sie war meine Tante, und ich habe sie gerngehabt.»

«Okay, das verstehe ich.» Er schwieg einen Augenblick. «Tja, wie's aussieht, Naseweis, gehören wir beide der altehrwürdigen Zunft der Mülldiebe und Tonnentreter an, denn was glaubst du, wer vor Ena ihren Job gemacht hat?»

«Lassen Sie mich raten.»

«Richtig, niemand anderes als meine Wenigkeit.»

«Was für ein Zufall.»

«Nicht wahr?»

«Für einen Hausmeister kleiden Sie sich ziemlich schick.»

«In einem früheren Leben war ich Schriftsteller.»

«Warum sollte ich Ihnen auch nur irgendein Wort glauben? Ich kenne Sie nicht mal.»

Er schob die Brille in die Stirn und blickte mich über den Hof hinweg an. «Wie geht's der alten Mrs. Golub? Lässt sie ihren Köter noch immer überall im Flur seine kleinen Kringel kacken?»

Es fiel mir schwer, nicht die Miene zu verziehen. Wie viele dieser Häufchen hatte ich eingesammelt, oft vor den Augen von Mrs. Golub, die die Begabung besaß, genau in dem Moment aus ihrer Wohnung aufzutauchen, wenn ich mich bückte, um die Hinterlassenschaft des Hundes zu beseitigen. Sie rauschte an mir vorbei, ihre winzige, zitternde, einäugige Promenadenmischung im Arm, und sah mich so bitter enttäuscht an, als wäre ich es gewesen, die gerade in den Flur gekackt hatte.

«Na schön.» Ich zuckte mit den Achseln. «Sie kennen also den Namen von jemandem, der im Gebäude lebt. Und?

Das bedeutet oder beweist doch gar nichts. Mrs. Golub hat ihren Hund immer dabei. Sie hätten sie damit irgendwo auf der Straße sehen können. Und dass er inkontinent ist, ist nun wirklich nicht schwer zu erraten.»

«Und woher kenne ich dann ihren Namen?»

«Keine Ahnung. Sie könnten sich ihr irgendwo in der Gegend vorgestellt haben.»

May prustete los. «Naseweis – kannst du dir wirklich vorstellen, dass Mrs. Golub einem Fremden ihren Namen nennt? Und das auch noch einem Schwarzen?» Nein, konnte ich nicht. Er hob die Hand, streckte alle Finger aus und begann, an ihnen abzuzählen. «Mrs. Golub wohnt in 18F. Sie war früher im Vorstand der Hausbewohner. Wenigstens einmal die Woche fragt sie, ob man das Wummern in der Wand hören kann. Und falls sie noch nicht ausgegangen ist und den Ofen angelassen hat, um dann zurück ins Haus zu stürmen, weil ihr Köter gerade zu Asche verbrennt, dann wird sie das bald tun.» Er suchte die hintersten Winkel seines Gedächtnisses nach einem weiteren Punkt für den letzten, den kleinen Finger ab. «Der Hund heißt Cleo.» Alle Finger abgezählt. «Aber du machst das ganz richtig, Naseweis. Du musst mir nicht glauben. Eines kann ich dir allerdings versprechen: Unten im Keller wirst du den Schlüssel zu Bezi Duras' Fahrstuhl niemals finden.»

«Und warum nicht?»

«Weil Bezi Duras keinen Zweitschlüssel mehr hinterlegt hat, seit der letzte verschwunden ist.»

«Ach ja?»

«Ja.»

«Und wie ist der letzte verschwunden?»

«Ich habe ihn mitgehen lassen.»

Er fischte einen Schlüssel aus der Brusttasche und hielt

ihn hoch. Aus dieser Entfernung konnte ich unmöglich erkennen, ob es *der* Schlüssel war oder nicht – außerdem verschwand er ebenso schnell, wie er aufgetaucht war.

Und damit schwand auch jede Hoffnung, Mays Angebot, mir zu helfen, würde sich so vage oder nutzlos anhören, dass ich ihm widerstehen könnte. Eins zwei drei. «Ich nehme an, Sie wollen ihn mir zum Austausch gegen etwas anbieten?»

«Mal sehen. Ich habe mich noch nicht entschieden, ob du meine Zeit wert bist und ob du überhaupt fähig bist, das zu tun, was du für mich tun sollst.»

Das war der Moment, in dem ich hätte gehen müssen. Ich ließ ihn verstreichen. «Was wollen Sie?», fragte ich.

«Als ich aus dem Morgenlicht auszog, war mein Abschied etwas» – er brauchte einige Sekunden, um das richtige Wort zu finden – «abrupt. Ich musste ein paar Dinge zurücklassen, und die hätte ich gern wieder.»

«Was denn für Dinge?»

«Persönliche Korrespondenz vor allem.»

«Was, Sie meinen ... Ihre Post?»

May nickte. «Vor allem einige Briefe, die angekommen sein könnten, nachdem ich ausgezogen bin.»

«Und wo sollen die sein?»

«Ich habe in 16D gewohnt.»

Wut kochte in mir hoch. «Ich wusste doch, dass Sie lügen. Die Hausmeisterwohnung liegt im *zehnten* Stock.»

Er zuckte mit den Achseln. «Nicht zu meiner Zeit. Sie wollten damals, dass die oberen Etagen bewohnter aussahen.»

«Ich kenne 16D. Die Wohnung steht seit Jahren leer. Da drinnen sind keine Sachen von Ihnen, auch nicht von sonst wem.»

«Nein, nicht *in* der Wohnung selbst. Aber was ist mit dem Briefkasten unten? Weißt du, ich bin ausgezogen, an meine neue Adresse kam die Post aber erst mehrere Monate später. Ich wohne jetzt seit zehn Jahren nicht mehr da, und ein paar Briefe kommen immer noch nicht zu meiner heutigen Wohnung. Ich bitte dich ja nur darum nachzusehen – einfach nur einen Blick reinzuwerfen. Und wenn du das tun solltest, gibt es für mich eigentlich keinen Grund mehr, diesen Schlüssel noch länger zu behalten.»

«Auch wenn ich nichts finde?»

Er zuckte mit den Schultern.

Mir war, als wartete er bloß auf ein Zeichen, dass ich bereit wäre, mich, wenn schon nicht jetzt, dann wenigstens vielleicht in der Zukunft überreden zu lassen. Und was mich betraf, so wusste ich, dass ich keine weiteren Fragen stellen sollte, da ich nicht die Absicht hatte, seiner Bitte nachzukommen. Und doch: «Warum haben Sie ihn gestohlen?»

«Wenn Bezi nicht da war, bin ich gern raufgegangen, um mir ihre Bilder anzusehen.»

«Ihre Bilder?»

«Bezi Duras ist Malerin, eine ganz große Nummer.» Dann ging ihm etwas auf: «Moment mal. Warum willst *du* denn zu ihr rauf, Naseweis – wenn nicht, um dir die Bilder anzugucken?»

Ich zuckte mit den Achseln.

«Haben wir einen Deal?»

«Vielleicht.»

*

Während der nächsten Woche tat ich kaum etwas anderes, als über seinen Vorschlag nachzudenken. Zu schaffen machte mir vor allem meine nicht geringe Überzeugung, dass das ganze Vorhaben auf einer Lüge beruhte. 16D lag Ecke Park Place, eine riesige, nach Westen ausgerichtete Wohnung mit zwei Schlafzimmern, aus der man je nach Jahreszeit einen Blick durch das Geäst alter stattlicher Ahornbäume auf den überfluteten Freeway hatte. Ich konnte mir nicht vorstellen, dass man je einem Hausmeister erlauben würde, dort einzuziehen, schon gar nicht mit Zustimmung von Popowitsch. Und dennoch, May hatte mich gebeten, darüber nachzudenken, und während ich die Waschbärfalle im Auge behielt, blieb mir dafür jede Menge Zeit.

Eines Abends hielt ich mich länger im Büro meiner Mutter auf. Das Radio lief, und der Dispatcher bemühte sich, einen Mann zu unterbrechen, der schon seit elf Minuten von den Vorzügen eines alten Holzkohlegrills schwärmte, den er früher einmal besessen hatte.

(«Dieser Duft, Dispatcher.»

«Ich weiß, mein Freund, ich weiß.»

«Manchmal wache ich auf, und ich könnte schwören, ich rieche noch immer diese Steaks.»

«Das brauchen Sie mir nicht zu erzählen, mein Freund.»)

Enas alter Tisch glich einer archäologischen Ausgrabungsstätte – lagen die Schichten nur tief genug unter jener der Gegenwart, konnte man allerlei über die organisatorischen Neigungen vergangener Hausmeister erfahren. Die Sachen meiner Mutter waren ganz oben: penibel geordnete Papierstapel, alle exakt rechtwinklig, und ein Katalogisierungssystem, das ihr gewiss das Lob einer jeden öffentlichen Bibliothek eingebracht hätte. Gleich darunter fand sich Enas Arbeit: Schachteln, die mit Papier überquollen, dazu in die Ecken sowie unter den Tisch gestopfte Tüten. Die meisten würden wohl nichts weiter enthalten als alte

Lumpen oder Kleinkram, Sachen, von denen sie zwei gekauft und eine verstaut hatte; defekte Badarmaturen, einen Pümpel ohne Saugglocke. Schließlich kramte ich einen Beutel mit der Aufschrift «Post» hervor, die Briefe adressiert an ein Sammelsurium mir unbekannter Namen. Nur eines der Schreiben war für 16D: eine Reklame für Aufnahmegeräte, adressiert an einen gewissen LAMB OSMOND. «Sound in Studioqualität», wurde versprochen, «direkt im Komfort der eigenen vier Wände.» Laut Poststempel zwölf Jahre alt, also fiel die Broschüre genau in jene Zeit, in der Post für May angekommen sein sollte, was meinen Verdacht bestätigte und mich zugleich nervös machte. Wer zum Teufel war Lamb Osmond?

Widerstrebend machte ich mich auf, nach Antworten im Briefkasten von 16D zu suchen. Er quoll über von Briefen. Einige gehörten zu jener Werbepost, von der es, wie ich gehört hatte, früher jede Menge gegeben haben muss; die übrigen waren ausnahmslos an Lamb Osmond adressiert. Ich dachte kurz daran, sie in mein Zimmer zu schmuggeln, damit ich sie in Ruhe durchsehen konnte – nur, wie wollte ich diese Schreiben erklären, falls meine Mutter sie zufällig fand? Und warum sollte ich das Risiko eingehen, wenn doch kein einziger Umschlag an Lewis May adressiert war? Ich stopfte alles zurück in den Briefkasten, verschloss ihn wieder und legte den Schlüssel zurück.

«An wen ist die Post adressiert?», fragte ich May, sobald er sich am nächsten Abend blicken ließ. «Ich meine, nur für den Fall, dass ich nachsehen sollte.»

Er grinste. «Das hast du schon getan.»

«Hab ich nicht. Und das werde ich auch nicht, wenn Sie nicht anfangen, mir gegenüber ehrlicher zu sein.»

Er machte es sich auf der Mauer bequem und schlug die

Beine übereinander. «Die meisten Schreiben dürften an Lamb Osmond gerichtet sein.»

«Und wie lautet noch mal Ihr Name?»

Er zögerte. «Lewis Allen May.»

«Sie verstehen, warum ich damit ein Problem habe?»

«L. A. M. Osmond. Lewis Allen May Osmond. Abgekürzt Lamb.»

«Lamb wird aber anders buchstabiert.»

«Das ist ein Kosewort, Naseweis. Meine Mutter hat mich so genannt. Osmond war der Name meines Großvaters.»

«Klar doch.»

«Aber es stimmt. Frank Gareth Osmond. Der Vater meiner Mutter.»

«Was aber nicht erklärt, warum Sie Post unter dem Namen Lamb Osmond erhalten, wo Sie mit Lewis Allen May doch einen eigenen Namen haben. *Falls* das denn Ihr Name ist.»

«Jede Menge Menschen haben mehr als einen Namen.»

«Verdächtige Menschen.»

«Ich bin kein verdächtiger Mensch.»

«Den Eindruck machen Sie aber.»

Spätestens jetzt, falls er es nicht schon vorher getan hatte, begriff er, dass von dieser Sache mit dem Namen viel abhing. Seine scheinbare Unbekümmertheit verschwand. Er ließ sich Zeit. «Weißt du was?», sagte er. «Ich kann es dir beweisen.» Er rutschte auf der Mauer deutlich näher an mich heran. «Im Wohnzimmer von 16D gibt es einen Kamin, richtig? Ja?» Das schien mir ein Detail zu sein, das Ena niemals bestätigt hätte, also sagte ich auch nichts. «Nun», sagte May, «es gibt ihn. Setzt man sich auf die Kaminplatte und tastet mit den Füßen herum, gibt eine der Fliesen nach. Und wenn man die umdreht, findet man eine kleine Inschrift: ‹Lamb Osmond schrieb hier *Nichts vergeht.*›»

Ich starrte ihn an. «Das beweist doch nicht, dass Sie Lamb Osmond sind. Das beweist nur, dass Sie wissen, was unter einer von Lamb Osmonds Kaminfliesen geschrieben steht.»

«Würde denn irgendwer anders als Lamb Osmond wissen, was unter einer seiner Kaminfliesen steht?»

«Keine Ahnung.» Meine Gedanken bewegten sich nur langsam und schienen zusammenzukleben. «Vielleicht hat er Sie gebeten, eine der Fliesen zu lockern, damit er sie umdrehen konnte. Vielleicht haben Sie die Fliesen auch erst verlegt, nachdem er ausgezogen ist.»

«Aber diese Fliese sitzt nicht fest, Naseweis. Sie ist immer noch locker.» Er merkte mir an, dass ich nicht überzeugt war. «Was macht dir denn solche Sorgen?»

Ich zuckte die Achseln. «Dass Sie mich bitten, die Post von jemand anderem zu stehlen.»

«Vertrau mir, Naseweis. Alles in diesem Briefkasten gehört mir.»

Ich war immer noch nicht davon überzeugt, dass er die Wahrheit sagte. Vielleicht aber war ich auch längst überzeugt und schämte mich, weil er mich so leicht rumgekriegt hatte. Ena – vielleicht auch jeder Mensch, der erwachsen genug war, mit dieser Art von Entscheidung konfrontiert zu werden – hätte gewiss klügere Fragen gestellt und die Löcher in seiner Geschichte entdeckt. Womöglich hatte er deshalb kein Glück bei meiner Tante gehabt, diesem vernünftigen Panoptikum von einer Person, und musste folglich dazu übergehen, eine Elfjährige mit der Aussicht auf einen geheimnisvollen Schlüssel zu ködern.

Meine Zweifel wuchsen und verhärteten sich. Ich stellte

mir vor, ich müsste meiner Mutter erklären, warum ich an einer Reihe von Vergehen beteiligt gewesen war, die ausnahmslos auf Lügen basierten. Warum dieses Schlüsselstibitzen und Herumgeschnüffle? Warum entwendete ich Post, die nicht für mich bestimmt war und nicht einmal den Namen jener Person trug, für die ich sie stehlen sollte? Hatte sie mich nicht erzogen, besser zu sein, klüger, vernünftiger? Mir kam der Gedanke, das Ganze einfach aufzugeben – und vielleicht hätte ich es auch getan.

In derselben Woche noch begegnete ich jedoch Bezi Duras. Ich war auf dem Heimweg von Ricky's, als Bezi Duras um die Ecke bog. Ich sprang beiseite. Sie sah mich nicht, schoss vorbei wie ein Blitz; trotzdem blieb mir Zeit zu sehen, dass Rock und Stiefel mit Farbe bespritzt waren. Königsblau und ein seltsam elektrisches Grün, so blass, dass es fast gelb wirkte. Direkt dort, auf all ihren schlichten Kleidern, vom Sonnenlicht zum Leuchten gebracht.

Ich starrte ihr nach, den Hang hinauf.

Farbe. Würde Farbe sich nicht in ebendieser Weise auf dem Körper einer Malerin kundtun? Würde Farbe nicht jede Gelegenheit nutzen, sich von der Staffelei zu entfernen und dort zu enden, wo sie nichts zu suchen hatte? Würde sie nicht ihre Nagelbetten beflecken, sich an die Wimpern heften, ihre Haarspitzen färben? Und wenn May in *diesem* Fall die Wahrheit sagte – dieser granulöse Beweis, dieses entscheidende Etwas, das mir an Bezi zuvor nie aufgefallen war, weil ich zu eifrig die Hunde im Auge behalten hatte, statt die Malerin zu studieren –, könnte er dann nicht auch hinsichtlich der Briefe die Wahrheit sagen?

Also betrat ich 16D. Warum auch nicht? Wenn ich nicht wollte, würde ich May schließlich nie etwas davon sagen müssen. Ich stand im großen Zimmer, eins zwei drei, sah das Abendlicht hereinschmelzen und versuchte mir vorzustellen, wie er vor all den Jahren hier gewohnt hatte. Die schmale Brille auf dem Badezimmerschränkchen. Die Anzüge im Schrank. Die Bücher gestapelt auf dem Sims. Ich trat an den Kamin. Er war leer, die weißen Fliesen rußverdreckt. Der kleine Wirbelwind, der in jedem Kamin weht, zog und schob, als könnte er sich nicht recht entscheiden, was er mit mir anfangen sollte.

Ich setzte mich auf den Kaminrand und tastete den Boden mit den Füßen ab, bis ich spürte, wie eine der Fliesen leicht nachgab. Es war eine große Platte, dreißig mal neunzig Zentimeter, und ich glaubte nicht, dass ich sie bewegen konnte, mit einem Kuhfuß aber gelang es mir, als ich einige Tage später zurückkehrte, um die Sache nun etwas entschiedener anzugehen. Ich wuchtete den Rand an, und einen Moment lang stand die Fliese hochkant, ehe sie laut knirschend wieder zu Boden fiel. Ich wartete, ob der Lärm jemanden an die Tür lockte, aber niemand kam.

Als es mir schließlich gelang, sie umzudrehen, fand ich die versprochenen Worte. «Lamb Osmond schrieb hier *Nichts vergeht.*» Die Inschrift schloss mit einer abstrakten, fedrigen Zeichnung dessen, was ich für einen Kranich hielt, der auf einem Bein stand.

Als ich May das nächste Mal traf, steckten Stift und Papier in meiner Tasche. «Da ist noch etwas unter der Fliese», sagte ich. «Wissen Sie, was das ist?»

Er runzelte die Stirn. Zum ersten Mal wirkte er nicht mehr so selbstgefällig.

«Nein, ich fürchte nicht», sagte er.

«Ein Bild von etwas. Erinnern Sie sich?» Er musterte mich weiterhin. Ich hielt ihm Stift und Papier hin. «Es ist … ein Vogel.»

Seine Miene leuchtete auf. «Ach, Naseweis – ja, natürlich.»

Seine Zeichnung war ziemlich genau. Sehr genau. Ich war so klug, ihn nicht merken zu lassen, ob er meinen teuflisch cleveren Test bestanden hatte, spürte aber, dass er begann, sich ein wenig über mich zu ärgern. War es vernünftig, ihn noch weiter zu bedrängen? Und wenn ja, wie? Mir fiel nicht mehr ein, was ich ihn noch fragen könnte. Alles, was er bislang gesagt hatte, war ja irgendwie wahr gewesen. Wäre das für einen Erwachsenen gut genug? Oder würde ihm ein Erwachsener die Briefe weiterhin aus dem einfachen und unwiderlegbaren Grund vorenthalten, dass sein Name nicht auf den Umschlägen stand?

Ich glaube, es kam für uns beide ein wenig überraschend, als ich am folgenden Abend mit einer Kiste auftauchte, die Lamb Osmonds Post enthielt.

«Naseweis! Du hast es getan!» Er klang bewegt, was mich überraschte. Ich hatte mir eine formellere, auch würdigere Übergabe vorgestellt, so wie einen Brieftaschentausch in einem der alten Filme – deshalb hatte ich mir ja überhaupt nur die Mühe gemacht, all die schmuddeligen Briefe in eine einzige Kiste zu packen. May aber ging an Ort und Stelle, mitten in Bezi Duras' Vorhof, auf die Knie und fing an, in der Kiste zu wühlen, blätterte Hände voll Papier durch, um dann gleich nach weiteren Briefen zu kramen. «Das ist wunderbar», sagte er. Das entwürdigende Schauspiel ging weiter: Irgendwann begann er sogar zu weinen – zumindest beschlug seine Brille, was ich seltsam beschämend fand.

Die Peinlichkeit wurde zu Unbehagen. Er brauchte ewig. Ich sah deutlich vor mir, wie das alles weitergehen würde: Ausgerechnet heute würde Bezi Duras früher von ihrem Spaziergang zurückkommen und dieses absurde Tableau vorfinden, einen Fremden, der in eine Kiste mit alter, vergilbter Post flennt, und mich daneben mit überkreuzten Armen stehend, wie ich «Eins zwei drei» vor mich hin murmelte.

Endlich fiel May wieder ein, wo er war. Er packte mich am Handgelenk. «Naseweis», sagte er. «Danke.»

«Gern geschehen.» Was hätte ich auch sonst einem Erwachsenen in diesem Zustand sagen können?

Er sichtete weiter die Briefe. Am Boden der Kiste angelangt, sackte sein ganzer Körper in sich zusammen.

«Ist da noch mehr?», fragte er über die Schulter gewandt.

«Nein.»

«Nichts mehr im Briefkasten?»

«Und auch nicht im Keller.»

Er schwieg einen Moment, rang um seine Fassung. «Irgendeine Idee, wo sich sonst noch ein verloren gegangener Brief finden könnte?»

«Es ist nicht dabei, oder? Was immer Sie auch gehofft haben, in der Post zu finden.»

«Sieht nicht so aus, nein.»

«Tut mir leid.»

Er schüttelte den Kopf. «Ach, Naseweis.» Er rang sich ein Lächeln ab. «Weißt du, manchmal hat man sich so weit von dem entfernt, was man einmal gewesen ist, dass man eine kleine Erinnerung daran braucht, wie real die Vergangenheit einmal war.» Er wedelte mit einem kleinen Pappstreifen – einer Lebensmittelkarte, datiert auf einen Tag vor zwölf Jahren, aus jenem Jahr also, in dem ich geboren worden war.

Ich musterte sie mit zusammengekniffenen Augen. «Seife und Kaffee, glauben Sie, die können Sie noch einlösen?»

Er lachte leise. «Vielleicht, Naseweis. Vielleicht.» Er

brauchte ewig, um aufzustehen. «Ach, zur Hölle damit. Den Versuch war es wert. Danke dafür. Das werde ich dir nicht vergessen.»

Eine technisch etwas versiertere Person hätte inzwischen wohl längst herausgefunden, was sich über Lamb Osmond in Erfahrung bringen ließ, und dabei entdeckt, dass Lewis Allen May vor langer Zeit, mit gerade mal zwanzig Jahren, seine Sachen gepackt und den leuchtenden grünen Weiten der Windfarm, auf der er aufgewachsen war, den Rücken gekehrt hatte, um seine Mutter, eine Gedichte liebende Bibliothekarin, und seinen stoischen und in emotionaler Hinsicht recht gewöhnlichen Vater hinter sich zurückzulassen und in ebenjener Island City sein Glück als Schriftsteller zu suchen, aus der seine Großeltern einst fortgezogen waren.

Die Stadt war damals bereits öfter dem Untergang preisgegeben worden, doch hatte sie es immer wieder geschafft. Sie konnte gar nicht anders, belebt von dem Feuer, das sie in den zuletzt Zugezogenen entfachen konnte. May war davon überzeugt, durch und durch mit ihr vertraut zu sein, kannte er doch die Geschichten seines Großvaters und hatte sein Leben lang darüber gelesen; zudem wusste er, dass in ihm ebendieses notwendige Feuer brannte. Allerdings war er nicht darauf vorbereitet gewesen, wie rasch die Stadt sich leerte oder wie erschöpft sie wirkte. Er war nicht auf die Ausdehnung der Müllstrände in der Inselmitte vorbereitet gewesen. Auch nicht darauf, wie gleichgültig die Frauen aus dem Norden der Insel waren: Düster, in sich gekehrt, wischten sie die Tische in den von Urgroßeltern geerbten Teeläden, obwohl es längst kein Gramm mehr von jenem Tee gab, an den nur noch die Bilder an der Wand erinnerten. Er suchte den kleinen Antiquitätenladen seines Großvaters auf, mit Brettern zugenagelt wie alle anderen Häuser in dieser ruhigen Gegend. Risse im Fundament. Feuerleitern baumelten nutzlos herab.

Das Wiederansiedlungsprogramm steckte noch in seinen Anfängen. Mit anderen darüber zu reden, war der sicherste Weg, mit so gut wie jedem einen Streit vom Zaun zu brechen. Die weißen Hochhausbewohner überall auf der Insel waren ganz und gar dafür – damit bot sich der Verwaltung eine Gelegenheit, überall auf der Welt Klimaschulden zu tilgen, ohne die Steuern anzuheben. Und zudem war, wer ins Wiederansiedlungsprogramm aufgenommen wurde, erschöpft und dankbar. Die Teilnehmer sahen, was sie bei ihrer Ankunft vorfanden, durch eine rosarote Brille, anders als die Leute von den äußeren Inseln, die nichts als Jahrhunderte der Beschwerden und Fragen kannten. Warum hatte die Verwaltung so lange damit gewartet, neue Wohnungen als Anreiz zum Bleiben anzubieten? Warum waren nicht rechtzeitig neue Wohnungen gebaut worden, damit Leute wie Mays Großeltern gar nicht erst fortziehen mussten? Stattdessen hatte man Züge ausfallen, ihre Läden leer stehen und die angrenzenden Häuser in die Bucht versinken lassen.

May wusste es. Er hatte es sein Leben lang gewusst. Was er aber nicht wusste, war, warum die Stadt immer mehr Menschen anlockte, wenn es ihr doch nicht mal gelang, jemandem, der sie so sehr liebte und der so viel über sie wusste, das Gefühl zu vermitteln, dass er willkommen war.

Von den drei Büchern, die er in jenen nebulösen frühen Jahren schrieb, wurden zwei veröffentlicht, beide unter dem Namen Lamb Osmond, eines mit bescheidenem Erfolg – der May zu einer Teilzeitstelle an einer Universität im Norden der Insel verhalf.

Er war fest entschlossen, sich wie all die übrigen Dozenten in seinem Fachbereich abzurackern, bis ihm der Durchbruch als Autor gelang. In seiner Jugend hatte er geglaubt, jemand zu sein, der im Rampenlicht aufblühte, doch während der wenigen Male, da sich ihm die Gelegenheit bot, diese Annahme auf den Prüfstand zu stellen, fand er den Blick der Öffentlichkeit unangenehm zudringlich und musste Betablocker schlucken, nur weil er die Leser zu einer Wohltätigkeitsveranstaltung im Süden der Insel begrüßte. In ihm wuchs die Überzeugung, dass es ihm gefallen könnte, unbekannt zu bleiben.

Und er blieb unbekannt – bei den Literaten, oft auch bei den Rezensenten, zu seiner Überraschung aber wurde er von dem großen Dichter Benjamin Bowen wahrgenommen, dessen Büro in der Universität an das von May grenzte. Mays Mutter war eine glühende Verehrerin von Bowens Werk, und May war mit seinen Gedichten aufgewachsen. Er hätte nie erwartet, den legendären, stiernackigen Don Juan dabei anzutreffen, wie er am Wasserspender im Flur Flaschen auffüllte oder nach seiner fünften Scheidung auf demselben alten Bürosofa schlief, auf dem er schon so viele Nächte nach den vier vorangegangenen Scheidungen verbracht hatte. Noch hätte er je geglaubt, dass dieser Mann echtes Interesse für jemanden so Unbedeutenden an den Tag legen könnte, doch Bowen überraschte ihn damit, dass er sich Mays Bücher besorgte und sie las – selbst jenes, das nicht mehr lieferbar war. «Sie haben es echt drauf!», rief er May eines Morgens zu. «Diese Szene mit den Turbinen!» Und dort, unter den grellen Flurlampen im fünften Stock, in Hörweite aller Klassen, deren Zimmertür offen stand, stieß Benjamin Bowen einen anerkennenden Pfiff aus.

May hätte nicht sagen können, ob diese Bemerkung scherzhaft gemeint war oder nicht, vergaß seine Bedenken aber, als Bowen begann, ihn einzuladen: erst auf einen Kaffee, dann zum Schachspielen im Park, später zu einer Abfolge literarischer Partys, die oft im schummrigen Licht der Penthousewohnung des einen oder anderen Verehrers von Bowen stattfand, meist älteren Männern mit auf fragwürdige Weise angehäuftem Vermögen und einer überdrehten, beschwipsten Ehefrau. Nach einer dieser Veranstaltungen führte Bowen ihn auch höher hinauf in den Norden zu einem halb verfallenen Jahrhundertwendeschloss, wo sie unangekündigt ins Domizil eines literarischen Giganten platzten, von dem May nicht einmal geahnt hatte, dass er noch am Leben war: Stuart Levshin («Isst immer noch Fleisch», warnte ihn Bowen), Paul Brightwood («Perversling») und schließlich sogar zu Fazal Khan («Einem größeren Arschloch sind Sie nie begegnet, aber sein Wein ist gut»).

May begriff nicht so recht, wie er bei denen da oben gelandet war. Die meiste Zeit kam es ihm vor, als führte er das Leben eines anderen, wenn er aber leise lachte und sich an den Rand setzte, würde vielleicht niemandem auffallen, dass er diesen Heroen der Literatur keine Geschichten über die Stadt zu erzählen wusste, wohingegen sie in der Dämmerung ihres Lebens nichts anderes als Geschichten zu kennen schienen: über ihre Jugend, ihre Zeit auf den Bühnen irgendwelcher Theater oder Lesesäle, über halb erinnerte Feste zu ihren Ehren, über eisige Spaziergänge an jenen unfassbar seltenen Abenden, an denen sie alle drei oder vier Arm in Arm mit jenen nach Hause gingen, für die ihre romantischen Avancen gedacht waren. In ihrer Gesellschaft begriff May schließlich den Unterschied zwischen jenen Menschen, die *aus* der Stadt waren, und jenen, die *zu* ihr gehörten – Menschen, deren Anwesenheit die Stadt im Laufe ihrer Geschichte ebenso geprägt hatte wie sie selbst. Jene Stadt, von der eine noch beeindruckendere Version in ihrer Arbeit und ihren Köpfen lebte. Sie wiederum hatte es ihnen gewährt, sie so zu sehen, wie sie wirklich war – schonungslos und unberechenbar, ewig; unverändert von der schleichend steigenden Flut und dem dadurch heraufbeschworenen Untergang oder vom stetigen Exodus derer, die die großen Schriftsteller nur «kraftlose Abgänger» nannten, jene also, die sich den Maßnahmen der Nachwelt nicht unterziehen wollten.

Krampfte sich sein Magen ein wenig zusammen, wenn er daran dachte, seiner Mutter, die ihr Leben lang eine so entschiedene Bewunderin von Bowen war, zu gestehen, dass es im Freundeskreis dieses großen Dichters weiter keine Schwarzen Schriftsteller gab? Natürlich. Er wollte ihr nicht wehtun. Er wollte nicht, dass sie ihre Ansicht über die handgekritzelten Zeilen aus *Des Schicksals Gunst* änderte, die schon seit der Zeit vor seiner Geburt an der Kühlschranktür hingen.

Sechs Monate nach Mays Aufnahme in diese Gefolgschaft des Erinnerns traf der Tod Benjamin Bowen in seiner Küche an. Lungenembolie. Es überraschte May, seinen Namen auf der Liste der Sargträger zu entdecken, da er nicht recht verstand, wie es gekommen war, dass er zum inneren Kreis des großen Dichters zählte; andererseits aber, sagte er sich, hatte sich ein Mann von Bowens Alter und Ruf vermutlich gewöhnlichen Menschen fern gefühlt. Da schien es nur verständlich, dass er es tröstlich gefunden hatte, den Ablauf seines Abgangs zu planen, erst recht für den Fall, dass nur wenige zu seiner Beerdigung kommen sollten.

Diese Theorie löste sich während der Aufbahrung in nichts auf, als May sich genötigt sah, fünfundzwanzig Minuten in einer Warteschlange anzustehen, die sich um den ganzen Block zog. Später, als er dem Leichenwagen folgte, der Benjamin Bowens Sarg auf der Prozessionsroute über die Brücke und durch die Straßen der Stadt fuhr, erstaunte ihn, dass die Gehwege von Menschen wimmelten, die einen Abschiedsgruß in Händen hielten. Der arme May begann ein Ziehen in der Brust zu spüren, einen Schmerz, der während der Andacht und bei der Leichenfeier anhielt und durch die Anwesenheit von über tausend Trauergästen – unter ihnen der Bürgermeister – noch verstärkt wurde, deren Kummer die Fenster der Kirche beschlagen ließ. Der Schmerz in Mays Brust nahm zu. Das ist die Trauer, sagte er sich und konnte kaum schlafen. «Nur die Trauer, nicht?», sagte er zur Ärztin, die er aufgesucht hatte, um sicherzustellen, dass es nichts anderes war.

Es sei eine Panikattacke, erwiderte die Ärztin und blickte von ihren Notizen auf. Ob er in den vergangenen Wochen unter akutem Stress gelitten habe?

Der akute Stress war von Folgendem verursacht worden: Bowens Begräbnis hatte May genötigt, sich sein eigenes auszumalen. In dem kurzen Moment, in dem sein Hirn dem Gedanken anhing, er selbst liege in dem Sarg, konnte er sich niemanden in der Rolle vorstellen, die er selbst eingenommen hatte. Nicht eine einzige Person wollte ihm einfallen, die er zu seinem Sargträger ernennen könnte. Und wenn er versuchte, im Geiste die Straßen mit Trauernden zu füllen, sah er darunter niemanden aus der Universität oder von den Literaturpartys, niemanden, der gekommen war, um von ihm Abschied zu nehmen.

Nein, nein, sie würden nicht kommen, begriff er – und seine Brust verkrampfte sich aufs Neue. Eigentlich kannte er niemanden von denen, kannte sie so wenig, wie sie ihn kannten. Und auf seine Leser konnte er auch nicht zählen. Sein Werk, obwohl gut besprochen, war weder angesagt noch beliebt. Er war keine Galionsfigur einer Bewegung, auch nicht der führende Kopf einer kulturellen Wende. Er verstand ja nicht einmal seine Studenten, die sich nur an ihn wandten, wenn sie ein Gutachten für einen Stipendienaufenthalt an Orten brauchten, an denen er selbst nie gewesen war. Er war ein junger Schwarzer, der ein paar Bücher über eine Stadt geschrieben hatte, die ihn seit jeher faszinierte, die er aber eigentlich nicht kannte, in seinem Beruf allein, einsam sogar in überfüllten Räumen. Und er stammte nicht aus der Stadt, gehörte nicht zu ihr. Er war drauf und dran, seinen Weg gänzlich allein zu gehen.

Dies war seine geistige Verfassung, unter der er litt, als der Bahnhof Exchequer Street einstürzte. Wir müssen uns nicht lang mit den Details aufhalten. Sie erinnern sich gewiss an das meiste, an den Einsturztrichter, den Schutt, an Gebäudereste flach wie eine Flunder und daran, dass «flundern» plötzlich zu einem Verb wurde. Wie in: «Der Bahnhof ist gerade geflundert.» Die Bilder von Menschen, die in Scharen über den Highway liefen, die Brände, die Rettungsmannschaften. Die Untersuchung, die drei Jahre währte, die endlosen Prozesse und schließlich die Überarbeitung der Bauordnung, wodurch die Behörden endlich zugeben mussten, dass die meisten der südlichen Stadtbezirke im Grunde Mülldeponien und zudem deutlich abgesackt waren – was nachfolgende Überflutungen bestätigten –, um gar nicht erst vom Kollaps weiterer Gebäude in der gesamten, sich stetig ausweitenden Gezeitenzone zu reden.

Doch ehe all das bekannt wurde, war May nur einer von vielen Zuschauern, die sich wie betäubt über die Leitplanken des Highways lehnten und den Staub über die Bucht davonwirbeln sahen. Er war da, als die Hubschrauber kamen und die Trümmer überflogen. Er war auch da, als man anfing, Leichen aus dem Schutt zu bergen. Nachrichtensprecher stellten hektisch Berechnungen an: Sechs Züge waren im Moment des Einsturzes in den Bahnhof ein- oder ausgefahren. Und jeder an Bord, aber auch die über zweihundert Angestellten im Bahnhofsgebäude könnten noch da unten sein. Könnten noch leben.

An neunundzwanzig Tagen der dreißig Tage währenden Rettungsaktion war May vor Ort. Die erste Hälfte dieser Zeit verbrachte er bei den Nachrichtenteams, ließ sich von Gruppe zu Gruppe treiben, schnappte Infoschnipsel auf, ehe sie für die offizielle Verlautbarung überarbeitet wurden. Bald aber fand er das zu belanglos und fing an, Zeit in der Bar des Hotel Martinique zu verbringen, gleich außerhalb der Sicherheitszone, wo sich jeden Abend die Familien der Opfer versammelten, um zu beten und sich Geschichten über die geliebten Menschen zu erzählen, von denen sie hofften, sie seien noch am Leben, irgendwo da unten, gefangen, aber unversehrt. Als man sich schließlich auch bei ihm erkundigte, ob er ebenfalls auf jemanden warte, bejahte er die Frage. Und als er daraufhin gebeten wurde, Näheres über den Vermissten zu erzählen, hörte er sich jemanden erfinden, der große Ähnlichkeit mit Benjamin Bowen aufwies.

Obwohl die Familien von den Nachrichtenteams gnadenlos bedrängt wurden, gelang es May, den meisten aus dem Weg zu gehen. Irgendwann stellte ihn jedoch ein stürmischer Rotschopf in einem schlecht sitzenden Anzug und hielt ihm ein Mikro unter die Nase. «Und Sie, Sir? Für wen beten Sie?»

«Für meinen Großvater», stammelte May.

«Gibt es irgendwas, das Sie unseren Zuschauern über ihn erzählen möchten?»

Was sollte er darauf antworten? «Er ist ein Dichter.»

Kaum wurde die Aufnahme gezeigt, rief seine Mutter ihn an. Sie klang außer sich. «Warst du das gerade im Fernsehen, Lewis, oder verliere ich langsam den Verstand?»

«Nein, nein», log er. «Das war nur irgendein Typ, der aussieht wie ich.» Und um sie zu trösten, fügte er noch hinzu: «Du bist nicht die erste Person, die anruft, weil sie meint, mich erkannt zu haben.»

Seine Mutter kaufte ihm das ab, nicht aber die Einsatzleitung der Rettungsaktion, die May am folgenden Tag aufspürte. Man hatte das Interview gesehen und wollte, dass er für die ständig länger werdende Liste der Vermissten den vollständigen Namen seines dichtenden Großvaters angab. Da May kaum «Benjamin Bowen» sagen konnte, erfand er einen Namen: James Fahey, improvisierte die Schreibweise und dachte erst wieder daran, als er einen Monat später, nach Ende der Rettungsaktion, den Namen auf der Liste der mutmaßlichen Toten entdeckte.

Hätte er es auch getan, wenn er geahnt hätte, wozu dieser «James Fahey» noch alles führen sollte? Ich weiß es nicht. Vielleicht. Als er mir die Geschichte zum ersten Mal erzählte, viele Jahre nachdem ich ihm in Bezi Duras' Vorhof die Kiste mit den Briefen gegeben hatte, bestritt er es jedenfalls. Im Laufe der Jahre aber kamen wir noch häufiger auf diese Geschichte zu sprechen, und er änderte seine Meinung von

Mal zu Mal. Vor allem aber kam er immer wieder darauf zurück, dass nach dem Einsturz die Überzeugung in ihm gewachsen sei, sich entgegen aller Wahrscheinlichkeit im Zentrum eines für die Geschichte der Stadt entscheidenden Geschehens befunden zu haben. Einem *jener* Ereignisse, deren Zeugenschaft sonst nur Leute wie Benjamin Bowen und seine Freunde für sich beanspruchen konnten. Ja, es war schrecklich gewesen, der Anfang einer Art Ende, aber fortan würde es für immer Teil der Geschichte dieser Stadt sein. Und er, Lewis Allen May, hatte daran teilgehabt. Und es war besser, Teil von etwas zu sein – wie tragisch auch immer – als Teil von gar nichts.

Jedenfalls hielt May weiterhin an James Fahey fest, während sich die Rettungsaktion zur Bergungsaktion wandelte. Er ging noch oft zur Einsturzstelle, wo Helfer in abnehmender Zahl fortfuhren, die Ruinen zu durchsuchen, und in kleineren Teams eine Leiche nach der anderen hochholten. Er sah, wie die Toten nach draußen getragen wurden, in eine Plastikplane gehüllt, meist gegen drei Uhr morgens, wenn alles still war, um dann zur Identifikation in die Leichenhalle am Nordende der Insel gebracht zu werden. Doch obwohl er so nah dran war, war es ihm nie nah genug. Er wusste nicht, welcher der rotäugigen Trauernden aus dem Hotel gebeten wurde, jene zu identifizieren, die in einem der großen gelben Säcke lagen. Er wusste nicht, wer um drei, vier Uhr morgens den Anruf erhielt. Kommen Sie bitte, sobald Sie können, wir glauben, wir haben Ihren Vater, Ihre Schwester, Ihren Freund gefunden. Immer mal wieder musste May sich daran erinnern, dass er selbst einen solchen Anruf nie erhalten würde. Es *gab* keinen James Fahey. Und obwohl er gleich vom ersten Tag an im Zentrum des Geschehens gewesen war, würde er – wie irgendein beliebiger Außenstehender – warten müssen, wenn er erfahren wollte, was unten im Bahnhof geschehen war. Er würde nie eine Beileidsbekundung erhalten, nie einen Fetzen Papier oder ein Kleidungsstück. Aus der nationalen Tragödie wurde private Trauer, und für ihn fand sich darin kein Platz. Er war ein Zuschauer, der dem Ereignis zwar nahestand, aber nicht dazugehörte. Wie konnte er erklären, dass er sich im Herzen dem Geschehen so viel näher fühlte?

Als die Rettungsteams einen Abholraum einrichteten, in dem die Familien die Habe ihrer Toten einsammeln konnten, sorgte er dafür, dass er als einer der Ersten Zutritt erhielt. In einem mit knallbunten Blumen verzierten Rucksack fand er aufgerollte Socken und ein Exemplar von Benjamin Bowens *Moonlight*, was er für ein Zeichen hielt. Er nahm den Rucksack mit nach Hause, las den Band Gedichte noch einmal und versuchte, möglichst viel über seine Vorbesitzerin herauszufinden. Er kannte ihren Namen nicht. Sie hatte das Buch von jemandem namens Soraya erhalten, die sie ihrerseits nur «Wondergirl» nannte. Die bedeutungslosen Kritzeleien am Rand – Einkaufslisten, Adressen – wurden von Zeilen unterbrochen, die May für ihre eigene Lyrik hielt. Und die waren gar nicht übel. Er vermutete sogar, dass Benjamin Bowen sie durchaus zu schätzen gewusst hätte. Zumindest jene Verse, die nicht zum Politischen tendierten. («Gesellschaftliche Veränderungen sind allein das Werk der Zeit», hatte Bowen gesagt, «nur sehr selten das Werk von Menschen.») Wondergirl war offenkundig anderer Ansicht. May stellte sie sich als eine junge Frau vor, etwa in seinem Alter, als jemanden, der im Geschriebenen Antworten suchte, getrieben von einem Verlangen, die Dinge zu verstehen, sowie einer tiefen Liebe für diese Stadt, der ihr ganzes Herz galt. Doch während er die

Wunder der Stadt blindlings hingenommen hatte, richtete Wondergirl ihren scharfen Blick auf all ihre Unzulänglichkeiten. Darauf, wie die Stadt an ihren Armen und Bedürftigen versagte. Wie sie ihre Verletzlichsten weiter und immer weiter bis an den äußersten Rand drängte, in Gegenden, die bereits überflutet wurden. So hatte er über ihre verborgenen Wahrheiten schreiben wollen, über ihre unverwüstlichen Bewohner. Wie schrecklich, dass Wondergirl gestorben war und nicht er. Ein vielversprechendes Leben, ausgelöscht durch einen Zufall.

Die Kurzgeschichte, die er schließlich über einen in die Erinnerung an eine junge Frau verliebten Dichter schrieb, deren Rucksack er am Ort eines Unfalls mit Fahrerflucht stahl, wurde zu seinem am besten besprochenen Werk. Als er mit seiner Mutter telefonierte, um ihr zu sagen, dass seine Geschichte von der Zeitschrift *The Islander* für eine ihrer letzten Druckausgaben angenommen worden war, weinte sie und fuhr stolz in die nächste Stadt, um im Buchladen zehn Exemplare zu kaufen. Und da stand es schwarz auf weiß: «Wondergirl» von Lamb Osmond.

Die Geschichte schaffte es auf die Shortlist von zwei Preisen und gewann einen dritten. Entscheidend aber war, dass sie ihm die Einladung zu mehreren Festivals und Leseveranstaltungen einbrachte, die er bislang nur als Publikumsgast gekannt hatte. Er konnte es kaum glauben, dass es Menschen gab, die ihn auf der Bühne sehen und dafür zahlen wollten, dass er ihnen aus seinem Werk vorlas. In diesen Gefilden schwebte er, als eine zierliche, einen blaugrünen Salwar Kamiz tragende Frau mittleren Alters während der Frage-und-Antwort-Stunde aufstand und sagte: «Mr. Osmond – ich wollte Sie etwas über den Gebrauch der Sprache in Ihrem Werk fragen.»

«Aber gern», sagte er und empfand eine Woge warmer, dumpfer Gefühle für diese Unbekannte, die an einem Flutabend extra den weiten Weg mit einer behutsam gefalteten Ausgabe der Zeitschrift in der Hand zu ihm gekommen war.

«Ich bin eine große Bewunderin Ihrer Prosa – vor allem jener Passagen, in denen Sie das Stadtleben beschreiben.» Die Frau blätterte bis zu seiner Erzählung vor, rückte das Mikro zurecht und begann zu seiner Qual einige Sätze vorzulesen. Eine Handvoll Leute in ihrem Rücken klatschte.

«Das ist nun wirklich nicht nötig.» May war sich unsicher, ob er die Frau oder jene meinte, die den Applaus spendeten. «Trotzdem herzlichen Dank.»

«Einen Moment noch», sagte die Frau und las weiter, las zwei Zeilen, drei, vier. Er saß da, lauschte mit halbem Ohr und war dankbar für ihre Begeisterung, versuchte aber auch verzweifelt, den Blick des Moderators zu erhaschen, damit diesem unerträglichen Intermezzo ein Ende bereitet wurde. Irgendwie schien sich die Stimme der Frau zu verändern, wurde ihr Ton härter, drängender. May war sich nicht sicher, wann er anfing, sich gescholten zu fühlen – wohl etwa im selben Moment, da die Leute in der Reihe vor dieser Frau anfingen, sich einer nach dem anderen zu ihr umzudrehen. Irgendwann hörte sie auf. Das Gesicht, das sich hinter ihrer Brille zeigte, als sie die Zeitschrift schließlich senkte, zeigte nichts als Wut und Schmerz. «Diese Worte, Mr. Osmond – sie sind so passend.»

Mittlerweile waren seine Hände trotz Betablocker schweißnass. «Danke.»

«Sind das wirklich Ihre?»

«Wie bitte?»

«Sind das wirklich ganz und gar Ihre Worte?»

«Wie meinen Sie das?»

«Es ist eine ganz einfache Frage. Sind dies Ihre Worte? Oder haben Sie die von einer Toten, deren Werk Sie gefunden oder gestohlen haben oder was weiß ich?»

«Ma'am», sagte er. «Ich habe keine Ahnung, wovon Sie reden.»

«Denken Sie genau nach, Mr. Osmond – es muss ungefähr zu der Zeit gewesen sein, als Sie eine vermisste Person erfunden haben, um Zugang zur Exchequer-Tragödie zu erhalten.»

«Was für ein Unsinn!», begann er zu protestieren und wollte ihr sagen, dass sie sich irrte, wurde dann aber kreidebleich. Sie irrte sich *nicht*. Nicht völlig. Er hatte die Wahrheit nur vergessen, hatte James Fahey und das echte Wondergirl vergessen. Er lebte schon so lange mit den an den Rand von *Moonlight* gekritzelten Worten, dass er vergessen hatte, woher sie stammten. Und hier saß er nun auf der Bühne, ertappt bei etwas, das er verdrängt hatte, diese kleinen Landminen eines schrecklichen Fehlurteils, die er irgendwo in den kargen Hügeln der Vergangenheit zurückgelassen glaubte.

Wondergirl – das echte Wondergirl – hatte einen Namen, sagte die Frau. Sie hieß Maryam Handak. Und sie hatte natürlich auch eine Mutter, eine von der Sorte, die stets die erste Leserin von Maryams Gedichten gewesen war. Eine jener ersten Leserinnen, die *The Islander* abonniert hatten und der, als sie zum ersten Mal Mays Erzählung las, merkwürdig schwindlig wurde. Sie hatte ihre überlebende Tochter angerufen – die Soraya aus der Widmung, jene Soraya, die der einzige Mensch gewesen war, der Maryam «Wondergirl» genannt hatte –, und gemeinsam hatten sie die Erzählung noch einmal gelesen und waren zu dem Schluss gekommen, dass so viele Übereinstimmungen mit Maryams unveröffentlichten Gedichten unmöglich Zufall sein konnten.

Ihre derart angefachte Trauer ließ Mutter und Tochter nach und nach alle Literaturforen und jedes Interview durchforsten, um möglichst viel über Lamb Osmond herauszufinden. In einer Lokalzeitung hatten sie ein Interview entdeckt, in dem er davon erzählte, wie schwierig es sei, Inspiration in der Tragödie zu finden. Sie hatten auch jenen Nachrichtenbeitrag zutage gefördert, in dem er behauptete, einen Verwandten namens James Fahey zu vermissen. Sie hatten sämtliche Unterlagen geprüft und entdeckt, dass Frank Gareth Osmond, Großvater mütterlicherseits, bereits Jahre vor Mays Geburt gestorben war. Sie brachten sogar in Erfahrung, dass an jenem Tag, als der Bahnhof einstürzte, niemand namens James Fahey seine Metrokarte durch irgendein Lesegerät der Stadt gezogen hatte. *Wie* er Maryams noch unfertige Arbeiten in die Hände bekommen hatte, wusste sie nicht – doch unter all den Lügen konnte die Tatsache seiner Anwesenheit am Ort jener Tragödie, die Maryam das Leben gekostet hatte, kein Zufall sein.

«Sie haben ihr Werk gestohlen», fuhr Ailin Handak ihn an und fuchtelte mit ihrer zusammengefalteten Ausgabe von *The Islander* in seine Richtung. «Sie haben ihr Leben gestohlen.»

Ein Video ihrer Konfrontation verbreitete sich am nächsten Morgen wie ein Lauffeuer. May war kaum wach, da fand er sich bereits in über fünfzehn Sprachen auf allen wichtigen Plattformen attackiert. Er sei ein Betrüger, ein Lebensdieb, ein kranker Mann. Was war nur mit ihm los? Schämte er sich denn nicht, die Tragödien anderer zum eigenen Vorteil zu nutzen? Seine damalige Freundin sagte: *Entschuldige dich, sitze es aus und mach weiter.* Und das wollte er auch. Schweigend verharrte er, wartete zugleich aber auf eine Gelegenheit, zur Seite der Engel wechseln zu können. Manchmal redete er sich sogar ein, dass seine Rückkehr in die Welt der Bücher nicht nur auf unüberwindbare Verachtung, sondern auch auf Verständnis und Mitgefühl stoßen würde. Vielleicht sogar auf Begeisterung – schließlich hatte er selbst die Erzählung geschrieben, hatte sie aus jenem tiefen Gefühl heraus verfasst, das von Maryam Handaks Werk in ihm geweckt worden war.

Zu der Zeit aber konnte er seinem eigenen Urteil nicht mehr trauen. Das, was er sich einzureden versuchte – «Ich war jung, ich war dumm, jetzt bin ich älter» –, nützte ihm nichts in der inneren Debatte, der er sich aussetzte, sobald ihm der Gedanke an eine Rückkehr ins alte Leben kam. So verging ein Jahr. Dann noch eins. Er hockte da, ging die Rezensionen seiner Veröffentlichungen durch, las die Briefe der Hinterbliebenen, las von der Verachtung der unmittelbar Betroffenen. Spürte den Stachel wahren Leids, lotete erneut das Ausmaß seines ethischen Versagens aus. Jedes Mal, wenn er den eigenen Namen googelte, wurde er nicht nur mit all dem konfrontiert, was er getan hatte, sondern auch mit dem, was man ihm vorwarf, getan zu haben und gewesen zu sein. Es gab so viele Ansichten darüber, wer er war. Die Vergangenheit war so immens. Sie zu bewältigen, wäre ein wahres Kunststück gewesen, das ihm vielleicht sogar gelungen wäre, hätte er nur damit begonnen, als alles noch in der Waage war – als die Zukunft noch voller Möglichkeiten steckte. Bloß hatte er viel zu viel Zeit verstreichen lassen, hatte zugelassen, dass die Uni seine Lehrverpflichtungen kürzte, bis er nicht mehr genug verdiente, um die Rechnungen bezahlen zu können. Er fing an, die Tage zu verschlafen und nachts aufzubleiben. Seine Freundin meinte, sie sollten sich trennen, bis er eine Möglichkeit gefunden habe, nicht permanent alle Foren zu checken. Aus diesem Grund begann May, sich in seinem Viertel herumzutreiben und Zigaretten von den Hausmeistern zu schnorren, die sich am Ende des Blocks auf einen Plausch trafen. Gelegentlich ging er auch dem einen oder anderen zur Hand, vor allem, um sich abzulenken und etwas zu tun zu haben. Einem von ihnen, Joe Zbegic, fehlte ein Partner, weil die Mittel gekürzt worden waren. Er brauchte Hilfe, also half May ihm bis zu dem Tag, an dem Joe in Rente ging und er in Joe Zbegics Wohnung im Morgenlicht zog, um an seiner statt weiterzumachen.

Eines Tages war er dann einfach nicht mehr zum letzten Seminar gegangen, das er noch unterrichten sollte. Und seither hatte die Nachweltinitiative die Prioritäten der Stadt radikal geändert. Der Zeitpunkt für seine Ehrenrettung war verpasst. Die Jahre vergingen, die Vergangenheit wuchs weiter, die Zukunft wurde immer enger.

Als Popowitsch ihn im Morgenlicht durch Ena ersetzte, zog May ein Stück die Straße runter in eine Kellerwohnung und kapselte sich von der Außenwelt ab. Nach eigener Schätzung hatte er nicht weniger als dreißig Briefe an Ailin und Soraya Handak geschrieben, hatte zu erklären und sich dafür zu entschuldigen versucht, dass er sich ihrer Trauer aufgedrängt, dafür, dass er Maryams Worte benutzt hatte, ohne ihren Namen zu nennen, dass er zu einem Teil von ihrem Leben und von Maryams Tod geworden war. Beide hatten nie geantwortet, und er musste lernen, mit ihrem Schweigen zu leben. Hin und wieder aber fuhr er im Bett auf und dachte an seinen alten Briefkasten im Morgenlicht. Was, wenn eine der beiden ihm *doch* geschrieben hatte – und was, wenn dieser Brief ungeöffnet und unbemerkt in dem alten rostigen Kasten mit der Aufschrift 16D steckte? Was, wenn er von seiner Freisprechung so wenig ahnte wie damals von seinem drohenden Sturz? Was, wenn das Leben seinen Lauf ohne diese notwendige Information nahm?

Wenn er diese Gedanken nicht länger ertrug, meist so gegen zwei, drei Uhr morgens, zog er seinen Mantel an und ging zum Morgenlicht. Wieder und wieder hatte er auf Ena eingeredet, sie möge ihn doch ins Haus lassen oder zumindest für ihn den Briefkasten durchsuchen, aber vergebens. Und dann war ich gekommen.

*

Es würden noch einige Jahre vergehen, ehe May mir den Rest dieser Geschichte erzählte. Als er es dann schließlich tat, beeilte ich mich, ihm zu sagen, dass ich mir sicher sei, Ena hätte sich gewiss nichts dabei gedacht und dass die Verletzlichkeit anderer Menschen sie hartherzig machte, nur stimmte das nicht, und er wusste es. «Na klar doch, Naseweis», sagte er, «Verletzlichkeit.» Und ich schämte mich.

Ich würde gern behaupten können, es hätte mich in jenem Moment im Hof gerührt, wie langsam und still er geworden war, wie die langjährige Hoffnung dieses Erwachsenen, der seine Enttäuschung nicht verbergen konnte, in wenigen Momenten von einem Karton zerknitterter Post zunichtegemacht worden war. In Wahrheit aber ärgerte ich mich. Er kramte endlos in der Kiste herum, weinte noch länger. Und als er schließlich aufstand, um zu gehen, wappnete ich mich voller Entsetzen gegen die unvermeidliche Offenbarung, dass ich trotz alledem hintergangen worden war: Es gab keinen Schlüssel, hatte ihn nie gegeben, und all die Träume, denen ich nachgehangen hatte, die Träume davon, Zugang zum Fahrstuhl zu haben, waren nur Produkte meiner Fantasie, Lügen, an die ich geglaubt hatte, um mir einreden zu können, dass ich das Richtige tat, obwohl doch sämtliche Zeichen dagegensprachen.

«Haben Sie nicht was vergessen?», fragte ich in meiner Verzweiflung.

Er drehte sich um. «Oh – natürlich. Hier, Naseweis.» Er holte ein Tuch aus seiner Tasche und hielt es mir hin. Es kam einem Akt reinen Glaubens gleich, so lange dort zu verharren und dem Wunsch, das Tuch aufzuschlagen, zu widerstehen, bis er über die Mauer verschwunden war.

Doch da, nach all der Zeit, lag in meiner Hand der Schlüssel zu Bezi Duras' Reich.

Nachdem ich so lange an nichts weiter als an den Schlüssel zum Penthouse gedacht hatte, sah ich mich jetzt in der Lage zu entscheiden, wann und wie ich Gebrauch davon machen wollte. Weil ich mir nicht gestattet hatte, mir den Augenblick auszumalen, in dem ich den Schlüssel bekam, geschweige denn, mir vorzustellen, was darauf folgen sollte, lief alles nicht so glatt wie gedacht. Im Hof, den Schlüssel in der Hand, begriff ich zum ersten Mal, dass es mir nun *möglich* war, zum Fahrstuhl zu gehen und in den dreiunddreißigsten Stock hochzufahren, noch im selben Moment, gleich auf der Stelle. Woche um Woche hatte ich auf diesen Augenblick hingearbeitet, und nun war er da. Mit genügend Mut und einer Drehbewegung des Handgelenks könnte ich den nächsten Schritt tun. Vielleicht aber war das zu schnell. Vielleicht war ich noch nicht so weit. Jetzt achtlos und ungeduldig zu werden, konnte meinen Untergang bedeuten. Ich rannte nach oben, vorbei an meiner schlaftrunkenen Mutter, und schob den Schlüssel unter meine Matratze, wo, so hoffte ich, die Mächte des Marmeladenglases ihn ein wenig schützten und mir vielleicht sogar den Mut verliehen, ihn auch zu benutzen.

Nachts lag ich die längste Zeit wach und versuchte, mich dazu durchzuringen, es zu tun: «Noch hast du Zeit, noch hast du Zeit, geh jetzt, du hast jede Menge Zeit.» Aber mein

Herz klopfte viel zu heftig. Was für ein enormes Wagnis, nun aufzustehen, mich anzuziehen, aus der Wohnung zu schlüpfen, die Treppe hoch, über den Hof, in den Fahrstuhl und dann den ganzen Weg ungesehen zurück. Irgendwas musste da doch schiefgehen.

Meine Gründe, Zugang zum Penthaus zu wollen, bislang recht diffus, verlangten nun eine hieb- und stichfeste Erklärung. Warum tat ich all dies? Ena zuliebe natürlich. Ich wollte wissen, was sie gewusst hatte, wollte ihrem mich fraglos beobachtenden Geist beweisen, dass ich letztlich doch bereit gewesen war, die Welt jenseits dieser Welt zu sehen. Nun, falls es das war, was ich mir wünschte, sollte ich warten, bis Bezi Duras mit ihren Hunden zum nächsten Sonnenuntergangsspaziergang aufbrach, und nach oben fahren, sobald meine Mutter abgelenkt war. Dann gäbe es nur noch mich, Bezis Habe und die kleinen Hinweise zur verzauberten Wahrheit, die sie gewiss unabsichtlich überall herumliegen ließ. Ich könnte in ihrer Wohnung herumschnüffeln in dem Wissen, dass ich längst wieder fort wäre, wenn Bezi zurückkam. Ein einfacher Plan, schnörkellos und durchführbar, ein Plan, bei dem schlicht nichts schiefgehen konnte, wenn das Schicksal auf meiner Seite stand, und das würde es, sobald der richtige Zeitpunkt gekommen war.

Es ging jedoch um mehr, oder nicht? Es genügte nicht, nur zu wissen, dass Ena die Wahrheit gesagt hatte. Sicher wäre es wundervoll, für einen Moment, und sei er noch so kurz, in den hellen Kammern von Enas Herz zu stehen und all die Dinge mit ihren Augen zu sehen. Aber sie war tot. Und war man wirklich Teil von etwas, wenn man selbst die Einzige war?

Offenbar fragte ich mich deshalb immer wieder, ob meine Entdeckungen auch vor meiner Mutter Bestand haben würden, denn während der ganzen Zeit war mir klar, dass ich sie irgendwann an meinem Wissen teilhaben lassen musste. Nur würde sie sich nicht ohne Weiteres damit abfinden. Sie würde toben. Sie würde sich über mich lustig machen. Sie würde Beweise wollen.

Es wäre also zwecklos, nach oben zu gehen, während Bezi mit ihren Hunden draußen war. Ich würde es machen müssen, wenn Bezi tagsüber ihre Besorgungen erledigte, dann, wenn die Hunde Menschen waren. Ich musste meiner Mutter sagen können, dass ich sie mit meinen eigenen Augen gesehen hatte. Eins zwei drei.

Ich versuchte, mich zu beruhigen. Es gab keinen Grund zur Eile. Doch noch ehe irgendwas geschah, musste ich mich vergewissern, dass der Schlüssel tatsächlich passte. Wenn ja, konnte ich die nächsten Schritte planen. Wenn nicht, konnte ich wieder anfangen, mir Vorwürfe zu machen, weil ich all meine Asse an May ausgehändigt hatte, ohne zu prüfen, ob unser Handel tatsächlich Bestand haben würde.

Und so wartete ich an einem ansonsten nicht weiter erwähnenswerten Mittwoch, als die Luft rein war und das Wetter gut, darauf, dass Bezi Duras zu einer ihrer Besorgungen aufbrach, begab mich dann in den Vorhof und steckte den hart erkämpften Schlüssel ins Schloss.

Die Fahrstuhltür glitt auf. Die Kabine sah genauso wie die im Hauptgebäude aus. Dunkle Holzpaneele, sauber. Ein schwacher metallischer Geruch, wie man ihn in allen Fahrstühlen eines gewissen Alters wahrnehmen kann.

Ich hatte mich nur einen kurzen Augenblick darin aufhalten wollen. Wollte nur wissen, wie es sich anfühlte, im Licht seiner einzigen Glühbirne zu stehen, aber dann schloss sich hinter mir die Tür, und der Lift fuhr nach oben.

Die anfängliche Begeisterung währte nur kurz. Ich begriff, mich erwartete eine Situation, auf die ich völlig unvorbereitet war. Wo würde sich die Fahrstuhltür öffnen? In einem Zugangsflur? Oder direkt im Penthouse? Warum hatte ich nicht daran gedacht, May zu fragen, ob die Hunde vor mir stehen würden, sobald die Tür aufging. Eins zwei drei.

Im Hauptgebäude über dreißig Stockwerke hochzufahren war etwas ganz anderes, in der Festung Morgenlicht, auf allen Seiten umhüllt von warmer, summender Dichte. Und die Furcht vor dem Aufstieg wurde von vielen beruhigenden Momenten unterbrochen: kleine Druckunterschiede zwischen den Stockwerken, Anzeichen von Leben, wenn der aufsteigende Lift an Licht, Geräuschen und dem Gemurmel jener Bewohner vorbeifuhr, die darauf warteten, mit ihm nach unten fahren zu können. Haufenweise Gelegenheit, den Knopf eines nahenden Stockwerks zu drücken und auszusteigen. Das hier war anders, hier gab es keine Möglichkeit auszusteigen, keine Chance, einen Umweg zu nehmen. Nach unten ging es erst wieder, wenn man ganz oben gewesen war. Zu dünn. Die Luft zu dünn, in der Substanz zu dünn. Je höher ich fuhr, desto dünner fühlte sich alles an. Wie konnte etwas derart Zerbrechliches, eine solche Klapperkiste, gleichzeitig das Gewicht von drei Hunden tragen?

Mit einem nervtötenden Rums passierte ich das Gegengewicht auf seinem langen Weg nach unten. Der Lift wurde langsamer. Ich drückte auf den Parterreknopf. Was immer auch als Nächstes geschehen mochte, ich würde mich in den hintersten Winkel der Kabine drücken, ein unsichtbarer Schatten, lautlos wie der Tod, bis die Tür sich schloss. Und dann würde ich runter in den Hof fahren, und alles wäre wieder gut.

Und dann – der Himmel. Die Tür glitt auf, und um mich herum breitete sich der Himmel aus, blendend hell, gefüllt mit sommerlichen Wolkenkapseln.

Womit hatte ich gerechnet? Jedenfalls nicht mit einem Dachgarten. Und nicht mit einem warmen Schleier der Stille, einzig gestört vom Wind und dem leisen Rascheln kleiner, knorriger Bäume, die sich in ungebrochenen Reihen bis zur Wohnung erstreckten, einem kleinen blassen Tempel am äußersten Ende des Daches.

Rasselnd schloss sich die Tür, und mein wild wummerndes Herz und ich waren zurück auf dem Weg nach unten.

*

Später machte ich mich daran, den Knoten aus Schock und Enttäuschung zu entwirren, den ich aus dem Penthouse mit nach unten gebracht hatte. Warum hatte ich geglaubt, der Lift würde direkt in Bezi Duras' Wohnung enden? Weil May mir von den Bildern erzählt hatte. Er hatte den Schlüssel vor all den Jahren gestohlen, damit er hochfahren und sie sich ansehen konnte – was mich vermuten ließ, die Fahrstuhltür würde sich in einem Raum öffnen, in dem man Bilder aufbewahrte. Ein Flur, eine Galerie, eine Wohnung. Also ja, was den Schlüssel für den Fahrstuhl anging, hatte May wohl die Wahrheit gesagt, in allem anderen aber gelogen.

Seit unserem Austausch von Briefen gegen Schlüssel hatte ich May nicht mehr gesehen, weshalb ich auch nicht damit rechnete, meine Enttäuschung an ihm auslassen zu können. Man stelle sich daher meine Überraschung vor, als ich ihn gut eine Woche nach meinem nervenaufreibenden Ausflug zum Dachgarten auf dem Heimweg von Ricky's sah. Ich wollte gerade den Battle Hill raufgehen, eine Tüte in jeder Hand, als ich ihn auf dem gegenüberliegenden Gehweg mit wehendem Lachsmantel um die Ecke biegen sah. All der alte Ärger presste mir die Brust zusammen, und ohne auch nur einen Moment zu zögern, hastete ich ihm nach in die McCobb Street. Ich wich einem Rad aus, einem mit kreischenden Bremsen haltenden Lieferwagen und attackierte May mit einer meiner Tüten, ehe er sich auch nur nach dem Gehupe umblicken konnte.

Die Tüte – die bereits seit einiger Zeit zu zerreißen drohte – platzte. Toilettenpapierrollen hüpften in alle Richtungen davon. «Dieb!», schrie ich, «Lügner!», und holte erneut mit der nun halb leeren Tüte aus, um ihm einen weiteren wuchtigen Hieb zu verpassen, während May erst jetzt aufging, dass die Attacke von unterhalb seiner Augenhöhe kam. «Naseweis?» Er versuchte, mich am Arm zu packen. «Verdammt noch mal!» Da er sah, dass sich niemand weiter auf der Straße befand und Zeugen dieses Vorfalls allein jene Fahrer waren, die ich gerade verärgert hatte, als ich wie eine Verrückte über die Straße gelaufen war, versetzte er mir einen Stoß gegen die Brust, der mich zu Boden warf. «Was ist denn los mit dir?»

Ich konnte nicht mal weinen. Ich war zu wütend – auf ihn, auf mein Pech, aber auch darauf, dass ich mir nicht überlegt hatte, was ich sagen würde, falls ich ihm begegnen sollte.

«Lügner!», mehr brachte ich nicht hervor.

May zog mich auf die Füße und stellte mich auf die Stufen zu einer Haustür. Dann lief er kreuz und quer über die

Straße, sammelte die herausgefallenen Einkäufe wieder ein und legte sie zu denen, die in der Tüte geblieben waren.

«Wovon zur Hölle redest du?», sagte er, während er es aufgab, sich um eine Rolle Klopapier zu kümmern, die sich in der Gosse aufgerollt hatte und deren kümmerlicher Rest nun verloren auf der Kreuzung direkt vor dem Tufaah lag.

«Da *sind* keine Bilder im Dreiunddreißigsten», sagte ich.

«Und das ist alles? Mein Gott, Naseweis!»

«Da ist nur ein Garten.»

«Stimmt – die Dachterrasse, auf der sie malt. Hast du dich nach ihren Staffeleien umgesehen?»

«Da war nichts.»

«Wie schade.»

«Bei Ihnen hat sich das angehört, als gäbe es überall Bilder. Von Wand zu Wand.»

«Moment mal, ich habe nicht gesagt, dass du Bilder sehen kannst, nur, dass du bis nach oben kommst – und das ist ja wohl auch richtig, oder nicht?»

Das stimmte, es war die Wahrheit, allerdings eine schlüpfrige, und das wusste er.

«Sie haben mir nicht gesagt, dass ich nicht in die Wohnung komme.»

«In ihre *Wohnung*? Ich hatte keine Ahnung, dass du da reinwillst.»

«Doch, das wussten Sie. Zumindest haben Sie so getan, als würde mich da ... eine Galerie oder so etwas erwarten. Als würde der Fahrstuhl direkt in ihrer Wohnung enden.»

«Das ist einfach nicht wahr, Naseweis.»

«Sie haben nicht gesagt: Da ist bloß eine riesige Dachterrasse.»

«Und du hast mir nicht gesagt, dass du in ihre *Wohnung* einbrechen willst.»

Jetzt war es raus: das, was ich nicht bedacht hatte. Dieses kleine bisschen fehlende Information, das für Ena so offensichtlich gewesen wäre. All meine Selbstzweifel waren berechtigt. Ich hatte nicht genug getan – war nicht clever, nicht neugierig genug gewesen. Und so stand ich jetzt da, flennte, kam nicht dagegen an; und es war mir so peinlich, dass May meine unglückselige, verheulte Wut mitbekam. Geschah mir nur recht, hatte ich *seine* Tränen letztens doch so verächtlich abgetan.

Nervös drückte er mich kurz an sich: «Hör auf zu weinen. Sonst ruft noch irgendwer die Polizei.»

«Haben Sie auch den anderen Schlüssel?»

«Welchen anderen Schlüssel?»

«Den für ihre *Wohnung*.»

«Nein, und selbst wenn, würde ich es dir nicht sagen.»

Ich zog die Nase hoch.

May sah mich unverwandt an. «Keine Ahnung, was du in der Wohnung willst, Naseweis – und ehrlich gesagt, ich will es auch gar nicht wissen. Ich kann mir vorstellen, wie es ist, jung und gelangweilt zu sein und Dinge erkunden zu wollen. Aber es gibt Orte, an die man ungefährdet vordringen darf. Und es gibt Orte, für die gilt das nicht. Das sind jedenfalls ziemlich große Hunde. Und es ist *ihr* Ort. Da willst du nicht reinplatzen, während sie die Wohnung bewachen. Verstehst du, was ich meine?»

«Hat sie diese Hunde schon immer gehabt?»

Er dachte darüber nach. «Glaub schon.»

«Und wie lange waren Sie Hausmeister?»

«Etwa fünf Jahre, mehr oder weniger.»

«Und wie lang ist das her? Zehn Jahre?», fragte ich. «Dann leben sie da oben seit fünfzehn Jahren? Sind das noch *dieselben* Hunde?»

Er lächelte. «Ich weiß nicht, wie es da zugeht, wo du herkommst, Naseweis, aber hier tauschen die Leute ihre Hunde jedenfalls nicht aus, wenn sie ein gewisses Alter erreicht haben.»

«Aber müssten die nicht längst *tot* sein?»

Diese unerwartete Wende machte ihn offenbar misstrauisch. «Was genau willst du damit sagen?»

Ich zuckte mit den Achseln, konnte aber spüren, dass er mich beobachtete.

«Gib mir den Schlüssel zurück!»

«Nein.»

«Du stellst damit doch nur irgendeine Dummheit an. Gib ihn zurück.»

«Er gehört mir», sagte ich. «Ich habe ihn mir verdient.»

May stand auf und strich sich die Hose glatt. «Weißt du, Naseweis, Bezi Duras ist eine ziemlich seltsame Frau. Du kannst von Glück reden, dass sie dich da oben nicht erwischt hat. Und ich wünsche mir wirklich, du würdest die Sache auf sich beruhen lassen.»

*

May hatte Angst vor den Hunden, vor dem, was sie mir antun könnten. Weil ich jedoch wusste, dass es gar keine Hunde waren, hatte ich keine Angst, nur konnte ich ihm das nicht erklären. Stattdessen fürchtete ich allein meine eigene Unwürdigkeit. Weil es mir nicht gelungen war, in einem angemessenen Maße aufmerksam und ehrfurchtsvoll zu sein. Weil mir etwas Unbekanntes, aber Entscheidendes entgangen war und weil meine Bemühungen jene Mächte nicht sonderlich beeindruckt hatten, unter deren Schutz Bezi Duras stand. Vielleicht hatten sie längst beschlossen, dass es mir nicht zustand, mehr über Bezi Duras in Erfahrung zu bringen.

In der folgenden Woche kehrte ich zur Dachterrasse zurück, fest entschlossen, diese Angelegenheit ein für alle Mal zu klären. War der richtige Zeitpunkt gekommen, würde sich ein Weg auftun. Und wenn nicht, würde ich aufgeben, bis ich einen angemesseneren Weg fand und so der ersehnten Einsicht näher kam. Vielleicht würde es niemals dazu kommen, aber damit konnte ich leben.

Natürlich passte der Fahrstuhlschlüssel nicht zum Penthouse. Ich stand zwischen den Rosenbüschen auf Bezi Duras' Türstufen, das Ohr ans fahle Holz gepresst. Kein Laut. Die Hunde, falls es denn wirklich Hunde waren, hätten mich hören müssen. Eigentlich müssten sie da drinnen längst verrücktspielen, aber nichts. Stille.

In alle Richtungen erstreckten sich die langschattigen Straßenreliefs. In Richtung Süden standen die Häuser mit ihren bleichen Dächern, ihren mutwillig beschädigten Wassertürmen dicht an dicht wie Särge, dazwischen das grelle Poster der Tanzenden. Nach Westen der endlose Park, schwarz vor Bäumen, dahinter die diesig verwaschene Bucht.

Das Penthouse hatte riesige Fenster, allerdings mit Jalousien, die den Blick von unten bis etwa einen halben Meter unterhalb des oberen Rahmens versperrten. Es ließ sich also nur schräg nach oben ins Innere sehen, und ich konnte gerade mal ausmachen, dass Bezi Duras' Wände leuchtend weiß gestrichen waren und dass an ihrer Decke die gleichen schwarzen Kronleuchter hingen, die meine Mutter in den tiefer gelegenen Etagen ständig reparieren musste. Einmal abgesehen vom oberen Rand eines Spiegels sowie dem ein oder anderen Lampenschirm war nichts weiter zu erkennen. Die Hunde könnten durchaus drinnen sein. Sie könnten durchaus Männer sein, von hier aus ließ sich das unmöglich feststellen. Was schon fast irgendwie tröstlich war. Als würde die mich umgebende Architektur allein durch ihr Design das Geheimnis bestätigen, das sie verbarg.

Nur – wieso hatte ich dann Bezi Duras beim Ausziehen beobachten können? Irgendwo hier musste es Fenster mit freiem Blick ins Innere geben.

Und da waren sie auch, am hintersten Ende des Gebäudes. Bezis Penthouse grenzte an den Schacht zwischen dem Ost- und dem Westflügel des Morgenlicht. Eine rundum errichtete Mauer schützte davor, zwischen den beiden Flügeln hundert Meter tief in den Hof zu fallen. Deshalb also hatte ich sie beobachten können. Ich beugte mich über den Abgrund und versuchte, einen Blick durch die Fenster zu erhaschen, aber aus diesem Winkel konnte man unmöglich was erkennen. Hätte ich mich noch ein bisschen weiter vorgelehnt, wäre es für mich das Ende gewesen. Was für einen Anblick ich geboten hätte, wenn ich am Fenster von Mrs. Sayez vorbeirauschte. *Das* wäre mal eine Spaßkarte: Was könnte Ihr neues Zuhause noch besser machen? Tja, ein *Fallschirm*?

Durch ein Fenster auf der Ostseite des Gebäudes konnte ich die oberen zehn Zentimeter eines langen, an der Wand lehnenden Spiegels erkennen. Falls ich noch ein wenig an Höhe gewinnen konnte, sollte ich es hier versuchen. Zum Glück stand ein breiter Blumentopf mit einem ziemlich großen Baum direkt an der Wand. Hier wollte ich es wagen, umklammerte mit Würgegriff einen Ast, erklomm den nächsten und zwang mich, noch ein Stück höher zu klettern, obwohl der dünne Stamm bereits zu schwanken begann. Die wenigen Meter an zusätzlicher Höhe ermöglichten es mir nicht einmal, einen größeren Teil des Raumes zu überblicken. Auch der halbherzige Sprung, mit dem ich meinen Versuch abschloss, ehe ich krachend den Stamm wieder runterrutschte, brachte nicht den gewünschten Erfolg.

Ich richtete mich auf und begutachtete den Schaden. Meine Hände waren aufgescheuert, und ich hatte es geschafft, in der Blumenerde verräterische Fußabdrücke zu hinterlassen. Die Klettertour durchs Geäst hatte dicke, klebrige Früchte vom Baum fallen lassen, die nun überall zermatscht auf dem Boden lagen.

Sie sahen aus wie Feigen.

Und rochen sie nicht auch nach Feigenmarmelade?

Ohne weiter nachzudenken, tunkte ich meinen Finger in eine zerdrückte Frucht und leckte daran. Ja, ein vertrauter Geschmack. Dieser Geschmack nach altem, neuem Sonnenlicht.

Den Garten selbst hatte ich überhaupt noch nicht richtig wahrgenommen. Das hier waren nicht, wie ich blindlings geglaubt hatte, bloße Zierbäume. Sie waren von Reihe zu Reihe ganz unterschiedlich, dufteten, hingen übervoll mit Obst: Zitronen, Apfelsinen, Pflaumen. Das hier war gar kein Ziergarten, sondern eine Obstwiese.

Sie haben es vielleicht längst erkannt, ich aber begriff es erst jetzt. Die Welt riss auf, und ich schaute hin und sah, was jenseits davon war.

Bezi Duras war überhaupt keine Malerin. Sie war eine Vila.

Eins zwei drei.

Natürlich. Dabei waren die Anzeichen so offensichtlich. Der Turm. Die Hunde und deren magische Verwandlung in Menschen. Bezi Duras' Geheimnis, das darauf abzielte, diesen kostbaren Garten zu verbergen. Die Ungeheuerlichkeit des Ganzen traf mich unvorbereitet. Ich setzte mich, damit ich nicht hinfiel.

Eine Vila.

Hier war es, jenes «Mehr», das Ena mir anvertrauen wollte, sobald der richtige Zeitpunkt gekommen war.

Mich überkam eine große Woge mitleidiger Zuneigung für May, für den armen, blinden May, der sich so viel Mühe gemacht und den Schlüssel nur gestohlen hatte, weil er hier raufkommen und sich Gemälde ansehen wollte – wobei er unwissentlich und unerlaubt in der Vila Garten vorgedrungen war. Was für ein Risiko er auf sich genommen hatte, ohne es auch nur zu ahnen.

Die Feigen. Ich hielt schon vier oder fünf in der Armbeuge – einige vom Boden aufgehoben, andere abgerissen in jenen Momenten der Verwirrung, ehe mir klar wurde, wo ich hier war. Und mir blieb nichts weiter übrig, als sie mitzunehmen. Schließlich konnte ich sie kaum wieder an den Baum hängen.

Ich weiß nicht, wie lange ich so umhergewandert bin, bis mit einem Ping der Fahrstuhl erwachte und etwas im Schacht sich surrend in Bewegung setzte. Das Gerumpel konnte nur eines bedeuten: Bezi Duras kam zurück.

Hatte Bezi in all den Jahren, die sie hier bereits wohnte, je den Schlüssel ins Schloss gesteckt, um dann festzustellen, dass der Fahrstuhl offenbar selbstständig nach oben gefahren war? Natürlich nicht. Nur sie allein besaß einen Schlüssel. Der Fahrstuhl müsste genau dort sein, wo sie ihn verlassen hatte. Und hätte ich nicht so getrödelt, hätte mich hier oben nicht so lang herumgetrieben und versucht, unbezwingbare Wände zu erklimmen, wäre ich wie geplant längst wieder nach unten gefahren und ihr Misstrauen nie geweckt worden. Diese Chance aber war vertan.

Ich floh ans andere Ende der Dachterrasse, duckte mich hinter einen Zitronenbaum und wartete. Eine Ewigkeit später vernahm ich das vertraute, ferne Rumpeln der sich öffnenden Fahrstuhltür. Bezi Duras' Schritte auf dem Beton, irgendwo weiter vorn, während sie zur Tür ihrer Wohnung ging. «Hallo?», hörte ich wie von fern ihre Stimme. «Ist da jemand?»

Besser, als hinterm Baum hocken zu bleiben, wäre es, ich stünde jetzt auf und meldete mich. Selbst wenn es mir irgendwie gelänge, mich ungesehen fortzustehlen, würde Bezi, wenn sie das nächste Mal fortwollte, auf den Fahrstuhl warten müssen. Und dann stünde außer Frage, dass sie jedes Recht hatte, argwöhnisch zu sein – irgendwer *war* hier oben gewesen.

Besser, jetzt gleich dazu zu stehen.

Irgendwas Kleines und Feiges aber hockte in meinem Gedärm, das es mir nicht erlaubte, den Kopf zu heben. «Steh auf», sagte ich dem Feigling in mir immer wieder, «zeig dich», aber er wand sich bloß, kauerte sich zusammen. Also blieb ich hocken, bis die Tür zum Penthouse hinter Bezi ins Schloss fiel. Dann schlich ich mich an der Mauer lang, glitt in den Fahrstuhl und fuhr hinab in die Welt der Sterblichen.

Unten legte ich die Feigen auf den Esszimmertisch. Was aber wollte ich meiner Mutter sagen, wenn sie mich fragte, woher das Obst kam? Den Raubzug zu beschreiben, der eine solch überraschend reichhaltige Ration eingebracht hatte, stand außer Frage. Diese Früchte schmeckten viel süßer und sahen weit frischer aus als alles, was uns von der Regierung zugeteilt wurde.

Also blieb mir nichts anderes übrig, als mich hinzusetzen und sie aufzuessen. Eins zwei drei. Vier. Fünf. Kaum hatte ich sie verdrückt, ging ich zu Bett, lag da und ließ den warmen Segen des Morgenlicht mein Dilemma zersetzen. Hier war ich, sicher, zufrieden, der Bauch unerwartet voll mit Feigen, lag im schmalen Märchenbuchbett direkt im klopfenden Herzen des altehrwürdigen Gemäuers, ein Staubkorn achttausend Kilometer weit fort von einer Heimat, die ich nie kennengelernt hatte. Um mich herum die Stadt mit ihren hohen Gebäuden und Schrottplätzen, ihren von wasserdurchtränktem Müll gesäumten Stränden, den Wassertürmen, muschelbehafteten Piers und der anlandenden Flut. Und all ihre Bewohner – die Nachbarn, die spöttische Mrs. Gaspard; die so nette, träge, freundliche Mrs. Sayez; die Gesamtheit der Radiohörerschaft, das gesichtslose Gemurmel, das sich in den diversen Communitys ausbreitete; die Tanzenden auf ihren Plakaten; May; und insbesondere meine Mutter – sie alle bewohnten ein und dieselbe Welt, in der Bezi Duras nur eine Malerin war.

Und ich? Ich lebte in dieser. Der echten. Der Welt jenseits der Welt.

Ena fehlte mir schrecklich. Ihr Tod, der bislang nur als bloße Tatsache durch meine Existenz geschwebt war – unleugbar, aber kalt –, fühlte sich nun endlich real an.

Ich erinnere mich nicht mehr daran, was ich auf die Spaßkarten gekritzelt habe, die ich während meiner Zeit im Morgenlicht ausgefüllt hatte. Eine erwähnenswerte Ausnahme aber war jene, die ich an diesem Abend ausfüllte:

Wie zufrieden sind Sie mit Ihrem neuen Zuhause? *Zufriedener als je zuvor.* Was gefällt Ihnen am besten an Ihrem neuen Zuhause? *Dass ich die Einzige bin, die weiß, was es in Wahrheit ist.* Was könnte Ihr neues Zuhause noch besser machen? *Wenn man meiner Mutter von der wahren Wirklichkeit erzählte.*

Das Gebäude begann nicht gleich, sich merkwürdig zu verhalten. Anfangs waren es nur die üblichen, eher unbedeutenden Störungen: kleinere Lecks, kürzere Stromausfälle.

In der folgenden Woche platzten einige Glühbirnen genau in dem Moment, als ich darunter durchlief, und da dies mindestens zweimal im Beisein meiner Mutter geschah, meinte sie schließlich: «Die haben es echt auf dich abgesehen.»

Das war als Witz gemeint, und wir mussten beide lächeln, aber zwei Tage später, als sie von einer Leiter fiel und sich das Handgelenk verstauchte, begann ich mir solche Sorgen zu machen, dass ich sie ihr gegenüber zur Sprache brachte.

«Ich finde, das Gebäude benimmt sich komisch», sagte ich.

«Komisch? Wieso?»

«*Komisch* ist nicht das richtige Wort. Eher vielleicht – unfreundlich.»

«Red keinen Unsinn, Sil.»

Mehrere Tage später aber fiel ihr unser Wortwechsel wieder ein, als sie in die 32C ging, um die Heizkörper zu prüfen, wobei sie feststellte, dass im Kamin ein ordentlich aufgeschichtetes Feuer brannte.

«Warst du das?», fragte sie, nachdem sie mich hinter sich her die Treppe hochgezogen hatte.

«Nein.»

«Und wer dann?»

«Keine Ahnung.»

«Sil, ich möchte, dass du die Wahrheit sagst.»

«Tu ich doch! Warum sollte ich so was machen?»

«Weiß nicht. Was du letztens gesagt hast – spielst du mir vielleicht einen kleinen Streich, damit ich begreife, wie ‹unfreundlich› das Haus ist?»

«Natürlich nicht!»

Dann kam es zu dem katastrophalen Zwischenfall mit den Rohren, aus denen innerhalb derselben vierundzwanzig Stunden an mehreren Kupplungen und entlang mehrerer Rohrstränge schwefelhaltiges Wasser spritzte, weshalb wir den Hauptwasserhahn für das gesamte Gebäude sperren mussten. Da die Hand meiner Mutter eingegipst war, kamen wir mit den Reparaturen nur langsam voran. Die Bewohner wurden ungeduldig, dann wütend. Das Telefon im Büro meiner Mutter klingelte ohne Unterlass. Ich meinte, es selbst in den oberen Stockwerken hören zu können. Das allgemeine Chaos wurde noch von jener flirrenden Wut verstärkt, die längst nicht mehr nur durch Wände und Flure drang, sondern jeden erfüllte, der sich im Haus aufhielt, bis schließlich bei uns allen die Nerven blank lagen. Bewohner stiefelten schnurstracks in die Wohnungen, in denen wir arbeiteten, um meine Mutter zu fragen, wann das Wasser endlich wieder angestellt wurde. Ich antwortete an ihrer Stelle: «Wir arbeiten, so schnell wir können» – und wappnete mich dann gegen die darauf folgende wütende Kritik. Als wir zwei Wochen später endlich sämtliche Rohrkupplungen repariert hatten, fand der Ärger kein Ende, da ein Stadtinspektor nach dem anderen Kellergeschoss und Heizungsraum unter die Lupe nahm und auf diverse Probleme hinwies, die auch noch behoben werden mussten, ehe man zulassen könne, dass der Haupthahn wieder aufgedreht werde.

Doch selbst damit war es nicht vorbei. Das eigentliche Desaster passierte in der darauffolgenden Woche, als der Fahrstuhl streikte. Mrs. Golub, die allein in der Kabine und wegen der vielen Reparaturen bereits ziemlich durch den Wind war, drückte den Notfallknopf. So hatte man es ihr schließlich bei den vielen anderen Malen geraten, als sie sich in einer ähnlichen Situation befunden hatte. Nur ging diesmal das Licht aus, und der Fahrstuhl sauste nach unten. Sie hörte ihn den Schacht hinabrauschen und wusste, mit ihrem Leben war es vorbei. Als der Fahrstuhl dann doch noch abrupt zum Stehen kam, betete sie. Absturz und Aufprall blieben ihr erspart, nur hielt der Fahrstuhl mit solcher Wucht, dass sie quer durch die Kabine flog und sich dabei sechs Rippen brach.

All das erzählte sie uns, als sie zwei Stunden später vor dem Morgenlicht auf einer Trage lag, Sanitäter sie mit Sauerstoff beatmeten und die Feuerwehr sich um den Brand kümmerte – Mrs. Golub hatte in ihrer Wohnung Wasser gekocht, und der Kessel war schließlich in Flammen aufgegangen, die auf Küchenschrank und Vorhänge übergriffen, ehe jemand den Rauch bemerkte und den Alarm auslöste. Zum Glück war die Feuerwehr in der Nähe, auf der richtigen Seite der Flut. Sie kam früh genug, um zu verhindern, dass der Brand sich bis in Mrs. Golubs Wohnzimmer ausbreitete. Man konnte sogar ihren elenden kleinen Hund retten, der leicht angesengt und sichtlich schockiert mit grimmiger Miene aus den Decken seiner Besitzerin lugte.

«Tja, ich kann nur sagen, dass Sie alle gewaltiges Glück gehabt haben», sagte der Feuerwehrhauptmann und wandte sich wegen des Papierkrams dann an meine Mutter, die mit ihrer verstauchten Hand neben ihm stand und in Gedanken offenbar gerade Mrs. Golub erwürgte.

Der Rest von uns unglückseligen Bewohnern des nun dreifach verfluchten Gebäudes stand in unterschiedlichen Tableaus des Elends auf dem Gehweg verstreut. Ich suchte die Menge nach Bezi Duras ab. Sie war nirgendwo zu sehen. Es war drei Uhr, also kehrte sie verspätet von ihren Besorgungen zurück und würde gewiss jeden Moment um die Ecke biegen. Nur passierte das nicht, und um halb vier wusste ich, sie musste im Penthouse geblieben sein mit ihren Hunden, weil die eigentlich Männer waren, weil sie *in ebendiesem Moment* Menschen waren, weil es ihr vernünftiger erschienen war, dass sie, wenn sie schon ihr Leben riskierte, lieber blieb, wo sie war, als mit ihnen nach unten zu gehen, wo alle Welt ihre Begleiter sehen konnte.

«Mein Gott, Naseweis.» May war an meiner Seite aufgetaucht. «Was zum Teufel ist denn hier passiert?»

«Ach, Sie wissen schon», sagte ich und überzeugte mich mit einem Blick, dass meine dem Feuerwehrhauptmann Vorhaltungen machende Mutter weiterhin mit dem Rücken zu mir stand. «Mrs. Golub.»

«So, so. Hat sie es endlich geschafft.» May reckte den Hals und starrte hinauf zu dem Strahl aus den Feuerwehrschläuchen, die das Gebäude dort oben wie mit einer Wasserwand überzogen. «Schlimm?»

«Uns wurde gesagt, es hätte schlimmer kommen können.» Ich blickte ihn mit gerunzelter Stirn an. «Wieso sind Sie überhaupt hier?»

«Ich habe die Sirenen gehört.»

«Ach ja?»

«Ich habe nur gedacht: Hoffentlich ist das kein Rettungswagen, der Naseweis ins Krankenhaus bringt, weil sie meinen Rat missachtet hat und deshalb in Stücke gerissen wurde.»

In dem, was er sagte, schwang ein so anklagender Ton mit, dass es mir eiskalt den Rücken runterlief. Ich studierte sein Gesicht. Die Brille hatte sich in seine Nase gegraben und dort Grübchen hinterlassen, der Bart umwucherte ungetrimmt das Kinn. Selbst hier, im Schatten des brennenden Gebäudes, leuchtete Sehnsucht in seinem Blick. Er ist ein echter Insulaner, dachte ich: Er hat sein Leben lang auf Zeichen geachtet. Und er erkennt ein Zeichen, wenn er davon hört. Und ich? Mir war das alles neu, weshalb man mich auf Zeichen erst aufmerksam machen musste. Die vielen geringfügigen Schrecknisse, die uns das Gebäude plötzlich zufügte, schienen mit einem Mal klar zu sein. Alles war gut gewesen, bis ich in den Garten der Vila eingebrochen war. Keine Rohre waren geplatzt, und kein Fahrstuhl war den Schacht hinabgesaust, bis ich Bezi Duras' Feigen gestohlen und gegessen hatte. May wusste nicht, dass sie eine Vila war, trotzdem war ihm zweifellos bewusst, dass ich etwas Verbotenes im Sinn hatte. Und vielleicht verrieten ihm jetzt die Zeichen, dass es mir gelungen war, obwohl er doch darauf gedrängt hatte, dass ich es nicht einmal versuchen sollte.

Jeglicher Versuch, das zu leugnen, was ich längst wusste, wurde an jenem Abend zunichte, als ich nach dem Marmeladenglas unter meinem Bett griff. Mit Entsetzen entdeckte ich, dass der letzte Rest vom Obst meiner Vorfahren mutiert und von einem Nest aus weißem Flaum überwuchert worden war. Der zudringliche Organismus wuchs vom

Glasboden hoch – faulig, seltsam und lebendig. Dies war die Warnung aller Warnungen, der letzte Appell an die Vernunft, mit dem sich das Morgenlicht nur an mich wenden konnte, der Beweis dafür, dass May recht behalten hatte. In der Dunkelheit unterm Bett hatten meine Missetaten diese Transformation in Gang gesetzt. Ich war zu keiner Einsicht gelangt, hatte nichts dergleichen getan. Ich hatte Obst aus einem Garten gestohlen, zu dem ich eigentlich keinen Zugang besaß. Und mein Vergehen hatte jene Substanz, die mich mit den Obstwiesen meiner Urgroßmutter wie mit dem Geist meiner Tante verband, in etwas Monströses verwandelt.

Ich beschloss, Mays Rat zu folgen, knüpfte den Schlüssel zum Fahrstuhl an eine Schnur, die ich versteckt unterm Hemd um meinen Hals trug, und machte mich aufs Neue daran, mit meiner Mutter den Pflichten nachzugehen, die ich vernachlässigt hatte, als ich meinen selbstsüchtigen Interessen folgte. Vielleicht war das ja auch ein Teil des Problems. Jede Menge Aufgaben waren unerledigt geblieben. Ich hatte zahllose Wohnungen nicht überprüft, nicht ausgefegt. Womöglich gelang es mir, den himmlischen Tadel zu mildern, wenn ich mich nun wieder um das kümmerte, was mir aufgetragen worden war.

*

Während dieser bedrückenden Zeit setzte sich meine Mutter eines Tages zu mir an den Esstisch.

«Du musst einen Brief für mich aufsetzen», sagte sie. «In Englisch.»

Ich sollte ihn von Hand auf dem schicken Papier schreiben, das sie irgendwo aufgetrieben hatte.

«Moment, Moment», sagte sie, als sie sah, wie ich eifrig die Kappe von meinem Füllfederhalter schraubte. «Hör erst mal zu, bevor du anfängst.»

«Okay.»

«Sei nicht so vorschnell.»

«Na schön.»

«Na schön.» Sie verschränkte die Arme und schloss die Augen. «Also: ‹Liebe Mrs. Safiya al-Abdi.›»

Weil ihr Vorwurf mich verletzt hatte, warf ich ein: «Und wenn sie nicht verheiratet ist?»

«Stimmt, daran habe ich nicht gedacht. Dann also: ‹Liebe Miss al-Abdi. Ich bin letztes Jahr in dieses Land gekommen. Aus Paraiso. Jetzt wohne ich mit meiner Tochter im Morgenlicht. Und meine Arbeit bringt es mit sich, dass ich jeden Tag am Tufaah vorbeikomme, Ihrem kleinen Café am Ende des Blocks, und ich denke an Sie. Daran, was für ein wunderbarer Ort Ihr Café gewesen sein muss, als es noch geöffnet war. Und daran, wie schwer es Ihnen gewiss gefallen ist, diesen Ort zu verlassen. Früher, in der Alten Heimat, habe ich selbst auch ein wenig gekocht, und ich denke gern an meine kleine Garküche, zu der ich so gern zurückkehren würde, auch wenn ich weiß, dass das in diesem Leben nicht mehr möglich sein wird. Jetzt frage ich mich: Geht es Ihnen genauso? Denken Sie daran, eines Tages heimzukehren? Falls nicht, möchte ich Sie hiermit wissen lassen, dass es einen Menschen in Ihrer Straße gibt, der mehr als bereit wäre, Ihnen das Café Tufaah abzunehmen.›»

Doch kaum hatte ich den letzten Satz geschrieben, änderte meine Mutter ihre Meinung. «‹Ihnen das Café abzunehmen› – das klingt ein bisschen zu beiläufig», sagte sie. «Als wäre es eine Last für sie gewesen.»

«Du könntest sagen: ‹Möchte ich Sie hiermit wissen lassen, dass es einen Menschen in Ihrer Straße gibt, der dem Tufaah zu neuem Leben verhelfen möchte.›»

«Ja», sagte meine Mutter. «Das ist es – schreib es auf. Und dann noch: ‹Mit herzlichen ...›»

«Sollten wir nicht zuversichtlicher klingen? Sollten wir nicht direkter sein und sie bitten, uns zu schreiben, falls sie unser Angebot erwägenswert findet?»

Meine Mutter knabberte an ihrem Daumennagel. «‹Ich hoffe, Sie mögen dieses Angebot in Betracht ziehen, und wenden sich unter folgender Adresse an mich.› Und dann schreibst du unsere Adresse auf.» Doch als es so weit war, gab es auch an der Adresse etwas auszusetzen. «Was, wenn sie uns für ein paar alte Klunkerer aus dem Morgenlicht hält?»

«Wird sie nicht – wir schreiben ja, dass wir erst letztes Jahr in die Stadt gezogen sind.»

Damit aber setzte sie zu viel Vertrauen in Miss al-Abdi. Vielleicht überflog sie den Brief nur. Vielleicht hielt sie sich gar nicht erst mit irgendwelchen Details auf. Der ganze Text gehörte noch einmal umgeschrieben, und diesmal musste klargestellt werden, dass meine Mutter nur eine einfache Hausmeisterin war. Als ich ihr den Brief dann ein weiteres Mal vorlas, fiel mir auf, dass ich sie überredet hatte, sich stärker zu verpflichten als ursprünglich beabsichtigt. Eigentlich hatte sie bei dieser mysteriösen Miss al-Abdi ja nur vorfühlen wollen, doch als ich den Umschlag schließlich zuklebte, hatte ich meine Mutter dazu gebracht, ein konkretes Angebot abzugeben. So, wie es allerdings zurzeit bei den himmlischen Mächten um mich bestellt war, sollte ich der letzte Mensch sein, der irgendwen davon überzeugte, eine Bitte auszusprechen. Was, wenn Miss al-Abdi die Gelegenheit nur zu gern beim Schopf griff?

Also versuchte ich zurückzurudern. «Haben wir überhaupt so viel Geld, dass wir es ihr abkaufen können?»

«Noch nicht.»

«Vielleicht sollten wir dann lieber noch ein bisschen warten?»

«Ich will ihr den Gedanken einpflanzen, Sil, ehe es jemand anderes tut.»

Und dann küsste meine Mutter, die nie Pläne macht, die nie irgendwas zu Papier bringt, den Umschlag und schickte mich, eins zwei drei, nach draußen zum Briefkasten.

*

Es war eine Zeit widersprüchlicher Zeichen. Leuchtende, fremdländische Ranken an den Mauern der alten Universität, im Park winselnde Kojoten. Eines Tages rief jemand beim Sender an, um zu erzählen, dass sie glaubte, im Unterholz beim alten Zeughaus eine Ziege gesehen zu haben.

«Aber das ist doch unmöglich, oder?», sagte sie.

«Ein kleiner Ausflug in die Geschichte, liebe Hörer», erwiderte der Dispatcher. «Früher einmal, vor langer Zeit, hat sich die Parkverwaltung gefragt, ob man nicht Ziegen als Alternative zu herkömmlicher Parkpflege einsetzen könnte. Also wurden einige am Ostrand des Sorey-Parks ausgesetzt – nur eine Handvoll. Eine Zeit lang hat das auch gut geklappt. Ein paar wurden vermutlich von den Kojoten gerissen, andere von Dieben geschnappt. Der Rest ist im Laufe der Jahre im Park verschwunden. Hin und wieder aber taucht auch heute noch eine auf, und ich denke, verehrte Anruferin, eine von denen haben Sie gesehen. Einen Nachkömmling der ursprünglichen Herde.»

Das gab Anlass für weitere Anrufe von Leuten, die zugaben, eine der ersten Ziegen gestohlen zu haben oder einen der Diebe zu kennen. Am Ende wurde das Wiederauftauchen der Ziegen als vielversprechendes Zeichen gewertet.

Eines Morgens wurden wir wach, und die Flut hatte sich so weit zurückgezogen, dass der Fluss wieder in seinem ursprünglichen Bett verlief. Zum ersten Mal seit Jahrzehnten war der Highway zu sehen, wenn auch mit Algen überzogen. Für die Radiohörer gab es kein anderes Thema: wie es sich anfühlte, über den Grünstreifen zu laufen und die Graffiti sowie den alten Musey-Spielplatz mit dem von braunem Seetang erdrosselten Karussell wieder sehen zu können.

«Immer mit der Ruhe, Freunde», sagte der Dispatcher. «Mein Gefühl sagt mir, dass dieser niedrige Wasserstand nicht von Dauer ist.»

Er hatte recht. Kaum kam das Wasser zurück, schwamm mit ihm etwas in die Bucht, das womöglich auch ein Zeichen war. Der Besucher verriet sich durch eine riesige, langsam dahinrollende Bugwelle. Ein über seinen Balkon gelehnter Anrufer entdeckte ihn, doch war er verschwunden, noch ehe der Mann sein Handy zücken konnte, weshalb nur der Geist einer Erinnerung blieb.

«Was glauben Sie, was das gewesen sein könnte?», wollte der Dispatcher wissen.

«Bin mir nicht sicher», sagte der Anrufer. «Aber es muss was Gewaltiges sein.»

Erst eine Woche später hörte man wieder davon, da ein paar Kinder, die bei den alten Masten der Jennison Bridge spielten, hörten, wie etwas mit lautem Klatschen aufs Wasser schlug. Sie blickten gerade noch rechtzeitig auf, um zu sehen, dass etwas abtauchte, konnten sich aber, als sie den Dispatcher anriefen, nicht darauf einigen, was es gewesen sein mochte.

Das ging so weiter, bis der Besucher einen Fotografen überraschte, der für die Wochenzeitung gerade ein Porträtfoto von der Vorsitzenden des Wiederansiedlungsprogramms machte. Die Vorsitzende stand mit dem Rücken zum Promenadengeländer, im Hintergrund die untergehende Sonne, weshalb das Bild unscharf war, doch gelang es dem Fotografen, das auftauchende Tier festzuhalten, wie es eine gewaltige, glitzernde Fontäne ausschoss. Er rief einen Freund an, der eine Drohne übers Wasser schickte, und nur wenige Stunden später konnten wir alle daheim auf Bildern sehen, wie der vom Dispatcher so genannte Inselstadtwal den trüben Fluss auf und ab patrouillierte.

Seit meine Mutter ein kleines Mädchen gewesen war, hatte niemand mehr einen Wal gesehen, und so quoll die Promenade am nächsten Morgen von Neugierigen über. Ungewissheit dämpfte jedoch die allgemeine Aufregung, da niemand verstand, was das alles zu bedeuten hatte. Einerseits war das Auftauchen des Wals ein Grund zur Freude, andererseits aber war die Tatsache, dass er die Flussmündung hinaufgeschwommen war und offenbar nicht zurück ins Meer fand, gewiss ein unheilvolles Omen.

Stundenlang standen wir da, meine Mutter und ich, aber das Einzige, was wir sahen, war ein Schwarm Möwen, die auf dem alten, überfluteten Highway etwas für uns Unsichtbares zu verfolgen schienen.

Meine Mutter hatte sich den Vormittag freigenommen. Als es auf Mittag zuging, konnte ich spüren, wie sie sich von mir abwandte, um auf ihr Handy zu blicken. «Anscheinend ist der Boiler defekt, Sil. Wir müssen los.»

Ich versuchte, mir meine Enttäuschung nicht anmerken zu lassen. «Ich dachte, Wale müssen immer mal wieder an die Oberfläche zum Atmen.»

«Das verdammte Vieh taucht garantiert in dem Moment auf, in dem wir gehen», sagte sie und schaute verbittert übers Wasser. «Tut mir leid, Sil.»

Im Laufe der Woche sah alle Welt den Wal, nur wir nicht. Die Videoaufnahmen dauerten kaum länger als eine Minute, so als gäbe es die unausgesprochene Abmachung, erst zu verraten, dass man ihn sah, wenn die Begegnung selbst vorüber war. Einer Handvoll Teenager, die im Dämmerlicht über die Sorretti-Brücke liefen, zeigte er sich eine Viertelstunde lang. Der Dispatcher unterhielt sich mit einer Anruferin, die behauptete, ein Medium zu sein und mit dem Tier in Verbindung zu stehen, und er redete mit einem Künstler, der auf die Promiwand im Bertucci's eine Karikatur zeichnete, die den Wal in all seiner zetazeeischen Pracht zeigte, wie er mit umgebundenem Lätzchen auf einen Teller Spaghetti wartete.

Die Anrufer waren sich bloß in wenigem einig, eigentlich nur darin, dass sein Aufenthalt im Fluss zu seiner eigenen wie auch zu unserer Sicherheit von möglichst kurzer Dauer sein sollte. Die Behörden teilten die Ansicht. Man entschied, es bedürfe ernsthafter Bemühungen, den Wal zurück in die Bucht zu treiben. Das Problem war allerdings, dass niemand herausfinden konnte, auf welchem Weg er sich in den Kanal gezwängt hatte, weshalb es der Küstenwache letztlich auch bloß gelang, ihn bis an die Uferpromenade zu treiben, wo er dann kehrtmachte, um mit wenigen, für ein Tier seiner Größe überraschend schnellen Wendungen den Küstenbooten auszuweichen und flussaufwärts wieder zu verschwinden.

Ein Großteil der Sendezeit galt der Frage, warum der Wal zögerte, den Fluss wieder zu verlassen. Was hatte das für die Stadt zu bedeuten, was sagte es über Temperatur und Salzgehalt des Wassers aus, was über die psychische Stabilität des Wals? War seine Anwesenheit ein Zeichen für bessere Zeiten? Oder etwa dafür, dass in der langen Abfolge von Katastrophen eine weitere drohte? Von der Stadtverwaltung wurde eigens ein Beauftragter für die Walrettung ernannt, der gleich für alles Mögliche verspottet wurde, für seinen Titel ebenso wie für seine Frisur, bis er schließlich den Dispatcher anrief und erklärte, er wolle den Wal zurück ins offene Wasser locken, indem er die Lücke im Damm der Inselstadt verbreitern ließ. Das dauerte eine Woche, eine Zeit, in der Drohnenvideos den von Tag zu Tag magerer wirkenden Wal auf all unseren Bildschirmen zeigte. Die Nachrichten berichteten über die Helden, die ihm den Weg in die Freiheit ebnen sollten: professionelle Wracktaucher, die am Südufer der Insel im Auftrag von Versicherungen Bergungen durchführten und in ihrer Freizeit mit Lampen, Schwimmflossen und teuflischem Grinsen zum unteren Damm eilten, um das trübe Wasser mit funkelnden, wie trunken taumelnden Lichtern zu beleben. Wir gingen zur Uferpromenade, um ihnen bei der Arbeit zuzusehen, und hier begegnete meine Mutter auch ihrem ersten Wracktaucher, einem kleinen, drahtigen Mann namens Fis Sarina. Er gönnte sich gerade eine Atempause, hockte mit grellgrünen Flossen auf der Stützwand und schenkte sich etwas aus einer Thermoskanne ein, als meine Mutter auf ihn zuging und ihm den Kaffee hinhielt, der in ihrer Hand kalt zu werden drohte.

«Was tust du da?», fragte ich sie.

«Er sieht so müde aus», antwortete sie auf Unser. «Frag ihn, ob es der Wal schaffen wird. Frag ihn, ob sie Erfolg haben werden.»

Ich tat es, und er nickte. «Wir werden es früh genug erfahren. Entweder stirbt der Wal im Fluss, oder er schafft es nach draußen. Lang wird es jedenfalls nicht mehr dauern, so oder so. Es wird mir fehlen, ein Held zu sein.»

Meine Mutter drehte sich zu mir um, und ich übersetzte für den Taucher: «Sie sagt, sie sei sich ziemlich sicher, dass man Ihre Arbeit auch in Zukunft heldenhaft finden wird.»

«Richten Sie ihr bitte aus, dass ich diese Arbeit jetzt seit fünfzehn Jahren mache und sie zum ersten Mal überhaupt wahrgenommen wird.» Während ich seine Worte weitergab, musterte er meine Mutter von oben bis unten auf eine Weise, die mir für beide peinlich schien. «Sagen Sie Ihrer Mama, sie sollte es selbst mal mit Wracktauchen versuchen. Sie hat die richtige Statur dafür.»

Wir mussten alle lachen, meine Mutter, Fis Sarina und ich. Das fällt mir heute noch manchmal ein. Wir haben darüber gelacht.

Zwei Tage später hatten sie den Damm geöffnet. Eine wahre Flotte von Fischkuttern und Frachtkähnen sammelte sich am oberen Inselende, um den Wal zur Bucht zu treiben; und da haben meine Mutter und ich ihn dann zum ersten und einzigen Mal gesehen: eine kleine Rückenflosse und die Schwanzflosse, die das Wasser durchbrach, ehe der Wal außer Sichtweite glitt und davonschwamm.

Als ich am Morgen aus meinem Zimmer kam, checkte meine Mutter eine Webseite, die ich noch nie zuvor gesehen hatte. Neben ihr lag ein mit Telefonnummern übersäter Notizzettel. «Hast du gewusst, dass Wracktaucher dreitausend pro Woche verdienen?», fragte sie mich. «Pro *Woche*!»

«Wow!»

«Man muss einen Kurs machen, glaube ich, um ein Zertifikat zu kriegen, aber der Kurs dauert offenbar nicht lang.

Und allem Anschein nach gibt es jede Menge Arbeit. Was meinst du?»

Verschlafen beugte ich mich vor und ließ den Blick über die geöffnete Seite gleiten. Ich hätte ihr sagen können, dass sie sich irrte, dass sie das mit dem Honorar und den Ausschreibungen falsch verstanden hatte. Aber ich habe es nicht getan. Leider.

Ich sagte nur: «Und was ist mit deinem Job hier im Haus?»

«Den erledige ich abends und nachts. Vielleicht bitte ich dich auch, mir tagsüber ein bisschen zur Hand zu gehen. Nur bis die Schule anfängt.»

«Klar», sagte ich. «Natürlich.»

Sie drückte mich und rieb mir weiterhin über den Arm, während sie nach unten scrollte. «Dieser Mann, der hat gesagt, ich hätte dafür die richtige Statur, und sieh mal – was steht hier?»

Um besser sehen zu können, beugte ich mich über ihre Schulter. Grinsende Kursabsolventen sprangen in Taucherausrüstung und mit komisch übertriebenen Posen rückwärts vom Pier. Ich übersetzte den Bildtitel: «Die besten Wracktaucher sind schmal gebaute Menschen, denen das Arbeiten in beengten Räumen nichts ausmacht. Wir suchen optimistische Abenteurer, Problemlöser und Leute mit schnellem Reaktionsvermögen. Gehörst du dazu?»

«Besser hätte ich mich selbst nicht beschreiben können», sagte meine Mutter.

Und so kam meine Mutter zum Wracktauchen. Zu Beginn ihres Einführungskurses sagte der Ausbilder – ein Typ namens Sal, schmal wie ein Handtuch –: «Die Arbeit ist gefährlich, aber das gilt für vieles.» Weder ihre Beschreibung der Fitnesstests im Vorfeld noch des nachfolgenden Kurses klangen sonderlich besorgniserregend. Sie sagte: «Ich musste auf einem Laufband mit hoher Steigung rennen, bis ich dachte, mir platzt die Lunge, dann abspringen, um schweißnass und atemlos durch einen engen Tunnel zu krabbeln und im Dunkeln den Ausgang zu finden.»

Ich habe mich oft gefragt, ob meine Mutter die Einzelheiten so emotionslos schilderte, damit ich mir keine Sorgen machte, oder ob sie die Erfahrung ohne weitere Gefühle über sich ergehen ließ, sie höchstens interessant fand. Wie auch immer, sie hatte jedenfalls keine Angst. Und dieser Mangel an Angst dürfte auch verhindert haben, dass sie sich ausmalte, andere könnten das alles durchaus beängstigend finden. Meist erzählte sie jedenfalls nur Geschichten über die Typen in ihrer Trainingsgruppe. Einige waren erfahrene Taucher, andere so grün hinter den Ohren wie sie selbst. Fast alle aber waren entschiedene Exzentriker, die sich für ein Leben am und im Meer – soweit noch vorhanden – begeisterten und von den Berufen enttäuscht waren, in denen sie ihre besten Jahre vergeudet hatten. Trotz ihrer Erschöpfung brachten die Jungs sie zum Lachen, und die wiederum bewunderten ihre sportliche Figur und ihre Furchtlosigkeit. Ich habe mich gefragt, ob sie vielleicht auch Töchter hatten, die nachts wach lagen und sich fragten, wie es war, sich im Dunkeln in einem engen Tunnel zurechtfinden zu müssen.

Während der letzten beiden Trainingswochen schlich sich meine Mutter nach den Öffnungszeiten ins Schwimmbad des Morgenlicht, und ich saß am Rand und schaute ihr zu, diesem stillen Fleck Dunkelheit im neonhellen Wasserfunkeln. Aus meinem Blickwinkel wirkte das, was sie tat, geradezu locker und entspannt. Oft tauchte sie mit einem Lächeln vor mir auf, um mir zu zeigen, dass es keinen Grund zur Beunruhigung gab.

Die meisten Wracktaucher arbeiteten damals für Versicherungen oder als Bergungstaucher. Halb überflutete Gebäude in der Gezeitenzone wechselten ständig den Besitzer, je nachdem, wie optimistisch Käufer und Verkäufer auf Neuigkeiten über sinkende Wasserpegel reagierten. Es gab sogar Gerüchte, dass die Verwaltung, falls das Wiederansiedlungsprogramm eine bestimmte Größenordnung erreichte, bloß Fundamente und Stützpfeiler stärken wollte, um eine Art schwimmende Stadt zu errichten – Wasser sollte auf dieser Insel zum Kennzeichen eines luxuriösen Lifestyles werden und nicht länger nur jene Gefahr sein, die Leute ohne größere Vision darin sahen. Ein solches Vorhaben aber bedeutete eine ständige und niemals endende Untersuchung der Gebäudestabilität. Für jeden Verkauf musste aufs Neue das Fundament geprüft werden, weshalb Taucher oft zwei-, dreimal im Jahr dasselbe Gebäude untersuchten.

Wer für eine Versicherung tauchte, war zumeist fest angestellt; Bergungstauchgänge aber wurden von privater Hand organisiert und privat finanziert. Viele Menschen hatten durch die Flut ihre Häuser verloren. Oft waren es deren Nachfahren, die großes Interesse an dem hatten, was noch aus den Ruinen der Häuser ihrer Eltern geborgen werden konnte, und meist gehörten sie zu den Leuten, die Safes besaßen oder über Schutzräume verfügten. Da das, wonach meine Mutter tauchte, den Auftraggebern oft viel bedeutete, verlangten sie gern, dass sie eine live übertragende Kamera an ihrem Helm befestigte, sodass meine Mutter sie ständig im Ohr hatte, während sie den dunklen Schlick untergegangener Gebäude durchwühlte. Die Erinnerungen waren häufig eher seltsam: Manchmal erhaschten die Auftraggeber im blassgrünen Strahl der Kopflampe geliebtes, aber unmöglich zu bergendes Mobiliar – eine alte Kommode, der Schreibtisch eines lang verstorbenen, ungeliebten Patriarchen –, und man flehte sie an, einen Moment zu verweilen und sich genauer dort, auf dem Meeresboden, umzusehen. Falls es ihr Schichtchef gestattete – sprich, falls er das Bestechungsgeld annahm und sie folglich länger bei einem Stück verweilen konnte, das nicht auf der Bergungsliste stand –, untersuchte meine Mutter das jeweilige Wrackmöbel und zog Schubladen auf, die wundersamerweise seit dem Tag des Untergangs geschlossen geblieben waren.

Das waren die Lieblingstauchgänge meiner Mutter. Oft kam sie erst spätabends nach Hause und roch schwach nach abgestandenem kalten Wasser, ein Geruch, der wie ein eisiger Hauch von ihrer Haut, ihrem Haar aufstieg. Ich machte ihr dann einen heißen Tee, und sie verbrachte den Rest des Abends damit, erneut ihre Reise durch die langsame grüne Welt zu durchleben. Wie sie in einer alten Brauerei getaucht war und gesehen hatte, dass ein Mosaik aus

Flaschensplittern den Meeresboden bedeckte. Wie sie in ein altes Haus mit seinen durchweichten, wogenden Vorhängen eingedrungen war, um das Tafelsilber der Erben einzusammeln, und im Esszimmer alle Teller, Gabeln und Tassen vorgefunden hatte, unerklärlich im Wasser schwebend wie Münzen aus Licht. Einmal hatte eine Gruppe nicht sonderlich entgegenkommender Klienten sie beauftragt, in ein Gebäude einzudringen, das sich als Bank erwies. Im Laufe von acht Stunden öffnete sie den alten Safe und holte Goldbarren heraus, jeder schwer wie eine Kanonenkugel, ohne auch nur zu ahnen, was für einen Skandal dieser Vorfall auslösen würde – denn wie sich herausstellte, führte die Stadt seit Langem bereits einen Prozess mit den Besitzern des Gebäudes, da sie behauptete, die Bank und alles, was sich darin befand, sei in städtischem Gewässer versunken, weshalb es nach geltendem Seerecht jetzt der Kommune gehörte.

Sie wollte, dass ich ihre Begeisterung spürte, ließ sie im Ton ihrer Stimme anklingen, in dem Geschick, mit dem sie die Sprache ihrer neuen Arbeit anwandte. Ich aber spürte nichts als Angst. Ich wusste nichts übers Tarieren, über Druckausgleich oder Blutvergiftungen, die sie sich in diesen ungesunden Tiefen zuziehen konnte. Natürlich war ich mir sehr sicher, dass sie da unten überaus vorsichtig war, nur machte sie immer weiter. Setzte sich immer aufs Neue die Maske auf und wuchtete sich die Sauerstoffflaschen auf den Rücken. Für mich und für Tufaah, ein wenig aber auch für sich selbst. Und vielleicht machte mir das am meisten Angst.

Immer wieder berührte ich unseren Schutzzauber: eins zwei drei. Ich hielt mich auf Trab, wuselte durchs Morgenlicht, hakte zügig die Pflichten meiner Mutter ab. Bloß gab es so vieles, was ich nicht konnte: in Räume kriechen, die für mich zu eng waren. Kabelprobleme, die ich nicht lösen konnte und dann am Ende jedes Tauchtages auflistete: Boiler reparieren. Fahrstuhl reparieren. Eines Morgens wachte ich in einer leeren Wohnung auf. Da ich annahm, meine Mutter wäre früh zur Arbeit aufgebrochen, ging ich meinem Tagewerk nach, bis ich sie schlafend am Kellerschreibtisch fand, so aufrecht und reglos, als wäre sie nie richtig lebendig gewesen. Wir taten dies mit einem Lachen ab, danach aber änderte ich die Lage des Schutzzaubers, da ich hoffte, im Einklang mit den neuen Risiken im Leben meiner Mutter ein weiteres Netz spannen zu können. Das Marmeladenglas blieb, wo es war, die Schere legte ich in den Luftschacht in ihrem Büro, das Parfümfläschchen fand eine neue Heimat im Skimmer des Pools. Ich suchte sie in regelmäßigen Abständen auf, nicht allein in Gedanken, sondern leibhaftig, eins zwei drei, um mich davon zu überzeugen, dass sie noch da waren, dass sie weiter jenes kleine bisschen Macht ausübten, das uns zusammenhielt, da ich meiner Mutter mit praktischer Hilfe kaum beistehen konnte. Sie schwand dahin. Und vielleicht schwand ich deswegen auch dahin. Schlimmer noch, vielleicht schwanden wir *beide* – flackerten uns schwächer und schwächer aus unseren jeweiligen Welten zu.

BUCH III

MILA

Gerade als meine Einsamkeit unerträglich zu werden drohte, zogen Mila und ihre Mutter ins Haus.

Ohne jede Vorwarnung war eines Tages Licht unter der Tür zur 32C zu sehen. Wer weiß, wie lange schon, ehe es meinem abgelenkten Blick auffiel. Mutter konnte sich nicht erinnern, es angelassen zu haben. Als sie hinging, um nachzusehen, stieß die Tür gegen eine Kette. Sie hing einfach da und ließ nur Raum für einen kaum zehn Zentimeter breiten Schlitz, gerade genug, um einen Blick auf eine bislang nie gesehene Frau zu erhaschen, die verwirrt in der leeren Wohnung stand.

«Hallo», rief meine verblüffte Mutter. «Wer sind Sie, bitte?»

Die Frau musterte uns mit weit geöffneten Augen und leerem Blick, ehe sie sagte: «Nein – danke, nein. Auf Wiedersehen.»

Meine Mutter war nicht schnell genug, um zu verhindern, dass die Tür krachend ins Schloss fiel. «Hallo?» Sie hämmerte erneut mit Macht dagegen. Diesmal wurde sie von einem schlanken, schmalgesichtigen Mädchen geöffnet, das ihr Haar straff nach hinten gekämmt trug; sie hatte die riesigen grünen Augen eines Nachtgeschöpfes.

«Hören Sie bitte auf, solchen Lärm zu machen», sagte dieses neue Gesicht. «Es ist mitten in der Nacht.»

Meine Mutter hatte ihren Atem wiedergefunden. «Wer seid ihr? Wie seid ihr hier reingekommen?»

«Wir wohnen hier», sagte das Mädchen. «Herr Popowitsch kann das erklären.»

Und sie schloss die Tür mit allem Nachdruck.

Meine Mutter war außer sich. Wie unverschämt von diesem Popowitsch, ihr nicht einmal die kleinste Warnung zu geben. Wie rücksichtslos, dass er der Fremden einfach den Schlüssel gegeben hatte. Da sie spürte, dass Mila eine von denen sein könnte, die sich über unsere spätabendliche Zudringlichkeit beschwerte, ließ meine Mutter es sich angelegen sein, ihr zuvorzukommen. «Wen haben Sie mir denn oben in die 32C einquartiert?», sagte sie, sobald sie Popowitsch am Apparat hatte.

Ich meinte, sein trockenes Lachen hören zu können. «Achten Sie gut auf sie – es sind meine ganz besonderen Gäste.»

Es war, wie meine Mutter vermutet hatte. «Weißt du, was ich hätte sagen sollen?», fragte sie mich. «Ich hätte ihm sagen sollen: ‹Wissen Sie, Herr Popowitsch, glauben Sie bloß nicht, Sie könnten den mageren Anspruch auf Ihr Erbe untermauern, indem Sie sich bei Leuten aus der Alten Heimat einschmeicheln. Das ist doch einfach lächerlich.›»

«Dann ruf ihn zurück», fuhr ich sie an. «Sag's ihm selbst.»

Mir war Popowitsch egal, auch die Alte Heimat oder sonst irgendwas. Für mich war nur wichtig, dass ein fast gleichaltriges Mädchen ins Morgenlicht gezogen war und im zweiunddreißigsten Stock wohnte, allein, ohne Freundin. Ich konnte mein Glück kaum fassen. Und was machte es schon, dass sie unhöflich zu meiner Mutter gewesen war? Hätte eine verärgerte Fremde um elf Uhr abends an meine Tür gepocht, hätte ich mich bestimmt auch gestört gefühlt.

Ich sah Mila erst wieder, als der Umzugslaster kam. Sie stand auf der Straße, dirigierte eine Prozession riesiger, wie Mumien eingewickelter Möbel von der Laderampe über den Gehweg und wirkte völlig ungerührt von den Beschimpfungen der aufgebrachten Fahrer, die um sie herummanövrieren mussten. Verunsichert durch ihr Verhalten, schlugen die Möbelpacker respektvoll immer größere Bögen um sie herum, von Mila heftig zurechtgestutzt, wann immer etwas passierte, womit sie nicht einverstanden war. «Was für eine kleine Viper», sagte meine Mutter mit einem Blick auf das Geschehen. Nur hatte sie nicht so lange zugesehen wie ich, weshalb ihr auch der Moment entging, als Mila in der Mittagspause auf die Laderampe hüpfte, sich hinsetzte, die Knie an die Brust zog und wieder zu einem Mädchen in meinem Alter wurde. *Das* war die Version von ihr, mit der ich mich unbedingt anfreunden wollte.

Eine Woche nach unserer ersten Begegnung wurden meine Mutter und ich in die 32C gerufen, um nach dem Kamin zu sehen, aus dem angeblich Rauch in die Wohnung der Neuankömmlinge quoll. Als wir kamen, tanzten Flammen im Kamin, und die Luft war vollkommen rein. Milas Mutter saß auf dem Sofa, rieb sich nervös die Hände; Mila hielt Wache am Sims.

Meine Mutter setzte den Werkzeugkasten ab. «Was für Problem?»

«Das Zimmer ist völlig verqualmt», sagte Mila.

Statt darauf zu beharren, dass dem nicht so war, löschte meine Mutter das Feuer, öffnete die Fenster und schaute in den Schornstein. Mila stand dabei, die Hände hinterm Rücken. Sie sah zu, wie meine Mutter ein bisschen vom schwarzen Ruß im Innern des Kamins abkratzte und sich dann auf ihren Tritthocker stellte, mit der Hüfte an den Schornstein gelehnt. «Rauchgeruch kommt von Staub», sagte sie. «Ist normal.»

«Soweit ich weiß, kann Staub gefährlich sein und einen Brand verursachen», sagte Mila.

«So wenig nicht», erwiderte meine Mutter, «auch nicht in solchem Kamin.»

«Würden Sie trotzdem bitte den Staub beseitigen? Danke.»

«Beseitigen?»

«Ja, könnten Sie den Staub bitte entfernen? Danke.»

Es gab einen Gesichtsausdruck, den meine Mutter immer dann hatte, wenn sie entgeistert bemerkte, wie sehr es jemandem an Anstand und Vernunft mangelte. Die betreffende Person fand meist, sie sehe ernst und entschieden drein, gar respektvoll. In Wahrheit aber war es so, dass meine Mutter innerlich mit all der Verachtung lachte, die sie nur aufbringen konnte. Und dieser Ausdruck zeigte sich jetzt, als sie Ruß von der Innenseite des Schornsteins kratzte. Ich merkte ihr an, dass ich mir bald noch so manches über Menschen in meinem Alter würde anhören müssen. Nach einer unbestimmten Zeit kam sie aus dem Schornstein und zündete das Feuer wieder an. «So, das hätten wir!»

Mila stand da, die Nase wie ein Spürhund gereckt. Nach einer Weile sagte sie: «Ich kann immer noch Rauch riechen.» Sie wandte sich an ihre Mutter. «Du nicht auch?»

Ihre Mutter stellte ein Glas Wasser auf den Tisch und rückte es dann vom Rand weg. «Ein bisschen.»

Meine Mutter steckte den Kopf in den Kamin. Die Flammen züngelten nach ihren Hosenbeinen. «So riecht Feuer nun mal», sagte sie schließlich.

Mila seufzte. «Schätze, wenn Sie's nicht ändern können, dann können Sie's eben nicht.»

«Ist aber gut so.»

«Na schön.» Mila zuckte mit den Achseln. «Allerdings sage ich Ihnen, wenn mein Vater eintrifft, riecht der den Rauch, und dann müssen Sie bestimmt noch mal herkommen.»

«Ich komme», sagte meine Mutter. «Braucht mich nur anzurufen.»

Im Flur wandte sie sich mit wütendem Blick zu mir um. «Sei sehr vorsichtig mit diesen Leuten, Sil!»

«Warum?»

«Weil ich nicht will, dass du deine Zeit mit diesen ungehobelten Nichtsnutzen aus der Alten Heimat vertrödelst.» Sie blieb stehen und drehte sich zu mir um, weshalb ich wusste, dass sie ernst meinte, was sie jetzt sagte. «Und ich muss dir ja wohl nicht erklären, warum du sie besser nicht wissen lässt, dass du Unser sprichst.»

Das musste sie nicht, aber ich widersprach trotzdem.

«Wieso? Warum nicht?»

«Du weißt, warum.»

In all den Jahren war ich noch nie so kurz davor gewesen, mit dem Fuß aufzustampfen. «Nein, weiß ich nicht.»

«Weil du nichts über sie weißt. Woher sind sie? Auf wessen Seite standen sie im Krieg? Wie sind sie hergekommen?»

«Das sind alles nur Fragen», fauchte ich. «Vielleicht bekäme ich ja ein paar Antworten, wenn ich mich mit ihnen unterhalten würde.»

Sie baute sich vor mir auf. «Ich sag's nicht noch mal, Sil.»

Trotzdem spürte ich den Stachel. Wie sollte ich mich mit Mila anfreunden, wenn ich über das Einzige nicht reden durfte, das uns verband? Und was für eine Freundschaft begann mit einer Lüge?

Allerdings war meine Mutter das geringste meiner Probleme. Das größere Hindernis auf dem Weg zu meiner Freundschaft mit Mila war Mila selbst. Ihr war es auf Anhieb gelungen, von der Schule angenommen zu werden. Und wenn sie sich zu Hause aufhielt, beschäftigte sie sich eifrig mit Dingen, die sie um Jahre älter wirken ließen. Weder die Himmel-und-Hölle-Kästchen, die ich im Hof aufgemalt hatte, noch die von mir auf dem Tisch in der Lobby bereitgelegten Brettspiele konnten sie von der offenbar enormen Aufgabe ablenken, die Wohnung für die Ankunft ihres Vaters vorzubereiten. Als sie mich eines Nachmittags nach dem Weg zur Bibliothek fragte, brachte ich sie hin und nutzte die Gelegenheit, ihr das Spielzimmer mit dem Wandgemälde des ausschweifenden Picknicks zu zeigen, fest entschlossen, sie damit zu beeindrucken, wie ungerührt ich angesichts der Präsenz von etwas derart Groteskem in einem für kleine Kinder gedachten Zimmer sein konnte.

Sie aber schaute nur mit zusammengekniffenen Augen von der Türschwelle ins Zimmer. «Eine billige Nachahmung von *Das letzte Abendmahl*, oder?»

«Ist dir aufgefallen, dass sie Fleisch essen?»

«Irgendwie komisch, nicht?»

«Ist doch schrecklich.»

«Ich meine: Sie sind Tiere. Sie sind selbst auch nur Fleisch.»

Da ich sie damit nicht beeindrucken konnte, entschied ich, ihr müsse deutlich gemacht werden, dass ich diejenige war, die alle Feinheiten und Finessen dieses Gebäude kannte.

Ich fing an, bei jenen seltenen Gelegenheiten, da sie nach

unten kam, um die Briefe an ihre Mutter abzuholen, mit eingeschalteter Stirnlampe, das Ohr an die Wand gepresst, vor der Poststelle Position zu beziehen.

Es dauerte fünf Tage, ehe sie sich herabließ, nach dem Grund dafür zu fragen. «Suchst du nach giftigem Schimmelbefall?»

«Ach was, nein», sagte ich. «Ich warte nur auf das Gespenst.»

«Oh.» Sie blieb hinter mir stehen, wartete jetzt auch. «Und wer ist das Gespenst?»

«Der Junge, der vom Fahrstuhl zerquetscht wurde.»

Sie runzelte die Stirn. «Vor Kurzem?»

«Vor ungefähr zwanzig Jahren.»

«Wurde der Fahrstuhl inzwischen repariert?»

Ich hatte keine Ahnung. «Natürlich», sagte ich.

«Okay, dann hoffe ich, du siehst es.»

«Soll ich dich holen, wenn der Geist erscheint?»

«Nein, danke. Ich bin in Aguila aufgewachsen und habe noch nie Geister gesehen. Und ich bezweifle, dass der hier viel taugt.»

Langsam wurde ich verzweifelt. Seit drei Wochen wohnte sie schon da oben, und ich wusste immer noch nichts über sie, kannte weder ihr Alter noch ihre Interessen. Jedenfalls war sie nicht die Art Mensch, die sich zurückzog und gern für sich allein war – etwas, das ich beim Aufsuchen meiner versteckten Talismane über sie lernte. Gerade erst hatte ich mich vergewissert, dass das Parfümfläschchen noch im Skimmer lag, als ich aufblickte und Mila sah, die auf einer der Holzbänke am anderen Ende des Schwimmbads saß. In dem Moment, da ihr klar wurde, dass ich ihre Anwesenheit bemerkt hatte, änderte sie ihre Haltung, die sie, wie sich herausstellte, absichtlich eingenommen hatte.

«Was machst du da?», fragte ich, starr vor Überraschung.

«Ich sitze hier in Gedanken versunken.»

«Es ist unhöflich, sich nicht bemerkbar zu machen, wenn jemand hereinkommt.»

«Ach ja?»

«Ich könnte ja was sehr Privates machen.»

«Machst du das gerade? Etwas sehr Privates?»

«Nein», log ich.

«Was hast du da in der Hand?»

«Nichts, nur was für den Skimmerkorb.»

Sie stand auf und lief um das lange Ende des Pools, während ich mich mit Fingern, die sich bleiern und riesig anfühlten, hastig bemühte, den Korb wieder einzusetzen. Mila beugte sich hinab, zog ihn heraus und entnahm ihm das Fläschchen. Bislang war mir nie aufgefallen, wie zerbrechlich es aussah, so alt und das rosafarbene Glas fleckig, wo meine Finger es berührt hatten.

«Ich glaube nicht, dass dieses Ding wirklich hierhingehört», sagte sie. «Also werde ich es wohl an mich nehmen.»

«Nicht!», sagte ich. «Es gehört zum Filtersystem.»

«Glaube ich nicht.»

«Stimmt aber! Sieh mal, ich mache das hier schon lange, du dagegen bist neu!»

«Sag mir, wofür das Fläschchen wirklich ist, und ich leg es zurück.»

«Zu unserem Schutz.»

«Schutz? Wovor?»

«Das hier ist ein richtig altes Gebäude. Da gibt es Dinge, über die du nichts weißt und über die du nichts wissen kannst.»

Sie stand da, dieses gemeine kleine Biest, mit schiefen Mundwinkeln, und einen Moment lang sah es aus, als würde sie sich mit meiner Antwort abfinden, dann aber machte sie auf dem Absatz kehrt und begann, Fläschchen in der Hand, zur Tür zu gehen.

«Bitte nicht!»

«Schutz wovor? Was passiert, wenn du das hier nicht zurücklegst?»

«Etwas Schreckliches.» Es stimmte, ich wollte es ihr sagen. Alles war so sorgsam ausbalanciert. «Es ist ein – ein empfindliches System. In diesem Gebäude gibt es Dinge, die müssen im Gleichgewicht sein.»

«Dazu gehört das Gespenst?»

«Nein, es ist viel ernster.» Sie wartete. Mein armes, verzweifeltes Hirn suchte seine Triade des Trostes, fand nur zwei und verhedderte sich. «Wir haben eine Vila im Haus.»

Sie runzelte die Stirn. «Was soll das sein?»

Was hatte ich bloß getan? Ich hatte viele lange, mühselige Stunden gebraucht, um zu erfahren, was ich über Bezi Duras wusste. Noch länger sogar, um mir einzureden, dass ich nichts weiter über sie erfahren wollte. Monat um Monat war ich im Geheimen vorgegangen, war meiner Mutter ausgewichen, hatte mit May verhandelt, Schlüssel gestohlen, Briefkästen geleert, alles in der Hoffnung, irgendwann würdig für einen definitiven Beweis zu sein. Statt mich aber ans Offensichtliche zu halten, tat ich das Gegenteil und warf, was ich wusste, einer Fremden vor die Füße. Mir blieb nur die Hoffnung, dass sie es nicht wie alles andere mit Verachtung strafte.

«Eine Art Geist», sagte ich.

«Der lebt in diesem Gebäude?»

Ich nickte.

«Wo?»

Etwas wie ein eigener Wille begann sich wieder in mir zu regen. «Das kann ich dir doch nicht einfach so *sagen.*»

«Warum nicht?»

«So funktioniert das nicht. Du musst es dir verdienen.»

Zum ersten Mal schien ich damit in Mila eine Regung zu provozieren. Natürlich eher jene Verwirrung, die man von ihr erwarten durfte, nicht die Ehrfurcht, die ich sie fühlen lassen wollte, trotzdem, etwas regte sich in ihr. «Na gut. Ist ja auch egal.» Sie ließ das Fläschchen wieder in den Skimmerkorb fallen und ließ mich stehen.

Ich fühlte mich hin- und hergerissen. Auf der einen Seite hatte ich meine Bemühungen rund um Bezi Duras geheim gehalten, auf der anderen hatte ich Mila abgewiesen, vielleicht endgültig. Ich hätte mir jedoch keine Sorgen zu machen brauchen. Einige Tage später kam sie wieder zu mir, das Gesicht belebt von einem Schimmer Neugier. «Ich habe mich über diesen Geist ein bisschen schlau gemacht. Über diese Vila. Wieso glaubst du, dass so eine in diesem Gebäude lebt?»

Ich wischte weiter die Treppenstufen. «Dafür gibt es viele Beweise.»

Mila dachte nach. «Zum Beispiel?»

«Das ist nichts, worüber wir reden sollten.»

«Warum nicht?»

«Das sollten wir einfach nicht.»

«Dann erzähl mir, was du weißt, und ich höre auf, darüber zu reden.»

«Ich weiß, dass sie magische Kräfte besitzt.»

«Welche denn?»

«Sie kann Menschen in Tiere verwandeln.»

«Das ist unmöglich.»

Enas Erbe brach aus mir heraus und fletschte die Zähne. «Wenn du nicht glaubst, was ich sage, hörst du von mir kein Wort mehr.» Ich wandte mich ab und lief mit meinem Schrubber in den Flur.

«Und warum verwandelt sie Menschen in Tiere?», rief Mila mir nach.

«Weil sie es kann.»

«Und wer sind diese Menschen?»

«Das gehört zu dem, was ich noch nicht herausgefunden habe. Nachts sind sie Hunde, aber tagsüber sind sie Menschen.»

«Du redest von dieser alten Frau oben, die mit den Hunden – wie heißt sie noch gleich?»

Ich hatte Bezi nie für alt gehalten. Grauhaarig, sicher. Vornehm, aber doch nicht alt. Im Spiegel am Ende des Flurs erhaschte ich einen Blick auf Mila, die mit überkreuzten Armen stehen geblieben war.

«Hast du es selbst gesehen?», fragte sie. «Hast du gesehen, wie sie in Hunde verwandelt wurden?»

Ich stand da und fragte mich, was ich antworten sollte. Ich könnte hier und jetzt alles beenden, könnte sagen: «Nein, das hat mir bloß meine tote Tante erzählt», und Mila damit von der ganzen Sache abbringen. Nur hatte ich gerade zum ersten Mal ihre volle Aufmerksamkeit. Und ich konnte mich nicht überwinden, einfach aufzugeben. Also sagte ich bloß: «Ich habe so manches gesehen», griff nach meinem Eimer, schwang den Schrubber über die Schulter und ließ sie stehen. Es überraschte mich daher nicht, dass sie mich Tage später wieder aufspürte, um herauszufinden, was genau ich mit «so manches» gemeint hatte. Inzwischen war mir Zeit genug geblieben, meine Gedanken zu ordnen und mir zu überlegen, was ich verraten wollte und was nicht. Also sagte ich, Bezi Duras sei eine Malerin, die im dreiunddreißigsten Stock wohne. Eine komplexe Mission hatte mir Zugang zu ihrem Garten verschafft, nur hatte ich bislang noch nicht ins Innere ihrer Wohnung schauen können, aber genau dort fand die Umwandlung statt. Die Aufgabe, die sich mir stellte – und jedem, der sich mir anschließen wollte –, bestand darin, dieses letzte Geheimnis zu lösen.

«Wo führt sie abends ihre Hunde hin?», fragte Mila.

«Die Straße hoch.»

«Und dann?»

Ich zuckte mit den Schultern.

«Du bist ihr nicht nachgegangen?»

Ich sah mich nun gezwungen, die heiklen Regeln aufzudecken, die ich nie zuvor offen aussprechen musste: Ich durfte nicht mit Bezi Duras reden, durfte ihr keine Fragen stellen, durfte ihr nicht folgen. Was immer ich über sie herausfinden sollte, würde sich mir schlicht offenbaren, sobald der richtige Zeitpunkt gekommen war.

«Wieso?», fragte Mila ungeduldig.

«So funktioniert das nun mal. Ich mache die Regeln schließlich nicht. Verstehst du?»

Sie verstand – zumindest behauptete sie das, doch als sie Bezi Duras das nächste Mal sah, rief sie ihr, während ich die Blumen goss, lauthals über den Hof zu: «Hey! Ms. Duras! Wohin gehen Sie eigentlich jeden Abend?»

Eisschollen wogten in meinem Herzen. All meine Bemühungen, all die zarten kleinen Geheimnisse – zunichtegemacht durch eine einzige, rücksichtslose, Hoffnungen zerschmetternde Frage.

Die Vila drehte sich zu uns um. Sie wirkte amüsiert. Sie kam vom Tor zurück und musterte Mila von oben bis unten. «Was hast denn du für einen Akzent?», fragte sie und ließ dabei ihren eigenen hören.

«Ich hab keinen.»

«Oh doch, den hast du.»

Mila stand da und schüttelte den Kopf. Bezi Duras beugte sich vor und fragte erneut – diesmal in einer Sprache, die sich fast wie Unser anhörte.

«Tut mir leid», sagte Mila mit vorgerecktem Kinn. «Ich verstehe Sie nicht.»

«Zu schade», erwiderte Bezi Duras.

Wir sahen ihr nach, und ich war ratlos: Wie konnte ich Mila diese Sorglosigkeit vorwerfen, ohne sie damit in die Flucht zu schlagen?

«Das war ziemlich dreist», sagte ich.

«Was meinst du?»

«Nur das – na ja, du solltest sie nichts fragen. Du musst es selbst herausfinden.»

«Wie soll ich es denn herausfinden, wenn ich sie nicht fragen kann?»

«Das habe ich dir schon gesagt. Es gibt Regeln. Du musst auf deine eigene Weise herausfinden, was du wissen willst.»

Sie dachte darüber nach. «Warum?»

«So ist das eben.»

«Du hast komische Regeln, Sil.»

«Ich habe sie nicht gemacht», sagte ich. «Ich weiß nur, dass man sich dran halten muss.»

Mila hüpfte auf die Mauer und tänzelte darauf wie auf einem Schwebebalken. Während ich ihr zusah, kam mir der Gedanke, dass sie in ihrem Leben wohl noch nie gefallen war. «Na schön», erklärte Mila. «Dann finden wir es eben selbst heraus. Lass uns ihr nachlaufen.»

Ich konnte Mila unmöglich erklären, was für ein delikater Balanceakt es war, nicht zu viel zu wollen, oder dass ich bereits zu spüren bekommen hatte, was es bedeutete, mich zu weit in Bezi Duras' Leben vorzuwagen. Ganz abgesehen davon würde allein der Versuch, der Vila auf einem ihrer Spaziergänge zu folgen – sofern es mir denn überhaupt gelänge, mich dazu durchzuringen –, eine Freiheit voraussetzen, die ich nicht besaß. Meine Mutter fand sich bloß deshalb damit ab, mich stundenlang nicht im Blick zu haben, weil ein geradezu übernatürliches Gespür ihr verriet, dass ich mehr oder weniger genau dort war, wo ich sein sollte, in der Nähe, im Gebäude. Sollte irgendetwas – ganz unabhängig davon, wo sie sich gerade befand – in der Lobby einer untergegangenen Bank oder auf einem Kahn, der sie in die Bucht hinausbrachte –, darauf hindeuten, dass ich in die Stadt gegangen war, würde sie es sofort wissen. Und wenn sie es wusste, würde sie alles auseinandernehmen, bis sie mich gefunden hatte – und mich dann auseinandernehmen, sobald ich zurückkam. Eins zwei drei.

«Wir können ihr nicht folgen.»

«Tja», sagte Mila. «*Ich* schon.»

Diese Drohung stürzte mich in Verzweiflung. Ich hatte nahezu alles verraten, was ich über Bezi Duras wusste – und jetzt war da dieser unbefugte Eindringling. Mila hatte alles, was ich mir so hart erarbeitet hatte, gerade erst erfahren, und für sie stand nichts auf dem Spiel. Und sie würde zu den Antworten auf das Geheimnis vordringen, würde mich weit hinter sich zurücklassen und den Erfolg all meiner Anstrengungen einheimsen.

Immerhin hatte ich noch den Fahrstuhlschlüssel. Davon hatte ich ihr nichts gesagt. Sie könnte Bezi Duras bis ans Ende der Welt folgen, zum Penthouse aber kam sie nicht. Es sei denn, sie fragte und bekäme irgendwie die Erlaubnis. Was beweisen würde, dass ich es von Anfang an falsch angegangen war. In meiner Qual überlegte ich hin und her, bis Mila mich eines späten Nachmittags nach der Schule aufspürte.

«Rate, was ich hier hab», sagte sie und deutete auf ihren Rucksack.

Erst als wir uns in den Fahrradkeller zurückgezogen hatten, wollte sie mir das Tablet zeigen, das sie aus der Schule mitgebracht hatte, klappte es auf und schaltete durch die Programme, bis sie eine Echtzeittabelle mit den Gezeiten der Stadt gefunden hatte. Ich sah sie durch den Kalender swipen, und der Flutstand auf den kleinen Plätzen überall auf der Insel stieg und fiel, verfärbte sich von Rot zu Grün und wieder zurück.

«Jetzt können wir herausfinden, wohin sie geht», sagte sie, musste dann aber ein wenig verärgert über sich selbst lachen. «Zumindest, wohin sie *nicht* geht.»

Ausgehend von der Position des Morgenlicht auf dem Battle Hill legten wir alle möglichen Routen fest, die Bezi am nächsten Abend gehen könnte: drei Straßen nach Osten, eine nach Süden, zwei nach Westen und fünf Blocks weit nach Norden. Wir ließen den Timer laufen, sahen, wie das Wasser anstieg und fiel, und entschieden, Bezi Duras wahrscheinlichster Weg führte mindestens zwei Blocks weit nach Westen, wo sie dann dem Alten Park Richtung Norden folgen musste. Danach ging es weiter nach Norden oder nach Osten, allerdings gab es nur eine Handvoll Plätze, an die sie gelangen könnte, falls sie nicht umkehren oder eine Fähre nehmen wollte.

«Vielleicht hat sie das vor», sagte ich. «Vielleicht nimmt sie eine Fähre.»

Mila dachte darüber nach. «Wir müssten vor ihr ankommen und abwarten. Wenn sie die Kreuzung 150th und Hill passiert, ist klar, dass wir auf der richtigen Spur sind.»

«Weiß nicht», erwiderte ich. «Wir sollten es lieber lassen. Wir haben es uns noch nicht verdient.»

Mila rollte die Augen. «Wir haben es uns noch nicht verdient? Was soll das denn bitte heißen? Wir verdienen es uns doch jetzt, oder nicht? Weißt du, was ich für einen Ärger kriege, wenn meine Lehrerin herausfindet, dass ich ein Tablet mit nach Hause genommen habe?»

Ich hasste jegliche Mutmaßung, nahm aber an, die Antwort lautete: *Wohl kaum so viel Ärger, dass du dich nicht frech rausbluffen kannst.* Und es war genau diese Frechheit, die mich zwei Tage später an die Ecke 150th und Hill brachte, wo ich darauf wartete, im Dunkeln Bezi Duras' Schritte zu hören, während meine vertrauensselige Mutter sich auf irgendeinem verfallenen Inselpier den Taucheranzug abstreifte. Ein perfekter Abend: mild, voller Düfte. Zwischen zwei dunklen Gebäuden hing der Mond, als gehörte er wie wir zur Stadt.

Mila an meiner Seite konnte nicht stillhalten. Alle paar Minuten verließ sie unser Versteck, lugte um die Ecke und rannte gleich wieder zurück. «Niemand zu sehen!» Und gleich darauf aufs Neue: «Verdammt, *immer noch* niemand zu sehen.»

Stundenlang hockten wir da und sahen nichts außer einer Patrouille und einigen Teenagern, die sich heftig und ziemlich laienhaft über die Infrastruktur stritten, die nötig wäre, um einen Radiosender zu kapern, ehe sie sich dem hingaben, was für beide allem Anschein nach der erste Kuss war. Gegen zehn tobte Mila – weniger wegen der vergeudeten Stunden als wegen der Tatsache, dass sie sich hinsichtlich der Position ihres Beobachtungspostens offenbar geirrt hatte.

«Nächstes Mal machen wir es besser», sagte sie am folgenden Nachmittag, da sie sich irgendwann in den wachen Stunden offenbar verziehen hatte.

Mit einem Mal war es in Ordnung, dass sie das Tablet noch einen Tag länger behielt.

Nachdem wir die Karte erneut zurate gezogen hatten, entschieden wir, dass Mila doch nicht falschgelegen hatte – zumindest nicht *so* falsch, da Bezi Duras nur einen einzigen anderen Weg gegangen sein konnte. Eine Chance, diese Theorie zu überprüfen, ergab sich allerdings erst gegen Ende der Woche an einem längst nicht so günstigen Abend. Es war kühl geworden, im Westen stiegen stinkende Wolken vom Meer auf. In der Ferne drehte sich kreischend eine Reihe Kräne.

«Bah!», sagte Mila und hielt sich die Nase zu. «Was ist *das* denn?»

«Faulende Muscheln», sagte ich, stolz darauf, mit dieser Information dienen zu können. Die zurückweichende Flut hatte die Muscheln bloßgelegt, die sterbend ihre Schalen öffneten und die Gegend verpesteten. «Kommt alle paar Monate mal vor.»

«Weißt du», sagte Mila, die neben mir hereilte, «wo ich herkomme, duftet die Luft ständig wie Jasmin.»

«Bist du nicht in Aguila aufgewachsen?»

«Ganz genau.»

«Ich habe gelesen, dass es in Aguila einen Strand gibt, an dem die Müllboote landen, Müll, der nur aus alten Kleidern besteht. Berge und Berge davon, die da einfach in der Hitze liegen. Stinkt das nicht?»

«Jetzt komm schon, Sil.» Sie grinste mich an, gerümpfte Nase im Gesicht. «*In dem Teil* von Aguila bin ich garantiert nicht aufgewachsen.»

Schließlich teilten sich die Gebäude, und wir standen

praktisch im Freien, unter dem heiteren Blick einer Tanzenden, die ich nie zuvor bemerkt hatte. Ihr Kleid war vom gleichen Gelb wie das der Tanzenden in Battle Hill, nur mit Quasten. Was die Wahl ihres Partners anging, so spürte ich in mir ein eigenartiges Besitzdenken aufzucken – keine Lampe, mit der sie einen Walzer tanzte, sondern ein armseliger Besen.

Hier, in diesem leeren Bereich der Oberstadt, verließ der Zug seinen efeuschweren Tunnel und schoss nordwärts über den Rand des Parks, dann weiter zur nördlichen Bucht. Verbindungsträger, die früher die alten Züge in der Schwebe gehalten hatten, schufen eine Art überirdische Höhle, Metallbögen verloren sich in unübersehbarer Ferne. Und es herrschte Flut. Sie kam die Green Street hoch und suchte sich zwischen den Masten ihren Weg, sang leise gegen alles an, schlappte sogar bis an unsere Schuhspitzen.

«Tja», sagte ich. «Wir machen es uns wohl besser gemütlich.»

Wir fanden eine niedrige Mauer, hinter der wir uns versteckten. Zum Glück lagen hier nur wenige tote Tauben zu unseren Füßen.

Gegen halb elf rüttelte Mila mich wach. In der Straße unter uns waren erst ihre Schatten zu sehen, dann die Umrisse von Bezi Duras und ihren Gefährten. Es waren Hunde, eindeutig, auch wenn sie irgendwie anders aussahen im Mondlicht, das sie etwas in die Länge zog oder sie in ihren Bewegungen weniger hündisch wirken ließ. Sie klackerten und kratzten die Straße entlang bis unter die Eisenbahnbrücke, dann bogen sie nach links und verschwanden aus unserem Blickfeld.

«Jetzt komm schon», rief Mila da zu meinem großen Schreck. «Lass uns gehen.»

«Warte», sagte ich und packte sie an der Jacke. «Wir müssen *warten.*»

«Wenn wir warten, sehen wir nicht, wo sie hingehen.»

Als sie sich schließlich aus meinem Griff gewunden hatte, schlich sie die Mauer entlang, aber zur Heimlichkeit bestand kein Grund mehr. Bezi Duras und ihre Hunde waren verschwunden.

«Wie haben sie verloren.»

«Tut mir leid. Ich wollte nicht, dass sie uns hören.»

Sie lief auf und ab, knöcheltief im Wasser, und kickte vor Verzweiflung immer mal wieder ins Nass, während ich sie zu beruhigen versuchte. «Immerhin wissen wir jetzt, wo wir hinkommen müssen.»

Einige Abende später versuchten wir es erneut. Es war heißer, als es den ganzen Sommer gewesen war, und die Hitze wurde erst zu dumpfem Gestank, dann zu einem gräulichen Nebel, der alles umwaberte. Man konnte keinen Meter weit sehen – die schlechtesten Voraussetzungen, um jemanden zu verfolgen.

«Ich habe nachgedacht», sagte Mila. «Und ich weiß jetzt, wohin sie beim letzten Mal verschwunden ist.»

«Wohin denn?»

«Wirst schon sehen.»

Diesmal war es Mila, die darauf bestand, dass wir Bezi und die Hunde vorbeigehen ließen. Kaum hatte sie sich überzeugt, dass sie verschwunden waren, lief sie die Bahnmasten ab, die sie aufmerksam untersuchte. Sie waren mit wirren Grafitti übersät, REBELS OUT hieß es da etwa, und einer war besonders seltsam: SIE SIND LÜGEN hatte jemand in einem medizinischen Lilaton gekritzelt.

«Sil», rief Mila leise von der anderen Seite der Brückenbogen. «Jetzt komm.»

Sie hatte eine unvernünftig steile und mit sprödem, kratzigem Gras überwachsene Treppe gefunden, die direkt zu den Gleisen hochführte. Über die Schwellen zu laufen war nicht einfach. Unkraut hatte sie längst überwuchert, und die blitzenden Gleise verjüngten sich nach Norden, bis sie unter niedergetrampelten Ranken und wilden Rosen verschwanden.

«Das ist ein Fehler», sagte ich. «Sie kann nicht weit vor uns sein. Was, wenn sie uns sieht?»

Aber Mila eine Gelegenheit auszureden, bei der sie beweisen konnte, dass sie recht hatte, war unmöglich. Sie ging voraus und hüpfte wie eine winzige Antilope mit hochgezogenen Knien über das Gestrüpp, während ich immer weiter zurückfiel und mir dabei ständig ausmalte, dass ihr ein Unglück zustoßen könnte und ich sie retten musste. Würde ich es schaffen, ihre Hand zu schnappen und sie mit einem Arm hochzuziehen, falls sie nach unten fiel? Vielleicht. Doch könnte es so weit kommen, ohne Bezi Duras unsere Anwesenheit zu verraten? Wohl kaum.

Irgendwann führten die Gleise mitten hinein in den Nebel; der Grund unter uns verschwand.

«Wir sollten umkehren», sagte ich.

«Mach ruhig, wenn du Schiss hast.»

«Hab ich nicht. Ich will nur nicht, dass wir nach Anbruch der Dunkelheit hier draußen erwischt werden.»

«Klar doch, weil du nämlich Schiss hast.»

Sie wandte sich von mir ab und ging weiter; nach wenigen Schritten war sie verschwunden. «Mila», sagte ich, zu verängstigt, um laut zu rufen.

Der Nebel vor mir blieb stumm. Ich entschied, drei Minuten lang auf sie zu warten, aber die Zeit verging, und sie hatte immer noch nicht geantwortet und war auch nicht wieder aufgetaucht. Aber das sollte meinen Entschluss, nach Hause zurückzukehren, nicht ändern, dachte ich. Mila hatte sich wie eine aufdringliche Klette an meine Nachforschungen über Bezi Duras geheftet, respektlos, rücksichtslos und auf eine Weise starrköpfig, die uns beide in Gefahr brachte und vermutlich bewirkte, dass ich niemals die Antworten erhielt, die ich suchte. Wenn ich umdrehen wollte, sollte ich das tun. Also tat ich es.

Ich hatte vielleicht zehn, zwölf zögerliche Schritte gemacht, als aus der verdickten Luft in meinem Rücken etwas zu mir vordrang. Ein Jaulen – lang, tierisch. Fraglos ein Hund. Darauf folgte ein unverständlicher Tadel von einer tiefen weiblichen Stimme, durch die Distanz verzerrt.

Nicht weit fort flüsterte Milas Stimme: «Siehst du?» Als ob sie wüsste, dass ich immer noch dort war. «Das sind sie. Jetzt komm, Sil.»

Wir tappten blindlings voran. Irgendwann senkte sich die langsam angestiegene Parabel der Gleise wieder, und der Nebel hob sich ein wenig, sodass wir unten an seinen Rändern erneut einen Streifen dunkles Wasser erkennen konnten. Jetzt wuchs das geradezu unvermeidliche Gefühl, Bezi Duras könnte es jeden Moment leid sein, ihre Hunde zur Ruhe zu ermahnen, sich umdrehen und in unsere Richtung zurücklaufen – womit sie uns auf diesem hohen, schmalen Strang stillgelegter Schienen überraschen würde, sodass bestimmt eine oder mehrere von uns unten in der Bucht endeten.

Schlimmer wurde all das noch dadurch, dass nun endgültig die Nacht angebrochen war. Ich hatte es mir nur widerwillig eingestanden, da meine übermüdeten Augen elektrische Amöben in den dichten Nebel vor mir malten, doch wurde das Grau fraglos immer schwächer. Der Wind trug jetzt einen Hauch Kälte heran. Die Bucht unten verfärbte sich von Grün zu Schwarz.

Die Gleise begannen sich zu senken, sanft erst, dann so rasch, dass wir unsere Füße in den Schwellen verkanten mussten, um nicht auszurutschen, was noch schwerer wurde, als wie aus dem Nichts das Gestrüpp zurückkehrte und die Gleise in Beschlag nahm. Mila war groß genug, um über das erste einfach hinwegzustiefeln, musste sich aber schon beim zweiten hindurchzwängen. Als sie die Zweige für mich beiseitehielt, begriff ich, dass dies kein Busch, sondern eine Baumkrone war, und während sich das Gleis in Richtung Boden senkte, erwarteten uns noch mehr solcher in die Gleise ragenden Zweige.

Ein Oval gedämpften orangefarbenen Lichts verharrte reglos im vor uns liegenden Nebel. Endlich fächerte sich das Gleis auf, und wir kamen zu einer Station. Hoch oben hing das einsame orangefarbene Licht über einem Schild, auf dem BRIGHTWOOD stand. Ein Ticketschalter lehnte leer und verfallen an der Wand, Schatten streiften den Bahnsteig mit seinen herausgerissenen Bänken. Mila drückte gegen das Drehkreuz, aber es regte sich nicht. Dahinter fiel eine Treppe steil hinab ins fahle Grau.

«Ich könnte wetten, dass sie hier runtergegangen sind», sagte Mila.

Ich hatte zu viele Vorbehalte, um sie mit dieser Schlussfolgerung einfach durchkommen zu lassen. «Da wäre ich mir nicht so sicher», sagte ich. «Das Drehkreuz sieht aus, als hätte man es seit Jahren nicht bewegt. Vielleicht sind sie einfach weitergelaufen.»

Zu meiner Überraschung brachte dies Mila ins Grübeln. Sie sah zu den überwachsenen Gleisen hinüber. «Na ja, wie weit wird die nächste Station entfernt sein?»

«Ich habe keine Ahnung.»

«Die Fahrt dürfte mindestens fünf Minuten gedauert haben», sagte Mila, die sich offenbar nicht im Mindesten durch die Tatsache beirren ließ, dass sie selbst nie mit dieser Bahn gefahren war und auch nichts über die Strecke wusste. «Wie lang dauert das also zu Fuß? Bestimmt zwanzig Minuten, oder?»

«Und was, wenn es vierzig dauert?»

«Na schön, sagen wir vierzig. Wäre es da vernünftig, sie würden vierzig oder auch nur zwanzig Minuten weiterlaufen, wenn sie gleich hier die Treppe nach unten nehmen könnten?»

«Hängt davon ab, wohin sie gehen. Und wir haben nicht die geringste Ahnung, *wohin* sie wollen.»

Doch das war nicht weiter wichtig. Sie schwang sich über das Drehkreuz und verschwand die Treppe hinunter. In keiner Richtung irgendein Anzeichen von Bezi oder den Hunden. Nur Schwaden fahler, orangefarbener Luft, die sich vor dunklen Formen auflösten, die vermutlich Bäume waren.

«Wir haben sie verloren», sagte Mila. «Und das ist allein deine Schuld – du bist langsam wie eine gottverdammte Schnecke.»

«Vielleicht können wir ja ihre Spuren finden.»

Aber auf dem Boden gab es keine Erde, in der sich Spuren abzeichnen könnten. Nur die Steinplatten des einstigen Gehwegs, durchbrochen von Gras und Unkraut, gelegentlich auch von einer schwarzen Wurzel, die zwischen den Ritzen nach oben drängte. Der Zickzackweg der ziemlich heruntergekommenen Straße lief einen niedrigen Zaun aus fauligem Holz entlang, der nach mehreren Metern zu zwei Pfosten führte, zwischen denen früher ein Gartentor gehangen hatte. Dahinter stand ein Haus, ein gespenstisches Abbild der Stadthäuser auf den Plakaten der Tanzenden. Die Fenster waren verrammelt, und wenn nicht, waren die Scheiben zerschlagen.

«Wir sollten nicht hier sein», sagte ich.

«Ach, komm schon», sagte Mila. «Das ist doch eindeutig die richtige Stelle.»

Sie huschte über die Gehwegfliesen und lugte hinein. Wie eine kleine, dünnbeinige Votivgabe sah sie aus, wie ein Kindsopfer, mit dem Gesicht ans aufgerissene Maul eines Gargoyles gepresst, das sie besänftigen sollte.

Sie schrie auf und sprang zurück; meine Knie gaben nach. Als mein Herz wieder etwas langsamer schlug, lachte sie immer noch.

«Das ist nicht komisch», sagte ich.

«Tut mir leid, ich konnte nicht anders.»

«Sie wird dich noch hören!»

«Tut mir leid.»

Eine Entschuldigung aus Milas Mund, selten wie nichts sonst, fühlte sich an, als stünde man direkt im Licht der Sonne. Ich sah mich den Weg hinuntergehen, und gleich darauf drückte ich selbst mit der Schulter an die Tür und versuchte, ins Haus einzudringen.

Drinnen nur wenig Nebel, dafür täuschte die Dunkelheit. Ein Geländer ohne Treppe. Die Kette eines verschwundenen Kronleuchters. Was vom Boden geblieben war, führte durchs Vorderzimmer in das, was einmal die Küche gewesen sein musste; eine Handvoll Schubladen stand offen. In der Ecke lag ein zerlumpter Haufen, von dem ich sicher glaubte, es sei ein toter Mann, bis er sich nur als verlassener Schlafsack erwies, wasserdurchtränkt und von blassen Pilzen überwuchert.

Als wir wieder nach draußen kamen, schienen die Straßenlampen trüber zu leuchten.

«Was ist das?», fragte ich.

Vor uns im Nebel flammte gleichmäßig ein Licht auf. Rhythmisch, aber fern. Weder nah noch so hell, dass man Einzelheiten erkennen konnte, aber einfach ignorieren ließ es sich auch nicht.

«Könnten Blitze sein», sagte Mila.

«Ist denn Gewitter?»

«Ich höre jedenfalls kein Donnern.»

Erst da fiel mir ein, dass ich keine Ahnung hatte, wie spät es war. Von diesem Augenblick zurückgehend versuchte ich, den Abend in Minuten einzuteilen – hatte es zwanzig gedauert, um von der Station hierherzukommen? Dreißig? Wie lange waren wir Bezi Duras gefolgt? Und davor – wie lange hatten wir darauf gewartet, dass sie auftauchte? Drei Stunden? Vier? Oder sechs? Es ließ sich unmöglich sagen. Bezi Duras würde bald umdrehen, und damit würde sich die Möglichkeit für eine Begegnung auf diesem unbekannten Terrain ergeben. Meine Mutter käme sicher bald nach Hause und würde dann feststellen, dass ich nicht in meinem Zimmer war. Falls es noch Hoffnung gegeben hatte, diesen Ort zu verlassen, ehe eines von beidem geschah, verflüchtigte sie sich schnell.

«Wir müssen zurück.»

«Nur noch einen Augenblick», sagte Mila.

Doch dauerte es weit länger, das nächste Haus zu erreichen, die Tür zu öffnen und uns umzuschauen. Und kaum waren wir da, war es unmöglich, Mila von weiteren Erkundungen abzuhalten, obwohl längst offensichtlich schien, was wir in den folgenden Häusern vorfinden würden. In jedem bot sich uns mehr oder weniger derselbe Anblick, ein einziges Haus ausgenommen. Darin war ein riesiges Nest aus Zweigen, Papier und durchweichten Lumpen, die unter einem klaffenden Loch im Dach lagen. Daneben stand ein Graukranich, groß wie ein Mensch. Noch nie hatte ich einen von so nah gesehen. Die Augen waren wie Steine, reglos, in ihren Höhlen geschmolzen. Er musste den ganzen Kopf drehen, um auszumachen, wie wir durch den Raum gingen, um uns besser sehen zu können.

«Verschwinden wir», sagte ich.

«Aber wir haben noch nichts gesehen.»

Was ich ihr nicht sagen konnte, war, dass ich fürchtete, wir *würden* etwas sehen. Die Dunkelheit, der Nebel, dieser gnadenlose Verfall zehrten an meinen Nerven. Ich wusste es genau, ehe es geschah: Ich würde etwas sehen, Mila nicht. Ich würde die Erinnerung mein Leben lang mit mir herumtragen, Mila nicht. Mich würde es verrückt machen, Mila nicht.

«Wir können hier nicht ewig herumlungern. Sie könnten längst auf halbem Weg zurück sein.»

«Okay, Sil», erwiderte Mila. «Also gut.»

Und dann ging die Tür an der anderen Seite des Zimmers auf; ein Schatten huschte herein. Ich spürte ihn mehr, als dass ich ihn sah, Mila genauso. Ihr Arm an meinem erstarrte. Sie atmete sehr langsam, sehr leise, und das ängstigte mich stärker, als ich es für möglich gehalten hätte. Der unsichtbare Neuankömmling ließ die Tür offen und bewegte sich lautlos die gegenüberliegende Wand entlang, verschmolz mit der abgerissenen Tapete, glitt darüber hinweg. In dem Moment, da er den Flecken Licht durchquerte, der durch das vorhanglose Fenster fiel, sah ich, dass er groß war und zwei Beine hatte; dann verschwand er wieder im Dunkeln. Augenblicke später reckte sich ein langer Arm aus dem Schatten und nahm etwas aus dem Nest – eins, zwei, drei, vier. Gleich darauf zuckte der räuberische Schatten schon über die Tür, und der Dieb war wieder auf der Straße.

Der Schock durchsummte mich noch, als ich schließlich den Mut fand, Mila anzusehen. Bestimmt war ihr das Blut aus Händen und Füßen gewichen. Aber nein, sie lächelte. «Hast du gesehen, wie er die Eier genommen hat?»

«Wer?», fragte ich.

«Dieser Junge. Komm schon – ehe wir ihn verlieren.»

Es war unfassbar, aber sie rannte auf die Straße. Ich taumelte hinter den beiden her, bleiern vor Angst und Unglaube. Da war Mila, wie ein Mädchen in Trance draußen im öligen Mondlicht. Ohne alle Angst, weil ihr jedes Gespür dafür fehlte, dass es eine Welt jenseits dieser Welt gab. Für sie war alles nur Oberfläche. Die neue Gestalt, der wir jetzt folgten, war bloß etwas, das es zu verstehen galt. Etwas, das man auffordern konnte, sich zu rechtfertigen. Sie schuldete ihr Antworten – wie offenbar auch die zweite Gestalt, die sich der ersten aus der lauernden Dunkelheit heraus anschloss, sobald wir die nächste Kreuzung erreichten. Mila machte sich nicht einmal mehr die Mühe, leise zu sein, rannte kurz, um Schritt zu halten, während ich weiter und weiter zurückfiel, bedrückt von einer Wirklichkeit, die ich ihr nicht verständlich machen konnte. Wir sollten nicht hier sein, sollten den beiden – nein, jetzt waren es *drei* –, diesen merkwürdigen Jungen, nicht folgen, die in eine Gasse liefen, dann in die nächste und in noch eine in diesem gottverlassenen Teil der Stadt. Wir sollten all das als die Warnung auffassen, als die es gemeint war, uns an den Händen fassen und nach Hause gehen.

Während die Jungen vor uns immer weiterliefen, glucksten sie vor Lachen, hasteten zum letzten Haus am Ende des Blocks und verschwanden im Innern. Atemlos und lächelnd erreichte Mila das Tor und wartete dort auf mich.

«Wir müssen *zurück*», rief ich, doch was immer sich um uns herum in der Luft ausbreitete, hatte sich bereits bis zu Milas Augen vorgearbeitet. Ich war mir nicht einmal sicher, ob sie mich überhaupt hören konnte.

Die Jungen hatten die Haustür einen Spaltbreit offen stehen lassen und setzten sich zum Essen. Der Tisch war vom Herd fort in die Mitte des Raums gerückt worden. Beim Licht einiger Campingleuchten konnten wir ihre Gesichter und die Küche sehen, in der eine alte, fast glatzköpfige Frau die Kranicheier in einen Topf schlug. Sie nahm etwas aus dem Herd, brachte es herein, stellte es auf den Tisch und entdeckte unsere verwirrten Gesichter im Türrahmen.

«Hallo, ihr beiden», rief sie. «Wer seid ihr?»

«Tut mir leid, wir sind im falschen Haus!», brachte ich verzweifelt vor und schob mich vor Mila, die sich vorbeugte, um besser ins Innere sehen zu können.

«Nein, sind wir nicht», rief Mila erfreut. «Hallo!»

Die Frau nahm uns genauer in Augenschein. Zu meinem Entsetzen erhellte sich ihr Gesicht. «Du bist Muriels Mädchen. Aus dem Krankenhaus, stimmt's?»

Mila zögerte keine Sekunde. «Ganz genau.»

«Wie geht's deiner Mutter?»

«Bestens.»

«Steht nicht einfach da draußen rum, Mädchen. Kommt herein und schließt die Tür hinter euch. Habt ihr gegessen?»

«Nein!», erwiderte Mila entzückt.

«Na, dann kommt, es ist bald so weit.»

Mit einem entschiedenen Schubs drängte mich Mila aus der Tür. Ich drückte mich in die Ecke, während sie zum

Tisch ging und sich setzte. Die Jungen, die zusammengedrängt auf einer Bank an der Wand hockten, zwitscherten, wie ich erst jetzt merkte, in einer blechernen Sprache miteinander, die ich nicht verstand. Der Tisch war riesig und kein Quadratzentimeter frei von Netzen, Drähten oder hölzernen Kisten, dazwischen der ein oder andere Topf mit aufgebrochenen Samenschoten oder dampfendem Gemüse.

«Hallo», sagte Mila und schaute sich dabei um. «Eine Party!»

Ich konnte mich kaum dazu bringen, die Gesichter am Tisch anzusehen, war mir aber sicher, die Jungen waren von ihrer Grausamkeit ebenso überfordert wie ich. Mila führte sich währenddessen so auf, als wäre sie hier zu Hause. Sie fand einen leeren Teller, stellte ihn vor sich und fischte eine Gabel unter einem Haufen Lichterketten hervor.

«Bitte, fangt an», sagte die Frau vom Herd. «Jungs, reicht unseren Gästen etwas zu essen.» Sie bemerkte, dass ich immer noch in der Ecke stand, und runzelte die Stirn. «Setz dich.» Ich folgte ihrem Finger, der auf einen freien Platz neben Mila deutete.

Einer der Jungen musterte mich mit schief gelegtem Kopf. «Wer bist du?», brachte er hervor. Er redete mit leiser Stimme. Draußen hatte er groß gewachsen und schlank gewirkt, jugendlich in seinen weit ausladenden Bewegungen. Dabei konnte er kaum älter als sieben oder acht Jahre sein. Riesige Augen, Vogelknochen, so blass, dass seine Adern wie kleine Rinnsale um seine Augen zu sehen waren.

«Wir sind Muriels Mädchen», sagte Mila.

Die Frau brachte die gekochten Kranicheier in einem Korb und zog sich einen Stuhl ans Kopfende des Tisches.

«Und? Wie geht es Muriel?», fragte sie.

«Ach», sagte Mila. «Sie wissen schon.»

«Harte Woche im Krankenhaus gehabt?»

«Schlimmer noch als letzte Woche.»

«Kann ich mir denken.» Die Frau blickte mich direkt an. «Sie sollte von Glück reden, dass sie euch hat.»

Falls sie bemerkte, wie mein Gesicht vor Entsetzen zerlief, ließ sie sich nichts anmerken. Stattdessen reichte sie eine Schüssel am Tisch herum, die Junge nach Junge, eins zwei drei, auch mich erreichte. Ich löffelte etwas daraus auf meinen Teller, angenehm überrascht, als ich Kohl ausmachte. Seltsam, dachte ich, eben noch hätte ich schwören können, dass die Schüssel mit etwas Dunklem, Schleimigem gefüllt gewesen war. Ich versuchte, das nächste Essen, das zu mir durchgereicht wurde, genauer im Auge zu behalten, aber es war so dunkel – konnte ich mir wirklich sicher sein, dass der Topf mit gekochten Kartoffeln auf diesem Tisch nicht irgendwo versteckt gewesen war, in diesem Wirrwarr aus aufgewickeltem Seil und winzigen Tassen? Als ich mich setzte, war ich fest entschlossen gewesen, keinen Bissen zu mir zu nehmen. Nur hatte ich den ganzen Tag nichts gegessen. Wäre es denn wirklich so schlimm, ich würde mir einen Bissen gönnen? Nur der Höflichkeit halber? Eins zwei drei, dachte ich, aber da war Ena und fragte mich, ob ich den Verstand verloren hatte. Wusste ich auch nur das Geringste über diese seltsamen, zwitschernden Jungen und ihre offenkundig verwirrte Aufpasserin? Konnte es zu irgendetwas Gutem führen, wenn ich dieses verrückte Lügengespinst duldete, das Mila ihnen vorgaukelte? Es geschähe uns nur recht, wenn man uns hier vergiftete.

Mila litt ganz offensichtlich nicht unter solchen Überlegungen. Sie warf einen Blick auf das Festessen vor uns und fuhr mit ihrer Gabel in einen Berg krosser Zwiebeln. Ich sah sie im Bogen zu ihrem Mund wandern. Und schon sprang ich auf, schlug ihr die Gabel aus der Hand. Sie klirrte auf die Fliesen. Die Jungen hörten auf zu flüstern und starrten uns an.

«Sil!», rief Mila in übertriebenem Ton. «Bitte, entschuldigt sie. Meine Freundin lässt in vielem zu wünschen übrig.»

«Tut mir leid», antwortete ich einfältig. «Ich wollte nur – unsere Gastgeber haben mit dem Essen noch gar nicht angefangen.»

Was nicht stimmte. Die Münder der Jungen waren voll.

Die alte Frau versuchte, den Moment zu überspielen. «Ich hol dir eine neue.» Ich machte eine halbherzige Geste, als wollte ich ihr zuvorkommen, aber sie hatte sich bereits heruntergebeugt, hockte vor mir, das Kleid um sie aufgebauscht, und als sie aufstand, legte sie eine Hand auf die Brust und strich den Stoff glatt, wieder und wieder und wieder, wobei ich einen Blick auf eine lange, grinsende Narbe erhaschte. Plötzlich wurde mir alles klar.

Drei Jungen. Natürlich. Bezi Duras und diese vor mir hockende Frau waren ein und dieselbe. Und ihre Hunde? Deren Felle lagen irgendwo in einem Hinterzimmer dieses klammen, schrecklichen Häuschens. Hose und Schuhe hatten sie sich angezogen, das Jaulen aus den Stimmen geschüttelt und sich rund um diesen Tisch versammelt. Sie waren keine Menschen am Tag – sie waren Menschen bei Nacht; und sie waren nicht irgendwelche Männer aus Bezi Duras' Leben. Sie waren überhaupt keine Männer. Sie waren Jungen. Schmale, anfällige Jungen. Ausgehungert und verunsichert. Und das machte, genau jetzt, an diesem Tisch, einen riesigen Unterschied. Hatten sie uns erwartet? Dieses

Mahl, war das für *uns*? Und diese Schüssel, die mir weitergereicht wurde und aus der ich mir eine viel zu reichliche Portion von etwas Wohlriechendem, viel zu wunderbar Duftendem nahm – diese Schüssel, die ich jetzt an Mila weiterreichte, meine Freundin, die mit einer Miene selbstgefälliger Erwartung rechts von mir saß – war diese Schüssel mit etwas verzaubert, das uns mit demselben Fluch belegte? Würde ihr Inhalt uns in Tiere verwandeln? Mich in eine Kröte und Mila natürlich in eine Katze, ein Wiesel oder in sonst irgendein listiges, verächtlich dreinblickendes Geschöpf? Während der ganzen Zeit hatte ich Bezi Duras für eine statische Wesenheit gehalten, gefangen im Ritual, im Kommen und Gehen, für eine Person, deren Macht sich durch die Distanz von ihrem Zuhause abnutzte, verdichtet in eine verminderte Version ihrer selbst, in reine Essenz. Die Stadt aber hatte sie in etwas ganz und gar Sinistres verwandelt. Sie kam her, um zu essen und um ihre Söhne mit diesen seltsamen Gaben zu nähren, mit Stacheldraht und Brennnesseln. Es gab nichts, was sie nicht für sie tun würde. Auch nichts, was ihre Söhne nicht für sie tun würden. Und hier waren wir, drangen in ihre Mitte vor.

Eine neue Gabel hatte sich in meiner Hand materialisiert. Mila nahm sie.

«Was treibt ihr hier so spät?», wollte die Frau wissen.

Mila sagte: «Wir suchen jemanden. Ist hier vor Kurzem eine Frau vorbeigekommen? Mit drei Hunden?»

Ich schob meinen Schuh vor, drückte langsam und fest an ihren. Sie verriet mich gleich, indem sie unter den Tisch sah.

«Drei Hunde?», wiederholte die Frau nachdenklich. «Ich glaube nicht.»

«Sie würden es wissen, wenn Sie sie gesehen hätten.»

Ich hörte mich mit verstörter, kleinlauter Stimme «Mila» sagen.

Danach kamen die Kranicheier. Sie waren riesig, groß wie Flusskiesel, fleckig und überzogen mit rostfarbenen Spritzern. Die Jungen reichten sie weiter und weiter und starrten ihnen murrend und schmollend nach, bis der Korb in Milas Händen endete. Sie schaute die vier Eier an, dann die fünf Gesichter rund um den Tisch und sagte mit vor Höflichkeit triefender Stimme: «Ach, das kann ich nicht annehmen.»

Woraufhin die Frau sagte: «Bitte. Greif zu.»

Mila bediente sich, dann schob sie mir den Korb hin. Sie hielt das Ei fest und klopfte mit ihrem Löffel an die Schale. Die Jungen sprangen praktisch von ihren Plätzen auf. Dann hielt sie inne. «Und wenn in meinem schon ein Küken ist?»

Das Gesicht der Frau verzog sich zu einem Lächeln. «Dann hast du Glück.»

Das war der Moment, in dem ich den Mut fand aufzustehen. «Ich glaube, ich höre unsere Mutter rufen.» Ich fasste Mila am Ellbogen, drückte zu, und irgendwie brachte sie das auf die Füße. «Vielen Dank dafür, dass Sie uns eingeladen haben.»

«Aber die Eier», sagte die Frau, nur hatte ich schon fast die Tür erreicht, langte nach der Klinke und betete, sie würde sich in meiner Hand nicht in Luft auflösen.

Draußen wandte sich Mila an mich. «Was zur Hölle sollte das, Sil? Ich wollte mein Ei!»

«Dein Ei? Bist du verrückt? Wahrscheinlich hättest du es aufgeklopft und darin dein eigenes, dich anstarrendes Gesicht gesehen! Kapierst du denn nicht, was hier vor sich geht?»

«Wovon redest du?»

«*Sie* sind das», zischte ich.

«Wer?»

«Bezi und die Hunde. Diese – diese Frau. Die Jungen.»

«Was redest du da?»

«Sie bringt sie her, damit sie eine Nacht in ihrer tatsächlichen Gestalt verbringen können. Es sind ihre Söhne.»

«Wer?»

«Die Hunde – *sie* sind das.»

«Ach, jetzt komm», sagte Mila, und ich begriff: Den Anflug von Unbehagen in ihrer Stimme hatte ich mir wohl nur eingebildet. Hatte sie denn keinen Verstand? War sie nicht aus der Alten Heimat?

«Wir müssen von hier verschwinden», sagte ich. «Solange wir noch können.»

Schwindlig vor Angst malte ich mir den unendlichen Rückweg aus, die Schienen, die jetzt sicher gänzlich unterm Unkraut verschwunden waren und sich in andere Richtungen wanden, um uns in die Irre zu führen. Mir wurde schwach, wenn ich nur daran dachte. Das Fehlen jeglicher Einsicht in Milas Miene, ihr leerer Blick bestätigten mir nur, wie allein ich wirklich war. Wir konnten viele Stunden durch diese stillen, verlassenen Straßen laufen, Stunden, die eigentlich Jahre waren, während vor uns oder hinter uns in der realen Welt unsere Mütter Zettel mit Vermisstenmeldungen aufhängten und sich vor unseren leeren Gräbern umarmten. Meine Mutter würde lange brauchen, um von ihrer Wut zur Trauer zu finden – hier festzuhängen war für mich vielleicht fast sogar eine Gnade –, aber irgendwann würde sie es schaffen. Und dann wäre sie völlig und endgültig allein auf der Welt. Keine Ena, kein Ich. Nur meine Mutter, die einsam im Dunkeln schwamm.

«Ich gehe jetzt», sagte ich und eilte die düstere Straße entlang.

Mila stöhnt noch einmal auf. «Mensch! Warte kurz! Nur eine Minute!» Ich drehte mich um und sah sie den Weg zurücklaufen, zurück ins Haus. Was sollte ich ihrer Mutter erzählen? Ihre Tochter wollte nicht hören; sie ist wieder ins Haus der Vila gegangen – selbst nachdem es uns gestattet worden war zu gehen –, und ich habe sie nie wiedergesehen?

Einige unendliche Augenblicke später hüpfte Mila nach draußen, und ich fand meinen Atem wieder.

«Okay», sagte sie. «Lass uns gehen.»

«Warum bist du noch mal zurück?»

Sie lächelte mich selbstgefällig an. «Ich hatte vergessen, unsere Gastgeberin zum Abschied zu umarmen.»

Tapferes, waghalsiges, außergewöhnliches Mädchen. «Mila – warum?»

«Wir müssen doch überprüfen, ob du recht hast.»

«Wie jetzt? Was soll das denn heißen?»

«Ich habe was in ihre Jackentasche fallen lassen. Wenn du recht hast, werden wir es morgen oben finden.»

Nur lag mir nichts mehr an einem Beweis. Meine Vermutung hatte sich zur Gewissheit verstärkt, und es kam nicht länger darauf an, ob Mila mir glaubte.

*

Wir schafften es zurück zur Station und begannen schweigend den Weg nach Hause. Mit jedem Schritt zählte ich eins zwei drei. Etwas Neues und Schreckliches, anders als das, was wir gerade durchgemacht hatten, türmte sich jetzt vor mir auf: die Aussicht, in die eigene Wohnung zurückzuschleichen. Ich wusste nicht, wie spät es war oder wie lange wir für den Heimweg brauchen würden, aber die Hoffnung, wir könnten zurückkommen, ehe unsere Abwesenheit bemerkt wurde, war gänzlich geschwunden. Meine Mutter war inzwischen bestimmt zu Hause. Sie hatte sicher längst den Kopf durch die Tür in mein Schlafzimmer gesteckt, um sich davon zu überzeugen, dass ich noch schlief. Sie hatte keine vorgetäuschte Gestalt unter meiner Bettdecke gesehen. Kein mit Papier vollgestopftes menschliches Faksimile war vorbereitet, um sie zu täuschen. Bestimmt hatte sie begonnen, meinen Namen zu rufen, und, da sie keine Antwort hörte, angefangen, die Flure abzusuchen. Von da an änderten diverse Variablen das Bild. In der Ferne wurde es hell. Bedeutete das, sie hatte die Suche aufgegeben und die Polizei gerufen? War ihre Furcht groß genug, ihre Angst vor der Polizei zu überwinden? Glaubte sie, die Polizisten besäßen die Autorität, die Wohnungen zu durchsuchen, in die sie selbst sich nicht wagte, in jene, die – natürlich – jedem verdächtigen Junggesellen gehörte, der mich ungesehen vom Flur geschnappt haben könnte?

*

Als ich schließlich im rosafarbenen Dunst um fünf Uhr früh behutsam die Tür zur Wohnung aufdrückte, erhob sich meine Mutter von ihrem Platz an meinem Bett. Ich konnte sie vom Eingang aus sehen – die Geräusche meiner Ankunft weckten sie aus dem, was vermutlich eine Art fiebriger Halbschlaf gewesen war. Und als ihre Angst in Wut umschlug, schien sie zu doppelter Größe anzuwachsen.

«Ich nehme an, du wirst mir jetzt irgendeine Lüge auftischen», war das Erste, was sie sagte.

«Nein, Mama.»

«Und wo zur Hölle bist du gewesen?»

«In der Stadt. Mit Mila.»

«In der *Stadt*?» Ein helles Lächeln der Ungläubigkeit machte sich auf ihrem Gesicht breit. Offenbar war allein die Vorstellung überaus komisch. «Was meinst du damit? In der *Stadt*?» Sie wartete keine Antwort ab. «Du meinst, da draußen? In dieser verfluchten verrottenden Stadt? Bist die Straßen langgelaufen, wo Gott weiß wer dir Gott weiß was antun kann und man dich nie wieder finden würde?» Diesmal entfuhr mir ein kurzer Ton, ehe meine Mutter wieder anfing. «Ich habe dich für klüger gehalten. Ich habe dich für so klug gehalten, dass es mir unnötig schien, dir bestimmte Dinge zu sagen. Dinge wie: Geh nicht raus in die Nacht mit dieser verdammten Mila, ohne vorher jemandem zu sagen, wohin du willst, geh nicht ohne ein Wort, eine Nachricht zu hinterlassen, damit ich nicht, wenn ich nach Hause komme, zum Telefon greifen und die Polizei anrufen muss, die mir bestimmt nur sagt, dass du weggelaufen bist und schon nach Hause zurückkehrst, wenn du hungrig wirst.» *Ehrlich gesagt bin ich wirklich ziemlich hungrig,* überlegte ich kurz zu sagen, konnte mir aber nur zu gut vorstellen, wie schnell sie von dort, wo sie sich befand, zu mir kommen konnte. Außerdem gab es keine Chance, sie zu unterbrechen. «Bloß damit die Polizei mich auslacht, wenn ich sage: *Meine Tochter würde so etwas nie tun*. Und sie haben mich ausgelacht, als ich ihnen gesagt habe, dass meine Tochter verschwunden ist. Aber weißt du, wovon ich noch angenommen habe, es bräuchte nie gesagt zu werden?» Sie hielt etwas in die Höhe. Es war ein Päckchen mit Mrs. Sayez' Spaßkarten. «Halt deine verdammte Kritik nicht auf Papier fest und reich sie an die Regierung weiter, die dich aufgenommen hat.»

«Ich habe sie nie abgeschickt», brachte ich heraus.

«Aber du hast sie ausgefüllt.»

«Sie sind anonym.»

«Anonym? Die sind übersät mit deinen Fingerabdrücken. Deinen Fingerabdrücken, die sie haben, oben in dieser verdammten Klinik, wo man uns nach unserer Ankunft festgehalten hat.» Ich merkte, dass sie ihren Worten Gewicht verleihen wollte, sah, wie sie mit sich kämpfte. Ein Schimpfwort oder eine Geste? Sie entschied sich für die dramatischere Variante und warf die Karten mit aller Kraft zu Boden, sodass sie zischend nach unten segelten.

«Und du hast mich angelogen», rief sie. «Du bist eine Lügnerin.»

Irgendwie raffte ich mich auf. «Ich war mit Mila unterwegs. Das ist die Wahrheit.»

«Nein.» Sie kam auf mich zu. «Nein – vor Monaten habe ich dich gefragt, was auf diesen Karten steht. Und was hast du gesagt? Leichte und einfache Fragen darüber, wie zufrieden wir hier sind. Tja, ich habe gelernt. Auf dem Dock habe ich Lesen gelernt. Und deshalb weiß ich jetzt, dass du mich angelogen hast.»

Ein Beben in ihrer Stimme verriet, dass ihre Wut tiefer reichte, dass sie nicht nur verärgert war. Um ihr etwas entgegenzusetzen, sagte ich: «Tja, aber du hast *mich* auch angelogen.»

«Ich?»

«Ja», sagte ich, schwindelig vor unangebrachtem Mut. «Du hast gesagt, du würdest den Hof hassen. Du hast gesagt, wir hätten sonst keine Verwandten. All das, was Ena mir erzählt hat ...»

«Du und diese verfluchte *Ena*!» Jetzt schrie sie mich an. «Was hat Ena dir denn sonst noch erzählt?»

Ich suchte nach einer Antwort. Es gab da einen Ort irgendwo in den entferntesten Regionen meines schlaflosen, lichtblinden Hirns, wo solche Dinge aufbewahrt wurden, doch fand ich im Moment darin nichts weiter als lose Bruchstücke. Großmutter, die ihre Geige mit eigenem Haar bespannte. Der wilde Fuchsfreund meiner Mutter. «Sie hat mir die Wahrheit gesagt», brachte ich hervor. «Sie hat mir gesagt, dass du ein – ein *Findelkind* bist. Einfach auf der Türschwelle abgelegt wie ein» – ich versuchte, das Schlimmste zu finden, das ich mir nur vorstellen konnte – «wie ein Backschinken.»

Meine Worte hatten auf meine Mutter nicht die gewünschte Wirkung. Spöttisch verzog sie den Mund. «Die Wahrheit?», sagte sie. «Du Närrin. Die Wahrheit?» Sie wollte gehen, blieb aber in der Tür stehen. «Hat Ena sich in all ihrer Wahrheitssagerei auch nur die Mühe gemacht, dir zu sagen, *warum* sie gegangen ist? Das war nicht wegen des Krieges, weißt du. Sie ist schon vorher fort, *Jahre* bevor all das passiert ist. Weil sie zu Hause nicht sein konnte, wer sie war. Weil ebendiese Baba, die auf all den Bildern so glücklich Geige spielt, Ena grün und blau geschlagen hat, als man sie mit einer anderen Frau beim Küssen erwischt hat. Wurde das auch nur erwähnt? O ja, *das* ist die Wahrheit. Hat sie dir erzählt, dass ihr die Jungen, mit denen sie aufwuchs und mit denen sie ihr Leben lang befreundet war, dass sie ihr, als sich herumsprach, dass sie eine Affäre mit einer verheirateten Frau hatte, tote Katzen auf die Türschwelle gelegt haben? Dass sie die Straße entlanggejagt wurde, wenn sie ihnen nachts auf dem Rad begegnete? Es wurde so schlimm, dass sie nicht mehr aus dem Haus konnte. Also nahm sie jeden Penny, den sie angespart hatte, übrigens auch ein bisschen von meinem Geld, und verschwand ohne ein Wort des Abschieds. Als sie dann Jahre später wieder zurückkam? Mit Beanie? Auf diesen Bildern, die du auf ihrem Kühlschrank gesehen hast? Nun, da mussten wir so tun, als wäre all das nie passiert, als wäre Beanie nur ihre spirituelle Ratgeberin, die ihr hilft, ihr Leben zu meistern. So. Dreh daraus eine deiner kleinen herzigen Geschichten, wenn du kannst.» Eines musste sie außerdem noch loswerden: «Wenn du noch einmal mit diesem Mädchen irgendwo hingehst, zieh ich dir bei lebendigem Leib die Haut ab.»

Zu behaupten, das Leben wurde eisig, wäre eine Untertreibung. Meine Mutter stand jeden Morgen um halb vier auf und war um vier aus der Tür. Kehrte sie zurück, aß sie, was immer ich aufgewärmt hatte, und schlief ein, meist gleich auf dem Sofa. Ich dagegen blieb in der Wohnung, döste durch eine Reihe virtueller Kurse und schlich durchs Morgenlicht, um meine Aufgaben zu erledigen, ließ mich von nichts ablenken und gab mir überhaupt größte Mühe, von meiner Mutter nicht gehäutet und von Bezi Duras nicht bemerkt zu werden. Hin und wieder kam mir der Gedanke, ich könnte ein wenig Mitleid wecken, wenn ich meiner Mutter erklärte, was passiert war. Entgegen meiner früheren Annahme lebten wir nicht in einem Turm mit einem schwach gewordenen, magischen Wesen der alten Welt. Vielmehr waren wir hier nur dank der Gnade einer überaus realen Hexe geduldet. Womöglich hatte sie mich in ihrer Gestalt als alte Frau nicht erkannt. Womöglich erkannte sie mich wieder, wenn sich auf dem Hof das nächste Mal unsere Blicke begegneten, und sie wäre wie vom Donner gerührt. Womöglich würden ihre Söhne in Hundegestalt auch meinen Geruch wiedererkennen. Und was dann?

Wenn meine Mutter wüsste, welchen Gefahren ich mich ausgesetzt hatte, um dieses Wissen zu erlangen, würde sie mir gegenüber vielleicht nachgiebiger werden. Doch sobald ich daran dachte, ihr davon zu erzählen – mir auch nur vorstellte, dieses Gespräch zu beginnen, geschweige denn, ihr zu erklären, dass ganz sicher eine Welt jenseits der Welt existierte –, verkrampfte sich mein Magen. Sie würde mir nicht glauben. Es würde sie nur wütend machen und sie an einen Verstoß erinnern, von dem ich hoffte, sie begänne ihn zumindest ansatzweise zu vergessen. Also blieb ich stumm. Ging jedermann aus dem Weg. Und sicherheitshalber suchte ich, sooft ich es nur wagte, den Schutzzauber in den jeweiligen Verstecken auf, eins zwei drei. Die drei magischen Dinge kamen mir so sinnlos vor, so winzig. Die einzige Möglichkeit, unserem Schicksal zu entkommen, bestand darin fortzugehen, das Morgenlicht zu verlassen. Nur müsste ich meine Mutter überzeugen. Was mich wieder mit der Unmöglichkeit konfrontierte, ihr zu erzählen, was wirklich geschehen war.

«Naseweis», rief May eines Nachmittags durch das Tor. «Du siehst grässlich aus.»

«Ich erledige meine Aufgaben.»

«Aufgaben? Studierst du den Ratgeber einer Schlaflosen für allmähliche Nervenzusammenbrüche?» Sanft rüttelte er am Tor. «Jetzt komm schon, Naseweis. War nur Spaß. Immerhin hast du eine neue Freundin. Wer ist sie?»

«Mila.»

«Und ihre Geschichte?»

Ich zuckte mit den Achseln. «Sie wohnt im zweiunddreißigsten Stock.»

«Jede Wette, dass sie dich *das* nicht vergessen lässt.»

Ich war ihr vor Kurzem zufällig begegnet, einige Tage nach der ultimativen Warnung meiner Mutter. «Gehen wir am Samstag ins Penthouse?», fragte sie mich auf ihre übliche ungeschminkte Art.

«Glaub nicht», murmelte ich.

«Sonntag?»

Ich war mit einer Art radioaktivem Heiligenschein der Schande herumgelaufen, der anfing zu glühen, sobald ich mit jemandem sprechen musste. Mila aber wirkte davon unbeeindruckt.

«Ich kann nirgends mehr hin. Meine Mutter hat mich erwischt, als ich in die Wohnung geschlichen bin. Sie war stinksauer.»

«Oh!» Mila sagte das, als wäre ihr der Gedanke an elterliche Wut nie gekommen.

«War deine Mutter denn nicht wütend?»

«Nein, sie hat geschlafen.»

«Tja, meine nicht. Ich stehe bis auf Weiteres unter Arrest.»

«Verstehe», sagte Mila. «Gib Bescheid, wenn du wieder was unternehmen kannst.»

Trotz unseres fundamentalen Missverständnisses war sie immerhin so zuvorkommend, mich in Ruhe zu lassen. Aber auch das war Gift, und Furcht durchbohrte mich. Was, wenn Mila keine Lust hatte zu warten und beschloss, allein den Weg zur Bahn und auf die verlassene Insel zurückzulegen? Zum Trost gestattete ich mir einige Momente in 16D, von wo aus ich prüfen konnte, ob Bezi Duras tatsächlich noch jeden Abend ausging – und, wichtiger noch, ob sich meine Ängste in Bezug auf Mila bewahrheiteten. Erleichterung in beiden Punkten: verlässliche Sichtung von Bezi mit den Hunden, niemals aber von Mila. Offenbar war nicht einmal sie so tollkühn, sich allein nach Island City zu wagen.

*

Anfang September passte mich die ausgemergelte Mrs. Gaspard ab, als ich gerade die Waschmaschinen im Keller sauber machte. «In letzter Zeit sehe ich deine Tante kaum noch», sagte sie.

«Nein.»

«Und wo ist deine Mutter?»

«Im Wachhäuschen.»

Sie steckte den Kopf ins kleine Kellerbüro. «Ich muss sagen, das Gebäude ist ordentlich wie nie zuvor.»

«Sie wird sich freuen, das zu hören.»

Mrs. Gaspard schaute auf ihre Uhr. «Weiß sie über das jährliche Vorstandstreffen am Siebzehnten Bescheid?» Ich antwortete, das könne ich nicht sagen. «Wir treffen uns um sieben in der Bibliothek. Eine zwanglose Sache, aber wichtig, deshalb soll sie das Servieren übernehmen. Dafür muss sie unser Catering von Saint Martha's abholen.»

«Was zum Teufel ist Saint Martha's?», fragte meine Mutter mich an jenem Abend. Sie kam gerade von einem Drei-Tages-Job in der äußeren Bucht zurück und sah so erledigt aus wie schon lange nicht mehr. «Wo zum Teufel soll das sein?»

Wie sich herausstellte, musste man mit der Fähre zum Süden der Insel fahren, vorbei am westlichen Rand der Marsch. Nie zuvor hatte ich so viele Graukraniche gesehen, zu Dutzenden zogen sie Kreise, Silhouetten vor gelbem Himmel, während unten Sammler den Uferrand nach Brauchbarem absuchten. Wir stiegen aus und liefen von der Station nach Osten zu jener Straßenkreuzung, die Mrs. Gaspard für mich aufgeschrieben hatte. Doch als wir ankamen, schien es nichts weiter als alte Lagerhäuser zu geben, die meisten vernagelt. «Das gefällt mir nicht», sagte meine Mutter. Wir gingen trotzdem hin, suchten nach einem Schild, einem Plakat, nach irgendwas, das uns sagte, dass wir hier richtig waren.

«Ich muss sie falsch verstanden haben», sagte ich, nur Sekunden ehe weiter oben im Block ein Mann im Bäckerkittel eine Stahltür öffnete. Er trug eine Mütze, auf der stand Saint Martha's. Meine Mutter sprintete hin, um einen Fuß in die Tür zu stellen, und so verharrten wir, bis der Mann um die nächste Ecke verschwunden war.

Ein mächtiger, warmer Geruch nach Holzkohle wehte die Kellertreppe hoch.

«Weißt du, was das ist?», fragte meine Mutter.

Zu meiner Schande wusste ich es. «Das ist Fleisch.»

Saint Martha's war ein spärlich beleuchtetes, unterirdisches Lagerhaus, in dem es vor stummen Käufern wimmelte, die sich durch die Gänge treiben ließen und jedem Blick auswichen. Man musste nicht warten, bis sich die eigenen Augen an die erbärmliche Beleuchtung gewöhnt hatten, um zu wissen, dass es hier um Lebensmittel ging – die Gerüche, die einen überwältigten, wenn man die Treppe hinunterkam, machten das mehr als deutlich. Fleisch, ja, aber es roch auch nach warmer Hefe, leuchtenden Zitrusfrüchten und vielen anderen Dingen, so fremd und wunderbar, dass ich mich kaum auf den Beinen zu halten vermochte. Handschriftliche Schilder über den Gängen versprachen unvorstellbare Genüsse: Bäckerei, Obst und Gemüse, Milcherzeugnisse. Unter dem Schild ABHOLUNG befand sich in der letzten Ecke ein kleiner Tresen vor einem gewaltigen Stapel Papiertüten, der bis zur Decke reichte. Diese für uns höchst interessante Stelle war von einer hochgewachsenen gelangweilten Brünetten mit Sackleinenschürze besetzt, die meinem Starren nach mehreren Minuten schließlich nachgab und ihr Tablet sinken ließ.

«Entschuldigen Sie», sagte ich. «Wir kommen, um etwas abzuholen.»

«Welches Gebäude?»

«Wie bitte?»

«Für welches Gebäude wollen Sie abholen?»

«Das Morgenlicht.»

Sie zog vier Tüten aus dem Stapel in ihrem Rücken und schob sie über den Tresen in meine Richtung. «Sie können vorn zahlen.»

Auf unserem Weg nach vorn machte meine Mutter jedoch einen Umweg durch die Auslagen. Ich folgte ihr und hätte sie zwischen den Pyramiden leuchtender Früchte fast verloren.

«Sieh dir das an», sagte meine Mutter, als ich um die Ecke bog, und reichte mir ein glänzendes rundes Etwas.

«Eine Pflaume», sagte ich.

«Stimmt, aber hast du je eine gesehen, die so – pflaumig – aussieht? Wie das Bild einer Pflaume!» Sie hielt die Frucht an ihre Nase, dann an meine. «Riech mal.»

«Ich rieche nichts.»

«Ganz genau.» Sie musterte die gesamte Auslage mit mörderischem Blick. «Könnte ebenso gut Plastik sein.»

Wir rochen noch an weiteren geruchlosen Früchten und hielten inne, um zu sehen, wie ein kurzer Gewitterregen das zitternde Grün in den Kästen wässerte. «Warum?», fragte meine Mutter. Als sie um die nächste Ecke in Richtung Käse verschwand, ging ich ihr nicht nach. Sie schien unfähig, etwas anderes als Verachtung für diesen Ort zu hegen, und ich wusste, mir sollte es ähnlich gehen – schließlich briet irgendwer hier drinnen Fleisch, und ich gab mir größte Mühe, nicht allzu neugierig zu der etwas weiter entfernten Theke mit dem Schild METZGEREI zu starren, an der riesige rote Klumpen auslagen. Aber ich war zu überwältigt, und von den vielen Gerüchen, die von allem, außer vom Obst, auszugehen schienen, war mir schwindlig. Ich fand mich in einem Gang wieder, in dem Lebensmittel in Dosen präsentiert wurden – allerdings nicht die mit Grütze, an die ich gewöhnt war. Spargel und Rote Bete. Oliven und Artischocken. Am Ende des Gangs stand ein blonder Mann mit exquisit manikürten Fingernägeln, der mir einen Schnitz von mit blassem Käse umhüllter, orangefarbener Melone anbot. Er bemühte sich, sein Entsetzen zu verbergen, als ich den Bissen mit den Zähnen von seinem Messer zog. Peinlich berührt flüchtete ich zur Bäckerei, wo rotgesichtige Frauen mit Haarnetz riesige Tabletts mit zackig gerandetem Gebäck in die Auslage schoben. KÄSE stand auf dem Hinweisschild. Marmelade. Mandeln. Zu allem wurde ein Vorschlag gemacht. Probieren Sie diese Kastanienpaste auf Roggenbrot. Dieses Quittengelee auf Pumpernickel. Es gab hier auch Brot, im irdenen Ofen auf «die alte Weise» gebacken. Reichen Sie es mit einem Klecks Meerrettich und Räucherlachs.

Ich bog nach links ab in den Marmeladengang und fand endlich auch meine Mutter wieder.

«Weißt du, was das hier ist?» In der Hand hielt sie ein rundes, dickes Glas genau wie das, in dem daheim in ebendiesem Augenblick das Miasma all meiner Vergehen schimmelte. Helle Panik durchbohrte meine Brust. *Marmelade*, wollte ich sagen. *Mit Früchten von der Obstwiese meiner Großmutter*. Alles daran kam mir gespenstisch bekannt vor. Der gleiche dunkelrote Deckel, das gleiche Etikett, das gleiche bauchige Glas, das mir sogar gleich schwer vorkam, als meine Mutter es mir gab.

«Nein, was ist das?»

«Feigenmarmelade von zu Hause. Ich bin damit groß geworden.» Sie drehte das Glas um und warf einen Blick auf den Preis. «Okay», sagte sie und stellte es zurück. Später an der Kasse aber hatte sie es wieder in der Hand und stellte es wortlos aufs Band.

«Sieht Mrs. Gaspard das nicht auf der Quittung?», fragte ich nervös.

«Mir egal», sagte meine Mutter. «Wir behaupten einfach, das sei ein Missverständnis.»

In mir sträubte sich alles. *Wir* würden gar nichts behaupten – ich und ich allein wäre diejenige, die sich gegenüber Mrs. Gaspard erklären und überzeugend einen auf unschuldig machen musste. Meine Mutter hatte offenbar nicht die geringste Ahnung, wie sehr die Frau mich hasste.

Auf dem Bürgersteig vor Saint Martha's, zwischen den verriegelten Lagerhäusern und inmitten der zähen Nachmittagsluft, schraubte meine Mutter den Deckel vom erschwindelten Glas und hielt mir einen Holzlöffel von seinem Inhalt hin.

«Nicht schlucken, nur auf der Zunge zergehen lassen.» Sie beobachtete mein Gesicht, was es mir unmöglich machte, irgendwelche Gefühle zu verbergen. Diese Marmelade aus dem Laden schmeckte wie das, was Ena vor all den Monaten mit mir geteilt hatte. Ganz genau so. Meine Situation fühlte sich von Grund auf gefährlich an – fast, als müsste ich jeden Moment gestehen, dass ich diese Marmelade schon einmal probiert hatte, oder als müsste ich zugeben, dass sie genau wie Babas schmeckte. «Magst du sie nicht?», fragte meine Mutter.

«Schmeckt wunderbar.»

«Gut, nicht? Nimm noch einen Löffel.»

«Nein – nimm du.»

Ich suchte in ihrem Gesicht nach Anzeichen von etwas Böswilligem, aber da waren nur ihr Lächeln und der Abglanz des Erinnerns. «Ja», sagte sie, «so, genau so.»

Anschließend nahmen wir unterschiedliche Fähren: Meine Mutter fuhr in den Süden zu den Docks, ich zurück ins Morgenlicht, die Einkäufe sorgsam an meiner Seite, gut getarnt in Sacktüten, damit niemand erkennen konnte, wo ich gewesen war, und mich, wie meine Mutter sagte, «für eine jener Personen hielt, die auszurauben sich lohnte». Ich musste mich immer wieder ermahnen aufzupassen, damit ich meine Haltestelle nicht verpasste, dabei fühlte ich mich, als wäre ich davongeschwebt. Enas ewiges Gerede über Babas Obstwiese, über den letzten Rest altehrwürdiger Marmelade am Grunde des Glases. Die Schuldgefühle, unter denen ich gelitten hatte, weil sie verschimmelte – dabei schien es jetzt durchaus möglich, dass sie gar nicht von der Obstwiese stammte. Falls es diese Obstwiesen denn überhaupt gab – falls es sie überhaupt je gegeben hatte.

*

Wie sich herausstellte, enthielten die Tüten von Saint Martha's mehrere Teller, alle randvoll bepackt mit diversen, köstlich riechenden, um ein Bündel Trauben oder eine Reihe Cracker arrangierte Köstlichkeiten. Käse war auf jedem, und auch einige runde Scheiben, genannt Coppa, lagen darauf. Als mir schließlich aufging, dass es sich dabei um Fleisch handelte, um Wurst, war ich völlig von der Rolle. Was sollte ich jetzt tun? Sie auslegen? Oder sie zurück in die Tüten packen und nach dem Treffen wegwerfen? Beide Möglichkeiten gefielen mir nicht besonders. Was würde Mrs. Gaspard sagen, wenn sie runterkam und herausfand, dass ich versuchte, ihr und den Vorstandsmitgliedern Fleisch zu servieren? Würde sie sich überhaupt daran erinnern, dass meine Rolle in alldem nur darin bestand, das Bestellte abzuholen? Dass ich die Teller nicht selbst belegt hatte? Nie war ich so dankbar für die Abwesenheit meiner Mutter gewesen, für die Tatsache, dass sie diesmal nicht diejenige war, die eine Entscheidung traf oder Beschwerden entgegennehmen musste.

Bis achtzehn Uhr hatte ich den Bibliothekstisch abgewischt und mich schweren Herzens damit abgefunden, komme, was wolle, die Teller hinzustellen, wie sie waren, als Mrs. Gaspard sich blicken ließ.

«Was treibst *du* denn hier?», fragte sie erschrocken.

«Ich habe nur das Essen aufgetragen», sagte ich. «Ich hoffe ...», ich überlegte krampfhaft, wie ich mich ausdrücken sollte. «Ich hoffe, es ist alles zu Ihrer Zufriedenheit.»

Sie warf einen Blick auf die anstößigen Teller. «Wo ist der Pumpernickel?»

«Ähm?»

Ich durchsuchte die Tüten, eine nach der anderen, laut und direkt vor ihren Augen, weshalb sie sehen konnte, dass alle leer waren. «Diebe», sagte sie schließlich, «die hören noch von mir.» Plötzlich schien ihr meine Anwesenheit wieder einzufallen. «Wo ist deine Mutter?»

«Sie ist sehr krank», erklärte ich wie geheißen. Und dann, obwohl ich versprochen hatte, möglichst vage zu bleiben: «Sie hat sich gesagt, es wäre wohl besser, sie wäre nicht in einem Raum mit all diesem Essen.»

Mrs. Gaspard wurde bleich. «Und du? Bist *du* krank?»

«Nein.»

«Trotzdem. Bleib besser hinter der Theke.» Sie musterte

einen der Teller. Im gelben Licht der Bibliothek begann der Käse zu schwitzen. «Hast du gedeckt?»

«Ja.»

«Mit deinen bloßen Händen?»

Um zwanzig nach sieben saßen die letzten Klunkerer auf ihren Plätzen. Ich schenkte Wein in jedes leere Glas, das mir entgegengehalten wurde, blieb ansonsten aber wie geheißen hinterm Tresen und beschäftigte mich damit, die Schränke zu putzen. Wie seltsam, sie alle an einem Ort zu sehen, diese Menschen, die ich sonst nur auf den Fluren traf oder von jenen Wohnungsproblemen kannte, derentwegen sie meine Mutter riefen. Die Curtises mit ihren endlosen Lärmklagen und dem leckenden Kühlschrank. Der rotgesichtige Mr. Payne aus 23F, dessen Wohnung an die Wasserleitung mit den häufigsten Druckproblemen angeschlossen war. Die zarte Miss Calorann, die darauf beharrte, etwas oder jemand sei hinter ihrer Küchenwand gefangen, und uns nicht glauben wollte, dass die Rohre bloß bei den seltenen nächtlichen Temperaturabfällen knackten. Und Mrs. Golub natürlich mit ihrem übel riechenden kleinen Köter, diesem Überlebenden, der jedermann über den Rand ihrer Handtasche hinweg tödliche Blicke zuwarf. Bis zu diesem Augenblick hatten sie für mich nur getrennt voneinander existiert, jeder ein Bewohner seines Stockwerks, Verkörperung der ureigenen, bedrückenden, einsamen Leiden, der stets auf immer dieselben Fragen zurückkam, auf dieselben Klagen. Und doch waren sie hier und gabelten Scheiben glitschiges Fleisch von ihren Tellern, als wäre es das Normalste der Welt. Als stünde keine Strafe darauf und als sei ihr Essen nicht in einem namenlosen Kaufhaus am anderen Ende der Stadt besorgt worden. Als gäbe es nichts, wofür man sich schämen müsste, und als sähe niemand zu.

Ich hatte mich oft gefragt, wer von ihnen den Hühnerknochen zu verantworten hatte, der von meiner entsetzten Mutter nach den mitternächtlichen Überfällen des Waschbären vor Monaten aus dem Müll gefischt worden war. Tja, hier hatte ich meine Antwort. Es hätte jeder von ihnen sein können.

Mrs. Gaspard war schon bei ihrem dritten Glas Wein, als Mrs. Sayez hereinstürmte, verspätet und außer Atem. Sie entschuldigte sich und wedelte das Glas Wein beiseite, das ich ihr anbot, langte aber nach der letzten Scheibe Aufschnitt, sehr zum schlecht verhehlten Bedauern von Mr. Payne, der über seinen leeren Teller hinweg schon seit geraumer Zeit ein Auge darauf geworfen hatte.

«Noch irgendwas Offizielles?», wollte Mrs. Gaspard wissen.

«Ja.» Mrs. Sayez fächelte sich Luft zu. «Die Wohltätigkeitsveranstaltung für das Wiederansiedlungsprogramm.»

«Was denn? Jetzt schon?»

Kein noch so verdrießlicher Ausruf konnte Mrs. Sayez aufhalten. «Wie Sie alle wissen, sind wir in diesem Jahr mit dem Wiederansiedlungsprogramm einen großen Schritt vorangekommen. Wir konnten siebenhundert Familien aus der ganzen Welt willkommen heißen, ein Rekord. Und mehr als die Hälfte der Neuankömmlinge hat in unterschiedlichen städtischen Sektoren bereits eine Beschäftigung gefunden – Gastgewerbe, Dienstleistung, Bergungsarbeiten und Gebäudetechnik. Bei zwei Wohnsiedlungen auf South Falls Island sind wir entscheidend vorangekommen. Die Umfragen zeigen, die Unterstützung für unsere Anliegen war nie größer. Diese Wohltätigkeitsveranstaltung wird also eine großartige Gelegenheit für Mitglieder und Geldgeber sein, nicht allein die glorreichen Tage unserer geliebten Stadt zu ehren, sondern auch jene Fortschritte zu feiern, die wir bei der Rückkehr zu dem erzielt haben, was unsere Stadt einmal war.»

«Das ist ja wunderbar, Clare», sagte Mrs. Gaspard in einem Ton, der das Gegenteil besagte. «Dennoch sehen wir alle mit Skepsis, wie sehr dieses Haus in Ihre Wohltätigkeitsbemühungen eingebunden ist. Das hier ist schließlich nicht die Zentrale des Wiederansiedlungsprogramms. Sie sind hier sogar dessen einzige Repräsentantin. Und doch vergeuden wir jedes Jahr kostbare Ressourcen dafür, etwas zu organisieren, das außerhalb unseres eigentlichen Aufgabenbereiches liegt.»

«Also ich mag die Partys», sagte Mr. Payne. «Sich schick anziehen, nette Leute treffen. Was ist daran verkehrt?»

«Soll sich jeder in seiner Freizeit und auf eigene Kosten schick anziehen und nette Leute treffen.» Mit einer Hand strich Mrs. Gaspard ihre Notizen glatt.

Mrs. Sayez beugte sich vor: «Was das Ausmaß des Engagements dieses Hauses angeht, verstehe ich Ihre Bedenken. Ganz ehrlich. Daher dürfte es Sie freuen zu hören, dass Ms. Duras sich freiwillig bereit erklärt hat, die Festlichkeiten für dieses Jahr auszurichten.»

Aufgeregtes Gemurmel rund um den Tisch. Ich stieg von meinem Hocker und rückte näher heran.

«Freiwillig?», wiederholte Mrs. Gaspard. «Das passt gar nicht zu ihr.»

«Sie hat seit *Jahren* keine Party mehr gegeben», sagte Mr. Payne.

«Tja, genau das meine ich ja.» Mrs. Gaspard ließ den Blick um den Tisch wandern. «Wann hat sie zuletzt jemanden nach oben gelassen? Und jetzt will sie plötzlich Gastgeberin sein? Wieso?»

Mrs. Sayez wagte sich als Erste vor. «Ich glaube, da sie selbst zu denen gehört, die hier Zuflucht gefunden haben, möchte sie die Bemühungen zur Wiederansiedlung unterstützen.»

«Könnte sie ihre Hilfe nicht in finanzieller Form anbieten?» Aber der Trubel der Begeisterung rund um den Tisch wurde immer größer, und Mrs. Gaspard spürte, dass sie auf verlorenem Posten stand. «Was war das Datum noch mal?»

«Der 19. Oktober.»

«Und man erwartet von uns, dass wir wie viele Leute ertragen?»

«Die Einzelheiten liegen mir hier vor.»

Ein Blatt wurde aufgefaltet, nachdrücklich über den Tisch geschoben und stillschweigend studiert. «Schätze, es hätte schlimmer kommen können.»

Als ich mich wieder umdrehte, war Mrs. Gaspards Blick immer noch auf die Notiz gerichtet. Die anderen saßen da und sahen ihr atemlos zu. Sie drehte das Blatt um und schnaubte verächtlich. «‹Alle Kuratoren und Vorstandsmitglieder sind selbstverständlich willkommen› – so selbstverständlich finde ich das gar nicht. Ich finde sogar, das muss wirklich einmal deutlich gesagt werden. Wie oft haben wir derlei gebilligt, ohne auch nur eine Dankeskarte zu erhalten – geschweige denn eine Einladung von Bezi Duras?»

«Wir können hin?», fragte jemand aufgeregt. «Wir alle?»

«Tja, wenn Sie einen Abend damit verbringen wollen, gegen den Wind anzubrüllen und sich gemalten Unsinn auf Leinwänden anzusehen», sagte Mrs. Gaspard, «dann haben Sie jetzt offenbar Gelegenheit dazu.»

«Ihre Partys sind wirklich was Besonderes», warf Mr. Payne ein. «Ich war mal mit meiner Schwester bei ihr, als sie die Ballettgilde eingeladen hatte. Das muss so vor fünfzehn Jahren gewesen sein. Bezi hatte all diese originellen, kleinen Studien von Ballerinas gezeichnet. Und es sind Bandtänzerinnen aufgetreten!»

«Ich bezweifle, dass es diesmal Bandtänzerinnen geben wird», sagte Mrs. Gaspard. «Falls nicht gerade eines der Wiederansiedlungskinder besonders geschickt darin ist.»

Das löste weniger spöttisches Gelächter aus als erwartet. Mrs. Sayez musterte sie mit einem angespannten Lächeln. «Einige unserer Wiederansiedlungsfamilien werden als Gäste anwesend sein – allerdings wird von ihnen natürlich nicht erwartet, dass sie zur Abendunterhaltung beitragen. Allerdings ...» Es folgte eine lange, beängstigende Pause. Ich blickte auf und sah, dass Mrs. Sayez mich strahlend angrinste. «Sil – ich bin mir sicher, dass deine Mutter bei den Vorbereitungen helfen wird, aber würdest *du* nicht auch gern zur Party gehen?»

*

«Was hat das denn zu bedeuten?», fragte meine Mutter.

Sogar von der anderen Seite des Zimmers konnte ich erkennen, dass sie an unserem Kalender auf das Kästchen für den 19. Oktober zeigte, das seit fast einer Woche blassgrün umrandet war. Ich hatte für diese zweifelhafte Ehre den trockensten Marker ausgesucht, den ich finden konnte, da ich es nicht über mich brachte, sie gänzlich zu sabotieren und den Termin überhaupt nicht einzutragen. Jetzt machte ich eine große Show daraus, hinter dem Kühlschrank vorzukommen und mit zusammengekniffenen Augen hinzusehen.

«Das ist die Party!»

«Was für eine Party?»

«Die Wohltätigkeitsveranstaltung des Wiederansiedlungsprogramms.»

«Und warum höre ich erst jetzt davon?»

«Mrs. Sayez hat gesagt, sie wolle mit dir darüber reden», log ich.

Meine Mutter unternahm eine verärgerte Reise durch die Oktoberseiten ihres Notizblocks. Ich konnte mich nicht so stellen, dass ich ihr über die Schulter sehen konnte, nach den Geräuschen aber, die sie machte, klang es nicht besonders verheißungsvoll.

«Sil, tut mir leid», sagte sie schließlich. «Da kann ich nicht.»

«Oh», sagte ich und versuchte, eher enttäuscht als erschrocken zu klingen.

«Das ist der letzte Abend einer großen Bergungsmission. Du musst das machen.»

«Natürlich.»

Sie blieb in der Nähe, sah mich an. «Soll ich mir den Abend freinehmen?»

«Ach was, nein, nein. Ich schaff das schon.»

Sie legte die Hände an meinen Kopf, presste meine Schläfen. «So viel Arbeit, Sil. Ich hoffe, du weißt, wie dankbar ich dir bin.»

«Mama», sagte ich. «Fang nicht damit an.»

Den ganzen nächsten Tag trug ich dieses Geheimnis mit mir herum. Da war sie: die Gelegenheit, auf die ich gewartet hatte. Die Chance, direkt in die Wohnung der Vila zu gehen, mich dort aufzuhalten und mir alles anzusehen. Diesmal ließ sich kaum bestreiten, dass ich nicht um Einlass gebeten hatte. Nur spürte ich gar keine Lust mehr, nach oben zu gehen oder mich erneut jenen gespenstischen Mächten auszusetzen, denen Mila und ich auf der verlassenen Insel begegnet waren.

Aber nun war da Mila, die bestimmt jede Chance ergreifen würde, genau das zu tun.

Es gelang mir leidlich, ihr aus dem Weg zu gehen, doch in der Woche, in der ich von der Party erfuhr, legte sie es zunehmend darauf an, mich zu treffen. Wir sahen uns flüchtig an den entlegenen Enden eines Flurs, und sie fing an, in meine Richtung zu rennen, während ich mich, so rasch ich konnte, in den Fahrstuhl oder auf die Dienstbotentreppe verdrückte. Eines Abends klopfte sie fünf Minuten lang an meine Tür, dann hielt sie inne – nur um erneut loszulegen, sobald mein bestrumpfter Fuß den Boden im Wohnzimmer berührte. «Sil? Bist du da?»

Als sie mich schließlich auf der Treppe zwischen Bibliothek und Lobby abfing, breitete sie zwischen dem Geländer beide Arme aus, damit ich ihr nicht entkommen konnte.

«Sil!» Sie summte geradezu vor unbändiger Energie. «Das errätst du nie!» Ehe ich auch nur ein Wort vorbringen konnte, zog sie eine Karte aus der Tasche und ließ sie über die Stufen zu mir hinabsegeln. Ich fing sie auf. Goldbuchstaben auf schwarzem Hintergrund. Eine formelle Einladung für Mila und ihre Mutter zu Bezi Duras' Party.

«19. Oktober!», sagte Mila aufgeregt. «Ich versuche schon seit einer Ewigkeit, es dir zu sagen.» Ihre aufgeregte Miene sank ein wenig in sich zusammen. «Nur wusste ich nicht, ob ... ist deine Strafe bis dahin vorbei?»

Meine Hand, in der ich die Einladung hielt, sah blutlos aus und schuldbewusst – die Hand einer Verräterin. Da hatte ich mit aller Macht verhindern wollen, dass Mila von der Party erfuhr, dabei hatte sie die ganze Zeit nur versucht, mir Bescheid zu geben.

«Ach», murmelte ich. «Ich glaube, ich muss den Caterern helfen.»

«Das ist ja perfekt!», rief sie. «Dann hast du was anzuziehen!»

*

Dieses Etwas erwies sich als ein steifer schwarzer Overall, der am Morgen der Party in einer Papiertüte eintraf, begleitet von einer Notiz, die besagte, dass ich mich um fünf Uhr zu melden hätte. Der Fahrstuhl zum Penthouse wurde da bereits von einem Mann bewacht, einem riesigen Klotz in schwarzem Anzug, der meine Tasche durchwühlte, ehe er mich nach oben ließ. Diesmal kein geheimer Schlüssel. Keine zurechtgelegten Ausreden. Meine Mutter und ich hatten nur eine Erklärung für ihr Fehlen vorbereitet – einen verstauchten Knöchel: «Sie lässt sich entschuldigen – sie hat sich den Knöchel übel verstaucht.» Ich würde es jedem, der fragte, ganz selbstverständlich sagen, auf eine Weise, die verriet, dass ich nicht viel über den Knöchel meiner Mutter oder grundsätzlich über verstauchte Knöchel wusste.

Ein lodernder Sonnenuntergang, offene Türen, und die Vorbereitungen liefen bereits. Lichterketten wurden rund um den Obsthain gehängt. Eine Seite der Balustrade wurde mit einem langen weißen Vorhang abgetrennt, hinter dem sich Leute auf Leitern Anweisungen zuriefen. Zwischen den Rosenbüschen am Fuße der Türstufen, die zu Bezi Duras' Wohnung führten, wurde eine Plattform errichtet. Verzierte Paneele schirmten den südlichen Teil des Gartens ab; ich sah dahinter Dampf und Rauch aufsteigen und konnte das Klirren von Geschirr hören.

Wie ich dort stand, berührte mich einer der Kellner an der Schulter. «Bist du hier, um zu helfen?»

Ich nickte.

«Dann hilf auch», sagte er und warf mir ein Tischtuch zu.

Ich folgte ihm rund um die Dachterrasse, breitete Tücher aus und stellte Kerzen zwischen die leeren Warmhalteplatten auf den Tischen entlang der Balustrade. Ich sollte Geschirr auspacken, was mich auf die andere Seite der verzierten Paneele brachte, hinter denen eine provisorische Küche in vollem Betrieb war. Eine Armee weiß gekleideter Köche wuselte lautlos herum, zog Bleche aus Öfen und legte mit Zangen Gemüseskulpturen auf Reihen winziger Teller. Als etwa eine Stunde später die Musiker kamen, kannte ich die Wahrheit. Es war eine Open-Air-Party. Ohne Ausnahme. Die Küche, die Unterhaltung. Selbst die Toiletten waren draußen, kleine Metallkabinen diskret verborgen hinter einer in Form des Regenschirm-Logos der Nachweltinitiative zurechtgeschnittenen Buchsbaumhecke.

Welch ein unfassbarer Glücksfall.

Meine Erleichterung aber war nur kurzlebig. Was würde Mila sagen, wenn sie nach oben kam und es herausfand?

Es dauerte nicht lang, und die Fahrstuhltüren öffneten sich, brachten Ströme extravaganter Fremder. Sie marschierten herein, Anzüge und Seide und Federröcke, gaben hier und da den Blick frei auf eine aufblitzende blasse Wade, ein Schlüsselbein. Mit klirrendem Schmuck behangene Hände schossen herab, um sich von den Tabletts, die ich auf dem Weg von oder zur Küche vor mir hertrug, Cracker zu greifen oder kleine Sandwichstreifen. Immer mal wieder lugte ein schmaler Absatz unter einem Kleid hervor und schnitt meinen Weg. Bezi Duras war unter uns, anscheinend überall zugleich – schüttelte Hände, bewunderte

Silhouetten, drängte Gäste, erneut zuzugreifen. Keine drei Schritte konnte ich in irgendeine Richtung gehen, ohne schon wieder auf sie zu stoßen, ehe ich dann mit gesenktem Kopf weiterhastete. Wusste sie bereits, dass wir es gewesen waren? In jenem verlassenen Haus, eins zwei drei? Oder würde sie es erst begreifen, wenn sie mir in die Augen sah?

Vielleicht konnten die Verzauberten kein Wissen aus einem Teil ihres Lebens in einen anderen mitnehmen. Besseres durften wir uns jedenfalls nicht erhoffen, das musste Mila verstehen. Noch war keine Spur von ihr zu sehen, worüber ich froh war, da ich keine Zeit hatte, darüber nachzudenken, was ich ihr sagen würde.

Doch da *war* ein gelbes Kleid. Sein fernes Aufblitzen zwischen Säulen dunkler Garderobe schreckte mich auf. Es drapierte sich in fröhlichen Kaskaden um eine schlanke Schwarze Frau, die an einer Ecke der Bar saß. Ich huschte näher, da ich unweit einen Eimer mit Eis entdeckte, der aufgefüllt werden musste. Von hinten hatte die Frau stoisch elegant ausgesehen, ganz Hals und Schultern und eine skulpturenhafte Hochsteckfrisur. Dabei war sie jünger, als sie auszusehen versuchte, kecknasig und apfelwangig. Sie saß allein da, stierte misstrauisch in ihre Serviette. Einer meiner kleinen Cracker lag darin, halb gegessen; und sie versuchte, es sich im Licht einer der dekorativen Kerzen genauer anzusehen.

«Das ist Kaviar», sagte ich. «Habe ich gehört.»

«Das hat man mir auch gesagt», sagte die Frau und sah mich stirnrunzelnd an. «Wie alt bist du? Zwölf? Solltest du wirklich auf dieser Seite der Bar stehen?» Ich hielt den Eimer hoch, und sie nickte. «Du gehörst zu den WAP-Kids.»

«Wie bitte?»

«Aus dem Wiederansiedlungsprogramm. Wie meine neue Freundin Sherni da drüben.»

Sie deutete in die Menge. Ihre neue Freundin Sherni, etwa halb so alt wie ich, war ein Mädchen am hinteren Ende des Balkons. Es trug einen formlosen grauen Kittel und hockte eingeklemmt zwischen einem unbehaglich dreinblickenden Paar, bei dem es sich vermutlich um ihre Eltern handelte. Die Wolke ihrer braunen Locken war mit beträchtlichem Aufwand zu einem Pferdeschwanz zusammengebunden worden, und sooft sie nach oben langte, um sich am Kopf zu kratzen, hielt eine ihrer Mütter sie davon ab. Alle drei hatten dasselbe schmallippige Lächeln aufgesetzt, das niemandem galt, und schauten mit demselben besorgten Blick auf die Essenstabletts, die an ihnen vorbeigetragen wurden.

«Sherni kenne ich nicht», sagte ich. «Ich wohne unten. Meine Mom ist die Hausmeisterin.»

«Also bist du im WAP.»

Das Wort klang richtig in meinen Ohren, nur blieb keine Zeit für eine Bestätigung, da sich Mrs. Sayez wie aus dem Nichts in einem wegverstellenden Tüllkleid materialisierte.

«Jane!» Sie legte einen Arm um die junge Frau, die sie von der Seite umarmte, während sie ihr Glas aus dem Weg hielt. «Danke fürs Kommen!»

Eine Salve oberflächlicher Banalitäten folgte: Natürlich hätte sie diesen Abend um nichts in der Welt missen wollen. Doch wie ginge es ihr, Mrs. Sayez? Wie den Kindern? Prächtig, prächtig, flussaufwärts – und selbst? Natürlich ein wenig besorgt wegen der Feuer im Westen, schon um der Mutter willen, aber was wolle man machen? Man könne doch nichts tun – obwohl wir alle unser Bestes geben, nicht wahr? Hier mehr als irgendwo sonst. Und was für ein schönes Kleid! So festlich.

«Wie die Tanzende», sagte ich. Beide schauten mich an. Der Eimer war längst voll, und aus der Ferne winkte ein Arm im Overall. Doch jetzt, da Mrs. Sayez mich gesehen hatte, konnte ich keinesfalls weg. «Silvia! Hast du Jane schon kennengelernt?»

«Ja», sagte ich. Und dann, da ich fürchtete, möglicherweise missverstanden worden zu sein, wagte ich mich noch einmal vor. «Sie sehen in diesem Kleid wie die Tanzende aus. Sie wissen schon? Die auf dem Poster?» Ich warf mich mit einer unsichtbaren Laterne in Pose.

«Ach, ja!» Jane lächelte. «Der Erlösungstanz.»

Mrs. Sayez blickte sich um. «Wo ist deine Mutter?»

«Irgendwo», sagte ich und tat, als suchte ich die Menge ab.

«Nun, du musst sie herholen, damit sie Jane kennenlernt. Jane, das hier ist Silvia – eine der größten Erfolgsgeschichten unseres Programms. Sie kam letztes Jahr aus Paraiso und wohnt seither im Morgenlicht.» Jane streckte eine Hand aus. Ich wischte meine ab und schüttelte sie. «Jane arbeitet für den *Island City Sentinel* – sie ist hier, um über die Wohltätigkeitsveranstaltung zu schreiben. Erzähl ihr doch, wie dir das Programm gefällt!»

«Ich finde es fantastisch», verkündete ich mit dümmlichem Grinsen.

Jane nickte. «Freut mich zu hören», sagte sie. «Ich liebe diese Wohltätigkeitsveranstaltungen.» Sie blickte auf ihre Serviette. «Ich habe noch nie Kaviar gegessen.»

«Bezi wollte uns allen etwas Besonderes spendieren», sagte Mrs. Sayez. «Ist das nicht köstlich?»

«Ich wusste nicht, dass es legal ist.»

«Na ja – diese Sorte schon. Zumindest zu dieser Jahreszeit. Glaube ich.»

Die Party nahm ihren Lauf. Soßenkleckse. Wannen mit schmutzigem Geschirr. Ich hatte dem Chefkellner gerade einen Champagnersäbel gebracht, als Mila mich fand. Sie runzelte die Stirn. «Es findet alles draußen statt!», rief sie und verschreckte eine Violinistin, die sich rasch bemühte, ihr Tempo wiederzufinden.

«Ja», sagte ich und täuschte Bestürzung vor. «Ich weiß.»

Sie schaute sich um. «Vielleicht geht es später drinnen weiter.»

«Wann denn?»

«Du liebe Güte, Sil – jede Party hat ihr Später.»

«Das bezweifle ich», sagte ich und deutete auf die Wandschirme. «Alles ist draußen. Die Küche, die Toiletten – alles.»

Keine Version von Mila war unangenehmer als jene, deren Pläne gerade durchkreuzt wurden. Sie stand da und kaute auf der Innenseite ihrer Backe. «Mist», sagte sie.

Ich sah sie weiterhin an. Das hier war nicht so schlimm, in ihrer Wut klang Resignation an.

Dann aber fiel ihr Blick auf etwas in der Menge, und mit einem raschen «Ich regle das» huschte sie zu einer Ansammlung wehender Kostüme, zu denen auch, wie mir jetzt auffiel, das von Bezi Duras gehörte.

«Entschuldigen Sie», sagte Mila. «Ich muss mal aufs Klo.»

Man stelle sich mein Entsetzen vor. Da stand ich in meiner Schürze, auf der Schulter ein Tablett mit nach Knoblauch riechenden Schnecken, unfähig, den Blick abzuwenden, während Bezi Duras mitten in der Bewegung erstarrte. Die langen Finger ihrer linken Hand tauchten aus einem Ballonärmel auf, um sich auf Milas Arm zu legen. Mit der anderen Hand zeigte sie auf die kleinen Metallkabinen hinter der zurechtgestutzten Hecke.

«Sie wollen nicht, dass ich die benutze», hörte ich Mila sagen. «Das würde den übrigen Gästen wohl kaum gefallen.»

«Wie merkwürdig», sagte Bezi Duras.

«Kann ich nicht reingehen?»

Bezi bückte sich, tiefer, tiefer, tiefer, bis sie von Angesicht zu Angesicht vor Mila hockte. «Ich sag dir was. Du kannst in meine Wohnung – wenn du mich in Unser bittest.» Sie lächelte seltsam. «Und nur um der Höflichkeit willen möchte ich, dass du mich so förmlich ansprichst, wie es sich gehört. Kein saloppes Gerede, kapiert?»

Mila legte den Kopf auf die Seite. «Ich habe keine Ahnung, wovon Sie sprechen», sagte sie.

Nie hatte ich jemanden so sehr bewundert und gleichzeitig so wenig respektiert. Das war sie: Mila mit ihren Augen wie ein Nachtgeschöpf und ihrem krankhaften Mut, die all meine sorgsam arrangierten Schutzvorkehrungen einriss, um Bezi Duras inmitten ihrer Party am Ärmel zu ziehen. Und zu welcher Enthüllung hatte sie diesen gefährlichen Augenblick genutzt? Um ein so dringendes wie erfundenes Bedürfnis zu offenbaren.

Bezi Duras stand auf und wandte sich ab. Mila kehrte selbstgefällig grinsend zurück.

«Was ist in dich gefahren?», sagte ich. Ihre Lippen bewegten sich, aber ich konnte sie nicht hören. «Was ist?»

Sie beugte sich vor und schob mir etwas Kaltes, Gezacktes in die Hand. «Los jetzt.»

«Was ist das?»

«Ihr Schlüssel.» Sie zuckte mit den Achseln. «Hab ich ihr aus der Tasche geklaut.»

Sie nahm das Schneckentablett von meiner Schulter, stellte es auf den nächstbesten Tisch und packte mich am Arm. Während der nächsten dreißig Sekunden sah ich nur ihren Zopf, während ich ihr durchs Gedränge murmelnder Fremder nachlief. Vorbei an der Toilette, den Rosenbüschen, die Stufen hoch und um die Ecke zu Bezi Duras' Wohnungstür.

Milas Wangen glühten. «Mach schnell», sagte sie. «Ehe uns jemand sieht.»

Der Schlüssel steckte noch in meiner Faust, aber ich hatte noch keine Zeit gehabt, mir klarzumachen, was Mila wollte. «Du meinst – einbrechen?»

Sie rollte die Augen. «Man bricht nicht ein, wenn man einen Schlüssel hat.»

«Aber er wurde uns nicht *gegeben*. Du hast ihn gestohlen.»

«Na und? Ich bring ihn zurück.» Sie blickte über die Schulter. «Beeil dich.»

Ich stand da mit dem unverdienten Schlüssel in den tauben Fingern, im Rücken die sanfte Streichermusik der Party, und ich dachte an die dämmrige Küche auf der verlassenen Insel, an die hohläugigen Jungen. «Ich kann nicht», sagte ich. «Und ich will nicht. Ich will das nicht tun.»

Ein wütender Glanz lag auf Milas Schläfen. «Ich hätte wissen müssen, dass du das sagst.» Dann war der Schlüssel nicht mehr in meiner, sondern in ihrer Hand.

«Nicht!», rief ich, aber sie steckte den Schlüssel bereits ins Schloss. Anscheinend gab es irgendeinen Widerstand, denn sie blickte erneut über die Schulter und schob sich dann etwas an mich heran, um mehr Kraft aufbringen zu können. Noch war Zeit, sie aufzuhalten. Es wäre nicht allzu schwierig gewesen – sie war vornübergebeugt und gab sich solche Mühe, den Schlüssel zu drehen, dass ihre Hand weiß angelaufen war. Dann lief auch ihr Gesicht weiß an. Sie trat zurück.

In der Hand hielt sie nur noch einen verdrehten Messingkopf. «Abgebrochen.»

«Wie kann das sein?», jammerte ich.

«Weiß nicht – keine Ahnung. Ich muss ... Es muss der falsche Schlüssel gewesen sein.» Sie hockte sich vor die Tür und stocherte mit der Nagelspitze im Schlüsselloch, bewirkte aber nichts.

«Ich hab es gesagt», zischte ich. «Hab ich's dir nicht gesagt?»

«Ach, *halt den Mund*, Sil. Du mit deinen Schulden und Verdiensten. Du klingst verrückt, weißt du das?»

Sie schleuderte den Schlüsselrest auf den Boden. Ich hörte ihn klirren – einmal, zweimal –, dann nichts mehr. Ich hastete ins Gebüsch, ihm nach, und war mir nur undeutlich bewusst, dass Mila nicht länger an meiner Seite war. Bestimmt zurück zur Party, vielleicht sogar zurück zu Bezi Duras, um ihr zu erzählen, was wir getan hatten.

Ich war noch auf den Knien, tastete herum, als sich der Lärm legte. Sie hatten mich gesehen. Sie hielten inne, ein Gast nach dem anderen, verwirrt und peinlich berührt angesichts des Mädchens, das nicht dazugehörte – das nicht in dieses Gebäude gehörte, nicht auf dieses Dach, und das ganz bestimmt nicht auf allen vieren auf der Erde herumkriechen sollte. Doch als ich aufblickte, sah niemand in meine Richtung. Die ganze Partygesellschaft hatte sich zu Bezi Duras umgedreht. Sie stand mitten in der Reihe Obstbäume und schlug, um Stille bittend, an ihre Champagnerflöte.

«Entschuldigen Sie», rief sie mit einer Stimme, die viel

zu sanft für eine Rede klang. «Ich danke Ihnen allen für Ihr Kommen. Mein ganz besonderer Dank aber gilt den Caterern, den Kellnern und Köchen, die sich solche Mühe geben, den heutigen Abend zu einem Erfolg zu machen.»

«Ein wunderbarer Abend, Bezi!», rief eine Frau.

«Danke – das ist er, nicht wahr? Und wie finden Sie die Shrimps? Ich habe noch nie derart weitgereiste Krustentiere gekostet.» Sie wartete, bis das Lachen verklang. «Meinen Dank an die Mitglieder des Wiederansiedlungsprogramms und an die sehr besonderen Gäste, die wir ihm verdanken, so etwa die Familie Fayed aus Atam. Oder die Familie Burgos aus Aguila. Wir danken Ihnen dafür, dass Sie sich bereit erklärt haben, Ihren Teil zum heutigen Spektakel beizutragen. Sollte irgendwer von Ihnen nun völlig angewidert sein, dann lasse ich Sie hiermit gern wissen, dass ich freudigen Herzens Ihre Umsiedlung an nahezu jeden Ort dieses Landes finanziere.» Bezi ließ den Applaus und die Welle Gelächter – etwas zu heftig, ein wenig zu laut – ausklingen. «Viele von Ihnen wollten wissen, warum ich mich bereit erklärt habe, die Gastgeberin des heutigen Abends zu sein. Ich nehme an, das sollte mir peinlich sein. Wenn man dieselbe Frage immer wieder gestellt bekommt, muss man sich irgendwann mit den Gerüchten auseinandersetzen, deren Verbreitung man über die Jahre zugelassen hat. Und eigentlich sollten Ihre Fragen mich auch nicht überraschen – ich *habe* im Lauf der Jahre tatsächlich gezögert, mich persönlich für das Wiederansiedlungsprogramm zu engagieren.»

Mrs. Sayez juchzte. Sie war betrunken. «Danke dafür, dass Sie zur Vernunft gekommen sind, Bezi.»

«Ich danke *Ihnen*, Clare. Die Wahrheit ist: Sobald ich sah, wer kommen würde – die Patersons, die Wallfields, um gar nicht erst die Journalisten von Organen zu erwähnen, die ich bewundere, denen ich aber zugleich misstraue –, schien es mir unmöglich, diese Party abzulehnen. Vor allem auch, da sie mir zugleich die beste nur denkbare Möglichkeit bot, Ihnen mein jüngstes Projekt vorzustellen, das durchaus mit den Zielen des Programms zu tun hat.» Wieder Applaus, schwächer diesmal. Eine Reihe Kellner trat vor, zog gleichzeitig jenen langen Vorhang beiseite, der sich um die gesamte Balustrade erstreckt hatte und deckte einen Draht auf, an dem riesige Fotografien hingen. Alle drängten vor, um einen besseren Blick zu erhaschen, was mir die Gelegenheit bot, mich unter die Menge zu mischen. Doch kaum drinnen, fand ich es weitaus schwieriger, wieder herauszufinden, und so stand ich plötzlich von Angesicht zu Angesicht vor dem ein mal anderthalb Meter großen Druck eines Hauses, das mir sehr vertraut vorkam. Nebel umhüllte es, in der Ferne brannte ein gelbes Licht. Schlagartig überkam mich das Übelkeit erregende Gefühl, eine Grenze zu übertreten – als würde ich erneut etwas erfahren, was ich nicht wissen sollte. Dort, hinter dem Fenster, befand sich die kleine Küche mit dem vermüllten Tisch. Keine Spur von der Frau oder ihren Jungen. Wie denn auch?

Irgendwo vor mir begann Bezi wieder zu reden: «Während der letzten zwei Jahre habe ich mich zunehmend dafür interessiert, den Fortschritten der sogenannten Siedlungsstrukturen auf South Falls Island nachzuspüren. Also fing ich an, sie zu fotografieren. Zu Fuß, mehr oder weniger an jedem Abend. Bis dahin ist es nicht weit – allerdings musste ich die Strecke immer öfter wechseln, da die Flut am North End täglich weiter vordringt. Wie Sie sehen können, wenn Sie näher herantreten – wagen Sie sich ruhig näher heran, Joyce –, ist der Fortschritt in South Falls Island vor allem ein Fortschritt des Waldes. Überall Bäume und Gestrüpp. Es gibt einige Wohnhäuser, Schulen und Krankenhäuser – die meisten vor dreißig Jahren verlassen. Gebäude, die noch stehen, sind überwiegend Ruinen und werden von Außerinsulanern bewohnt, Familien, in deren Besitz sich diese Häuser seit Jahrzehnten befinden. Die Fotografien, die Sie hier sehen, umfassen nur einen winzigen Bruchteil der Bilder, die ich gemacht habe. Und sie werfen eine Frage auf: Wo genau sind eigentlich die Wohnbauten und Mietshäuser, für die vom Wiederansiedlungsprogramm geworben wird?»

Ein Schweigen legte sich über die Dachterrasse, eine unbehagliche Stille, die jedermann erfasste, Jane ausgenommen. Sie hatte ihr Handy über die glänzenden Scheitel und kunstvoll gesteckten Dutts gehoben und drückte den Auslöser, so schnell sie nur konnte. Als über ihrer Schulter eine weiße Hand auftauchte und versuchte, ihr den Apparat abzunehmen, stieß sie den Übeltäter derart heftig mit der Schulter zurück, dass mehrere Zuschauer weiter ein Glas zu Boden fiel.

«Verpiss dich», sagte sie. «Und fass mich nicht noch mal an.»

Ich suchte Mila, aber die Anzüge und Abendkleider standen zu dicht beieinander. Irgendwo weiter vorn setzte Mrs. Sayez zu zittrigen Vorbehalten an. «Bezi», hörte ich sie sagen. «Das ist nicht ... ganz richtig. Sie erzählen nicht die vollständige Geschichte.»

«Mich interessieren keine Geschichten, Clare. Mich interessiert es, Fragen zu stellen, die der Wahrheit Gelegenheit geben, ans Licht zu kommen. Fragen wie: Was hat das Wiederansiedlungsprogramm mit den Gemeinschaften vor, die noch an den versprochenen Orten wohnen? Und was genau macht das Wiederansiedlungsprogramm mit den Regierungsgeldern, die für seine Projekte bestimmt sind? Jedenfalls erreichen sie nicht die Menschen, deren Unterstützung dieses Programm versprochen hat. Sie beleben auch jene verfallenen Stadtgegenden nicht, in denen Menschen wiederangesiedelt werden sollen. Was weitere Fragen aufwirft: Was ist das für eine Hoffnung, die wir jenen Menschen bieten, die wir mit dem Versprechen auf ein besseres Leben herlocken? Sie arbeiten in dem Glauben, dass man ihnen einen Ort zum Leben gibt. Wo aber genau ist dieser Ort?» Bezi hatte begonnen, vor der Balustrade auf und ab zu gehen. «Hier, an der südlichsten Spitze von South Falls Island – wo das Wasser so vergiftet ist, dass es die gesamte Gegend unbewohnbar macht? Oder hier, in der Brightwood Station, in die der Dschungel hineinwuchert und wo alles von fünf Zentimeter hohem Schimmel bedeckt ist? Oder hier?»

Jane sprang auf einen Stuhl und rief: «Ms. Duras, haben Sie uns an diesem Abend zusammengerufen, um die Anstrengungen des Wiederansiedlungsprogramms in ihrer Gesamtheit zu verurteilen?»

«Ich verurteile gar nichts», sagte Bezi Duras. «Ich nutze diese Gelegenheit nur, um einige angebrachte und notwendige Fragen zu stellen, da heute Abend so viele Leute hier sind, die eine Antwort darauf kennen müssten.»

«Das ist ein Hinterhalt», sagte eine Männerstimme.

«Bezi», rief Mrs. Sayez verzweifelt. «Hätten Sie mit diesen Fragen nicht zu mir kommen können? Die Bilder sind verstörend, und es stimmt, wir sollten die Vorgänge auf South Falls Island näher untersuchen, aber – nur weil wir mit einem Teil unseres Plans ein wenig ins Hintertreffen geraten sind, heißt das doch noch lange nicht, dass wir die ganze Sache schlechtreden sollten. Schließlich ist nichts falsch daran, Menschen hierher zurückholen zu wollen.»

«Aber Clare, wir versprechen ihnen etwas, das es nicht gibt. Eine Stadt kurz vor der Wende zum Besseren, dabei ist ihre Zeit zu Ende, und sie liegt in den letzten Zügen. Wir bringen diese Menschen her, *nicht* um die Stadt neu aufzubauen, sondern um ihre Ränder zu stützen, während sie ganz zusammenbricht.»

«Aber wir wohnen doch auch hier.»

«Stimmt, nur ist es für Sie was anderes, Clare. Sie haben bereits Ihr ganzes Leben an diesem Ort verbracht, und Sie besitzen auch die Mittel und Möglichkeiten, weiterhin recht erträglich hier zu wohnen. Genau wie ich. Allerdings haben Sie diese Menschen unter falschem Vorwand hergelockt, und Sie behalten sie mit Versprechungen hier, die Sie nicht erfüllen können. Das Ganze ist so eindeutig und offensichtlich, dass eine einzige Person, die einige Male die Woche spazieren geht, ohne große Anstrengung die entsprechenden Belege finden kann.»

Nach und nach wurde die Stille hier und da von einem Flüstern aufgebrochen. Eine Schar Partygäste bewegte sich in Richtung der Fotografien, eine andere begab sich zum Ausgang. Ich hatte das Gefühl, fliehen zu müssen, ehe die Zahl der Gäste so weit abnahm, dass ich auffiel. Also schloss ich mich einem Gedränge von Abendkleidern zu meiner Linken an und ließ mich zum Fahrstuhl treiben, eine unverfängliche Präsenz, gewiss nur das schlecht angezogene Kind von irgendwem.

*

Gegen Mitternacht hatte Bezi Duras die letzten Gäste zum Fahrstuhl gebracht. Die Angestellten klappten die Tische zusammen und wickelten die Lichterketten auf. Das Orchester war längst nach Hause gegangen. Bezi zog die Schuhe aus und ging mit ihnen in der Hand die Stufen hinauf zur Tür. Und das war der Moment, in dem sie ihre Tasche abtastete und herausfand, dass der Schlüssel fehlte. Die verbliebenen Angestellten beeilten sich, den Boden der Dachterrasse für sie abzusuchen, was aber erfolglos blieb. Dann erbot sich jemand, das Schloss zu knacken, und stellte fest, dass es verstopft war.

Meine Mutter zeichnete mir am folgenden Morgen dieses Bild, während sie sich eilig frisch machte, da sie am Penthouse mit dem Schlüsseldienst verabredet war.

«Was hat das zu bedeuten?», fragte ich.

«Klingt, als hätte jemand ihren Schlüssel genommen und versucht, bei ihr einzubrechen.»

Jemand? «Wie schrecklich», sagte ich und betonte dabei die Vokale ein wenig zu stark.

«Sie tobt vor Wut», sagte meine Mutter. «Sie musste die Nacht bei Mrs. Sayez verbringen.»

Ich versuchte, es mir vorzustellen: Mrs. Sayez, die sich bei Bezi mit einem Arm unterhakte, sie die Treppe herunterdrängte, einen Tee anbot und sich bemühte, möglichst viel wiedergutzumachen. Und Bezis Söhne? Wie hatten sie die Nacht verbracht? Hatten sie sich vor die Tür gedrängt und nach ihrer Mutter gerufen, bis die aufgehende Sonne sie wieder in Hunde verwandelte? Das war genau, was wir brauchten: eine wütende Vila, die wir von ihren Kindern getrennt hatten. Mir wurde übel.

Meine Mutter zog eine Bürste durch ihr Haar. «Wie war die Party?»

«In Ordnung.»

«Gab's genug zu essen?»

«Mmmh», sagte ich.

«Tut mir leid, dass ich nicht dort war.» Sie bückte sich und fing an, ihre Schuhe zuzuschnüren. «Ist irgendwas Interessantes passiert?»

Ich sah sie an. Natürlich. Sie hatte keine Ahnung. Meine Mutter war ja nicht dort gewesen, hatte auch nicht mit irgendwem geredet und noch kein Radio gehört, also wusste sie nichts über Bezi Duras' Projekt, über die düsteren Fotografien, über das, was sie zeigten und was das Gezeigte bedeuten mochte. Sie wusste nicht, dass in dieser Welt – in ihrer und Mays und der aller anderen, offenbar sogar in der von Mila – die Malerin Bezi Duras nach South Falls Island gegangen war, um zu beweisen, dass etwas, wovon unsere Leben abhingen, nicht existierte. Es gab keine Parks, keine Häuser, keine zu pflegenden Gärten, keine neuen Schulen. Ich hatte es mit eigenen Augen gesehen. Ich war dort gewesen, ohne zu begreifen, war mit Mila durch einen verwunschenen Nebel gelaufen auf der Suche nach der Welt jenseits dieser Welt – jener, in der es zu Bezi Duras' wichtigsten Eigenschaften gehörte, eine Vila zu sein.

Meine Mutter aber lebte nicht in jener Welt. Mir war es nie gelungen, genügend Beweise zu sammeln, um sie dorthin einladen zu können. Und jetzt war es zu spät. Die größere, zweckdienlichere Welt hatte alles verdrängt. Ich konnte zwar nicht sämtliche Konsequenzen aufdröseln, wusste aber, was es für uns bedeutete. Kein Haus. Eine Stelle im Morgenlicht für lange Zeit, vielleicht für immer. Die Wahrscheinlichkeit, nie zur Schule zu dürfen. Und das Tufaah? Konnten wir vergessen. Ich dachte an den Brief meiner Mutter, der ungeöffnet in irgendeiner Schublade lag – oder, schlimmer noch, an Safiya al-Abdis Antwort auf dem Weg zu uns, ein Dankesschreiben oder, Gott behüte, eine Zusage. Das Herz meiner armen Mutter, die den Fehler beging, Hoffnung zu wagen.

Sie sah mich immer noch an. «Sil?»

Ich lächelte und zuckte leicht mit den Achseln. «Bezi hat uns ein paar Bilder gezeigt.»

Ich würde es ihr erzählen müssen. Vielleicht nicht gleich, aber auf jeden Fall, ehe Mrs. Sayez Gelegenheit hatte, zu uns runterzukommen und jedes Wort in Honig zu verpacken.

Heute Abend, sagte ich mir. Doch dann kam der Schlüsseldienst erst um halb fünf, und meine Mutter hatte längst telefoniert, um ihren Tauchauftrag vorsichtshalber an jemand anderen abzugeben. Der Typ vom Schlüsseldienst flirtete beim Arbeiten, ließ sich Zeit und versuchte, sie zum Lachen zu bringen. Als sie schließlich nach unten kam, war es fast acht. Sie hatte die Nacht zuvor nicht geschlafen und war zu müde, um zu reden oder irgendwas anderes zu tun, als ihre Ration zu essen; dann schlief sie so fest, dass sie den Anruf der Bergungsgesellschaft am nächsten Morgen verpasste. Und weil sie nicht wollte, dass der Vorarbeiter glaubte, sie würde nachlässig werden, nahm sie den Versicherungstauchgang im Martinique Hotel an – ja, genau den. Den, von dem sicher schon jeder gehört hat.

Während das Bergungsteam meiner Mutter an diesem Nachmittag Bohrungen in den überfluteten Tunneln des Martinique vornahm, brach ein Stück der Außenwand, groß wie ein Fußballfeld, von der Gebäudefront ab. Es verursachte eine Welle, die über die gesamte Länge der überfluteten Kelleretage lief, auf zwei Träger prallte, sie ebenfalls zum Einsturz brachte und die Taucher ins eisige Dunkel sperrte. Zwei von ihnen – Roth Marrin und Vic Aslo – konnten ins Freie schwimmen. Meine Mutter und drei andere nicht.

«Wir haben Brüder da unten», sagte Roth Martin, als die Abendnachrichten sein zerschlagenes Gesicht zeigten. Er war in eine Aludecke gehüllt und schluchzte, die Augen weit aufgerissen; außerdem war er völlig durcheinander. Er hatte vergessen, «Schwester» zu sagen. Wir haben eine Schwester da unten.

Sie kannten sich seit fünf Monaten. Wer auch immer angefangen hatte, Aufnahmen vom Zusammenbruch des Hotels zu drehen, hatte erst nach Beginn der Katastrophe mit dem Filmen begonnen, nachdem der erste Trümmerschwall aufs Wasser traf und die Taucher hochblicken ließ. Was ich sah, begann gut zwölf Sekunden später – zwölf Sekunden, in denen meine Mutter starb oder ihr Schicksal besiegelt wurde. Welches von beidem, wusste ich noch nicht.

Rettungsmaßnahmen hätten eingesetzt, hieß es, und würden die ganze Nacht andauern. Die ganze Nacht.

Man könnte meinen, ich hätte sofort eine Spaßkarte himmelwärts geschickt: Was könnte Ihr neues Zuhause noch besser machen? *Die Rückkehr meiner Mutter, bitte.* Nur schien es mir in diesem Augenblick nicht sicher, noch eine weitere Bitte ans rachsüchtige Universum zu richten. Ich hatte um mehr, mehr, mehr gebeten, obwohl mir bereits so viel gegeben worden war – der kumulative Effekt all meiner Bitten jedoch war, dass mir das Einzige genommen wurde, das mir wirklich wichtig war und das ich brauchte.

Auf dem Fernsehbildschirm kreisten schwarze Hubschrauber über dem eingestürzten Hotel Martinique. Ein Experte rief im Radio an, um sich über die Gefahren der Bergungsindustrie zu verbreiten, darüber, wie schwierig es sei, Arbeiter zu versichern, da es jederzeit zu ähnlichen Zwischenfällen kommen könne.

Zwischenfälle, sagte er.

Wieder raus in den Flur, den Fahrstuhl runter, eine Runde durch die Lobby, wo niemand war. Zum Pool. Ich schaltete das Licht an und stand da, schaute ins schimmernde Wasser. Was für ein Fehler es gewesen war, das Parfümfläschchen, diesen Teil meines Dreierzaubers, nicht gleich umzusetzen, als mir der Gedanke gekommen war. Aber wäre es sinnvoll, es jetzt noch woandershin zu bringen? Oder half es auf seine Weise tatsächlich, meine Mutter irgendwie zu beschützen? Um meine Hände daran zu hindern, etwas womöglich Katastrophales zu unternehmen, kniete ich mich neben den Skimmerkorb und legte das Gesicht auf die kühlen, rauen Fliesen. Sanft schwappte das Wasser durch den Filter. Ich durfte den Korb auf keinen Fall öffnen. Tat ich es dennoch, würde ich das Fläschchen bestimmt bewegen. Und dann würde der kleine Anteil, den es womöglich noch am Schutz meiner Mutter hatte, bestimmt in sich zusammenfallen. Eins zwei drei.

Stattdessen begab ich mich ins Büro meiner Mutter und berührte die Regale, die sie aufgeräumt hatte. Ich stellte das Radio an. Irgendein unerträglicher Südinsulaner verhökerte Waren, die er auf dem Dachboden seiner Mutter gefunden hatte – zu dieser Stunde! In dieser Krise!

«Jetzt wisst ihr Bescheid, Leute», sagte der Dispatcher, als der Anrufer kurz Atem holte. «Klassische Bundt-Backformen in rauen Mengen. Und während wir auf den nächsten Anrufer warten, die Frage: Weiß irgendwer was Neues über die Situation im Martinique?»

Es meldete sich jemand aus dem North End, eine Stimme, die zu einem Mann namens Carlos gehörte. Er kannte die Namen der Männer, die unter Wasser gefangen waren, habe aber gehört, dass es jemanden vierten gegeben hätte, nur könne er nicht sagen, wer das sei.

Ich griff zum Telefon auf dem Tisch meiner Tante. Die Nummer kannte ich auswendig. Während es klingelte, ließ sich eine kleine Armee von Anrufern über die unselige Vorhersagbarkeit der Lage und der Notwendigkeit zu besserem Überblick aus. Jemand, der direkt beim Martinique wohnte, verfolgte seit Monaten, wie sich Teile der Fassade lösten und herabfielen. Irgendwann hörte es auf zu klingeln, dann ein Klicken.

«Drowned City Dispatch, zu welchem Thema rufen Sie an?»

«Zum Kollaps des Hotels Martinique», sagte ich. «Ich rufe wegen des vierten Tauchers an.»

«Einen Moment, bitte.» Gleich darauf verschmolzen die Stimme am Radio und die in meinem Ohr. «Nun, Freunde, offenbar gibt es Neuigkeiten über den vierten Taucher – mit wem spreche ich bitte?»

«Mit Silvia», sagte ich. «Sil.»

Es folgte eine Pause am anderen Ende der Leitung. «Leg los, Sil. Was kannst du uns sagen?»

«Der vierte Taucher ist eine Taucherin. Meine Mutter», sagte ich. «Ich finde, Sie sollten das wissen, weil ... na ja. Weil sie es ist.»

«Und wie heißt sie?»

Ich sagte es ihm, und er wiederholte ihren Namen mehrmals für alle, die gerade eingeschaltet waren. «Was sollten wir sonst noch über deine Mutter wissen?»

Es herrschte Leere in meinem Kopf. «Sie ist klein», sagte ich. «Klein wie eine Fee.»

«Nun, wir lassen unsere Lichter für dich brennen, Silvia.»

«Danke», erwiderte ich und legte auf.

Ich stand im Büro zwischen den Sachen meiner Mutter, heiß vor Scham. So vieles hätte ich sagen können.

Als ich in den Hof kam, fand ich ein zusammengefaltetes, gleich innerhalb des Tores auf den Boden gelegtes Blatt Papier: Tut mir so leid, Naseweis. Komm zum West Park Place 55. Meine Tür ist offen. Lamb.

Einen Augenblick lang schien mir das keine so schreckliche Idee zu sein. Zum West Park Place war es nicht weit. Es würde dort still sein, sagte ich mir. Eine adrette kleine Wohnung, bescheiden, aber sorgsam eingerichtet. May gehörte bestimmt zu den Menschen, die Bücher sammelten, einen alten Teekessel besaßen und allerhand nicht zueinander passende Teller und Tassen, glückliche Überlebende achtlosen Geschirrspülens. Genau die Umgebung, in der ich tatsächlich einschlafen könnte. Nur war ich mir nicht einmal sicher, ob ich Kraft genug besaß, mich in mein eigenes Bett zu legen, geschweige denn, eine Tasche zu packen und allein durch die Stadt zu laufen. Falls May allerdings zurückkäme, da er so besorgt war, dass er noch einmal am Morgenlicht vorbeiging, ehe er weiter nach Hause eilte – dann könnte ich mir vorstellen, ihm zu folgen. Einem Menschen zu folgen, dem ich traute, wäre nicht so anstrengend, würde weder meiner Seele noch meinem Körper zu viel abverlangen.

Nur kam er nicht, und nach einer Weile ging ich wieder nach oben. Die Nachrichten liefen noch, zeigten weiter dieselbe zwanzig Sekunden lange Aufnahme der ums Martinique aufsteigenden Staubwolken. Bei Tag gefilmte Bilder, doch trübte eine Art gleißende Helligkeit das Objektiv, was das Ganze wie eine Fälschung aussehen ließ.

*

Gegen zwei Uhr früh klopfte es an meine Tür. Es war Mila. Sie nahm mich mit nach oben, wo ihre Mutter für uns Tee aufsetzte. Durch ihr nach Süden gerichtetes Wohnzimmerfenster beobachteten wir gebannt die Überflüge der Hubschrauber, die sich zwischen den Gebäuden im Süden der Insel ihren Weg suchten. Wenn ich mich an diesen Moment erinnere, höre ich auch das Rattern der Rotoren, obwohl ich weiß, dass ich sie unmöglich wahrgenommen haben kann. Ich denke, so viel Licht wirkt einfach laut, weshalb man ganz überrascht ist, dass es nicht das geringste Geräusch macht. «Iss», sagte Milas Mutter. «Iss etwas.» Als ich schließlich vom Sandwich abbiss, das sie mir gegeben hatte, tat Mila mir leid. Meine Mutter war keine Köchin, aber immerhin wusste sie, wie man Butter salzte. Wusste, wie man selbst den langweiligsten Dosenaufstrich ein wenig aufpeppte. Dass meinem Imbiss etwas fehlte, schien Milas Mutter nicht gänzlich zu entgehen. Immer wieder warf sie mir einen Blick zu, darauf ihrer Tochter und sah dann – auch wenn sie sich bemühte, es nicht zu tun – hinter ihr in den dunklen Flur, der zu den Schlafzimmern führte. Nach gut zwanzig Minuten schlug Mila mit der Handfläche auf den Tisch. «Ach, Mutter.» Sie wandte sich zu mir um. «Sil, mein Vater setzt sich zu uns.»

Sie verschwand im Flur und kam gleich darauf mit einem Mann zurück, den ich nie zuvor gesehen hatte, ein Mann mit einem großen, kantigen Gesicht, der eine bequeme, weiche Hose und ein Button-down-Hemd trug. Er war, hätte meine Mutter gesagt, ganz der Gentleman – worunter ich immer eine Person mit guten Manieren und einer angenehmen Art verstanden hatte.

«Guten Abend, Sil», sagte er. «Es freut mich, dich endlich kennenzulernen. Das mit deiner Mutter tut mir sehr leid.»

Ich dankte ihm, und er setzte sich neben mich, während Mila ihm das letzte Sandwich hinschob. Danach saßen wir schweigend da, obwohl mir tausend Fragen durch den Kopf gingen. Mila hatte seine Ankunft wie auf heißen Kohlen erwartet – nur warum hatte sie nie erwähnt, dass sie so kurz bevorstand? Warum hatte er nicht am Tisch oder in der Küche gesessen, um mich zu begrüßen? Hätte Mila nicht ihre Geduld verloren, hätten sie ihn dann gar nicht hergeholt? Hatten sie vorgehabt, ihn in einem der Schlafzimmer zu verstecken, bis ich mit dem Essen fertig und wieder nach unten gegangen war?

«Sind Sie schon länger in Island City?»

«Seit fünf Tagen.» Er hatte ein gemächliches, müdes Lächeln. «Mila hat mir gesagt, ihr seid beste Freundinnen.» Mila nickte, und zu meiner Überraschung strich sie mir über den Kopf. «Du bleibst natürlich bei uns, bis deine Mutter wieder nach Hause kommt.»

Damit hatte ich nicht gerechnet, sie offenbar aber sehr wohl. Im Bad erwartete mich eine brandneue Zahnbürste. Neben Milas Bett war ein Schlafsack ausgerollt. Ich fürchtete den Augenblick unseres unausweichlichen Alleinseins, Mila oben im Bett, ich unten auf dem Boden, dazu nichts als das Dämmerlicht, während Mila mich mit all den Fragen bombardierte, den Beobachtungen oder unangebrachten Sympathiebekundungen, die ihr während des Essens durch den Kopf gegangen waren. Zu meiner Verblüffung aber schlief sie gleich ein und überließ mich meinen Gedanken, die mich lange Zeit plagten, ehe ich schließlich aufgab, den Schlafsack abstreifte und zurück ins Wohnzimmer ging.

Milas Vater saß noch am Esstisch. Er klopfte auf den Sessel neben sich, und so saßen wir nebeneinander und sahen den umherstreifenden Lichtern in der Ferne zu.

«Nur noch ein Hubschrauber», sagte ich, hoffte aber, wenn ich es laut aussprach, würde ich Widerspruch ernten. Behielt ich es still in meinem Kopf, machte es das Schlimmste wahrscheinlich.

«Stimmt», sagte Milas Vater. «Aber der Grund dafür sind manchmal neue Informationen, weshalb man die Suche einengen kann. Sie wissen jetzt, dass sie nur noch einen brauchen.» Sein großes Gesicht drehte sich zu mir um. Eine Hand legte sich auf meinen Kopf. «Jedenfalls heißt es bestimmt nicht, dass sie aufgeben.»

Mir war, als hätte er mein Herz aus der Brust gepflückt, einmal zugedrückt und es mir zurückgegeben.

«Hungrig?»

«Alles gut», log ich.

«Du magst keine Sandwiches?»

«Doch!» Aber er nahm mir meinen Einwand nicht ab. Ich schaute auf die Füße. «Esse ich lieber als gar nichts.»

Er klopfte mir auf die Schulter. «Tja, lass uns nachschauen, ob wir nicht etwas finden, was besser ist als *gar nichts*.»

Aus einem hohen Küchenregal zog er ein Glas, dessen Etikett ich nicht erkennen konnte, und löffelte eine dunkle, glänzende Creme auf zwei Scheiben Brot; eine für jeden von uns. Wir aßen diese wundersamen Sandwiches mit süßer, nussiger Creme.

«Was ist das?»

«Das Beste auf der Welt», sagte er. «Milch-und-Haselnuss-Creme.»

«Irre!»

«Gut, nicht?»

«Ich habe noch nie was Besseres gegessen.»

Dann aber sich ausbreitender Zweifel. Da war ich, im zweiunddreißigsten Stock des Morgenlicht, und fragte mich, ob es möglich wäre, noch ein Milch-Haselnuss-Sandwich zu bekommen, während meine Mutter – meine Mutter, die mich nie hungrig zu Bett gehen ließ, trotz allem, die nichts weiter wollte, als mir in unserer eigenen kleinen Wohnung etwas auf den Teller zu laden – irgendwo da unten im Süden der Insel in diesem entsetzlichen Labyrinth war. Und dort bereitete man sich auf die Nacht vor, oder sie machten Pause, während die Flut heranrollte; oder sie planten die nächste Aktion. Vielleicht aber gestanden sie sich auch gerade ein, wie hoffnungslos die Suche war. Wie hoffnungslos sie immer gewesen war. Ich sah all das vor mir. Von dort, wo ich saß, war das eingestürzte Gebäude in Gänze sichtbar – was bedeutete, dass mein Blick auch meine Mutter erfasste. Ich sah sie unmittelbar an. Sie musste da unten sein, direkt in meinem Blickfeld. Nur von der Entfernung, von Schutt und Wasser verborgen. Sie war *dort*, genau vor mir. Und wenn sie nicht tot war, dachte sie an mich. Und ich? Ich dachte nur an ein Sandwich mit Milch-Haselnuss-Creme. Daran, wie bequem es hier oben war. Und was für ein Glück Mila hatte, von diesem freundlichen Mann großgezogen zu werden.

Er bemerkte meine Tränen auf Anhieb. «Ach, Kleines», sagte er und tätschelte meine Hand. «Was immer du gerade denkst, hör sofort wieder auf damit. Hör auf! Das hilft deiner Mutter nicht. Du musst damit aufhören.»

Er holte ein Puzzle aus dem Buffet und breitete die Teile auf dem Tisch aus. Wir saßen einander gegenüber und versuchten, die Stücke nach Farbe in Abschnitte zu ordnen, die jenen auf der Schachtel glichen: Eine weiß gekleidete Frau hob die Hände der Sonne entgegen, während sich ein Wirrwarr wilder Rosen um sie rankte.

«Wie schön», sagte ich.

«Das Bild entstammt einer Geschichte aus Milas Heimat», sagte ihr Vater. «Es zeigt die heidnische Göttin Remiša, die ihre Tochter, die Sonne, höher hinauf in den Himmel ruft, damit der Sommer geboren werden kann.» Er schob ein großes rosenvolles Puzzlestück in meine Richtung, und ich legte es auf jenen Stapel, der für meinen späteren Kampf mit der unteren rechten Ecke vorgesehen war. «Woher kommst du, Sil?»

«Paraiso.»

Er gab sich keine Mühe, seine Überraschung zu verbergen. «Wirklich?» Er wollte wissen, wo wir in Paraiso gewohnt hatten, was ich ihm beantworten konnte, da ich mich noch an den kleinen Balkon mit Blick über den Ostrand der Stadt erinnerte, an den alten Markt mit seinem Überreichtum an Frühlingszwiebeln, deren Duft die Luft würzte, während der gelbe Nachmittag sich wie ein Glutofen aufheizte.

«Piazza dei Folletti.»

«Bist du im Frühling gern zur *festa* gegangen?»

«Wir waren nie dort.»

«Du musst deine Muttersprache pflegen», sagte er. «Man findet so selten jemanden, mit dem man sich darin unterhalten kann.»

«Das ist nicht meine Muttersprache», erwiderte ich.

«Welche dann?»

«Wir haben eine Weile in Vesvere gelebt.»

«Also kommst du aus Vesvere?»

Kam ich daher? Stammte ich aus Vesvere? Natürlich nicht. Er fragte, weil er die Antwort kannte oder sie doch zumindest ahnte. Er würde mich mit keiner vagen, kurzen, ausweichenden Aussage davonkommen lassen. Und er wusste mehr als die Leute, die zuvor gefragt hatten, die sich erkundigten, weil sie eine Leerstelle in einem Antrag ausfüllen oder den Akzent zuordnen wollten, damit sie nicht weiter an ihn oder an mich denken mussten.

«Wir kommen aus Sarobor», gestand ich schließlich. «Haben da bis zum Krieg gelebt.»

Welche Reaktion hatte ich erwartet? Ich weiß es nicht mehr. Ich fürchte, ich hatte so lang unter den umsichtigen Vorschriften meiner Mutter gelebt, dass ich mir nicht einmal mehr vorstellte, was geschehen würde, wenn ich jemandem schließlich die Wahrheit sagte. Denn das war immer etwas gewesen, was ich nicht tun sollte, und doch war es mir unvermeidlich vorgekommen – ein Fehler, den ich unweigerlich machen würde. Eine Unausweichlichkeit, ein Feuer, das irgendwo auf meinem Lebensweg auf mich wartete. Nur hatte ich mir weder den Moment der Offenbarung noch dessen Folgen ausgemalt.

Milas Vater schien es nichts auszumachen. Er lächelte nur ein wenig und sagte: «Sarobor ist einmal eine so schöne Stadt gewesen», was mich den Tränen noch näher brachte. «Ich war vor vielen Jahren dort. Sie liegt unweit von Uvala, weißt du. Wo Mila geboren wurde.»

«Meine Mutter und ich sind durch Uvala gekommen.»

«Kannst du dich daran erinnern? Nein, damals musst du noch in den Windeln gewesen sein. Aber es überrascht mich nicht. Du und deine Mutter, ihr wart zwei von Tausenden, Zehntausenden. Und man gelangte nicht an Orte wie Paraiso oder Vesvere, ohne vorher Uvala durchquert zu haben. Das war nicht leicht, weißt du, für eine so kleine Stadt. War wirklich nicht leicht für uns, so viele Menschen ohne festen Wohnsitz zu kleiden und zu verköstigen.»

«Sie hat immer gesagt, es sei der gefährlichste Teil der Reise gewesen.»

«Das stimmt natürlich. Sehr gefährlich. Menschen auf Wanderschaft, die kein Zuhause mehr haben, sind immer gefährdet. Zahllose Verbrecher, zahllose junge Leute, die verzweifelt sind. Keine Papiere, keine Verantwortlichkeit, keine Möglichkeit, die Guten von den Schlechten zu unterscheiden. Das waren harte Zeiten.»

Ich fuhr mir über die Augen und nickte, war mir aber nicht sicher, ob wir über dieselben Gefahren redeten.

«Deine Mutter schafft es bestimmt», sagte er auf Unser – zumindest in einem Dialekt, der Unser nahekam, ein wenig anders betont, doch konnte ich ihn ohne Weiteres verstehen.

«Außer Haus spreche ich kein Unser.»

«Na ja, eigentlich sind wir innerhalb des Hauses.»

«Stimmt auch wieder.»

«Aber ich weiß, was du meinst. Ich mag es auch nicht, wenn Mila Unser spricht, deshalb habe ich ihr nur wenig von der Sprache beigebracht.»

«Warum nicht?»

Er dachte nach. «Weil Unser eine große Sprache ist. Wie ein Fluss mit vielen kleinen Nebenflüssen. Und diese Nebenflüsse können den Menschen verraten, woher du kommst. Die Art, wie du die Vokale dehnst, sagt mir, dass du aus Sarobor kommst. Und so, wie ich sie dehne, verrät es dir, dass ich aus Uvala stamme. Allein von diesen kleinen Nebenflüssen ausgehend beginnen manche Menschen – nicht alle, aber durchaus einige –, Mutmaßungen übereinander anzustellen.»

«Was für Mutmaßungen?»

«Nun ja – zum Beispiel, was es bedeutet, dass du aus Sarobor kommst. Auf welcher Seite du im Krieg gestanden hast. Warum du gegangen und hierhergekommen bist. So was eben.»

«Das ist gefährlich.»

«Es Menschen zu ermöglichen, Geschichten über dich zu erzählen, ehe sie dich wirklich kennenlernen, ist immer gefährlich. Immer.» Er tätschelte meine Schulter. «Also höre auf deine Mutter. Sie irrt sich nicht.»

Aber das ist nicht wahr, dachte ich. Sie *hatte* sich geirrt. Dieses Geheimnis zu lüften, einige Sätze auf Unser zu jemand anderem als zu ihr zu sagen, wäre in ihren Augen gewesen, als spränge man von einer Klippe, als täte man etwas Grauenhaftes. Endgültiges. Stattdessen war aber ein völlig normales Gespräch gefolgt, das mir Vertrauen und Verständnis eines sanften, warmherzigen Menschen eingebracht hatte. Was, falls meine Mutter da draußen in den Fluten der Unterstadt umkam, dazu führen würde, dass ich nicht allein war.

Das musste ihr gesagt werden. Sobald sie nach Hause kam, würde ich ihr erklären, dass es falsch gewesen war, so voller Zweifel zu sein, so zurückhaltend. Es gab hier Menschen, die unsere Sprache kannten und die unsere Alte Heimat liebten. Mutters Geheimniskrämerei hatte uns in die Einsamkeit verbannt, uns jahrelang zum Alleinsein verdammt, was sich als unnötig erwiesen hatte – noch aber war Zeit, das zu ändern. Natürlich würde meine Mutter auf diese Neuigkeit mit Misstrauen und Ärger reagieren, irgendwann aber würde sie die Wahrheit zulassen können. Und ich würde sie mit hineinziehen in diese Wärme.

Und was, wenn sie nie mehr wiederkam? Was, wenn all der Lärm vergebens war, all das Rotieren der Scheinwerfer im Süden der Insel? Was, wenn sie längst tot war, von mir gegangen seit dem allerersten Augenblick der Katastrophe? Eins zwei drei. Die Suche würde sich noch einige Tage hinziehen, dann aber würde sich der Tenor der Gespräche allmählich ändern. Der Dispatcher würde anfangen, über meine Mutter in der Vergangenheit zu reden. Dieses Entfernen aus der Gegenwart würde man mit einigen Details aus ihrem Leben schmücken. Vielleicht mit einem Hinweis auf ihren Traum, Tierärztin zu werden. Vielleicht mit ihrem Geburtsort. Vielleicht würde sich auch irgendwer – ein Anrufer, der zugehört hatte, als ich den Namen meiner Mutter nannte – daran erinnern, dass es offenbar eine Tochter gab, nach der man besser suchen sollte. Bestimmt würde Mrs. Sayez mich aufnehmen. Ich käme in ihr Gästezimmer, und sie würde mich bemuttern. Und Behörden, welche auch immer für verwaiste Kinder zuständig waren, würden kommen, um Mrs. Sayez' von der Bürde meiner Anwesenheit zu befreien, woraufhin sie jedermann erzählen könnte, wie sie versucht habe, mich zu retten. Tja, vielleicht würde ich ihnen dazu aber gar keine Gelegenheit geben. Vielleicht würde ich einige Sachen aus Enas Wohnung packen, mich im Heizungsraum verkriechen und verborgen in den Mauern des Morgenlicht hausen, würde von Tauben leben, die Rohre zum Scheppern bringen und immerzu geheimnisvolle Spaßkarten für die Bewohner hinterlassen. Wie zufrieden sind Sie mit Ihrem neuen Zuhause? *Nicht besonders.* Was gefällt Ihnen am besten an Ihrem neuen Zuhause? *Miss Calorann langsam in den Wahnsinn zu treiben.* Was könnte Ihr neues Zuhause noch besser machen? *Mehr tote Tauben.* Ich würde zu einem dieser verwilderten Wesen werden, von denen wir manchmal hörten, zu einer Art langhaarigem Halbgeschöpf, das neuen Bewohnern erschien, die dereinst in einer restaurierten Stadt ankommen würden, viele Jahre in der Zukunft, und die hinter einer schon ewig geschlossenen Tür einen Blick auf mich erhaschten, nur würden sie allein in der Annahme sein, dass es mich gab.

May würde das sicher nicht zulassen. Er würde es leid werden, vor dem Tor auf mich zu warten, einen Weg ins Gebäude finden und mich in seine Wohnung West Park Place 55 bringen. Und dann?

Vielleicht – und das schien die angenehmste und folglich unwahrscheinlichste Version aller Szenarien zu sein –, vielleicht würden Milas Eltern mich aufnehmen. Eine glückliche Fügung der Ereignisse: Mila und ich, geboren in benachbarten Städten, durch Kriegswirren auseinandergetrieben, würden in einem fernen Land, das ihres werden sollte, durch großen Kummer schließlich wieder vereint werden. Was für eine Geschichte fürs Radio.

Als Mila am nächsten Nachmittag von der Schule nach Hause kam und ihren Vater und mich dabei antraf, wie wir das Puzzle legten, fand sie es amüsant.

«Was ist denn hier passiert?», fragte sie und studierte die Frau im fertiggestellten Bild.

«Wir haben die Zeit vergessen», erwiderte ihr Vater.

«Er gibt sich größte Mühe, dich abzulenken», sagte Mila später, als wir allein in ihrem Zimmer waren. «Beachte ihn nicht weiter – er kann ziemlich nervig werden.»

«Er ist total nett.»

«Aber Puzzlespielen ist nicht genug.» Sie fasste nach meiner Schulter. «Komm.»

Anfangs verstand ich gar nicht, was vor sich ging. Nicht, als sie mich nach unten in den Hof der rückwärtigen Gasse führte, auch nicht, als sie die Hand ausstreckte und den Schlüssel zum Penthouse-Fahrstuhl wollte. Und selbst während wir in der engen, schwankenden Kabine standen, wollte mein Verstand nicht recht begreifen, was vor sich ging. Ein Nebel der Erschöpfung hatte mich erfasst. Mir war, als hätte ich Rauch geatmet und mein Hirn könnte die Trübnis nicht abschütteln. Schon bald würde ich das Bewusstsein verlieren – und wenn ich aufwachte, wäre alles wieder klar: was mit meiner Mutter geschehen war und was mit mir geschehen würde und all das andere, das Gute wie das Schlechte, das aus diesen Zufälligkeiten folgte. Eins zwei drei.

Ich glaube, ich sagte: «Lassen wir das lieber!» – sagte es nur einmal, als Mila das Schloss zu Bezi Duras' Wohnung aufbrach, und das auch bloß, weil mir zum ersten Mal deutlich bewusst wurde, dass wir eigentlich noch Kinder waren.

«Aber ich habe geübt», sagte Mila. «Für dich.»

«Warum?» Mich überkam eine plötzliche irrationale Wut. «Du glaubst an all das doch gar nicht. Dir ist egal, ob es stimmt.»

«Aber wir *müssen* prüfen, ob du recht hast.»

Ich sah zu, während sie sich mit dem Schloss abmühte. «Ich weiß nicht mal, wie wir vorgehen wollen.»

Mila zwinkerte. «Schon vergessen? Ich habe ihr auf der Insel was in die Tasche gesteckt.»

«Was denn?»

«Ich kann kaum erwarten, es dir zu zeigen.»

Im Penthouse im dreiunddreißigsten Stock verhielt sich das Abendlicht anders. Es schien nach oben zu fallen, vom Boden an die Decke, wanderte von Staubkörnchen zu blitzendem Staubkörnchen. Bezi Duras' Unterkunft unterschied sich von allen anderen Wohnungen im Morgenlicht. Keine Flure. Keine dem Blick verborgene Schlafzimmer. Nur ein reines weißes offenes Viereck mit einer glänzenden Küche nahe am Eingang und einer scheinbar willkürlich verteilten Vielzahl von dekorativen Mauern, oft nicht mal annähernd bis zur Decke, Mauern, deren Sinn einzig darin zu bestehen schien, zum Aufhängen von Bildern zu dienen. Und es gab Bilder, jede Menge. May hatte es gesagt, und hier waren sie. An jeder Wand. Wie Holzplatten gestapelt in jeder Ecke. Versteckt hinter Sesseln und unter Sofas. Malereien aus Bezis frühen Perioden und ihren späteren – raue, dick aufgetragene Farbe, eine fragmentierte Hommage an etwas, das sich zugleich fern und lebendig anfühlte. Der Blick, der durchs Zimmer streifte, glitt über eine Abstraktion wilder Farben und lieferte dem Verstand ein Bild, das eigentlich gar nicht gesehen worden war: eine Trompete, ein Fahrrad, ein nacktes Mädchen, das ein Tamburin schüttelte. Tiefer in der Wohnung wurden die Formen verständlicher. Hagere, goldfleckige Frauen saßen angespannt lächelnd auf einem Thron im Wald, auf den Klippen, in einer Kathedrale oder am Strand. Es gab mehrere Kohlestiftzeichnungen von Graukranichen. Von Mr. Paynes Ballerina. Und dann waren da natürlich die Fotos, jene vom Abend der unglückseligen Party. Die Ausdünstungen, all der Lack, das getrocknete Öl, würden einem die Tränen in die Augen treiben, wäre die Decke, von der die Kronleuchter wie schwarze Spinnen hingen, nicht so unmöglich hoch.

Mila wirkte nicht sonderlich beeindruckt. «Was glaubst du, wo sie ihre Mäntel aufbewahrt?»

Sie fand eine Garderobe und begann, die Mäntel und Kleider auf den Bügeln abzutasten, durchwühlte Taschen und Beutel.

«Wonach suchst du?», fragte ich.

«Wirst schon sehen.»

Eine Zeit lang machte es nicht gerade den Eindruck, dann aber schloss sich ihre Hand um etwas, das ihre Miene radikal veränderte. Sie stieß einen kleinen aufgeregten Schrei aus und hielt mir das Etwas hin. Ich blinzelte es wie blöde an, mein Hirn zu schlaff und taub, um einen sinnvollen Zusammenhang mit dem Gesehenen herstellen zu können.

«Mundwasser?», fragte ich verwirrt. Mila stand da und schaute mich triumphierend an. «Ich verstehe nicht.»

«Erkennst du es nicht?»

Ich sah noch einmal hin. «Nein.»

Ihr Gesicht fiel in sich zusammen. Sie hielt mir das Fläschchen näher hin. «Natürlich, Sil – jetzt sieh doch. Es ist das Ding aus dem Pool.»

«Was für ein Ding aus dem Pool?»

Alles in mir erstarrte. Das Parfümfläschchen. Es hatte überhaupt nicht im Skimmerkorb gelegen. Ich hatte die Hand ausgestreckt und ins Leere gefasst, eins zwei – und dann nichts, die ganze Zeit. Seit wir auf der Insel waren. Seit meine Mutter tauchte. Und gestern Abend, als ich bäuchlings am Pool lag und mich zwingen wollte, den Talisman woanders unterzubringen, wo er wirkungsvoller sein könnte, war er längst fort gewesen. War nicht einmal hier oben, sondern in einer einsamen Tasche auf South Falls Island gewesen. Kein Wunder, dass das Gebäude eingestürzt war. Kein Wunder, dass meine Mutter tot war.

«Ich hab dir gesagt, dass du es zurücklegen sollst», sagte ich.

«Ach, Sil.»

«Wann hast du es genommen?»

Mila zuckte die Achseln.

«Wann?»

«Ist doch egal, oder?»

Sie wandte mir den Rücken zu und schlenderte weiter ins Zimmer vor. Als käme ihr gar nicht der Gedanke, dass ich ihr für das, was sie getan hatte, den Schädel einschlagen könnte.

«Sil», rief sie. «Komm, sieh dir das an!»

An die westliche Wand gelehnt und auf allen Seiten von

kleineren Arbeiten umgeben, stand die größte Leinwand, die ich je gesehen hatte. Breit wie ein Stadttor. Gemalt mit zackigem, ungestümem Pinselstrich, trotzdem war die Szene ohne Weiteres zu erkennen: Eine junge Frau, schmallippig und auf uralte Weise unmenschlich, überquerte die Brücke einer kleinen Flussstadt. Um sie herum drei leere Flächen, die Farbe offenbar abgebeizt. Drei leere Flächen – für drei verzauberte Söhne. Hier also, wusste ich plötzlich, hatten sie gelebt. Und so hatte Bezi Duras sie vor all den Jahren aus der Alten Heimat hergebracht.

Nur waren sie hier jetzt nicht in ihrer menschlichen Gestalt. Sie erhoben sich von der Plane zu den Füßen der gemalten jungen Frau und richteten sich einer nach dem anderen auf – ebenso überrascht, uns hier zu sehen, wie wir von ihrer Anwesenheit überrascht waren.

Was wusste ich allgemein über Hunde? Sie besaßen kräftige Schädel und einen schwachen Magen. Und was wusste ich über diese speziellen Hunde? Dass sie gar keine Hunde waren. Sie waren Jungen – und wie wir alle wurden sie bestraft. Sie hausten in einem Geist-Körper-Schisma, kannten das eine Leben, lebten ein anderes, nur nicht in jenen so kostbaren wie unbestimmten Stunden, in denen beide Hälften zusammenkamen und sie als sie selbst existieren durften. Sie hatten matte gelbe Augen und breite weiße Zähne. Und sie erhoben sich.

Was geschehen wäre, wenn Bezi nicht in ebenjenem Moment zurückgekommen wäre, kann ich wirklich nicht sagen. Vermutlich hätten wir als eine Zahl in jener tragischen Statistik geendet, über die man in der Zeitung liest und die einen lehrt, welche Lebensweise sicher ist und welche nicht. Da aber war sie, in der Tür hinter uns. Und da waren wir, Mila und ich, gefangen zwischen ihr und den Hunden.

«Erklärt euch», sagte Bezi Duras und stellte ihre Tüten auf den Tisch. Die Hunde umrundeten uns und setzten sich ihr zu Füßen.

«Wir wollten uns Ihre Bilder ansehen», sagte Mila.

«Verstehe.» Sie lehnte sich an den Tresen. «Du – du warst auf meiner Party. Wie heißt du?»

«Mila.»

«Und wie weiter?»

«Mila von unten.»

«Du warst es, die an dem Abend versucht hat, hier einzubrechen, stimmt's? Du warst diejenige, die den Schlüssel abgebrochen hat.»

«Nein.»

«Nein? Du musst zugeben, da du jetzt hier bist, fällt es mir schwer, das zu glauben.»

«Wir wollten uns nur Ihre Bilder ansehen.»

«Mehr hast du nicht zu sagen?»

«Ihre Arbeiten sind ziemlich interessant.»

«Was für ein großzügiges Lob.» Sie starrten sich an. «Sag mir noch einmal auf Unser, wie interessant du meine Arbeit findest.»

«Ich weiß nicht, was Sie meinen.»

«Du bist wie ein Stein, stimmt's? Nichts Weiches an dir, von Kopf bis Fuß.»

Ich stand unsichtbar daneben. Bezi Duras sah mich nicht an, doch muss sie undeutlich gespürt haben, dass es noch einen Körper im Raum gab, eine größere Gestalt irgendwo hinter Mila. Eigentlich aber hatte sie nur Augen für Mila. Mila war unvergesslich. Bezi Duras hatte sie aus all den verschwommenen Erinnerungen an unsere Begegnungen ausgewählt, da Mila sich angekündigt hatte. Sie war hereingestürmt und gestaltete von Beginn an ihre Bekanntschaft feindselig. Eine Feindseligkeit, die wahrgenommen wurde. Und die, wie ich mir eingestehen musste, auch ein gewisses Maß an Bewunderung hervorrief. Das machte mich krank. Bewunderung, nachdem sie getan hatte, was sie tat, einzig um zu sehen, was geschehen würde. Während all der Zeit hatte ich geglaubt, am Rand zu bleiben, wenn ich mich an die von Ena festgelegten Regeln hielt, dass ich die gesuchten Antworten schon finden würde, wenn die Zeit gekommen war. Wenn die Planetenkonstellation laut irgendeinem kosmischen Kalender stimmte. Nur war ich mir da jetzt nicht mehr so sicher. Jetzt schien es viel wahrscheinlicher, dass ich die Rolle einer Vermittlerin spielte. Ich war nicht hier, um Wissen zu erlangen, sondern um Mila und Bezi Duras zusammenzuführen. Denn Mila war diejenige, die Bezi Duras erkannte. Jene, die Bezi Duras bewunderte. Und allein dafür hatte ich meine Mutter an die Dunkelheit des Todes verloren.

Ich wusste es, und ich bekam keine Luft.

Was also habe ich dort in dieser hellen Abgeschlossenheit gesagt, in die ich schon seit so Langem eingeladen werden wollte? «Ich weiß, wir haben das Recht, hier zu sein, nicht verdient.»

Bezi Duras sah mich endlich an. «So viel steht jedenfalls fest.»

«Aber sehen Sie», sagte ich. «Meine Mutter.»

«Ich habe davon gehört. Tut mir leid. Allerdings kann das weder erklären noch entschuldigen, was du getan hast.»

Irgendwas verdichtete sich in der Luft. Ich sah Bezi, und ich dachte an die Vila hoch oben auf dem Modra Gora, wie sie, die unfassbar allein war und ebendies auch zu bleiben wünschte, jenen einen Tribut abverlangte, die sie nicht in Ruhe lassen wollten.

Und auf Unser sagte ich: «Bitte.»

Sie musterte mich. «Bitte – was?», erwiderte sie, ebenfalls auf Unser.

«Bitte nehmen Sie nicht meine Mutter.»

«Ich verstehe nicht.»

«Nehmen Sie jemand anderen.»

Über die Jahre und vor allem in meiner Zeit als Teenager habe ich mir eingeredet, die unterschiedlichsten Antworten gehört zu haben. Manchmal meine ich, sie klinge ungläubig. Wenn ich aber in meiner Erinnerung will, dass sie keine Ahnung hatte, wovon ich redete, sagt sie: «Was?», und lacht. Und wenn ich mich so erinnern will, dass sie mich von dem freispricht, worum ich sie im Grunde bitte, sagt sie: «Nein.»

Aber – und das ist die Wahrheit – eigentlich hat sie «Wen?» gesagt.

BUCH IV

MEINE MUTTER

Was war sonst noch in der Woche geschehen, in der ich die Vila gebeten hatte, statt meiner Mutter jemand anderen zu nehmen? Rodney Earl Bone starb, wenig überraschend, an einer Überdosis Heroin, und nur Stunden später gab es im Radio ein Anbieterwettbewerb für sein vergoldetes Plektron. Im Zoo der Stadtinsel starb die letzte weibliche Tabikschildkröte und hinterließ ein Männchen – Claude –, den letzten seiner Art. Die Verwaltung verabschiedete ein Gesetz, das den Unterricht sogenannter «fremdländischer Geschichte» verbot. Und am Freitag fand ein Taucher meine Mutter. Die ursprüngliche, durch den Gebäudekollaps verursachte Druckwelle hatte sie fast hundert Meter weit von ihrer Arbeitsstelle fortgerissen, eine rasende Strömung, von der sie weiter und immer weiter bis in eine Luftblase gespült worden war; und drei Tage und Nächte hatte sie an einem Ort, der sich später als der Zwischenraum der beiden ehemaligen Aufzugsgruppen des Martinique Hotel erweisen sollte, Wasser getreten.

Über ihre Rettung gab es kaum Bildmaterial, nur einen fünf Sekunden langen Filmclip, der einen zur Oberstadt rasenden schwarzen Helikopter zeigt. Der Nachrichtensprecher behauptete, meine Mutter sei an Bord, in Wahrheit aber hätten die Bilder jeden x-beliebigen Hubschrauber beim Flug über die Stadt zeigen können. In der Berichterstattung folgten auf diese Szene für gewöhnlich einige Nahaufnahmen des Krankenhauses, in dem meine Mutter wegen Unterkühlung, Erschöpfung und irgendeiner Arrhythmie behandelt wurde. Das einzige Foto von ihr selbst tauchte erst zwei Tage später auf, nachdem sich eine Kameracrew in ihr Krankenzimmer geschlichen und einen Blick auf meine in den Kissen versunkene Mutter erhascht hatte. Man hielt ihr einen Lichtstrahl ins geschwollene, kaum wiederzuerkennende Gesicht, woraufhin sie sich aufsetzte und sagte: «Bitte helfen Sie meiner Tochter – sie ist tot.»

Vielleicht haben Sie diese Bilder gesehen – laut ein oder zwei Listen zeigen sie einen der symbolischsten Momente unserer Zeit. In diesem Zusammenhang wurde meine Mutter allerdings oft mit einer Frau verwechselt, die ein Kind in einem ganz anderen Unfall verloren hatte, einem weiteren Gebäudekollaps, der aber erst im folgenden Jahr stattfinden sollte. Als ich die Aufnahme das erste Mal sah, saß ich zwischen Mila und ihrem Vater oben auf dem Plüschsofa. Ich hörte meine Mutter diese Worte sagen – «Bitte helfen Sie meiner Tochter – sie ist tot» – und spürte, wie die gesamte Wärme aus meinem Körper wich. Milas Vater drückte gleich auf die Stummtaste und drehte sich zu mir um. «Im Krankenhaus reagieren die Menschen oft verwirrt», sagte er. «Sie weiß sicher gar nicht, was sie sagt.»

Natürlich, dachte ich. Natürlich weiß sie das nicht – wie könnte sie sonst behaupten, dass *ich* tot bin? Meiner Mutter musste doch klar sein, dass *sie* es war, die fortgerissen worden war. Fort in eine Dunkelheit jenseits alles Wissens. Und bestimmt wusste sie auch, dass *ich* es die ganze Zeit gewesen war, die angenommen hatte, dass *sie* tot war.

Man entließ sie erst eine Woche später. Ihre Tauchkameraden fielen ins Morgenlicht ein, bereiteten unsere Wohnung auf Mutters Ankunft vor. Sie füllten den Kühlschrank, wuschen die Laken, und als der Tag kam, begleitete eine kleine Prozession den Krankenwagen, der sie brachte, bis vor die Tür. Sie schlief schon, als man Milas Mutter Bescheid sagte, dass ich nach unten kommen könne. Sie sah so klein aus, wie sie da im aufgeschüttelten Federbett und den zusätzlichen Kissen lag, an ihrer Seite stand ein riesiger Blumenstrauß, wie eine wachsame Laube über sie geneigt. Ich war mir nicht sicher, ob sie immer schon so klein gewesen war oder ob das Dunkel Stückchen aus ihr herausgerissen hatte, während sie verschwunden war. Die Taucher blieben noch eine Weile, man hörte ihr Murmeln in der Küche, und sie boten mir Tee aus unserem eigenen Vorrat an, gegen zehn Uhr aber ging auch der letzte von ihnen und ließ mich in der gefürchteten Einsamkeit mit meiner Mutter zurück. Sie hatte noch kein Wort gesagt, war nicht mal richtig aufgewacht, hatte mich nur kurz angelächelt, diffus, so als kenne sie mein Gesicht, sei aber zu weit fort, um meine Züge bestimmen zu können.

Ich hatte geglaubt, ich würde Erleichterung empfinden, dabei spürte ich nur Wut. Ich wollte nicht die Stille mit dieser kleinen, verwandelten Person teilen, wollte keine Zeugin ihrer Hilflosigkeit werden. Ich wollte, dass sie sich aufsetzte und dass es ihr wieder besser ging, damit ich ihr sagen konnte, rundheraus und ohne schlechtes Gewissen, wie falsch sie mit einfach absolut allem gelegen hatte.

«Bist du hungrig, Mama?» Es schien mir wichtig, sie etwas zu fragen, ehe sie die Möglichkeit fand, sich an mich zu richten.

«Nein, mein Herz», sagte sie. «Du?»

«Tut dir was weh?»

«Ich bin nur sehr müde.»

«Kann ich dir was bringen? Ein Glas Wasser? Ein bisschen Suppe?»

«Hast du denn was gehabt, Sil? Du siehst so blass aus.»

«Mach dir um mich keine Sorgen», sagte ich verbittert. «Werde du nur wieder gesund.»

Ich machte mich rar. Ich schlief auf dem Sofa, wo ich sie hören konnte, wenn sie mich brauchte, aber weit genug entfernt war, um spontane Fragen oder Geständnisse zu vermeiden. Ich fürchtete mich vor dem, was ich sagen würde, falls ich zu reden begann: «Du bist hier, weil dir eine Gnade gewährt wurde – du wurdest gegen jemanden ausgetauscht, aber ich weiß nicht, gegen wen.» Der Quell meiner Feindseligkeit war so unerschöpflich wie ungewiss. Nur ein- oder zweimal während der ersten Tage hat mich dieses Gefühl verlassen. Und dann rückte an seine Stelle eine so tiefe Scham, dass mein Blick verschwamm und ich mich in die Küche zurückziehen musste, damit meine Mutter mich nicht schniefen hörte. Es war nicht ihre Schuld, dass das Gebäude eingestürzt war. Es war nicht ihre Schuld, dass das, was auch immer ihr passiert war, sie dermaßen vermindert hatte. Schließlich waren wir beide gleichermaßen davon überzeugt gewesen, dass sie dem Tode geweiht war und ich ein Waisenkind werden würde. Sie aber war es, die in einem schwarzen Loch im Süden der Insel Wasser getreten hatte, und ich war diejenige, die auf Milch-und-Haselnuss-Sandwiches geweint hatte und einen teuflischen Handel mit der Zauberin im obersten Stock eingegangen war. Doch wie intensiv mein Grauen, wie aufdringlich meine Erinnerung auch sein mochte, ich durfte mich niemals meiner Mutter anvertrauen, denn dann würde sie sich verantwortlich fühlen. Sie würde ein schlechtes Gewissen haben, weil sie mir solchen Kummer bereitet hatte. Ich dagegen hatte ihr keinen Kummer gemacht, fühlte mich aber trotzdem schuldig. Wie könnte ich ihr erklären, dass ich, um die letzten zehn Tage zu überstehen, mir ihr Martyrium nur abstrakt vorstellen konnte, damit ich nicht zu viel daran dachte? Wie sollte ich erklären, dass ich Mila erlaubt hatte, mit mir in Bezi Duras' Wohnung einzubrechen, um sie dort um ihr Leben anzubetteln? Derartiges ließ sich nicht in Worte fassen. Ich konnte mir das Geschehene kaum selbst eingestehen. Und gewiss würden diese Worte hinter dem zurücktreten müssen, worüber sie reden wollte: über das Dunkel, die Kälte und die Schrecken der Einsamkeit in dem eingestürzten Gebäude.

Aber meine Mutter brachte nichts dergleichen zur Sprache. Tage vergingen; sie begann, sich aufzusetzen, aufzustehen, in die Küche zu schlurfen und sich ihren Tee selbst zuzubereiten. Manchmal stand sie im Flur, lächelte Bewohnern zu, die Worte des Willkommens oder vager Sorge äußerten, selbst jenen, die ihr deutlich zu verstehen gaben, dass sie im Augenblick des Einsturzes nicht im Martinique gewesen wäre, wäre sie nur so ehrlich und bescheiden gewesen, sich auf die Arbeit zu beschränken, die man ihr anvertraut hatte. Während all der Zeit verlor sie nie ein Wort über den Einsturz oder darüber, wie sie ihn überlebt hatte. Nie erwähnte sie ein Gefühl der Erleichterung, auch nie den Eindruck, vom Schicksal in einem bestimmten Augenblick begünstigt worden zu sein – der vielleicht dem Moment meiner Übereinkunft mit Bezi Duras entsprach. Ich wartete auf Hinweise darauf, was da unten geschehen war, auf Tränen oder Albträume. Meine Mutter behielt vieles für sich, dieser Zwischenfall aber, der konnte doch unmöglich dazugehören.

Ich wartete, aber es kam nie dazu. Jahrelang zumindest

nicht, selbst auf den Morgen sind wir nie zu sprechen gekommen.

Ihr schien wichtiger zu sein, womit ich mich beschäftigt hatte in jenen drei höllischen Tagen, in denen ihr Schicksal ungewiss gewesen war. «Warst du die ganze Zeit allein? Hast du dich gefragt, was mit mir los war?», wollte sie wissen.

«Nein», sagte ich. «Ich war oben bei Mila.»

«Dem Himmel sei Dank. Wenigstens etwas, wofür dieses Mädchen gut ist.»

«Sie haben sich wirklich gut um mich gekümmert.»

«Mila und ihre Mutter?»

«Ja», sagte ich. «Und ihr Vater.»

«Er ist hier?»

Ich nickte. «Er kam, ein paar Tage bevor du weg warst.»

«Und was weißt du über ihn?»

«Dass er ein sehr netter Mensch ist.»

Meine Mutter verrannte sich in die Idee, sich «angemessen» dafür bedanken zu müssen, dass sie sich um mich gekümmert hatten. «Ich muss hoch zu ihnen», sagte sie eines Tages schließlich. «Muss mich persönlich bedanken.»

«Das brauchst du nicht. Du würdest doch auch nicht wollen, dass jemand seine Genesung unterbricht, um sich bei dir für etwas zu bedanken, das du für selbstverständlich hältst.»

Während ich meinen Protest vorbrachte, streichelte sie mein Gesicht, trotzdem fiel es mir schwer, nicht zu glauben, dass etwas in ihr überzeugt davon war, ich würde nicht nur sagen, was angemessen war. Mich überlief es kalt, sooft mir ein zärtliches Wort über die Lippen kam. Da stand ich, diese falsche Tochter, dieses vertrauensunwürdige Dunkel, das nur auf ein Ende der Amnestie wartete, um endlich rauslassen zu können, was ihr wirklich durch den Kopf ging.

Eines Tages kam ich nach Hause und traf meine Mutter in ihren besten Sachen an. Sie trug eine Bluse, eine Hose, die ich seit Paraiso nicht mehr an ihr gesehen hatte, und sie hatte sich die Zeit genommen, einen leicht misslungenen, kleinen Teekuchen zu backen, den sie eingehüllt in ein Geschirrtuch in ihrer Armbeuge trug.

Sie musterte mich von oben bis unten. «Hast du denn nichts Hübscheres anzuziehen?»

«Wozu?»

«Wir gehen nach oben, um uns zu bedanken. Such was Vorzeigbares aus – und beeil dich.»

Das Anständigste, was auf meiner Schrankseite hing, war ein Kleid, das schon im Januar zu kurz gewesen war. Es war mit zerdrückt aussehenden Blumen übersät und sah so abscheulich aus, dass es wie ein Brandbeschleuniger meiner Wut wirkte. Wenn es meiner Mutter gut genug ging, mich herumzukommandieren, ging es ihr bestimmt auch so gut, dass sie sich anhören konnte, was ich zu sagen hatte. Jedenfalls würde ich dafür bestimmt in der richtigen Laune sein, wenn Mila erst ihr Urteil über diesen frühlingsfrischen Müllsack abgegeben hatte, in dem ich steckte.

Andererseits – nach oben gehen war vielleicht der beste Weg, das Thema endlich zur Sprache zu bringen. Schließlich wusste Milas Vater, dass ich Unser sprach. Ich hatte ihm die Wahrheit über unsere Vergangenheit erzählt. Sicher würde er mit meiner Mutter darauf zu sprechen kommen. Sie würde überrascht sein – auf unangenehme Weise natürlich, eine kleine Überrumplung aber konnte kaum schaden. So würde sie aus erster Hand erfahren, wie sehr sie sich geirrt hatte.

Als Milas Mutter schließlich die Tür öffnete, zog sie meine Mutter, ohne zu zögern und ohne zu fragen, in ihre Arme. «Ach», sagte sie. «Wir haben uns solche Sorgen gemacht.»

Sie schien den Tränen so nahe, dass ich mich fragte, ob sie betrunken war. Milas Reaktion fiel reservierter aus. Sie nahm den Kuchen, den meine Mutter ihr reichte, und schlug das Geschirrtuch zurück.

«Seht nur», sagte sie. «Wie der aufgegangen ist.»

«Ich möchte mich dafür bedanken, dass Sie sich um Sil gekümmert haben, während ich fort war», sagte meine Mutter auf Englisch. Aus ihrem Mund klang das Wort «fort», als wäre sie an der Fährstation aufgehalten worden.

«Ach bitte, war doch nicht der Rede wert.» Milas Mutter stellte bereits Teller um den Kuchen – nur vier, wie mir schweren Herzens auffiel.

«Setzt sich dein Vater nicht zu uns?», fragte ich.

«Er fühlt sich nicht wohl.»

«Ach, wirklich schade!», sagte meine Mutter. «Er ist gewesen so nett zu Sil. Ich möchte ihm danken. Er hätte sich nicht zu kümmern brauchen um das Kind von Fremden.»

Der andauernde Blickwechsel zwischen Mila und ihrer Mutter schien ein wenig an Schärfe zu verlieren. «Mila», sagte die Frau. «Warum steckst du nicht einen Kopf ins Zimmer und siehst nach, ob es deinem Vater besser geht?»

Zögernd erhob sich Mila und hielt die Stellung auf irgendeinem uneingestandenen Schlachtfeld. «Na schön», erklärte sie schließlich mit angespanntem Lächeln. «Na schön, schätze, das könnte ich machen. Schätze, es wäre eine Schande, dies hier auszusitzen. Den Kuchen. Sils Kleid. Beides so köstlich.»

Ich sah zu, wie Milas Mutter gleich einen fünften Teller

aufdeckte. Wir saßen am Tisch und warteten. Schließlich führte Mila ihren Vater aus dem hinteren Schlafzimmer. Noch ehe dieser gewaltige, sanfte Riese zur Tür hereinkam, war meine Mutter aufgestanden. Mit zwei Schritten legte er die Entfernung zwischen ihnen zurück und reichte ihr die Hand.

Sie begann: «Ich wollte Ihnen danken ...», kam aber nicht weiter. Milas Vater war die Art Mann, der zu ausschweifenden Antworten neigte, ehe man den an ihn gerichteten Satz zur Gänze ausgesprochen hatte. «Wir sind ja so froh, dass Sie gesund und in Sicherheit sind. Und wir mögen Sil wirklich gern – sie ist Milas beste Freundin, wissen Sie.»

Mila verpasste mir unter dem Tisch einen kleinen Tritt und lächelte.

«Ja», sagte meine Mutter, «ja, sehr gute Freundinnen.»

Ehe sie zurückkam und sich setzte, schaute sie sich Orientierung suchend um, und dabei erhaschte ich einen Blick auf ihr Gesicht, zum ersten Mal seit Milas Vater im Raum war. Sie kam mir merkwürdig vor. Vielleicht wurde sie blass, weil sie zu rasch aufgestanden war, aber dann sah ich ihre Fingerknöchel, dermaßen blutleer, dass sie praktisch grün wirkten. Meine Mutter umklammerte die Rückenlehne, stützte sich ab, während sie sich langsam niederließ. So saß sie da, mit abgewandtem Gesicht, der ganze Körper völlig erstarrt.

«Was für eine Tortur Sie durchlebt haben müssen», sagte Milas Vater. «Erinnern Sie sich an das, was geschehen ist?»

«Wissen Sie, es ist nicht so einfach, sich zu erinnern.»

«Natürlich nicht. Ich vermute, vieles wird Ihnen erst später wieder einfallen.»

«Ja.»

«Und fühlen Sie sich besser?»

«Ja, viel.» Sie machte eine ausladende Geste, um die Weite des sich ihr öffnenden Gefühls anzudeuten, stieß dabei aber die Tasse Tee um, die Milas Mutter unbemerkt neben ihren Ellbogen gestellt hatte. Unter einem Schauer vorgebrachter Entschuldigungen bemühte sie sich, den Tee mit ihrem Ärmel aufzuwischen, während Milas Mutter mit einer Serviette zur Hilfe eilte. «Oh nein, oh nein. Wissen Sie, ich wollte nur Kuchen bringen, wollte keine Umstände. Haben wir wirklich viel zu tun.» Sie erhob sich, und in meiner Wut und Scham tat ich es ihr gleich. Da war sie, spielte hier Theater – und ihr als Einziger war das gar nicht bewusst. Ich würde dem ein Ende setzen.

«Mama», sagte ich in Unser. «Alles in Ordnung – wir können noch eine Weile bleiben. Das können wir doch, oder?»

Es übersteigt meine Fähigkeiten, den Blick zu beschreiben, den meine Mutter mir zuwarf. Dergleichen hatte ich noch nie zuvor gesehen. Er hätte mich wohl auf der Stelle in Atome zerlegen sollen, aber ich fühlte mich unbesiegbar. Ich hatte es getan, hatte zumindest einen Teil meines schrecklichen Verrats an ihr offengelegt, und meine Mutter stand da, völlig überrumpelt. Sie schwankte ein wenig, umklammerte noch immer die Stuhllehne, bis Milas Vater das Schweigen schließlich brach.

«Ja», erwiderte er auf Unser. «Bitte, setzen Sie sich wieder und bleiben Sie noch ein bisschen. Sie sind unter Freunden!»

Wie typisch für ihn, dass er den Kampf erkannte, der in diesem Moment in meiner Mutter tobte. Auch, wie wichtig es war, sie seiner guten Absichten zu vergewissern. Das Feuer in ihren Augen erlosch, und sie setzte sich wieder.

«Wissen Sie, wir sind sehr glücklich, dass wir Sie auf diese Weise kennenlernen», fuhr Milas Vater fort. «Sil hat uns alles über Ihre Reise hierher erzählt.»

Meine Mutter fuhr mit der Hand in mein Haar, aber ich spürte sie eigentlich kaum, nur ihre Fingernägel, die zitternd meine Kopfhaut berührten. «Ach, sie kann sich gar nicht daran erinnern. Sie war zu klein.» Sie sprach jetzt auch Unser, allerdings mit einem seltsamen Akzent, fast, als wäre ihr die Muttersprache so fremd und ungewohnt wie das Englische. Etwas verschämt entzog ich mich ihrer Hand.

«Sie sind aus Sarobor?», fragte Milas Vater.

«Das stimmt.»

«Wir kommen aus Uvala.»

«Ach, das schöne Uvala.»

«Sil hat gesagt, auf Ihrem Weg hierher seien Sie da durchgekommen.»

Ein nur für mich wahrnehmbarer Hauch, ein erschauerndes Ausatmen entfuhr ihren Lippen. «Ja, aber wir haben Vettern in Vesvere, deshalb sind wir gleich weiter.» Das war eine Lüge, doch war ich so großzügig, sie durchgehen zu lassen.

«Ein sehr leckerer Kuchen», sagte Milas Mutter und wechselte damit wieder ins Englische. «Ich weiß gar nicht mehr, wann ich zuletzt überhaupt einen Kuchen gegessen habe. Sie müssen mir unbedingt das Rezept verraten.»

«Danke. Das meiste wohnt da oben» – meine Mutter deutete auf ihre Schläfe – «aber ich versuche, mich zu erinnern, und schreibe es für Sie auf.»

«Ich konnte noch nie aus dem Gedächtnis kochen.»

«Du kannst doch sowieso kaum kochen», warf Mila ein.

Ihre Mutter lachte leichthin. «Das stimmt.»

«Meine Großmutter sagt immer – man muss kochen wirklich wollen. Warum sich sonst die Mühe machen?»

«Wie außergewöhnlich», sagte Milas Vater, der vom Rand des kulinarischen Ausrutschers zum Eigentlichen zurückfand. «Ihre Tochter scheint die Muttersprache besser zu beherrschen als Sie selbst.»

Mich überraschte, wie sehr mich diese Beleidigung schmerzte. Am liebsten hätte ich ihm geantwortet: *Nein, so spricht sie eigentlich nie, sie verhunzt sie absichtlich. Meine Mutter ist ein Witzbold. Eine Dichterin. Sie kennt in Unser Wörter, die zu speziell sind, um sie in eine andere Sprache übersetzen zu können. Niemand weiß, wie clever sie ist, wie lustig. Sie hält das vor allen verborgen.* Doch sich vorzustellen, so etwas zu sagen, hieß auch, sich die Rüge vorzustellen, die es mir von meiner Mutter einbringen würde. Und ich hegte bereits die stille Befürchtung, dass mich eine erwartete. Wichtig schien nur noch, sie so lange wie möglich hinauszuzögern.

«Sie ist in Sprachen wirklich gut», sagte ich. «Sie spricht fast sechs.»

«Fast sechs?», sagte Milas Vater.

Ich listete sie auf, und er nickte, offenkundig beeindruckt.

Das Essen zog sich endlos hin. Der Kuchen wurde ausgiebig beredet, bewundert, die Zutaten aufgezählt. Milas Großmutter hatte einen ähnlichen gemacht – nur mit anderen Krümeln und einer anderen Sorte Schmalz, aber es gab ja auch nur so weniges aus der Alten Heimat, das man hier bekam oder nachmachen konnte. Das meiste war nichts als nostalgiebeseelter Ersatz. Und dann die Rationen – wie sollte irgendwer damit backen können? Als wir darauf zu sprechen kamen, musste ich mir das hohle Gefühl in meiner

Magengrube eingestehen. Meine Mutter wirkte alles andere als entspannt. Sie wurde keineswegs mit jedem vergehenden Moment ungezwungener, sinnierte auch nicht darüber nach, wie falsch es doch gewesen war, den Unser-Teil ihrer selbst vor den Menschen schlechthin und diesen Menschen insbesondere zu verheimlichen. Wort für Wort quälte sie sich durch diese Begegnung mit starrem Lächeln und glasigem Blick, um der Situation mit dem geringstmöglichen Grad an Unbehagen zu entkommen. In dem Augenblick aber, da wir unter uns waren, würde ich alles darüber zu hören bekommen.

Als wir uns in den Fahrstuhl drängten – meine Mutter, ihre unverkennbare Wut und ich –, drehte sie sich schließlich zu mir um. «Ich verstehe nicht», sagte sie. «Was hast du dir nur dabei gedacht, denen von Sarobor zu erzählen?»

«Er hat gefragt», lautete meine idiotische Antwort.

«Er hat *gefragt*? Wie denn? Hat er dich an den Füßen aus dem Fenster baumeln lassen? Hat er dir ein Messer an die Kehle gehalten, deinen Kopf unter Wasser gedrückt?»

«Nein.»

«Ich kann mir nämlich keine anderen Umstände vorstellen, unter denen du ihm das verraten haben könntest.»

«Er hat Druck gemacht.»

«Druck?»

Das stimmte, zumindest in einem gewissen Maße. Er hatte mich, als wir das Puzzle legten, wegen der Sprachen zweifellos unter Druck gesetzt. Doch dass ich die Regeln brach, nach denen wir lebten, hatte weniger mit seiner Beharrlichkeit als mit meiner eigenen Schwäche zu tun gehabt. Ich war müde gewesen, hatte mich allein gefühlt, weshalb nicht viel nötig gewesen war, meine Entschlossenheit zu brechen. Das wusste meine Mutter. Sie konnte es mir wie immer einfach ansehen – und irgendwie veränderte sich gerade erneut das Gleichgewicht zwischen uns. Indem ich fälschlich geglaubt hatte, meine Mutter sei für eine Auseinandersetzung zu schwach, hatte ich die Gelegenheit zu einer Konfrontation versäumt. Und jetzt war ich erneut im Unrecht – eindeutig und unwiederbringlich, denn sie war wütend und enttäuscht und blind gegenüber der Tatsache, dass Milas Vater, auch wenn er unnachgiebig zudringliche Fragen stellte, uns nichts Böses wollte.

«Sie haben sich um mich gekümmert», sagte ich. «Ich wollte nicht unhöflich sein.» Nur war das der türknallenden, kaltschultrigen, stummen Masse meiner Mutter egal.

In jener Nacht weckten mich Geräusche aus ihrem Zimmer. Ein Albtraum, dachte ich, endlich, und hastete über den Flur, um sie zu wecken. Aber sie hockte auf Händen und Knien vor dem Wandschrank und durchwühlte den alten Rucksack, in dem wir unsere Dokumente aufbewahrten.

«Was tust du da?», fragte ich.

«Geh wieder ins Bett», sagte sie, ohne mich anzusehen.

Den ganzen nächsten Tag quälte sie mich mit ihrem Schweigen. Ich suchte in ihrem Gesicht nach Anzeichen des Nachgebens, fand aber keine. Nur die alte Grimmigkeit aus den Tagen vor dem Martinique und dass sich etwas schloss, was sich gerade erst zu öffnen begonnen hatte. Ich wurde davon so elend, dass ich früh zu Bett ging – allerdings schlief ich noch nicht lang, da rüttelte sie mich wieder wach.

«Komm», sagte sie und drückte mir einen Rucksack in die Hand.

Schlaftrunken folgte ich ihr über den Flur zum Fahrstuhl, dann hinunter in den Keller, wo wir zehn Minuten lang in Enas klapprigem kleinen Wagen saßen und versuchten, den Motor anzulassen. Drinnen war es eng und stickig, doch trotz des muffigen Gestanks nach Nichtgebrauch war eine alte Duftnote von Ena wahrzunehmen, ein

Geruch nach Zigaretten und Kaugummi. Offenbar hat mich das eingelullt, diese Unvereinbarkeit, sie zu riechen und zu wissen, dass es sie nicht mehr gab – denn als Nächstes erinnere ich mich, wie meine Mutter einen Gang einlegte und der stotternde kleine Kombi durchs offene Garagentor und hinaus auf die Straße ruckelte.

«Wo fahren wir hin?», kam es mir dann schließlich doch noch in den Sinn zu fragen.

«Schnall dich an.»

Ich tat wie geheißen und bekam zur Belohnung ein schlankes, buchgroßes Tablet. «Mach an», sagte sie, «und führe uns nach Norden.»

«Was ist das?»

«Eine Gezeitenkarte. Beeil dich – wir sind auf der Pike Richtung Osten.»

Die Pike Richtung Osten führte uns auf zwei todsicheren Wegen raus aus der Stadt – laut dieser besonderen Karte «Dauerhafte Routen» genannt und mit kräftigem Rot markiert. «Noch zwei Straßen, dann links, glaube ich», sagte ich, und sie bog ab.

«Und jetzt?»

«Wohin fahren wir?»

Sie tippte auf den oberen Rand der Karte. «Zur Brücke.»

«Aber wo fahren wir *hin*?»

Sie gab keine Antwort. Ich war nie zuvor durch diese Straßen gefahren und hatte erst recht nicht bei solchem Tempo Karte lesen müssen. Kaum hatte ich mich orientiert, waren wir bereits an dem vorbeigeprescht, woran immer ich uns hatte dirigieren wollen. «Fahr langsamer», sagte ich – aber meine Mutter hielt das nur wenige Minuten durch und wurde dann wieder schneller. Ich blickte von der hellen Karte ins Dunkel der Straßen, und mein Blick war erfüllt von mäandernden Lichterketten. Die Gezeitenkarte änderte sich unablässig. Wir könnten jederzeit auf Wasser treffen.

«Was jetzt?»

«Ich sag kein Wort mehr, bis du mir verrätst, wohin wir fahren.»

Sie scheiterte mit dem Versuch, mir das Tablet aus den Händen zu reißen. «Wir verschwinden.»

«Wir verschwinden? Wohin?»

Meine Mutter wandte die Augen nicht von der Straße ab. «Irgendwohin.»

«Irgendwohin? Bist du verrückt? – Halt an!»

Sie bog scharf nach links, um dem vor uns schäumenden Wasser am Fuße der Anhöhe auszuweichen. Jetzt fuhren wir nach Norden in Richtung Eisenbahnstrecke. Ich stellte mir vor, aus dem Wagen zu springen – und plötzlich tat ich es auch. Die Tür öffnete sich widerstandslos, sobald ich am Griff zog. Kühle Luft rauschte herein, der Lärm der Straße.

«Was tust du denn?», rief meine Mutter und wandte sich zum ersten Mal zu mir, aber es war zu spät. Der Verschluss des Sicherheitsgurts schoss mir fast ins Gesicht. Ich zog den Arm aus dem Gurt, beugte mich raus und streckte die Arme behutsam in Richtung Straße. Einen verschwindend kurzen Moment lang schwebte ich in der Luft. Irgendwelche Gedanken, die ich mir über meine Landung gemacht haben mochte, lösten sich im Moment des Aufpralls in nichts auf. Jedenfalls hatte ich nicht damit gerechnet, dass es derart wehtun würde, auch nicht damit, welche Anstrengung mich das Abrollen kostete. Ich fiel und lag dann da.

Meine Mutter, die in dem Moment, in dem sie das Klicken des Gurts hörte, auf die Bremse trat, kam gut zwanzig Meter weiter zum Stehen. Meine rechte Seite brannte wie

Feuer, die Tatsache aber, dass ich aufstehen konnte, bestätigte meine Vermutung, dass ich mehr oder weniger heil geblieben war. Doch ehe ich die Chance hatte, mich zu fassen oder auch nur über meinen nächsten Zug nachzudenken, war meine Mutter aus dem Auto und fiel über mich her. In dem Versuch, von ihr fortzukommen, wich ich zurück und stolperte über die Gehwegkante, sie aber hielt mich am Mantel fest.

«Bist du wahnsinnig?», schrie sie immer wieder. «Springst einfach aus dem Auto. Bist du wahnsinnig?»

Ein Licht ging an, und aus einem Fenster auf der anderen Straßenseite tauchte ein Kopf auf. Was sah die Fremde? Einen kleinen Eine-Frau-Wirbelwind, der eine über ihm aufragende Vogelscheuche von Mädchen anstupste, sowie einen leeren Wagen, der langsam die Straße hinabrollte. Offenbar lohnte der Anblick nicht. Der Kopf verschwand.

«Das Auto!», rief ich, um mich zu retten. «Mama – das Auto!»

Das Zwischenspiel, das notwendig wurde, damit sie den Wagen einholen und die Handbremse anziehen konnte, gönnte mir eine kurze Atempause. Kurz dachte ich daran, einfach der Straße zu folgen, wusste aber nicht, in welche Richtung ich mich wenden sollte. Als sie zurückkam, wirkte meine Mutter ruhiger.

«Was hast du dir nur dabei gedacht?», sagte sie. «Bist du verletzt?»

«Verdammt, was interessiert dich das? Lass mich in Ruhe!»

Das gab ihr einen Stich. Sie stand da und blickte von mir zum Auto. In der Hast meines Triumphs, meine Mutter dermaßen getroffen zu haben, beging ich den Fehler, sie daran zu erinnern, warum wir überhaupt hier draußen waren.

«Mit dir gehe ich *nirgendwohin.*» Was ihrerseits natürlich eine neue Attacke auslöste. Sie packte mich am Kragen und schleuderte mich mit einer für eine solch winzige Frau erstaunlichen Kraft gegen die Mülltonnen in meinem Rücken.

Wir weinten jetzt beide, weshalb es mir schwerfiel zu verstehen, was sie sagte. «Was?», rief ich. «Was?»

Ihr tränenüberströmtes Gesicht tauchte aus dem Nest ihrer Hände auf. «Warum hast du nur dein verdammt großes blödes Maul aufgerissen?», schrie sie. «Was habe ich dir all die Jahre gesagt? Halt deine verdammte Klappe – und wenn dich irgendwer fragt, woher du kommst, sagst du *Paraiso*!»

«Aber warum?», brüllte ich. «Warum?»

«*Warum*, verdammt noch mal? Weil ich schon ein paar Jahre länger auf der Welt bin, also einiges mehr von ihr gesehen habe als du; und wenn ich dir was sage, dann *tust* du das gefälligst. Du jammerst nicht, bist nicht bockig und machst nicht alles zunichte, nur weil ich dir gerade mal den Rücken zukehre.»

«Falls du mehr von der Welt gesehen hast als ich, dann ist das neu für mich!», konterte ich. «Ich weiß einen Scheiß über das, was du gesehen hast oder wen du gekannt hast oder woran dir je gelegen war. Immer hör ich nur Vorschriften und Blödsinn! Dämlicher Aberglaube über jeden Mist – das Wetter, den Wind!»

Aber meine Mutter folgte ihrem eigenen Weg und ließ sich nicht davon abbringen. «Und dann sagst du ihm, *woher* wir sind – und das auch noch in Unser! Was ist nur los mit dir? Hast du denn keinen Funken Verstand, du dummes, dummes Mädchen?»

Da zerbrach etwas in mir. Ich weiß nur noch, dass ich geschrien habe: «Er war nett zu mir!», mal auf Englisch, mal auf Unser. Mein Wutanfall brachte einige weitere interessierte Köpfe in den nahen Fenstern zum Vorschein, einer davon versprach, die Polizei zu rufen, wenn wir uns verdammt noch mal nicht aus dem Staub machten und unser Gewäsch woanders rumposaunten.

So begann eine neue Phase unseres Streits. Meine Mutter packte mich am Arm und zerrte mich in Richtung Auto. Da ich nicht wusste, was als Nächstes tun, und ich wild entschlossen war, mich mit aller Macht zu wehren, setzte ich mich auf die Straße. Was für einen Anblick wir unserem Publikum in den dunklen Häusern geboten haben mussten – ich, die ich wie angewachsen auf meinem Hintern hockte, und meine winzige Mutter, die an meinen Armen zerrte und mich Schritt für Schritt zum wartenden Auto schleifte, das irgendwann angefangen hatte zu qualmen. Wir warfen uns jetzt in beiden Sprachen unverständliche Bösartigkeiten an den Kopf, und ich nehme an, wir hätten noch lange so weitergemacht, wäre nicht ein groß gewachsener Mann in Jogginghose aus dem gegenüberliegenden Gebäude aufgetaucht und hätte die Tür hinter sich zugeknallt. Er blieb davor stehen, bis wir verstummten. Als ich mich schließlich erhob, fragte er: «Alles in Ordnung?»

«Kümmern Sie sich lieber um Ihren eigenen Dreck», fauchte meine Mutter.

«Mit Ihnen habe ich nicht geredet.» Er nickte mir zu. «Soll ich die Polizei rufen?»

Ein nie da gewesener Scheidepunkt. Hier war jemand, der mich etwas fragte – und da war meine Mutter, die sich eine Handvoll von meinem Haar an ihrer Hose abwischte. Am bittersten daran war meine unvermittelt klare Einsicht, dass sie trotz allem, was in den letzten achtundvierzig Stunden vorgefallen war, uneingeschränkte Unterstützung von mir erwartete: dass ich mich mit ihr gegen diesen Fremden stellte, der auf meiner Seite war und mir Hilfe anbot. Und der, ob ihr das nun bewusst war oder nicht, eher mir als ihr traute, denn in dem Moment, da ich den Mund öffnete, kamen die Worte klar und deutlich und ohne Akzent heraus. So hielt ich also unser beider Schicksal in meinen Händen, wie zuvor, als ich mich aus dem Wagen fallen ließ. Und meine Mutter wusste es immer noch nicht. Und sie wusste auch immer noch nicht, dass sie Angst haben sollte.

«Alles in Ordnung», sagte ich. «Danke. Nur eine Familiensache.»

Der Fremde ließ sich noch einen Moment Zeit, ehe er wieder ins Haus ging. Längst liefen uns beiden Tränen übers Gesicht. Wir stützten uns am Auto ab. «Warum hasst du mich nur so?», schluchzte ich.

«Ich hasse dich nicht.» Meine Mutter setzte sich auf den Bordstein. «Ich hasse dich nicht. Du hast einen Fehler gemacht.» Ich ging zu ihr und blieb vor ihr stehen. Ich hatte gefürchtet, sie würde als ein anderer Mensch aus der Dunkelheit zurückkehren, aber sie war haargenau dieselbe. Störrisch und verängstigt.

«Was habe ich denn getan?», fragte ich müde. «Was habe ich denn getan, Mama?»

Sie schüttelte den Kopf. «Hast du auch nur die geringste Ahnung, wer dieser Mann ist?»

«Der da?» Ich blickte hinüber zu der Tür, hinter der mein Möchtegern-Retter verschwunden war.

«Nein. Milas Vater. Ich war mir nicht sicher, bis er zu reden anfing, aber dann – mein Gott.»

«Was ist denn los, Mama? Wer ist er?»

«Hast du schon mal von Natra gehört?»

Ich schüttelte den Kopf.

«Natürlich nicht. Ich wollte das auch nie.» Sie begann

wieder zu weinen. «Sil, er weiß, dass ich ihn erkannt habe. Und dann hast du auch noch zugegeben, dass wir aus der Alten Heimat sind. Ich weiß, du verstehst das alles nicht, aber wir können nicht bleiben.»

«Und wer ist er?»

«Er wird gesucht.»

«Gesucht.»

«So heißt das doch.»

Wie sie das sagte, machte es mich wütend. «Warum lachst du?», fragte ich.

«Um Gesuchter zu werden, muss es jemanden geben, der einen sucht, der einen finden will. Leute mit der entsprechenden Befugnis müssen nach dir suchen. Ihnen muss etwas an dir liegen. Aber meiner Seele – an dem liegt niemandem etwas.»

«Was hat er denn getan?»

Sie schüttelte den Kopf, was mich nur noch stärker aufbrachte. Nein, ich wusste nichts über Natra – aber sie hatte es zur Sprache gebracht, nicht ich. Und jetzt war hier für sie das Vergangene zum Greifen nahe, aber sie weigerte sich, es zu benennen.

«Du bist ganz genauso.»

«Was?»

«Na ja, wenn *dir* nichts daran liegt, wem zum Teufel dann?»

«Mir liegt nichts dran? Was soll das heißen? Hast du nicht zugehört?»

«Stimmt doch. Du hast gerade herausgefunden, dass dieser Mann hier wohnt, wer immer er auch ist, und jetzt willst du nur noch weglaufen. Du willst ihn nicht zur Rede stellen. Du willst gar nicht versuchen, *sein* Leben schwierig zu machen. Lieber änderst du *dein* Leben und lässt ihn weiter im Morgenlicht bleiben.» Meine Klarheit in diesem Moment überraschte mich selbst. Wie seltsam, sich überhaupt nicht konfus zu fühlen.

Meine Mutter sah zu mir auf, blieb aber auf dem Boden sitzen. «Und was soll ich deiner Meinung nach tun?»

«Du musst es jemandem sagen.»

«Wem denn?»

«Egal wem», sagte ich. «Dem Dispatcher!»

«Dem Dispatcher?» Sie lachte. «Wozu? Glaubst du, irgendwen kümmert das so sehr, dass er herkommt und diesen Mann fortschafft, ehe der uns in unseren Betten umbringt, weil ich ihn erkannt habe?» Sie schüttelte den Kopf und stand auf. «Wir müssen hier weg.»

«Und was ist mit Mila? Und mit ihrer Mutter? Sollen wir die einfach bei ihm lassen?»

«Sie sind seine Familie. Sie haben wahrscheinlich keine Ahnung, was er getan hat. Oder sie wissen Bescheid, aber es macht ihnen nichts aus.» Sie wischte sich über die Augen und setzte zu einem letzten, unvermeidlichen Angriff gegen mich an. «Hast du nicht gesagt, er sei nett zu dir gewesen?»

«Bitte», sagte ich. «Wir können nicht einfach weglaufen. Erzähle es jemandem. Irgendwem.»

«Und wer sollte das sein?» Die Häuser um uns herum waren stumm. Sie ging zurück zum Wagen und hielt die Tür auf. «Komm schon, Sil.»

Und plötzlich kam mir eine Idee. «Warte», sagte ich. «Warte. Ich kenne da wen. Ich hab jemanden.»

West Park Place Nummer 55 war ein schmales, dreistöckiges Wohnhaus in einer ruhigen Gegend. May öffnete erst nach dem dritten oder vierten Klopfen, weshalb meine Mutter bereits Zweifel bekommen hatte und die Türstufen schon wieder runter in Richtung Auto ging.

«Naseweis!», rief May, machte die Tür weiter auf und sah meine Mutter auf dem Gehweg. «Und Mama. Was ist los?»

In Mays dämmriger Wohnung war es zu warm. Auf dem Fenstersims lehnte eine Pflanze mit errötender Blüte am Glas. Ich hatte noch nie so viele Bücher gesehen. Sie nahmen jede Handbreit ein, manche lagen in Stapeln auf dem Boden. Die einzige Fläche frei von Büchern war ein Schreibtisch im hinteren Wohnzimmer, auf dem eine riesige Tastatur stand, über die sich ein Mikrofon beugte. Ich hatte mich geirrt, als ich glaubte, May würde in einer ruhigen Wohnung leben. Die Maschine auf dem Tisch surrte. Ein Telefon klingelte. Das Radio lief. Und von irgendwo, oben oder unten, war das stete Donnern eines vorbeifahrenden Zuges zu hören – eine Klangmaschine, wie ich schließlich begriff.

«Wir kommen in keinem günstigen Moment, oder?», ich übertönte den Lärm.

«Doch, doch. Bitte, setzt euch.»

Er stellte das Radio ab und die Klangmaschine, nur das

Telefon klingelte weiter, während er in der Küche nach etwas suchte, das er uns anbieten konnte. Als er schließlich mit einer Dose lauwarmer Cola zurückkam, packte mich eine irrationale Wut auf ihn, aber auch auf denjenigen, der ihn so beharrlich anrief.

«Wollen Sie nicht rangehen?», fragte ich.

«Dafür ist heute der Anrufbeantworter da.» Er deutete auf den Esstisch, an dem wir etwas umständlich Platz nahmen. Er wandte sich an meine Mutter. «Naseweis sagt, Sie brauchen Hilfe.»

Meine Mutter rutschte auf ihrem Platz hin und her. «Wir brauchen gar nichts», sagte sie. «Ich habe keine Ahnung, warum wir hier sind.»

May lächelte geduldig. «Wäre schön, wenn Sie es herausfinden könnten», erwiderte er. «Es ist vier Uhr früh.»

«Haben Sie viel zu tun?» Das entlockte ihm ein leises Lachen, was für eine gewisse Leichtigkeit sorgte. Ich hätte nicht sagen können, ob es am allgemeinen Stress der Situation lag, dass sie sich so widerborstig verhielt, oder daran, dass sie immer noch überzeugt war, er hege mir gegenüber gewisse Absichten.

«Wir laufen weg», platzte es aus mir heraus.

«Warum?»

«Da ist dieser Mann, den sie wiedererkannt hat», ich drängte weiter, ehe meine Mutter mich aufhalten konnte. «Er ist so was wie ein Verbrecher.»

«Was für eine Art von Verbrecher?»

Meine Mutter warf mir einen düsteren Blick zu. «Das weiß ich nicht genau», erwiderte ich.

Ich dachte, wenn ich sie nur bis an die Schwelle des Problems zerrte, würden ihr die Worte schon kommen, aber sie kamen nicht. Dabei hätte ich aus eigener Erfahrung wissen müssen, dass man nicht schlagartig all die Mühen vergisst, die man je aufwandte, um etwas zu verschweigen. Allerdings hatte ich angenommen, meine Mutter wäre frei von jenen Schwächen, die mich so leicht mundtot machten.

May blickte uns an. «Lassen Sie mich einen Stift holen», sagte er. Er blieb so lange fort, dass es sich nach Absicht anfühlte.

«Er ruft die Polizei», sagte meine Mutter.

«Keine Sorge, das macht er nicht.»

Sie saß da, den Rucksack in der einen, die ungeöffnete Cola in der anderen Hand, bis er schließlich mit einem Notizblock und mehreren Bleistiften zurückkehrte sowie mit einem Fruit Cup, gefunden vermutlich in irgendeinem dunklen Winkel seiner Vorratskammer. Er stellte ihn vor meine Mutter hin und legte einen Löffel dazu. «Erzählen Sie mir von diesem Mann. Diesem Verbrecher.»

Wo wohnte er, wollte May wissen. In der Innenstadt, sagte meine Mutter. Schön – wusste sie, wo? In unserem Gebäude natürlich. Ein neuer Mieter? Sie nickte. Woher wusste sie, dass er es war? Ihn wiederzuerkennen war leicht. Sie kannte sein Gesicht, es war keines, das man jemals vergaß. Und wir waren hier, weil …? Nun ja. Er wusste, dass sie ihn erkannt hatte, weshalb es unmöglich war, weiter in seiner Nähe zu bleiben.

May nickte. War er gefährlich? Ja, antwortete meine Mutter. Ja, sehr. Er war in Natra gewesen. May hatte vermutlich noch nie davon gehört – und das, sagte meine Mutter, sei genau, was sie erwartet habe. Sie sollte nicht hier sein und über ihn mit jemandem reden, der nicht Bescheid wusste, der nichts verstand.

«Ich weiß nicht Bescheid», sagte May, «aber ich würde gern Bescheid wissen. Ich möchte verstehen.»

Wieder erschreckte uns das Telefon. «Irgendjemand versucht Sie dringend zu erreichen», sagte meine Mutter.

«Schon in Ordnung», sagte May. «Soll eine Nachricht hinterlassen.»

«Es ist ziemlich spät – vielleicht ein Notfall?»

«Machen Sie sich deshalb keine Sorgen.»

Ihr Versuch aufzustehen löste bei May heftigen Protest aus. Er berührte sie am Handgelenk und sprach langsam und ruhig auf sie ein, bis sie sich schließlich wieder setzte. Meine Mutter riss die Cola auf, trank aber keinen Schluck. Sprudelnd stand die Dose auf dem Tisch in jenem kurzen Moment der Stille, in dem das Telefon nicht läutete.

«Sie haben von Natra gehört?», fragte meine Mutter.

«Ich glaub schon.»

«Sie glauben?»

Er wirkte verlegen. «Irgendwas ist da passiert.»

«Oh ja.» Einen Moment lang saß sie stumm da, die Lippen fest zusammengepresst. Dann wandte sie sich zu mir um. «Mir fehlen die Worte», sagte sie auf Unser.

«Dann erzähl es mir», sagte ich. «Ich übersetze.»

«Als es mit den Erdrutschen anfing, zogen die Menschen ins Landesinnere; Natra war die zweite Station für unser Volk auf seiner Flucht nach Norden. Dort gab es am Stadtrand eine alte Textilfabrik, in der ein Ärztezelt aufgebaut und ein Schlafbereich für uns eingerichtet worden war. Anfangs gab man sich Mühe, uns das Gefühl zu vermitteln, wir seien willkommen. Warmes Essen. Matratzen. Die Kinder standen an, um Kleider und Spielzeug zu erhalten. Sicher haben sie Bilder davon gesehen, denn eine Woche oder zehn Tage lang wurde viel darüber berichtet. Herzerwärmende Beiträge. Ich nehme an, man hat geglaubt, wir seien nur einige wenige und würden nicht lange bleiben. Nur fanden die Erdrutsche kein Ende, erste Brände flammten auf, und es kamen immer mehr Leute. Also fing man in den Orten jenseits der Flüchtlingsroute an, Neuankömmlinge zurückzuschicken. Bloß gab es nichts, wohin man zurückkehren konnte, und so staute es sich in Natra. Die Stadt wurde zu einem Engpass. Als es in der Fabrik keine freien Betten mehr gab, begannen die Menschen, auf dem Boden zu schlafen. Und als sich kein freier Boden mehr fand, schliefen sie draußen in der Hitze. Den Hilfsorganisationen gingen Wasser und Nahrungsmittel aus, aber der Strom von Menschen riss nicht ab. Sie waren schmutzig, hungrig und halb verrückt vor Panik. Wenn man auf sich allein gestellt ist, ohne ein Heim, in das man zurückkehren könnte, weint man die meiste Zeit. Ist verzweifelt. Und dann werden die Menschen wütend. Gewalttätig. Die Ortsansässigen hatten von uns genug, also kamen nachts kleine Gangs und fingen Streit an, legten Feuer. Als die Polizei schließlich nicht mehr damit fertig wurde, setzte man Soldaten ein, um den Frieden zu wahren. Und an ihrer Spitze stand Rait Belen, der in Natra nur eine einzige Aufgabe hatte, nämlich den Ort zu räumen.»

«Zu räumen? Wie denn?», fragte May.

«Mit allen Mitteln.»

«Und?»

«Mein Gott – können Sie nicht endlich mal ans Telefon gehen?», rief meine Mutter plötzlich. Das unaufhörliche Klingeln war für mich in den Hintergrund geraten, für sie aber nicht. Meine Mutter vergrub ihr Gesicht in den Händen. May stand auf, ging ans hintere Ende des Zimmers, öffnete die Schranktür und langte ins Innere. Das Telefon verstummte. Das rote Licht über seinem Schreibtisch blinkte weiter ohne Unterlass.

«Bitte, gehen Sie ran», sagte meine Mutter in ihre Hände.

«Ich sag Ihnen doch, Sie müssen sich deshalb keine Gedanken machen.»

«Irgendwer ist bestimmt in Not.»

«Nein, niemand, das verspreche ich Ihnen.» Er setzte sich wieder. «Bitte, fahren Sie fort. Wie hat er Natra geräumt?»

«Nun – zuerst hat er unsere Rationen gekürzt. Dann erließ er neue Vorschriften: Man durfte nicht öfter als zwei Nächte hintereinander am selben Platz schlafen. Soldaten haben das kontrolliert, und wen sie an derselben Stelle fanden, den haben sie rausgeworfen. Wer versucht hat, unerlaubt zurückzukommen, verlor das Anrecht auf alles, was er bei sich trug – Kleider, Taschen oder sonstige Sachen. Man stand da und sah zu, wie winzige alte Frauen sich an ihre Rucksäcke klammerten, während irgendwelche aufgemotzten Soldaten, von Kopf bis Fuß in Kampfmontur, mit allem davonzogen, was sie ergattern konnten. Ich wusste, so was passiert überall auf der Welt, nur hat mich überrascht, wie schadenfroh sie aussahen, diese Soldaten. Wir hatten ziemliche Angst, aber dann verstand ich, dass wir noch längst nicht verängstigt genug waren.

All das ist eskaliert – es kam zu Schlägereien. Danach hat Rait Belen es auf anderem Weg versucht. Es gäbe da diese Jobs, hat er gesagt. Straßenbau, Waldrodung, solche Sachen. Nur für Männer. Busse trafen ein, und alle, die arbeiten wollten, waren willkommen; man würde, hieß es, sie in ein, zwei Wochen zurückbringen. In meinen Augen stimmte da irgendwas nicht. Warum sollten sich diese Leute, die uns nicht haben wollten, plötzlich die Mühe machen, Arbeit für *uns* aufzutreiben, wenn sie doch für sich kaum welche finden konnten? Also fingen wir an, Fragen zu stellen. Warum kamen diese Busse mitten in der Nacht? Wann würden wir wieder von den Männern hören, die fortgefahren wurden? Und wissen Sie, es gab immer Antworten. Die Kontaktpersonen sagten: ‹Ach, die Busse kommen nachts, weil die Fahrer Freiwillige sind. Die haben tagsüber andere Jobs, und wir können von Glück reden, dass sie überhaupt zu uns rausfahren.› Ich würde nicht sagen, dass Sils Vater keine Bedenken hatte – er war nicht dumm. Aber er hatte Hoffnung. In der Alten Heimat war er Lehrer gewesen, und er wollte wieder irgendeiner Art Arbeit nachgehen. Er wollte sich nicht so hilflos fühlen. Er wollte, dass wir in der Lage sein würden, mit einem gewissen Gefühl der Sicherheit weiterzuziehen. Man merkte ihm an, dass er bereit war, die Gelegenheit zu nutzen. ‹Benutz deinen Verstand›, habe ich gesagt. ‹Da stimmt was nicht. Kein Mensch gibt uns Arbeit, die wollen uns nur loswerden.› Aber er hat fest an den Anstand im Menschen geglaubt. Und er hatte Angst, zu lange zu warten und seine Chance zu verpassen. Als dann der nächste Bus kam, ist er mitgefahren. Hat sich nicht groß von uns verabschiedet, hat sich einfach auf den Weg gemacht, wie er sonst jeden Morgen zur Schule gegangen ist.»

Hier also war mein zuvor nie erwähnter Vater. Aus dem Nichts jener wenigen Sekunden, in denen meine Mutter und ich inmitten ihrer Geschichte nach Atem schnappten, erblühte seine Existenz. Sämtliche anderen Versionen, die ich mir über die Jahre von ihm gemacht hatte, verschwanden auf der Stelle. Er war groß gewachsen und furchtsam. Er hatte mein schiefes Grinsen und ich seins. Dann fuhren meine Mutter und ich fort.

«Als ich eine Woche oder so nichts von ihm gehört hatte, fing ich an, andere Frauen zu fragen, ob sie Briefe oder Anrufe von ihren Männern oder Vätern erhalten hätten. Die meisten bejahten das, und ich habe ihnen geglaubt. Warum sollten sie mich in so einer Sache anlügen? Doch wenn Menschen verzweifelt und verängstigt sind, werden sie grausam. Um sich selbst zu beruhigen, machen oder sagen sie dumme Sachen. Sie haben mir geantwortet: ‹Ach, was für eine Schande, dass du nichts von ihm hörst – bestimmt hat er dich verlassen.› Nur hätte er das nicht getan. Niemals. Er hat uns beide sehr geliebt. Irgendwann stellte sich dann natürlich heraus, dass *keiner* der anderen Ehemänner geschrieben oder angerufen hatte. All diese Männer und Jungen waren zur Arbeit gefahren, aber niemand unter den Zurückgebliebenen war so tapfer zuzugeben, dass man kein Wort mehr von ihnen gehört hatte. Und wenn, dann erst sehr viel später.

Einige junge Mütter und ich aber sagten: ‹Das hier wird nicht besser; es kann nur schlimmer werden.› Und wir haben uns zusammengetan und sind im Dunkeln losgezogen, sind einfach immer weitergelaufen. Babys auf dem Rücken, den ganzen Weg bis nach Vesvere.»

«Das tut mir so leid», sagte May.

«Ein paar Jahre später gab es eine Untersuchung. Alles nur Show natürlich, aber es hat uns geholfen zu verstehen, was wirklich geschehen ist. Dass nämlich Beamte und Kontaktpersonen in benachbarten Ländern bestochen worden waren, keine Menschen weiter ins Inland vordringen zu lassen. Für jeden, den man davon abhielt, von den Küsten ins Land zu gelangen, bekam man ein hübsches Sümmchen, Geld, mit dem man sich schließlich zur Ruhe setzen konnte. Natürlich gab es keine Beweise, nur darf man sich schon fragen, wie viel Rait Belen wohl für jeden kassiert hat, der in einen dieser Busse stieg und nie wieder zurückkehrte. Genug, nehme ich an, um sich seinen Weg hierher zu erkaufen und seine Familie im Morgenlicht unterzubringen. Und wir? Wir können nicht mehr zurück. Er weiß, dass ich ihn erkannt habe.»

«Und Sie sind sich ganz sicher, dass er es ist?», fragte May.

«Natürlich bin ich das. Zehn Jahre sind in dieser elenden Welt eine lange Zeit, aber so ein Gesicht kann man nicht vergessen.»

*

Meine Mutter war müde, also brachte May sie ins Schlafzimmer. Ich blieb sitzen. Das rote Licht über Mays Tisch blinkte immer noch. Es machte mich nervös. Ich stand auf, um mein Blut wieder in Schwung zu bringen, ging zum Bücherregal, las halblaut die Titel und klopfte mir innerlich auf die Schulter, weil ich recht gehabt hatte. Natürlich gab es hier viele Bücher. Er kleidete sich wie ein Mann, der Bücher mag. Die Tür zum Schrank hatte er einen Spaltbreit offen gelassen; ich stieß sie noch ein wenig weiter auf und rechnete damit, den lachsfarbenen Leinenmantel zu sehen, den ich so gut kannte. Bloß waren da überhaupt keine Kleider im Schrank – nur ein Haufen alter Maschinen. Sie summten leise vor sich hin.

Als May wieder aus dem Schlafzimmer auftauchte, sagte ich: «All dieses Zeugs. Man könnte meinen, Sie sind der Dispatcher.»

Er lachte. Natürlich *war* er das. Und er hatte irrigerweise angenommen, ich hätte das bereits in dem Augenblick gewusst, in dem wir hereinspaziert waren.

So hockte ich dort die verbleibende Nacht, die seltsamer und immer seltsamer geworden war, und sah zu, wie May von einem winzigen Schreibtisch in jenem Gebäude, das ehemals das Antiquitätengeschäft des Großvaters gewesen war, seinen Piratensender betrieb. Der Dispatcher. Eins zwei drei. Zwischen den Anrufen durfte ich Fragen stellen. Sind Sie wirklich der Dispatcher? Ja. Haben Sie so vom Feuer im Morgenlicht erfahren? Ja. Gibt es jemanden, der Ihnen hilft? Nein. Wann schlafen Sie? Wann immer möglich. Ich schloss die Augen, senkte den Kopf und lauschte auf die Ähnlichkeit zwischen der Stimme, mit der er im realen Leben sprach, und jener, die ich monatelang im Radio gehört hatte. Sie klangen sich gar nicht ähnlich. Das war Teil des von ihm gewebten Zaubers; selbst wer die Wahrheit wusste, konnte den Bann nicht brechen.

Am Vormittag ließ er einige Stunden lang Musik laufen und eilte zum Battle Hill, noch ehe ich wach geworden war, setzte sich dort auf eine niedrige Mauer und tat so, als täte er gar nichts, als Milas Vater vorüberging. Er machte die Fotos mit seinem Tablet. Dann verglichen er und ich seine Aufnahmen mit den wenigen Schnappschüssen, die es online von Rait Belen während seiner Zeit beim Militär gab. In den letzten Jahren hatte er ordentlich an Gewicht zugelegt, die kalten blauen Augen aber waren dieselben.

«Er ist es», flüsterte ich.

«Sind wir uns sicher?», fragte May.

«Natürlich – sehen Sie ihn sich doch an.»

Er schüttelte den Kopf. «Ich kapiere einfach nicht, wie der unerkannt herkommen konnte. All die Schritte, die dafür nötig waren, all die Menschen, die ihn gesehen haben müssen; und sie soll die Einzige sein, die ihn erkannt hat? Wie kann das möglich sein?»

Er kannte meine Mutter schlecht, weshalb er nicht begriff, dass die Geschichte allein Beweis genug war. Mein Leben lang hatte sie kein einziges Wort darüber verloren. Nichts über meinen Vater, nichts über Rait Belen, nichts über Busse, die Textilfabrik und ihren Weg davor oder danach. Die große, drängende Kraft dessen, was sie wusste, war ihr stets gefolgt, wohin wir auch gingen. Sie war auch mir gefolgt, obwohl ich sie nicht verstand und ihre Art nicht kannte. Und dann, an einem Ort, an dem sie so zur Ruhe gekommen war, dass sie ihn Zuhause nannte, hatte diese Kraft sie im Augenblick ihrer größten Verletzlichkeit eingeholt und gezwungen, alles noch einmal zu durchleben und Namen zu nennen.

Das durfte nicht vergebens sein.

Während wir herauszufinden versuchten, was zu tun war, verfielen wir drei einer bedrückenden Routine, spielten Reise nach Jerusalem mit Bett und Sofa und mieden unsere jeweiligen Ängste. Fühlte ich mich zu sehr eingesperrt, ging ich rauf aufs Dach, wo Mays riesige alte Antenne versteckt zwischen verlassenen Aufbauten stand, bis auf die nebenan nistenden Kraniche für alle Welt unsichtbar. Meine Mutter ging nie nach draußen, trat höchstens in den kleinen Hof hinter Mays Brownstone, um auf rückwärtige, verbarrikadierte Fenster und die über ihr zuckenden, uralten Wäscheleinen zu schauen. Wenn May sich vor die Tür wagte, um Nachschub zu besorgen, setzte meine Mutter immer einige für unsere Flucht wichtige Dinge auf seine Liste. Taschenlampe. Wasser. Einen Reservekanister Benzin. Er brachte sie eins nach dem anderen mit, dabei lagen sie nur in einer Ecke, während wir Karten spielten und er sich bis tief in die Nacht mit Anrufern herumschlug.

Beharrlich wiederholte meine Mutter: «Wir machen uns bald auf den Weg.»

«Nur keine Eile», erwiderte May stets. «Ich habe nichts gegen ein bisschen Gesellschaft.»

Was glaubte sie denn, wohin wir gehen könnten? Wir kannten sonst nirgendwo jemanden. Und wie sie mir ständig in Erinnerung rief, hauptsächlich, um sich selbst daran zu erinnern, würde Popowitsch gewiss bald merken, dass wir verschwunden waren. Er würde unsere Wohnung betreten. Und dann wären all unsere weltlichen Besitztümer seiner Gnade ausgeliefert.

Beanies Karten. Enas Alben. Ich sah Popowitsch in unserer Wohnung stehen, während Umzugsleute meine Liege nach draußen schleppten; er würde das offene Marmeladenglas finden und angesichts des Inhalts die Miene verziehen. Dann würde er es ohne einen weiteren Gedanken in den Müll werfen und nie auch nur ahnen, was es gewesen war oder was es für uns bedeutet hatte.

Von solchen Überlegungen geplagt, ging ich eines Nachmittags, als meine Mutter schlief, zum Morgenlicht zurück. May moderierte gerade eine hitzige Debatte über die Wiedereinführung des alten Wahlspruchs der Stadt und sah mich nicht aus dem Haus auf die Straße schlüpfen.

Ich war froh, dass der alte Torschlüssel noch passte. Im Hof war niemand. In der Lobby auch nicht. Ich stand am Tisch mit seinem leeren Stuhl und konnte mich nicht entscheiden, worum ich mich als Erstes kümmern sollte. Um die Schere? Das Marmeladenglas? Was davon würde mich die ganze Nacht wachliegen lassen, wenn ich jetzt erwischt würde, wie ich durchs Haus schlich, und plötzlich flüchten musste?

Die Schere war älter. Die hatte ich schon seit Paraiso. Das Marmeladenglas aber – war das Einzige, was mir von Ena geblieben war. Und die Wohnung war voll mit ihren Sachen, mit denen von Beanie. Vielleicht war es wichtiger, da raufzugehen und mir so viel zu nehmen, wie ich nur tragen konnte.

Ich hatte es bis ins Zwischengeschoss geschafft, als ich irgendwo hinter mir diese vertraut forschen Schritte hörte. Zu spät huschte ich zur Dienstbotentreppe und war anderthalb Stockwerke tiefer, als irgendwo über mir eine Tür geöffnet wurde und Milas Stimme laut und deutlich rief: «Sil? Sil?» Ich sah nicht hoch, auch nicht, als sie mich zu verfolgen begann, ihre Schritte schnell und leicht auf den Stufen. «Sil, ich weiß doch, dass du das bist! Wo bist du gewesen? *Warte!*» Irgendwas in meiner Brust flatterte, wegen der zunehmenden Dringlichkeit im Ton und weil ihre Stimme zu brechen drohte. Wie eigenartig, dass sie mal hinter mir zurückfiel. Nur blieb mir nichts anderes übrig, als weiter nach unten zu laufen, auch wenn es sich anhörte, als würde Mila drei Stufen auf einmal nehmen. Runter in die Kellerwohnung, ins Hausmeisterbüro, wo ich hinter mir die Tür zuzog und abschloss. Das Radio lief noch, leise murmelnd. Was denn auch sonst? Niemand war hier unten gewesen, seit wir verschwunden waren. Ich drehte die Lautstärke auf, um meine Atemlosigkeit zu übertönen, und die Stimme des Dispatchers – Mays Stimme – füllte den Raum, sodass ich kaum hören konnte, was Mila schrie, während sie an die Tür hämmerte.

«Ich meine ja nur», beharrte der Anrufer mit dünner Stimme. «Mich überrascht es jedenfalls nicht, dass man das jetzt untersucht.»

«Ich bin da keineswegs anderer Meinung», sagte May. «Wenn auch nicht aus den Gründen, die Sie vermuten.»

Mila trat wieder gegen die Tür. «Ich bleibe hier so lange wie nötig, Sil.»

Tu, was du nicht lassen kannst, wollte ich sagen, setzte mich, beugte mich vor, das Gesicht auf den Knien, und malte mir aus, ich säße im dichten Gebrumm von Mays provisorischem Büro.

«Das müssen Sie mir nicht sagen», erwiderte der Anrufer.

«Nein – hören Sie zu. Ich finde es wichtig, dass so viel

übers Wiederansiedlungsprogramm rauskommt. Man sollte das genauer untersuchen. Noch drängender aber finde ich die Frage nach dem Warum. Warum passieren solche Dinge? Warum muss auf jeden Schritt, den wir vorwärts tun, irgendein vorhersehbarer Rückschritt folgen? Man könnte glauben, wir wüssten nicht, dass der Kampf eigentlich längst vorbei ist.»

«So was zu sagen, Dispatcher, ist wirklich nicht fair.»

«Kann gut sein.» May machte eine kurze Pause. «Wenn Sie öfter zuschalten, dann wissen Sie, dass ich selbst nur ungern Geschichten erzähle. Ich will lieber Ihre Geschichten hören und möchte, dass Sie sich untereinander kennenlernen. Außerdem fürchte ich, dass ich für die meisten Geschichten, die ich kenne, nicht der richtige Erzähler bin. Aber wissen Sie was? Letztens hat mir ein Anrufer anvertraut, dass ein Mann in unsere Gegend gezogen ist. Und dieser Mann, nun ja, der wird gesucht. Er ist ein Verbrecher.»

«Wie jetzt? So was wie ein Dieb?»

Ich stellte mir May vor, wie er tief Luft holte und den Geist seines jüngeren Selbst abschüttelte. May, auf jedem Radio in Island City zu hören und doch ganz allein. All die alten Ängste und Vorbehalte in einem einzigen Moment der Selbstheilung überwunden.

«Nein», hörte ich ihn sagen. «Ein *wirklicher* Krimineller. Ein Kriegsverbrecher. Er heißt Rait Belen. Schlagen Sie seinen Namen nach. Er hat so schreckliche Dinge getan, dass mir schon schlecht wird, wenn ich ihn nur beim Namen nenne. Jedenfalls hat ihn mein Freund vor Kurzem über die Straße gehen sehen. Und seither frage ich mich: Warum hat er sich gerade *diese* Stadt ausgesucht? Unter all den Orten auf der Welt, an die er hätte gehen können, hat er gerade diesen gewählt.»

Man stelle sich meine Mutter vor, wie sie sich aufsetzt, als der Name Rait Belen fällt. Verwirrt, stirnrunzelnd. Wie sie den Kopf durch die Schlafzimmertür steckt, um nach May an seinem Tisch zu sehen. Es überraschte mich, dass ich sie nicht im Hintergrund hörte. Bitte, dachte ich, lass sie das hier verschlafen.

«Da haben Sie's», sagte der Anrufer. «Erneut ein Versagen der Wiederansiedlung. Wie ist er reingekommen, wissen Sie das?»

«Sicher weiß ich, *wie* er reingekommen ist», sagte May. «Das ist kein Geheimnis. Dafür brauchte er nur den Richtigen zu bestechen, um Papiere mit falschem Namen zu erhalten, danach war er dann nichts weiter als ein weißer Mann, der sich für seine Familie ein besseres Leben wünscht. Das Wiederansiedlungsprogramm hat damit nichts zu tun. Natürlich werden die Menschen in dieser Stadt Vermutungen anstellen. ‹Krieg›, werden sie denken. Und ‹armer Kerl›, werden sie denken. Sie werden sich in ihn hineinversetzen, sich seine Mühen vorstellen, aber sie werden nicht denken: ‹Mörder.› Mir geht es gar nicht um das *Wie*, mir geht es um das *Warum*. Ich frage mich, warum entscheidet sich solch ein Mensch dafür, hierher zu uns zu kommen?»

Mir fiel auf, dass ich ihn jetzt, da Mila nicht länger an die Tür hämmerte, deutlicher hören konnte.

May redete immer noch: «Was hat ihn so selbstsicher gemacht, dass er hierherkommt und glaubt, einfach sein Leben leben zu können? Sich unter gewöhnlichen Menschen aufhalten, seinem Tagewerk nachgehen, mit dem Rest von uns für Rationen anstehen. Hat er wirklich gedacht, dass ihn niemand erkennt? Oder war er davon überzeugt, dass es uns, falls ihn denn jemand erkannte, nichts ausmachen würde?» May schwieg so lange, dass ich fürchtete, den Sender verloren zu haben, und fast schon am Knopf gedreht hätte. Dann aber holte er tief Luft und fuhr fort: «Wenn Letzteres, tja, wenn Letzteres gilt, dann wehe, arme Stadt, was ist aus uns geworden?»

«Sie sollten ihn anzeigen», sagte der Anrufer.

«Ich bin mir nicht sicher, ob das irgendwas bringen würde.»

«Aber die Menschen sollten Bescheid wissen, oder nicht? Ist er nicht gefährlich? Wie sieht er aus? Wo wohnt er?»

Ich drehte die Lautstärke runter.

«Du hast es gewusst», rief ich durch die Tür. «Du hast genau gewusst, wer er ist.»

Hinter der Tür nur Stille. Ich rutschte auf Händen und Knien nach vorn, schaute drunter durch, dann erhob ich mich und schloss auf. Von Mila keine Spur.

Als ich zum Haus am West Park Place zurückkam, hatten meine Mutter und May den Kampf, den seine Enthüllungen am Radio provoziert hatten, bereits hinter sich. Beide wirkten erschöpft.

«Er hat es der ganzen Stadt erzählt», sagte meine Mutter.

«Ich weiß.» Ich sah May an.

«Das musste ich, Naseweis», sagte er. «Das weißt du.»

«Ich fürchte, es war nicht an Ihnen, diese Geschichte zu erzählen.»

«Mag sein», sagte er, «aber es ist meine Stadt.»

Und so war es.

Wir richteten uns auf eine unbestimmte Wartezeit ein, nur worauf genau wir warteten, das wussten wir nicht. Meine Mutter schien mit Vergeltung zu rechnen. Sie war davon überzeugt, dass Rait Belen oder einer seiner Spießgesellen mitten in der Nacht aufkreuzen und uns alle umbringen würde. May schien diese Möglichkeit nicht gänzlich ausschließen zu wollen, jedenfalls stand er seltener für seine Rationen an und fürchtete stets ein wenig, es nicht zurück nach Hause zu schaffen. Meine Mutter versicherte ihm immer wieder aufs Neue, dass wir bald gehen würden.

Auch eine Woche später waren wir noch da, als eine Anruferin namens Adi das Gespräch wieder auf Milas leidigen Vater brachte.

«Wissen Sie», sagte sie, «ich habe nach dem Namen von diesem Dreckskerl gesucht, über den Sie geredet haben, diesen Kriegsverbrecher.»

«Rait Belen», sagte May.

«Das war wirklich kein Witz – ihm wird Grauenhaftes nachgesagt.»

«Das stimmt.»

«Letztens war ich in Battle Hill und bin an einem Mann vorbeigekommen, der genauso ausgesehen hat. Und einen Moment lang dachte ich, ich hätte den Verstand verloren, aber vielleicht war ich auch nur schockiert, weil ich so viel über ihn gelesen und mir so viele Bilder von ihm angesehen hatte. Dann aber ist mir der *Grund* wieder eingefallen, warum ich mir diese Bilder angesehen habe, und das war, weil Sie gesagt haben, er würde vielleicht in der Stadt wohnen.»

«Mmm.»

«Tja, Dispatcher, das war der Mann, definitiv.»

Ich setzte mich neben May und gab mir größte Mühe, kein Geräusch zu machen.

«Tut mir leid, das bestätigt zu bekommen», sagte May.

«Und er läuft einfach frei im Norden dieser Insel rum, als wäre das völlig normal.» May wollte etwas sagen, aber Adi redete weiter: «Jedenfalls bin ich ihm gefolgt, irgendwie halb betäubt, weil ich es einfach nicht glauben konnte. Er ist zu Ricky's, dem Eisenwarenladen, und mir lief es kalt den Rücken runter. Also bin ich weiter diesem Mann nach, der vielleicht für den Tod von Tausenden von Menschen verantwortlich ist. Was habe ich mir nur dabei gedacht? Aber dann habe ich weiter überlegt und mir gesagt: ‹Zur Hölle mit ihm. Was sollte er schon tun? Mich umbringen?› Also habe ich gewartet, bis er wieder rauskam, und bin ihm zu sich nach Hause gefolgt. Wissen Sie, dass er im Morgenlicht wohnt? *Im Morgenlicht!*»

Sie klang absolut empört.

«Das Gebäude stand schon, ehe ich geboren wurde. Das ist alte Island City! Moira Watanabe ist in dem Haus gestorben. Sie war meine Lieblingsschriftstellerin. Als sich damals die Nachricht verbreitete, konnte niemand mehr durch das Meer an Blumensträußen waten, das die Trauernden hinterlassen hatten. Und jetzt nennt dieser verdammte Dreckskerl es sein Zuhause. In meiner Rationstüte hatte ich zwei Eier, und ich konnte mir nicht helfen, Dispatcher. Er ging durchs Tor, und als er sich umdrehte, um es hinter sich zuzuziehen, habe ich ihm eines meiner Eier so hart ins Gesicht geworfen, wie ich nur konnte.»

«Herrgott, Adi», sagte May und warf mir einen entsetzten Blick zu. «Ihre Ration.»

«Das war es wert», sagte Adi. «Sie hätten dasselbe getan. Und wissen Sie was? Ich hoffe, ich bin nicht die Letzte, die so etwas tut.»

Und das war sie auf keinen Fall. Sie kannte ihre Mitbewohner auf der Insel ziemlich gut. Später, doch noch am selben Tag, rief eine Zoe Yoon vom Nordende an, um zu sagen, sie habe einem Mann hinterhergerufen, von dem sie ziemlich sicher annahm, es handele sich um Rait Belen. «Ich bin ihm einfach gefolgt und habe immer wieder seinen Namen gerufen, bis er in eins der Geschäfte floh», sagte sie.

Eine Flut von Nachbarschaftswächtern meldete am nächsten Tag ähnliche Konfrontationen. Niemand machte sich mehr die Mühe, wegen der üblichen Geschichten anzurufen: Für Battle Hill, wenn nicht gar für die ganze Stadt, gab es nichts Wichtigeres als Rait Belen. Plötzlich sah man ihn an jeder Ecke, in jedem Laden, sah ihn ein friedliches

Nachmittagsnickerchen auf einer sonnenbeschienenen Bank in jedwedem Park machen. «Mein Gott», sagte May, nachdem ein Anrufer detailliert erzählt hatte, wie er Rait Belen mehrere Blocks entlang gefolgt war und dabei *Mörder* geschrien hatte, «man sollte doch meinen, er hätte es inzwischen aufgegeben, vor die Tür zu gehen.» Die Vorfälle häuften sich derart, dass May seine Zuhörer ermahnen musste, sie sollten sich bitte völlig sicher sein, dass es sich tatsächlich um Rait Belen und nicht um einen unglückseligen, ähnlich aussehenden Mann handelte. Das veranlasste jemanden mit rauer Stimme, genau dieses Problem zu schildern. «Jetzt hört mal her», sagte er, «ich bin nicht dieser Rait Belen – ich heiße Daniel Leigh. Letzte Woche wurde ich mit einer Zitrone und ein paar Tomaten beworfen. Mir reicht's.»

«Und hört auf, eure Rationen zu vergeuden», riet May seinen Zuhörern. «Bewerft keine Fremden mit Lebensmitteln.»

Um sicherzustellen, dass sie es mit dem Richtigen zu tun hatten, begann eine kleine Schar von Beobachtern, vor dem Morgenlicht zu kampieren, um Belens Bewegungen zu verfolgen und Neuankömmlinge entsprechend anzuweisen, die mittlerweile auch aus anderen Bezirken kamen, um einen Blick auf den Mann zu werfen, und damit Grund hatten, beim Radio anzurufen.

Eines Tages hörte ich am Radio Rickys Stimme. «Ich kenne den Mann, über den hier geredet wird», sagte er. «Der kommt ständig in meinen Laden. Und ich habe mich schon zweimal geweigert, ihm seine Ration auszuhändigen.»

Das zog einen Anruf des Sheriffs nach sich, der uns daran erinnerte, dass es Geschäftsleuten nicht erlaubt sei, jemandem mit einer gültigen Karte irgendwelche Rationen zu verweigern. Noch während der Sheriff im Radio redete, rief Ricky zurück und brachte vor, dass es Gott verdammt noch mal keineswegs eine gültige Karte sei, denn der Name darauf laute Grigor Tozen, dabei wisse er, der Kartenhalter sei in Wahrheit Rait Belen, und deshalb sei er in keiner Weise verpflichtet, die Karte zu respektieren.

Unterdessen beobachtete ich meine Mutter. Ich wollte wissen, ob diese Kanonade begeisterter Beschimpfungen, denen sich Rait Belen ausgesetzt sah, ihre Angst schwächte.

«Hast du je geglaubt, dass sich so viele gegen ihn wenden?», fragte ich. «Ist das nicht unglaublich?»

Sie aber erklärte mit Nachdruck: «Irgendwas Schlimmes wird passieren.»

Und so war es.

Als May von einem Spaziergang mit einem alten Nachbarschaftsfreund zurückkam, sah er aus wie von innen nach außen gekrempelt.

«Was ist los?», fragte meine Mutter, sobald sie ihn sah. «Was ist passiert?»

Mila war verschwunden. Die Nachricht war nicht mehr neu, nur war man anfangs davon überzeugt, sie sei bloß fortgelaufen. Jetzt aber, vier vergeudete Tage später, befürchtete man eine Entführung, auch wenn bislang keine Lösegeldforderung bekannt geworden war.

Mila war am Tag ihres Verschwindens die sechs Blocks zu Ricky's gegangen. Ricky selbst hatte mit ihr gesprochen – oder hatte sich vielmehr, sofern man zwischen den Zeilen las, gegen nachdrückliche Zweifel an Preis und Zustand seiner Batterien wehren müssen, um dann zuzusehen, wie Mila auf die Straße hinausstürmte, ein wenig schief wegen der übervollen Tragetasche in ihrer rechten Hand. Laut einem Kindermädchen, das sie ein paar Blocks später sah, hatte sie dort die Tragetasche abgestellt, um sich auszuruhen. Allerdings war sie dann nie zu Hause angekommen. Die Tasche selbst fand man zwei Tage später in der Cooper Street, und sie wurde von Ricky persönlich identifiziert. Batterien und Quittung waren noch drin.

«Himmel», sagte meine Mutter. «Himmel, nein!»

Ich stand neben ihr und sagte nichts, obwohl irgendwo tief in mir unter gewaltigem Druck ein Ventil platzte. Natürlich. Natürlich würde Bezi Duras Mila nehmen. Immerhin wusste ich jetzt Bescheid.

May schaltete an jenem Abend den Fernseher ein, damit wir die Pressekonferenz verfolgen konnten, der Polizeichef ein Zwerg im Vergleich zu Milas Vater, der mit steinernem Gesicht neben ihm stand und zu lange in die falsche Kamera starrte. Seine Augen sahen aus wie mit Schmirgelpapier bearbeitet, während er mit tiefer, ausdrucksloser Stimme eine Plattitüde nach der anderen vorbrachte. «Mila ist ein sehr kluges Mädchen», sagte er. «Mila ist mein einziges Kind.»

May beobachtete meine Mutter. «Und Sie sind sich *sicher*, dass er es ist?»

«Natürlich», sagte sie. «Das ist er.»

Falls ihre Stimme schwankte, habe ich es verdrängt. Als dann Fragen und Antworten hin- und hergingen, rief eine nicht sichtbare Reporterin aus dem hinteren Bereich der Menge: «Glauben Sie, dass das Verschwinden Ihrer Tochter mit den Anschuldigungen zu tun hat, die in letzter Zeit gegen Sie erhoben wurden?»

Meine Mutter setzte sich auf: «Was fragt sie?»

«Moment», sagte ich. «Warte.»

Milas Vater erwiderte tonlos: «Nein.»

«Nein, Sie glauben nicht, dass es was mit den Anschuldigungen zu tun hat – oder nein, Sie sind nicht Rait Belen?»

«Ich bin nicht Rait Belen.» Er beugte sich zum Mikrofon vor. «Aber ich weiß, wer die Anschuldigungen gegen mich erhoben hat.»

Der Polizeichef, in dem Versuch, die Situation an sich zu reißen, polterte los, konnte aber nicht verhindern, dass Milas Vater ein Bild hochhielt. Es zeigte das Gesicht meiner Mutter – jenes Foto, auf dem sie mit blutunterlaufenen Augen zu sehen ist und das Sie schon kennen.

«Diese Frau wurde ins Wiederansiedlungsprogramm aufgenommen. Kurz vor Milas Entführung sind sie und ihre Tochter aus dem Wohnhaus verschwunden. Und sie ist es, die mich fälschlich beschuldigt, dieser Mann zu sein, dieser Rait Belen. Sie ist der Grund, warum ich nicht mehr aus dem Haus kann, ohne belästigt zu werden. Sie ist der Grund, warum mein Kind weg ist. Wenn Sie meine Tochter finden wollen, sollten Sie zuerst *sie* finden.»

Während auf dem Bildschirm nur noch ein Chaos von Kamerablitzen und winkenden Armen zu sehen war, bemühten wir drei uns in Mays unerträglich stillem Wohnzimmer, den gegenseitigen Blicken auszuweichen. Und dann klingelte natürlich das Telefon.

«Ach, scheiße», sagte May schließlich.

«Wir sollten einfach zur Polizei gehen», sagte ich. «Wir sollten hin und alles erklären, die Wahrheit sagen.»

«Die Wahrheit?»

«Ja – dass meine Mutter nichts damit zu tun hat. Wir waren und sind hier. Bei Ihnen. Und das schon seit einem Monat!»

Da passierte zum ersten Mal das eigentlich Unvorstellbare: meine Mutter und May vereint durch denselben Gesichtsausdruck bestürzter Heiterkeit.

«Bist du verrückt?», sagte May. «Zur Polizei?»

«Warum nicht?»

«Wo soll ich anfangen?»

*

Wie sich herausstellte, bewahrte May in der Krise einen erstaunlich kühlen Kopf. Darauf hätte ich von Anfang an bauen sollen. Man betreibt keinen Piratensender, auf den sich eine ganze Stadt verlässt, wenn man keine starken Nerven hat. Er fuhr Enas Auto zur Marsch und stellte es auf einem Gelände mit verrosteten Fahrzeugen ab; im Spur besorgte er sich dann von einem Kontakt ein Haarfärbemittel. Meine Mutter und ich drängten uns in sein winziges Bad, und wir wurden beide blond.

Das Problem war folgendes: Obwohl meine Mutter wusste, dass sie Mila nicht gekidnappt hatte, stimmte sie irgendwie doch dem Vorwurf zu, dass sie verantwortlich für Milas Verschwinden war. Hätte sie May nichts erzählt, und hätte der es nicht der ganzen Welt mitgeteilt, dann hätte sich niemand für die Familie im zweiunddreißigsten Stock interessiert. So aber hatte irgendwer, der Radio hörte, das Kind des Warlords entführt. Aus Rache, weil man sich Macht über den Mann erhoffte oder wegen eines Lösegelds, das man noch nicht gefordert hatte. War der Grund wichtig? Mila war fort, und mit jedem Tag, der verging, wurde es wahrscheinlicher, dass sie verschwunden blieb. Aller Protest – dass May unbestimmt geblieben war, dass er nicht verraten hatte, in welcher Gegend der Mann wohnte, und schon gar nicht, wie das Gebäude hieß, dass all dieses breite gemeinschaftliche Wissen von den Zuhörern stammte – verhallte ungehört. Wochenlang trieb die schlaflose Gestalt meiner Mutter zwischen Schlafzimmer und Küche hin und her und ernährte sich ausschließlich von Wasser und den neusten Nachrichten. Andere Geschehnisse in der Stadt, die im Radio aufblitzten und die sie normalerweise in Bann geschlagen hätten – die Verhaftung mehrerer Lakaien des Syndikats, die Aufnahme einer Untersuchung wegen finanzieller Unregelmäßigkeiten beim Wiederansiedlungsprogramm –, waren für sie jetzt nur Zeitvertreib, während sie auf neue Updates in Sachen Rait Belen wartete.

May hatte es geschafft, die Debatte im Radio auf die Fakten zu beschränken: Was auch immer mit dem vermissten Mädchen sein mochte, der Mann im Zentrum des Geschehens war unleugbar Rait Belen. May bereute es nicht, immer wieder darauf hinzuweisen, und auch wenn er manchmal nicht mit den Methoden einverstanden war, wusste er doch, dass Island City recht daran tat, sich auf diese Weise gegen Belen zu wenden. Plötzlich erschienen dann Auszüge aus Mays erster Sendung über Rait Belen bei anderen Radiosendern, auf die May keinen Einfluss hatte. Rasch verbreitete sich die Story landesweit, kam alle halbe Stunde auf anscheinend sämtlichen Sendern, ganz unabhängig von der jeweiligen politischen Agenda. Kritiker des Wiederansiedlungsprogramms führten den Vorfall als ein Beispiel dafür an, weshalb es notwendiger denn je sei, ankommende Flüchtlinge genauer unter die Lupe zu nehmen. Befürworter des Programms entgegneten, Rait Belen gehöre ihm gar nicht an und sei nur dank einer Nutznießerin des Programms identifiziert worden. Wer auf keiner der beiden Seiten stand, theoretisierte darüber, wer für die Entführung verantwortlich sein könnte – und zeigte gewöhnlich mit dem Finger auf Kritiker oder Befürworter, um dann Dutzende von Experten zu präsentieren, die die jeweilige Ansicht untermauerten. «Diese Leute vom Erziehungsprogramm halten zusammen», so die übereinstimmende Auffassung. «Wer die Entführer finden will, sollte bei denen suchen.» Und das tat die Polizei. Sie verhörten Mrs. Sayez, die, was ihr hoch anzurechnen ist, meine Mutter und mich in mehreren Interviews tränenreich «so nette Leute» nannte, ehe sie wegen ihrer Nerven in einem Krankenhaus behandelt werden musste. Man verhörte auch Bezi Duras, die auf Pressekonferenzen «Künstlerin und einflussreiche Einwanderin» genannt wurde. Keines dieser Verhöre wurde je öffentlich zugänglich gemacht, aber ich könnte wetten, dass Bezi ihren Spaß dabei gehabt hatte.

Als eine Person von besonderem Interesse wurde auch Popowitsch mehrere Male zur Vernehmung vorgeladen. Beim Verlassen des Polizeireviers, umlagert von Kamerateams, die einen zerzausten, erschütterten Mann zeigten, sagte er immer wieder nur: «Ich bin bloß ein Geschäftsmann, ein ganz gewöhnlicher Geschäftsmann.» Da sich nie jemand die Mühe gemacht hatte, meine Mutter in ihrer Stelle als Hausmeisterin offiziell zu melden, endete die Fährte bei ihren Dokumenten zur Wiederansiedlung. Zumindest gab es keine Papiere, die bewiesen, dass sie im Morgenlicht gearbeitet hatte. Es kam schließlich so weit, das Popowitsch weitere Informationen, hätte er sie gegeben, ins Gefängnis gebracht hätten, weshalb er schließlich nur noch zugab, ja, meine Mutter und ich hätten dort einst gewohnt.

Inzwischen machte das Foto meiner Mutter die Runde. Eine Zeit lang prangte ihr Gesicht – auf jede Weise entstellt, die man sich nur vorstellen konnte, und auch noch deutlich darüber hinaus – in sämtlichen Internetforen. Zum Glück war es ein altes Bild. Sie sah überhaupt nicht mehr so aus. Sicherheitshalber hatte meine Mutter sich auch die Haare geschnitten, und sie blieb blond, bis sie so grau wurde, dass sie mit dem Färben aufhören konnte. Was mich betraf, so wurde auch mein Haar drastisch gekürzt, und ich machte einen weiteren Wachstumsschub durch. Mein Gesicht veränderte sich. Uns blieb nicht viel anderes übrig, als möglichst nicht aufzufallen, zwei neue Blondinen, die unter sich blieben, weshalb sie meist kaum jemand bemerkte. Meine Mutter bekam Arbeit bei einer Abrissfirma, die sie schwarz bezahlte. Mit Fis Sarina oder einem der anderen Taucher, die sie aus den Trümmern des Martinique gezogen hatten, redete sie nie wieder ein Wort. Sie schimpfte darüber, dass Popowitsch uns verraten hatte, der eine Wohnung gedankenlos und ohne jede Vorwarnung an einen Warlord vermietet hatte, ebendem, von dem all unsere Habe vermutlich verbrannt worden war – alles, was wir auf dieser Welt besessen hatten, insbesondere die Sammelalben, die Bilder vom alten Haus, von Baba, Ena und Beanie, alles weg, einfach weg –, manchmal aber verfiel sie auch in eine Art Schockstarre; und nichts, was May und ich versuchten, konnte sie dann zu uns zurückbringen.

Hilfreich war auch nicht gerade, dass sich über die Zeit Vermutungen zur Gewissheit erhärteten. Man hörte es der immer eindeutiger werdenden Sprache an, merkte es am allmählichen Verschwinden von Wörtern wie «angeblich» aus sämtlichen Artikeln und Nachrichtensendungen und an der Einführung von Wörtern wie «übellaunig» und «störrisch», nachdem sich einige Bewohner des Morgenlicht, unter Zusicherung von Anonymität, zu Interviews bereit erklärt hatten. Die häufigeren Gespräche darüber, wie Trauma und Armut Frauen dazu bringen konnten, anderen Schreckliches anzutun, sogar Kindern. «Was steht da?», fragte meine Mutter mich einmal, nachdem sie eine Zeitung in die Hände bekommen hatte, die ihren Namen in einer mit DIE MODERNEN MEDEAS betitelten Liste anführte. Ich versuchte, ihr eine grobe Zusammenfassung zu geben, ohne allzu sehr auf Einzelheiten einzugehen, die im Grunde nur besagten, dass, wer auch immer diesen Artikel geschrieben hatte, der Überzeugung war, es sei fraglos meine undurchdringliche, verschlagen dreinblickende, irrsinnige Mutter gewesen, die Mila um die Ecke gebracht habe, die unschuldige Tochter eines «sogenannten Glücksritters».

Manchmal fragte sich selbst meine Mutter, ob der Mann, dem sie den unheilvollen Teekuchen gebracht hatte, wirklich Rait Belen war. Schließlich bestand sie nicht länger darauf, auch uns gegenüber nicht, da es sie jedes Mal, wenn sie es aussprach, ein wenig ihrer Gewissheit kostete. May und ich glaubten ihr, doch je weiter man sich von der Stadt entfernte, desto bedeutungsloser schien Rait Belens Identität zu werden. Die landesweite Meinung zweifelte gar nicht daran, dass er es war, zählte aber die grausamen Taten, die ihm vorgeworfen wurden, zu jenen äußeren Faktoren, die durchaus interessant, für Milas Verschwinden aber nicht weiter entscheidend waren.

Was mich betraf, so behielt ich das Haar kurz und den Kopf gesenkt.

Und ich dachte über Mila nach – hart wie ein Stein, nichts Weiches daran.

Von Nachrichtensendungen ausfindig gemachte Experten schienen ewig um die Frage herumzureden, ob Mila tot war, ohne je eine klare Antwort zu geben. «Mr. Andrews», fragte etwa eine der Moderatorinnen einen nicht weiter bemerkenswerten, düster wirkenden Anzugträger, «wenn Entführer keine Verantwortung für ein Kidnapping übernehmen, kein Lösegeld fordern und Monate vergangen sind, kann man als Experte dann noch davon ausgehen, dass das Opfer gerettet werden wird?» Der Experte schien keineswegs dieser Ansicht zu sein, begann aber stets mit der zweiten Satzhälfte, um die Möglichkeit eines Irrtums zuzulassen. Ausnahmslos schien man davon überzeugt zu sein, dass Mila irgendwo tot in einer der abertausend Kellerwohnungen dieser halb untergegangenen Stadt lag. Nur wussten diese sogenannten Experten nicht, was ich wusste. Und sie kannten Mila nicht so gut wie ich, weshalb ich ihnen nachsah, dass sie nicht begriffen, dass Mila, wäre sie tatsächlich gekidnappt worden, jedem Entführer so zugesetzt hätte, dass er sie wieder hätte gehen lassen und sie längst wieder zu Hause wäre.

«Ich will nicht, dass du dir was vormachst», sagte Mutter. «Dieses Mädchen ist tot.»

Aber das stimmte nicht. Sie war verschwunden, das ja. Endgültig. Vielleicht sah man sie nie wieder. Sie verbrachte ihre restlichen Tage als grünäugiger Papagei in einem Zierkäfig im Penthouse oder eingemauert in einer Bahnstation, vielleicht in irgendeinem anderen Gefängnis, ganz wie es der Vila gefiel, die sie statt meiner Mutter genommen hatte. Tot aber war sie nicht.

Dies war keine Annahme, es war Gewissheit. Sie war dort draußen, in der einen oder anderen Form, passte den richtigen Moment ab. Harrte aus wie ein Stein, wartete, solange es eben dauerte.

«Sie lebt», sagte ich und beließ es dabei.

Ich glaubte dies ein Jahr lang, dann zwei, und ich verbreitete es in der Schule, als ich endlich unter anderem Namen auf dem Festland einen Platz erhielt, erzählte bis in meine späten Teenagerjahre jedem, der auf den Fall Belen zu sprechen kam, dass die Tochter des Warlords noch lebte. Wieso ich es wusste, ging niemanden etwas an. Doch es war die Wahrheit, und die sagte ich, wann immer das Thema aufkam.

Hin und wieder checkte ich die Foren, die sich, da der Fall zunehmend faszinierte, längst vervielfacht hatten. Die Follower waren gründlich und wie besessen. Man stritt darüber, ob Rait Belen unterstellt hatte, dass Mila von meiner Mutter gekidnappt worden war, oder ob die Anschuldigung meiner Mutter nur Anlass für Milas Entführung geboten hatte. Man postete Baupläne des Morgenlicht und verfocht wilde, unglaubliche Theorien, die wucherten und sich verbreiteten. Man verbrachte Stunden damit, sich die Aufnahmen der Sicherheitskameras aus der Umgebung anzusehen. Und man wusste ziemlich genau, wann meine Mutter und ich verschwunden waren: ein Drei-Sekunden-Clip, der uns in Enas kleiner Klapperkiste zeigte, bildete die Grundlage all ihrer Überlegungen. Selbst Leute, die nicht glaubten, dass meine Mutter schuld war, stimmten darin überein, dass sie irgendwie damit zu tun hatte. Vielleicht gehören Sie selbst ja auch zu denen, die das glauben. Und vielleicht haben Sie in gewisser Weise sogar recht. Hätte meine Mutter Rait Belen nicht wiedererkannt, wer weiß, was dann geschehen wäre? Ebenso aber haben Sie auch unrecht. Denn Sie haben sich nie gefragt, was diese nur verschwommen zu erkennende Beifahrerin für eine Rolle gespielt hat. Und bis heute haben Sie nicht gewusst, dass sie die Vila bat, jemand anderen als ihre Mutter zu nehmen, irgendjemand anderen.

Jahrelang war dieser Moment das Erste, woran ich dachte, wenn ich aufwachte, und das Letzte, was mir durch den Kopf ging, wenn ich abends im Dunkeln lag. Ich war überzeugt, dass ich jeden Tag meines Lebens daran denken würde. Lange Zeit tat ich das auch, aber die Jahre vergingen, und schließlich tat ich es nicht mehr. Plötzlich fiel mir dann ein, dass ich seit Tagen nicht mehr daran gedacht hatte – was natürlich ein Ende dieser Phase bedeutete, und ich fühlte mich erleichtert, unerwartet wieder in jenem Raum mit dem großen Gemälde zu sein, bei den Hunden, die davor lagerten, als warteten sie darauf, in die Welt zurückgerufen zu werden, aus der sie stammten. Schließlich verschwammen auch diese Erinnerungen. Das Ganze wurde zu einer Geschichte, die ich Liebhabern erzählte, wenn ich zu dem Entschluss gekommen war, dass sie eine Weile bleiben würden. Zu einer Geschichte, von der ich hoffte, sie würden sie vergessen, wenn unsere Wege sich wieder trennten.

In dem Jahr, in dem ich achtzehn wurde, schrieb ich Bezi Duras. In meinem Gedächtnis wohnte sie in zwei völlig unterschiedlichen Räumen: Im zugänglicheren war sie eine verschrobene reiche Frau, die im Penthouse eines Gebäudes in jener Stadt lebte und die sich gegen meine Mutter verschworen hatte. Im anderen Raum, irgendwo am Rand meiner Erinnerungen, war sie die alte Frau auf South Falls Island, außer mir der einzige Mensch, der wirklich wusste, was mit Mila geschehen war. Laut dem, was mir zu Ohren kam, musste man annehmen, dass die Frau im ersten Raum noch lebte. Wenn nicht, würde die Nachricht von ihrem Tod noch zu mir vordringen. «Ms. Duras», schrieb ich. «Ich war eines der Kinder, die an jenem Abend anwesend waren, als Sie im Morgenlicht dem Vorstand des Wiederansiedlungsprogramms Ihre Bilder von South Falls Island gezeigt haben, was zu einer Untersuchung wegen Betrug und Amtsmissbrauch führte. Sie sagten damals halb im Scherz, jeder unter den Anwesenden könne sich an Sie wenden, wenn man sich mit der Absicht trage, die Stadt zu verlassen. Ich habe jetzt solch eine Absicht.»

Zu meiner Verblüffung schickte Bezi Duras kommentarlos zweitausend Dollar, von einer Büroklammer zusammengehaltene Scheine in einem braunen Umschlag. Ich hatte gehofft, sie würde einige persönliche Worte hinzufügen und auf unsere Begegnung in ihrer Wohnung damals anspielen – auch wenn sie sich an mich vermutlich nur als an den nervös wirkenden, jugendlichen Trampel erinnerte, der neben dem Mädchen aus Stein gestanden und einige Sätze auf Unser vorgebracht hatte. Allerdings hatte ich mit Absicht jeden Hinweis vermieden, welches Kind auf der Party ich gewesen war. Selbst wenn sie sich an mich erinnerte, fehlte jeder Kontext, ihre Erinnerung mit der Person verknüpfen zu können, von der dieser Brief stammte. Im Umschlag befand sich nur ein einzelnes Notizblatt, auf das sie von Hand gekritzelt hatte:

Viel Glück – B. Duras

Wir teilten das Geld unter uns auf, May, meine Mutter und ich. Von meinem Anteil kaufte ich mir einen Wagen und zog nach Westen.

Meine Mutter zog nach Süden, nach Sebastien. Dort gab es auf beiden Seiten der Halbinsel jede Menge Bergungsarbeiten zu erledigen. Von einem Tag auf den anderen wurde sie zu einem jener Menschen, die Fotos machten und verschickten. In jenem Jahr sah ich viele Bilder von Palmen, zahlreiche windumtoste Strände, auch überwältigende Sonnenuntergänge, und in ihren Care-Paketen fanden sich wahre Schätze: getrocknete Seepferdchen, ausgebleichte Korallenzweige, Bruchstücke vom Panzer einer Schildkröte.

Ich schrieb: «Scheint, als wäre die Fauna in deiner Umgebung ziemlich ausgestorben – warum kommst du nicht nach Moraine, wo es noch etliche lebendige Tiere gibt?»

Aber sie fürchtete sich vor Bränden, vor dem Rauch, der monatelang den Himmel verdunkelte und die Sonne zu etwas machte, das man anstarren konnte, eine rote Münze, wenn sie aufging, die zerschmolz, wenn sie unterging. Außerdem war meine Mutter am Meer groß geworden und fühlte sich nirgendwo so wohl wie dort. Man sah es auf den Fotos: ihre kleinen, seilstarken Arme um die Hüften von zwei, drei Männern ihrer Größe, alle von der Sonne verbrannt, nur nicht das breite blasse Oval im Gesicht, dort, wo die Tauchermaske saß. Das Haar salzweiß und trocken, auf ihrem Kopf gehäufelt wie etwas, das sie gefunden hatte. Es half mir anzunehmen, dass sie geliebt wurde, diese kleine, furchtlose Person, die schneller schwimmen, mehr trinken und ihr Essen rascher in sich hineinschaufeln konnte als jeder dieser Männer; ein Licht, das zu erhalten sie sich verpflichtet fühlten, da sie es nicht ertragen hätten, mit ansehen zu müssen, wie es ausgelöscht wurde.

Zwei Sommer lang war er auf fast jedem ihrer Fotos zu sehen. Ohne Vorwarnung, ohne Erklärung tauchte er an ihrer Seite auf einem kleinen, vom purpurroten Sonnenuntergang verdunkelten Strand auf. Sie hatten was miteinander, meine Mutter und May. Zumindest lebte ich meine Tage, als hätten sie was miteinander oder würden es bald haben. Ich hoffte, ich irrte mich nicht.

An seinem fünfzigsten Geburtstag schickte May eine Sammlung seiner Reflexionen über diese Stadt zu ebenjener Frau, die vor all den Jahren sein letztes Buch veröffentlicht hatte. Sie sagte, was ihr vorliege, klinge durchaus interessant – die Graukraniche, sagte sie, stünden gerade im Mittelpunkt vieler politischer Diskurse, seien schwer zu beobachten, wechselten beständig ihre Brutplätze, blieben nie lange an einem Ort und ließen jene, die Bescheid wussten, entscheiden, was das kurzfristig bedeutete und was es für die Zukunft verhieß. Er solle ihnen durchs Land folgen, schlug sie vor, und herausfinden, ob ihre Wanderungen Größeres über den Zustand oder das Herz der Nation verrieten, in der wir gegenwärtig alle lebten. Einen solchen Vorschlag hätte er normalerweise abgewehrt, nur war er kürzlich von einem Anrufer beim Namen genannt worden. Deshalb begann er darüber nachzudenken, wie lange er sein Leben noch dem Radio widmen sollte. Weitere fünf Jahre? Zehn? Was, wenn erneut die Frage nach seiner wahren Identität aufkam und es ihm dann kein zweites Mal gelang, elegant das Thema zu wechseln? Würde er weitermachen, bis eine Polizeistreife die Tür aufbrach und seine Technik beschlagnahmte? Schon jetzt räumte er der Musik mehr Sendezeit ein, als ihm lieb war. Auf dem Heimweg vom Süden der Insel blickte er eines Tages nach oben und sah erstaunt, dass jemand auf das Plakat der Tanzenden in Regent Grove eine Sprechblase gemalt hatte. Da stand sie, Hand am Mund, und rief: «Hallo, Dispatcher!» Er verharrte an der Ecke und sah zu ihr auf, bis die Laternen angingen. Dann eilte er nach Hause und verriet der Stadt seinen Namen. Als die Leute jedoch anfingen, vor seiner Tür aufzukreuzen oder ihn auf der Straße abzufangen, um ihm die Hand zu schütteln, zog May ebenfalls nach Westen. Natürlich nur vorübergehend. Es sei seine Stadt, hatte er gesagt, und er behielt recht – nur hatte er noch nicht herausgefunden, wie er auf diese neue Weise ihr Dispatcher sein konnte.

Er mietete sich eine Blockhütte an einer verdorrten Lichtung sechshundert Kilometer entfernt von Moraine, saß mit seinem Fernglas da und sah zu, wie Kraniche auf die Weide vor seinem Fenster schwärmten und wieder verschwanden. Wann immer möglich, besuchte ich ihn, und als die Vögel zu ihren Überwinterungsgebieten aufbrachen, legte er die lange Strecke zu mir zurück; und wir zogen gemeinsam durch die Wälder, sammelten Informationen über Wildtiere und Fische und versuchten, Geschichten über oder Beweise für ein Leben zu finden, das es nicht mehr gab. Oder das es nicht mehr in solch ausreichendem Maße gab, dass es noch viel zu bedeuten hätte.

Mays Buch verkaufte sich gut. Und mit *Erinnerungen* hauchte er dem Radio neues Leben ein, einem Podcast, in dem er die Anrufer ermunterte, ihre persönlichen Reminiszenzen an Island City mit den Zuhörern zu teilen – wie die Stadt letztes Jahr gewesen war, vor zehn Jahren, vor zwanzig. Er wurde tatsächlich angerufen, von Bewohnern, die noch dort waren, die ausharrten, oder von solchen, die vor langer Zeit schon geflohen waren, die Stadt aber noch ihre Heimat nannten und sich wünschten, sie hätten sie nie verlassen. Zum ersten Mal teilte May auch eigene Erinnerungen mit. Er sprach davon, wie lange er nicht begriffen hatte, was es brauchte, um ein echter Islander zu werden und nicht bloß in der Stadt zu wohnen. Er erzählte von Benjamin Bowen und von seiner Zeit im Bahnhof Exchequer Street. Nahezu niemand fragte ihn nach Maryam Handak, auch wenn er ihren Namen mehrfach in der Hoffnung erwähnte, ihre Mutter möge ihn hören und sich bei ihm melden. Jahrelang hat sie das nicht getan.

In einem Jahr kam Ellen, Mays Mutter, um den Sommer über bei ihrem Sohn zu bleiben. Ich fuhr hin, um sie endlich einmal kennenzulernen. Sie war damals schon ziemlich alt, und jede Bewegung fand sie beschwerlich, qualvoll und anstrengend. Die meiste Zeit saß sie am Fenster der Blockhütte und spähte auf der Weide nach Anzeichen von Leben. Sie schlurfte an die Scheibe, sobald sich ein Erdhörnchen im Salbei aufrichtete. Und wenn ihr danach war, erzählte sie uns Geschichten aus ihrer Jugend, ihrer Zeit in der Prärie, damals, ehe die Trockenheit begann, erzählte von der Zeit mit Mays Vater auf der Windfarm. Es hörte sich für mich seltsam an, dass sie ihren Sohn «Lamb» nannte, aber das war er nun mal für sie. Einmal habe ich May auch so angesprochen, nur um es auszuprobieren, aber für mich klang es sperrig und aufdringlich, weshalb ich es nicht noch einmal tat.

Als die Brände ausbrachen, brach Ellen ihren Aufenthalt ab, da sie vom Rauch Atembeschwerden bekam; außerdem, erklärte sie, falls einmal ein Brand oberhalb von Mays Blockhütte ausbrechen sollte, würde sie nicht fliehen können. «Du würdest versuchen, mich zu retten», sagte sie, «und dabei nur selbst den Tod finden.» Ein Szenario wie eine Kaskade von Schrecken, sodass wir schließlich nachgaben und ihr eine Fahrkarte für den nächsten Zug raus aus Red River kauften.

Am Abend, ehe wir sie zum Bahnhof fuhren und nachdem ich zu Bett gegangen war, hatte sie offenbar Mays Hand genommen und ihm gesagt: «Ich habe einen Brief von Ailin Handak bekommen, von Maryams Mutter.» May erstarrte. «Sie hat gesagt: ‹Von Mutter zu Mutter, ich trage Sie in meinem Herzen, aber es ist nicht an mir, Ihrem Sohn zu vergeben. Das müssen die beiden, er und meine Maryam, schon unter sich ausmachen.› Verstehst du?»

Endlich konnten wir meine Mutter überreden, uns zu besuchen. Sie war mit dem Zug von Sebastien drei Tage unterwegs bis nach Sol Dorado, von wo ich sie heute Morgen abgeholt habe. Als ich auf dem Bahnsteig auf sie wartete, musste ich mich zwingen, nicht an das alte Polaroid zu denken, das plötzlich in den Foren aufgetaucht war, das Bild von mir, ihr und Bezi Duras mit ihren drei Jungen, die hinter uns den Hügel hinauf verschwanden.

Meine Mutter stieg aus dem Zug. Die Furcht wollte mich nicht verlassen, auch nicht, als ich sie umarmte, inzwischen verstand ich aber, warum. Irgendwas hatte sich nämlich verschoben. Bezi, Mila, Rait Belen, sogar jene Versionen meiner selbst und meiner Mutter, die auf dem Foto zu sehen waren – sie alle waren aufgehoben im Unveränderlichen. Mitten in unserem neuen Leben an sie zu denken fühlte sich an, als grübe jemand unsere Knochen aus.

Bis Moraine waren es noch einmal tausend Meilen. Wir kamen an den Geisterstädten der mittleren Prärie vorbei, an Cansee und Sun City, fuhren am Abend durch die Wüste und hielten nur an, damit ich meiner Mutter zeigen konnte, wie die untergehende Sonne in verschiedenen, aber stets perfekten Tönungen am Himmel hing. Meine Mutter hatte in einem weiteren Tauchunfall Zeige- und Mittelfinger ihrer linken Hand verloren; und ich lebte seit fast zehn Jahren in Moraine.

«Moraine», murmelte sie, als wir die Staatsgrenze passierten. «Wer um alles in der Welt hätte das gedacht?»

Ich erriet, was sie meinte: Wer um alles in der Welt hätte gedacht, dass du, ein Kind der Städte – und nicht bloß irgendwelcher, sondern der sehr alten Städte –, eines Tages in einer solch abgelegenen Wildnis leben würdest? Ich aber konnte es kaum erwarten, sie ihr zu zeigen: die Täler mit ihren herbstroten Weiden und wie im Morgengrauen die letzten Elche geistergleich durch ihr Refugium glitten. Meine größte Befürchtung war, dass sie all dem nichts abgewinnen konnte.

«Stimmt, wir sind hier mitten im Nirgendwo», sagte ich.

Doch sie schüttelte den Kopf. «Nein. Was ich meine, ist Folgendes: Du wurdest an einem Ort geboren, den es nicht mehr gibt – und jetzt, tja. Jetzt bist du hier.»

Irgendwas an der Art, wie sie es sagte, fühlte sich bedrückend an, auch wenn offensichtlich war, dass sie es nicht so meinte. Was sie meinte, war vielmehr, dass unsere lange Reise den Ort meiner Geburt irgendwie beliebig gemacht hatte. Auf den Karten, die heutzutage angefertigt wurden, existierte er schon lange nicht mehr, Überrest einer alten Zeit, abgebrochen und ins Meer gerutscht. Jetzt dagegen gehörte ich auf viel eindeutigere Weise diesem anderen Ort an, der ihr in jener Zeit, als *sie* die Karten studiert hatte, ebenso beliebig erschienen wäre: eine von weitem Land umschlossene Gegend auf einem fernen Kontinent, etwas, über das sie nie weiter nachgedacht hätte. Und doch lag sie hier vor uns, erstreckte sich in alle Richtungen, leer und baumlos.

Gegen neun bogen wir vom Highway zu einem kleinen

Zeltplatz ab. Zwischen niedrigem, flachem Gestrüpp im Schatten eines Felsvorsprungs standen verstreut vielleicht ein Dutzend Autos. Wir fuhren auf die andere Seite und dann über ein Viehgitter, konnten folglich, so meine Mutter, «niemanden im Rücken haben» – wussten uns aber in der Sicherheit, uns der Gruppe anschließen zu können, falls es Ärger gab. Noch war es ein wenig hell, also holten wir an der Pumpe Wasser, machten auf dem Campingkocher Bohnen und Spinat warm, setzten uns in den offenen Kofferraum und sahen zu, wie das letzte, blassblaue Licht verging. Eine weitere halbe Stunde verstrich, ehe alle Sterne zu sehen waren, Abermillionen. Mittlerweile war die Nacht endgültig angebrochen, mondlos, endlos. Meine Mutter kletterte aus dem Kofferraum und legte sich auf die Erde. Alle paar Minuten wedelte sie mit ihrer kleinen Whiskeyflasche in meine Richtung. Nach einer Weile stieg ich auch heraus und legte mich zu ihr. Irgendwer im nahen Lager klimperte Akkorde auf einer Gitarre.

«Es ist so hell hier draußen», sagte meine Mutter.

Ich musste ihr recht geben.

«Es gibt nur wenige Orte, an denen es wirklich dunkel ist. Wo man wirklich nichts sehen kann.»

«Und wie ist das?», fragte ich, da ich mich plötzlich entschlossen hatte, die zögerlichen, einführenden Fragen zu überspringen, etwa ob sie solche Orte kenne, woraufhin sie Ja sagen, verstummen und rasch das Thema wechseln würde.

Sie dachte darüber nach. «Nun ja, richtige Dunkelheit ist kalt. Jetzt zum Beispiel ist es Nacht, und es wird mit jeder Minute kälter, die Orte aber, an denen man Licht sieht» – sie wedelte mit ihren drei Fingern zum Himmel und zu dem fernen Feuer beim Zeltplatz – «geben einem das Gefühl von

Wärme. Vermutlich eine Illusion. Tatsächlich wahrnehmen kann man diese Wärme nicht, doch wenn man sie sieht, glaubt das Hirn vielleicht ein bisschen, es würde doch etwas davon spüren.»

«Im Martinique muss es bitterkalt gewesen sein», sagte ich. «Allein wegen des Wassers.»

«Stimmt, der Neoprenanzug wurde irgendwann bedeutungslos. Vor allem, nachdem ich meine Handschuhe ausgezogen hatte. Ich konnte nichts sehen, Sil. Wirklich überhaupt nichts. Konnte nicht sagen, wo ich war. Minuten vergingen, und ich dachte: ‹Oh, jetzt wird es etwas klarer, es wird heller.› Aber das war nur mein Hirn, das mir Streiche spielte, und sobald ich das begriff, überkam mich erneut die Panik. Also habe ich die Handschuhe ausgezogen, damit ich das Wasser spüren und die umliegende Gegend abtasten konnte. Nur um ein ungefähres Raumgefühl zu bekommen. Um wenigstens genau fühlen zu können, wenn ich schon nichts sah.»

«Hast du herausgefunden, wo du warst?»

«Ich vermute, dass die Träger eingestürzt sind und die Flutwelle mich einige Räume weit von meiner Arbeitsstelle zu einem Luftloch gespült hat. Die Frau, die mich rausholte, sagte, ich wäre zwischen den beiden Aufzuggruppen gewesen. Ich fürchtete, zu weit zu schwimmen und von der Ebbe zurück durch den Tunnel gesogen zu werden, durch den ich hergespült und an der Decke festgesetzt worden war. Ich konnte spüren, dass die Wände glatt waren. Der alte Marmor, denke ich. Irgendwann – wahrscheinlich war schon mindestens eine Nacht vorbei – fand ich einen Sims und darüber einen Metallhaken, an dem vermutlich mal die Sicherheitskamera befestigt gewesen war. Eine Weile hing ich mit einem Arm am Haken, dann mit dem anderen.

Ich kam auf die Idee, aus meiner Maske eine Art Schlinge zu machen – stellte den Gurt so weit wie möglich, schob einen Arm durch und ließ mich hängen. Deshalb brauchte ich nicht länger Wasser zu treten, wurde also nicht so müde – auch wenn mir natürlich kälter wurde. Wenn ich das Gefühl im Arm verlor, wechselte ich zum anderen. Einige Male bin ich eingeschlafen und aus der Schlinge gefallen.»

«Mein Gott.» Ich wollte ihre Hand drücken, fürchtete aber, sie hatte von mir abrücken müssen, um darüber erzählen zu können, sodass meine Berührung sie vielleicht in die Gegenwart zurückbrachte und verstummen ließ. Ich fasste kaum, dass ich endlich Einzelheiten zu hören bekam. So lange hatte ich geglaubt, ich würde sie mir mein Leben lang nur ausmalen können.

«Ich hörte das Wasser an den Wänden entlangrauschen. Ich machte mir keine Sorgen, dass noch irgendwas mit mir da unten eingesperrt sein könnte, bis ich anfing, mir Sachen einzubilden. Hatte mich etwas gestreift? Hatte ich weit weg ein Platschen gehört? Ich bekam Panik, weil ich nichts sehen konnte und folglich keine Möglichkeit besaß, mich zu vergewissern, dass all das nur in meinem Kopf stattfand. Mit dem Singen, das mich bis dahin wach gehalten hatte, musste ich aufhören, da ich fürchtete, wenn wirklich etwas mit mir da drinnen eingesperrt war, würde ich es ja nicht hören, wenn es näher kam.»

Eine Weile verstummte sie, und ich dachte, sie würde nichts weiter sagen, bis sie dann fortfuhr: «Weißt du, es gab einen kurzen Moment gleich zu Beginn, da hatte ich Angst, ich könnte sterben. Aber die Dunkelheit und die Kälte – ich war mir sicher, sollte ich sterben, würde ich es gar nicht spüren. Und das wäre in Ordnung. Die eigentliche

Angst kam erst am zweiten Morgen. Oder? Nein – wie lange war ich da unten?»

«Achtundsiebzig Stunden und zweiundzwanzig Minuten», sagte ich.

«Wie auch immer. Die eigentliche Angst kam, als ich anfing, an dich zu denken. Ich hatte jedes Zeitgefühl verloren. Und je mehr ich mich bemühte, es wiederzuerlangen, desto stärker war ich davon überzeugt, dass schon Jahre vergangen waren. Ich wusste natürlich, dass das nicht stimmen konnte – wusste, es waren nur Stunden gewesen, vielleicht ein Tag oder so. Aber nichts zu sehen und nichts zu wissen, machte mich haltlos. In meinem Kopf sagte eine leise Stimme: *Du bist schon seit Jahren hier!* Und ich wusste nicht, wie ich sie zum Verstummen bringen sollte. Vergiss das Singen, das Kopfrechnen, die Aufzählung all dessen, was ich über Tiere wusste. Je stärker ich mir einredete, dass Jahre vergangen waren, desto heftiger fragte ich mich, wo du wohl warst. Wie zum Teufel sollte ich dich finden? Irgendwann führte mich das zu der Überzeugung, dass nicht ich es war, die sterben würde. Du warst es. Vielleicht warst du auch schon tot. Ich stellte mir tausend verschiedene Dinge vor, die dir allein im Morgenlicht widerfahren sein könnten.» Sie schlug sich eine Hand vor den Mund.

«Deshalb hast du das gesagt.» Mit einem Mal verstand ich. «Als du rausgekommen bist.»

«Was habe ich gesagt?»

«Weißt du das nicht mehr? Du hast gesagt: ‹Bitte helfen Sie meiner Tochter – sie ist tot.›»

Ein Schaudern überlief sie.

«Das zu hören war grauenhaft.»

«Ja.»

«Das Seltsamste war – ich konnte dich sehen», sagte ich.

«Ich war bei Mila oben im zweiunddreißigsten Stock. Hubschrauber flogen, und alle Lichter im Gebäude brannten. Ich konnte den ganzen Bereich überblicken. Und ich habe nur daran gedacht, dass ich zu dir sah und du warst *da*. Ich konnte dich bloß nicht erkennen. Aber vielleicht würde sich das ändern, wenn ich lang genug hinblickte. Wie bei einem Magisches-Auge-Bild oder so.

Wenn ich nur an das arme Mädchen denke. Mila. Und ihre arme Mutter. Längst tot – und das ohne jede Antwort auf die Frage, was mit ihrer Tochter passiert ist.»

Es schien angebracht, meine Mutter zu erinnern, dass es nicht ihre Schuld war – nur, was hätte das letztlich gebracht? Sie wusste es doch, auch wenn sie es nicht wahrhaben mochte. «Was ist mit Rait Belen? Lebt er noch?»

«Keine Ahnung – ich habe gehört, er sei in irgendein Dorf in der Alten Heimat zurückgekehrt, aber ob er noch lebt, das weiß ich nicht.»

«Der wird uns noch alle überdauern.»

«Das mit Popowitsch kann ich immer noch nicht fassen. Dem Mann eine Wohnung anzubieten, obwohl er gewusst hat, wer er war und was er getan hat. Wahrscheinlich hat er geglaubt, niemand würde dahinterkommen.»

«Bezi Duras wusste Bescheid», sagte ich.

«Ach ja?»

«Ja, sie war gegenüber Mila sehr misstrauisch. Hat immer versucht, sie dazu zu bewegen, dass sie Unser spricht. Nach all den Jahren im Ausland beherrschte sie die Sprache selbst nicht mehr so gut, aber sie hat Mila angemerkt, dass sie etwas verschweigt. Und sie hat gemerkt, dass es mit Mila etwas auf sich hatte, das herauszufinden sich lohnte.»

«Das Mädchen war in Stacheldraht gehüllt – und wer wollte ihr das verdenken? Stell dir vor, dich unentwegt auf jenen unvermeidlichen Tag vorzubereiten, an dem deinem Vater unvorstellbare Gräueltaten vorgeworfen werden, und dann trotzdem zu glauben, dass nichts davon wahr ist, egal, was du hörst. Dass dein Vater ein guter Mensch ist. Ein Held. Dass alle anderen sich irren und nur du allein recht hast.»

«Sie hatte dafür das richtige Temperament.»

«Du hast immer geglaubt, dass man sie finden wird.»

«Ich habe geglaubt, dass sie nicht tot ist. Und das glaube ich immer noch.»

«Du Närrin. Warum?»

«Weil – Bezi Duras hat ihr mal gesagt, sie sei von oben bis unten wie ein Stein. Und das stimmte. Solche Menschen sterben nicht einfach. Selbst wenn sie eingemauert werden, kriechen sie nach tausend Jahren mit zusammengebissenen Zähnen wieder hervor und leben weiter. Die sind nicht totzukriegen.»

«Wovon zum Teufel redest du?»

Ich überließ mich meinen Gedanken. «Weißt du noch, in dem Herbst, in dem ich so krank und still war, als wir bei Ena eingezogen sind? Nun, damals habe ich die Narben von Bezi Duras' Mastektomie gesehen, und ich dachte, sie würden was über sie verraten.»

«Und was?»

«Weiß nicht, aber ich habe Ena vor ihrem Tod davon erzählt, und sie hat mir gesagt, dass Bezi Duras' Hunde eigentlich verwandelte Menschen seien.»

«Ach, Ena.» Meine Mutter vergrub ihr Gesicht in den Händen. «Immer hat sie dir irgendwelchen Unsinn erzählt – das hat mich in den Wahnsinn getrieben. Möge ihre Seele in Frieden ruhen.»

«Tja, ich habe das nicht nur geglaubt, ich habe es das

ganze erste Jahr lang zu beweisen versucht. Ich wollte dir sagen können, dass sie recht hatte. Und jene Nacht, in der ich unterwegs war? Wir sind Bezi und ihren Hunden auf die South Falls Island gefolgt.»

Meine Mutter setzte sich auf und sah mich an. «Ich hätte dich umbringen können. Ich komme nach Hause, und du bist nicht da. Ich habe die Polizei angerufen, aber die hat nur gesagt, du würdest schon zurückkehren, wenn du Hunger hättest.»

«Nun, jetzt weißt du es jedenfalls. Wir waren auf der Insel.»

«Mein Gott, wie verrückt. Dafür könnte ich Ena erwürgen. Hättest du doch nur was Normales getan – hättest dich auf eine Party oder so geschlichen. Aber Bezi Duras auf die South Falls Island folgen, weil du ihre Hunde für Menschen gehalten hast? Du meine Güte.» Sie starrte mich immer noch an. «Hat sie gewusst, dass ihr beide ihr gefolgt seid?»

«Ich glaube nicht.» Dann sagte ich ihr die Wahrheit: «Ich weiß es nicht.»

«Wenn also irgendwas schiefgegangen wäre – wenn dich irgendwer entführt oder dir noch was Schlimmeres angetan hätte, dann hätte keine Menschenseele gewusst, was mit dir passiert ist.» Ich blickte mit meiner Mutter in den Abgrund. Es war das Schlimmste, was sie sich vorstellen konnte, und plötzlich war es auch das Schlimmste, was *ich* mir vorstellen konnte.

«Ich nehme an, meine Angst vor der Stadt war nicht groß genug.»

«Nein, darum geht es nicht. Ich bin auch ohne Angst aufgewachsen, nur fürchte ich, wenn du dir die Mentalität aneignest, zu der Ena dich verführt hat, wenn du an magischen Unsinn glaubst, dann verlierst du das Gefühl für die wahren Konsequenzen. Du denkst, alles wird irgendwie gut ausgehen, weil am Ende ja jemand übrig bleiben muss. Aber so ist das nicht. Tausende, Hunderttausende sind gestorben, über die niemand irgendwas weiß. Sie wurden sonst wo begraben. Genau wie dieses arme Mädchen.»

«Mila ist nicht tot.»

«Siehst du? Da redet Ena aus dir. Das ist Enas Glaube.»

«Das ist kein Glaube. Das ist Gewissheit.» Hier war sie, die Tür, und ich ging schnurstracks hindurch. «Als du nicht zurückgekommen bist, habe ich Bezi Duras gebeten, an deiner Stelle Mila zu nehmen.»

Meine Mutter wurde still; dann sagte sie: «Was redest du denn da? Was soll das heißen: *an meiner Stelle*?»

«Ich wollte nicht, dass du stirbst. Und ich dachte, sie könnte helfen. Also habe ich sie gebeten.» Meine Mutter schwieg so lang, dass ich glaubte, mir würde sich eine Möglichkeit öffnen. «Du hast die ganze Zeit gedacht, es sei deine Schuld. Aber weißt du, eigentlich war es meine.»

Sie lachte. «Gott behüte – hör auf mit diesem Unsinn.» Ich spürte im Dunkeln ihre Hand auf meiner. Und das war eigentlich alles. Nach dieser langen Zeit war das alles. Meine Mutter sagte: «Ich habe nie gewollt, dass du dich in diesem volkstümlichen Quatsch verfängst.»

«Aber du bist doch auch damit aufgewachsen. Mit diesem volkstümlichen Quatsch.»

«Ja, aber – so ist es in der Alten Heimat nie gewesen. Ena hat gewollt, dass du glaubst, dort hätte es nichts als Wald, Pilze, Kröten und Zaubergeigen gegeben, bloß war es so nicht.»

«Für Ena schon.»

«Aber nicht für mich. In meiner Jugend ging es um das

Leben selber. In ihrer auch, bis dann die Welt grausam wurde und ihr das Herz brach. Morgens fuhren wir mit unseren Rädern an der Küste entlang. Sie, ich und all die jungen Leute aus der Nachbarschaft. Mit Rucksack, einer zusammengerollten Jacke für später und ein wenig Geld für den Fall, dass wir uns etwas kaufen wollten, was wir aber fast nie taten. In einer Reihe radelten wir die Landstraße lang, und die Autos hupten sanft, um uns wissen zu lassen, wenn einer von uns zu weit auf die Straße ausscherte. Diese Bäuerin auf halber Strecke, die immer Aprikosen für uns hatte – umsonst, weil wir bloß Kinder waren, weil sie unsere Mütter kannte und weil es sie glücklich machte, uns vorbeifahren zu sehen, gab es ihr doch ein Gefühl der Sicherheit zu wissen, dass wir samstags bei ihr vorbeifuhren, immer, jeden Samstag. Wir fuhren gleich in die Stadt, ließen die Fahrräder in einem großen Haufen am Brunnen und spazierten umher, holten uns ein Eis, schauten in Buchläden. Stets waren Musiker da, Musik lag also in der Luft – jede denkbare, an der Ecke eine Geige, ein Sopran an der nächsten, Jungs, die rappten und Vorbeigehenden ihre Videoclips verkauften. Café um Café war überfüllt, Menschen, Gespräche. Und die schönen Stadtfrauen mit offenem Haar, nackten Armen. Deine Tante Ena, die all das mitgemacht hat – nur hat es für sie nicht dasselbe bedeutet. Als sie jung war, in jener Zeit, in der sie am ehesten sie selbst war, als sie aus den Nähten platzen wollte, die sie zusammenhielten, war es ihr nicht erlaubt, so dazuzugehören, wie ich es konnte. Sie fühlte sich nicht sicher genug. Also vergrub sie sich in den alten Kram, Tod und Verzauberung. Mein Leben war ganz anders.»

«Hätte ich doch nur mehr über dein früheres Leben gewusst», sagte ich. «Warum hast du mir nie davon erzählt?»

«Weil es vorbei war, Sil. Und ich wollte nicht ganz konfus werden, weil es mir so fehlte.»

«Ich finde es schade, dass ich es nie kennengelernt habe.»

«Und ich erst! Ich wollte das für dich – dieses Leben, das ich hatte. Ich wollte dir sagen: *Hier, so bin ich aufgewachsen, so hat Baba mich beschützt, so wirst du auch aufwachsen, und so werde ich dich beschützen.* Doch als du geboren wurdest, gab es all das nicht mehr. Und ich dachte: ‹Nun, dann ziehen wir eben irgendwo anders hin und finden dort, was wir suchen.› Aber das gab es nirgendwo mehr; überall war es fort, überall. Uns wurde ständig gesagt, dem wäre nicht so, aber das stimmte nicht. Und mir brach es einfach das Herz, wieder und wieder, und jedes Mal, wenn wir an einem neuen Ort Fuß fassten, fanden wir mehr vom selben. Dieselbe Verwirrung, dieselbe Unsicherheit. Und ich begriff, dass ich dir zu einer Zeit das Leben geschenkt hatte, in der jedermanns Schulden fällig wurden. Nur waren da keine Schuldner mehr, die ihre Schulden zahlten. Also würdest du die Schuld begleichen müssen. Und das Leben, das dich erwartete, hatte nichts mit meinem gemein. Dafür konnte man nicht planen. Ich konnte nicht einmal sagen, was in zwei Jahren sein würde, geschweige denn in fünf oder in zehn. Das Einzige, was ich vermochte, war, dich am Leben zu erhalten, damit du mit eigenen Augen sehen konntest, was irgendwann sein würde. Hättest du mir, als ich als junges Mädchen unter einem Sonnenschirm auf dem Marktplatz saß, erzählt: ‹Sie wird nichts von alldem hier haben, deine Kleine. *Sie* wird kein Jahr erleben, das sicherer oder ruhiger als das vorhergehende war. *Sie* wird in keiner Zeit leben, von der sie irgendwas erwarten kann. Und nichts, was du weißt, wird für sie nützlich sein›, dann hätte ich dir nicht geglaubt. Aber weißt du was?» Sie langte nach mir und legte ihre Hände an meine Schläfen. «Deine Kinder werden auch weder Glück noch Frieden in dem finden, was du gehabt hast. Das, was du hattest, das, was du gesehen hast, wird es vermutlich nicht mehr geben, wenn sie geboren werden. Für dich wird der Moment kommen, da musst du von deiner Jugend erzählen, und sie werden dich ansehen, als wärest du verrückt; und es wird dich verblüffen, dass du ihnen erklären musst, wie Fahrstühle funktionieren. Oder Züge. Oder sonst irgendwas. Aber das ist in Ordnung. Sie werden damit zurechtkommen, genau wie du. Hier oder damals in Paraiso – oder auf dem Mond, verdammt, was weiß denn ich. Die Vergangenheit ist ungeheuerlich. Nur bedeutet sie weniger und weniger. Also kommen wir ohne sie zurecht. Und das ist gut so, Sil. Das ist gut so.»

An diesem Morgen aßen wir kalte Bohnen und sahen zu, wie die anderen Wagen einer nach dem anderen den Zeltplatz verließen, bis wir die Letzten waren. Wir blieben, um in der Ferne ein Paar Antilopen zu beobachten, weshalb wir uns erst ziemlich spät auf den Weg machten. Gegen Mittag rief May an und wollte wissen, wie wir vorankamen. «Hallo, Naseweis, wie geht's den Damen?»

«Fast zu Hause», sagte ich. «Spätestens zum Abendessen.»

«Ruf an, wenn ihr nur noch eine Stunde entfernt seid. Ich habe heute Morgen unten im Greys ein paar Forellen gefangen, die lege ich dann aufs Feuer.»

«Klingt fantastisch.»

Er wirkte auffällig ruhig, selbst wenn man berücksichtigte, wie er sich in letzter Zeit verändert hatte. Ich fragte, was los sei. «Es gab da heute eine Anruferin, die – nun ja. Es ist was passiert. Zumindest nehme ich das an. Du wirst es nicht glauben. Und ich weiß selbst nicht, ob ich es tue.»

«Worum geht's?»

«Hör es dir am besten selber an. Hast du Empfang?»

«Das Signal ist nicht besonders.»

«Ich schicke dir das Gespräch.»

Wir schlängelten uns durch ein langes, espenhelles Tal, hatten mal Empfang, mal keinen, aber der drängende Ton seiner Stimme ließ mich die Kurven schneller nehmen. Wir fuhren einen steilen Hügel hinauf, der den Blick auf einen blassblauen See bot – woraufhin meine Mutter meinte, er komme ihr bekannt vor. «Ich kenne das hier», sagte sie. Ich nahm an, sie hätte den See in einer Broschüre gesehen, vielleicht auch auf einem der vielen Fotos im Bahnhof. «Nein», erwiderte sie. «Ich *kenne* diesen See.»

Also blieben wir stehen, und sie versuchte, sich zu erinnern. Wir liefen runter zum Strand, vorbei an den nickenden Köpfen verlassener Sonnenschirme. Meine Mutter setzte sich auf einen der Liegestühle und begann, sich die Schuhe aufzuschnüren.

«Ich weiß nicht, Mama», sagte ich. «Was das Wasser angeht, wäre ich skeptisch.»

«Das ist okay», erwiderte sie, ging ans Ufer und steckte die Füße hinein. Ich zog auch meine Schuhe aus und tat es ihr nach. Das Wasser fühlte sich ein bisschen schleimig an, war ansonsten aber kühl und angenehm.

Ungefähr fünfunddreißig Kilometer später entdeckten wir eine kleine Hütte, an der ein Schild prahlte, hier serviere man «Die besten Himbeermilkshakes der Welt», also warteten wir auf dem Parkplatz und hofften, jemand ließe sich blicken und würde aufschließen. Nur ein Paar in einem kleinen Van rollte heran – nach einer Weile konvoiten wir zu viert weiter, verbunden durch unser Schicksal, von Stunde an nur noch die zweitbesten Himbeermilkshakes der Welt zu trinken.

An Mays Anruf dachte ich erst wieder, als meine Mutter am späten Nachmittag das Steuer übernahm. Der Empfang war schlecht, die Übertragung langsam, alle paar Minuten blieb sie mitten im Gewohnten hängen: die Geschichte einer jungen Frau, die ihre späte Kindheit mit einer Straßengang gelebt und für Geld Kranicheier geklaut hatte; die Geschichte eines Wassertaxifahrers, der gern daran zurückdachte, wie seine Kunden ihn um Umwege baten, damit sie sich ihre alten, untergegangenen Viertel ansehen konnten. Nichts besonders Ungewöhnliches, doch war es schön, sich zurückzulehnen und Mays Stimme im Wagen zu hören. Die letzte Anruferin war eine Person namens Tida.

«Hallo, Tida, welche Erinnerungen an die Stadt möchten Sie heute mit uns teilen?»

«Es geht um was wirklich Verrücktes, das vor zwei Jahren in meiner Gegend passiert ist.»

«Von welcher Gegend reden wir, Tilda?»

«Battle Hill.»

«Ich habe auch mal in Battle Hill gewohnt.»

«Da wird Ihnen gefallen, Dispatcher, was ich zu erzählen habe.»

«Nun, dann legen Sie los.»

«Also schön. Noch vor ein paar Jahren hat eine einigermaßen bekannte Malerin in diesem alten Luxushochhaus am Ende der Straße gewohnt, bis sie eines Tages schließlich gestorben ist. Alle in Battle Hill kannten sie vom Sehen, wussten aber kaum was über sie, nur dass sie alt war und die Angewohnheit besaß, spätabends ihre Hunde auszuführen. Und diese Hunde waren absolut gigantisch. Wolfshunde oder irgendwas in der Art. Niemand hat geglaubt, dass eine einzelne Person sie im Zaum halten kann. Und so war es auch, denn als sie starb, kam der Coroner nicht in die Wohnung, um die Leiche zu bergen, weil die Hunde die Frau nicht im Stich lassen wollten, dabei waren sie am Verhungern, jetzt, da ihre Herrin nicht mehr da war. Sie drehten völlig durch, wenn jemand auch nur an die Tür fasste. Fachleute aus der ganzen Stadt kamen, aber niemand fand eine Möglichkeit, die Hunde zu bändigen, oder kannte ein Kommando, damit sie Ruhe gaben. Und diese Hunde, Dispatcher, die waren wie Panzer. Ich sag es Ihnen. Also beschließt der Polizeipräsident, die Hunde sollen erschossen werden, und ein Scharfschütze wird in den dreiunddreißigsten Stock geschickt, um den Auftrag auszuführen. Wir sind alle unten, protestieren, da wir das grausam finden. Warum nicht abwarten, ob die Frau Verwandte hat oder ob nicht irgendwer im Haus die Hunde nimmt, verstehen Sie? Jedenfalls findet der Scharfschütze einen guten Platz und baut die Waffe auf. Aber als er durchs Zielfernrohr blickt – von den Hunden keine Spur. Er sieht in dem Zimmer voller Bilder nur eine leblose alte Frau liegen. Worauf genau soll er denn schießen? Er funkt nach unten: ‹Hier gibt es nichts für mich zu tun.› Er wartet ab, glaubt, irgendwann würden die Hunde sich blicken lassen, aber dazu kommt es nie. Nachdem er seine Sachen wieder zusammengepackt hat, nähert sich die Polizei wieder der Tür; und natürlich kläffen die Hunde sie aufs Neue an.

Ein paar Tage geht es hin und her, bis dann eine junge Frau bei der Polizei auftaucht. Und wissen Sie, die sagt: ‹Ich bin in dem Gebäude aufgewachsen. Ich kenne diese Hunde. Ich kann helfen.› Ich war da, als sie kam, und ich kann Ihnen sagen, sie war ein schmales kleines Ding. Gertenschlank, dazu diese riesigen grünen Augen. Und rotzfrech – uns kam zu Ohren, sie sei zu dem Beamten, der sie in den Norden der Insel brachte, so unverschämt gewesen, dass der sie aus dem Wagen werfen wollte. Wie auch immer. Jedenfalls taucht diese junge Frau auf und sagt kein Wort zu irgendwem von uns. Unter dem Protest aller Anwesenden fährt sie mit dem Fahrstuhl hoch, öffnet die Wohnungstür und geht einfach rein. Kurz darauf kommt sie zurück, gefolgt von den Hunden, und geht nach unten. Alle sind so damit beschäftigt, die Leiche zu bergen, dass man sie aus den Augen verliert. Und als wir uns schließlich nach ihr umsehen, ist sie samt den Hunden verschwunden.»

«Und?», sagte meine Mutter, während wir uns den Bericht ein zweites Mal anhörten. Bei der ersten Erwähnung der Hunde hatte sie oben am Pass auf dem Kies am Seitenrand angehalten. Es war grau geworden, Regen hing in der Luft. «Und?», sagte sie noch einmal.

«Ich weiß nicht.»

«Nun, was glaubst du, was May damit andeuten will? Warum hat er dir das geschickt?»

Ich vermutete, dass May neben dem Telefon saß und darauf wartete, dass ich ihn zurückrief, um etwas zur Anruferin zu sagen, und ich ärgerte mich, dass ich so lange gebraucht hatte, mir den Mitschnitt anzuhören. Vielleicht hatte er längst versucht, mich zu erreichen, wollte wissen, ob ich bereits Gelegenheit hatte, mir die Sendung anzuhören. Vielleicht aber hatte er sich auch damit abgefunden, erst darüber reden zu können, wenn meine Mutter und ich bei ihm waren. Jedenfalls würde er jetzt im Haus sein, sich am dickbäuchigen kleinen Herd zu schaffen machen, sich ums Feuer kümmern – meiner Mutter zuliebe, denn die hatte es nicht gern kalt. Wenn wir am Abend schließlich ankamen, würde er sie mit einem Arm umarmen, wie er es immer tat, und sie in die Luft heben. Und dann würden wir feststellen, dass er den Tisch gedeckt hatte – Kartoffeln, Gemüse, auf dem Metzgerblock drei Forellen von seinem Ausflug am Vormittag, gesalzen und mit Öl beträufelt, mit Zitronenscheiben gestopft, drum herum Kerzen und Weinkorken und die kleinen, ungleich großen Gläser mit Goldrand, die wir auf einem Trödelmarkt gekauft hatten, außerdem Luftschlangen, weiß Gott wo gefunden, während er im Sessel saß und darauf wartete, unsere Reifen über die Auffahrt knirschen zu hören. Er würde aufgetischt haben, als rechnete er mit dreißig Gästen. Musik erklänge. Und am Ende des Abends würde meine Mutter mit einer Lampe tanzen.

Doch ehe es so weit war, beugte sie sich vor und blickte mich an. «Was will er damit andeuten?», fragte sie.

«Ich denke, er könnte der Ansicht sein, dass es sich bei dieser jungen Frau um Mila gehandelt hat.» Mila, die an einem wilden Abend – ihre Gefängniswärterin tot – aus dem Käfig kletterte und zum Rest der im Hof versammelten Stadt eilte, Mila, die vor der Tür stand, Liebkosungen aus lang vergangener Zeit flüsterte, aus einem Land, das es nicht mehr gab, in einer Sprache, von der Bezi Duras stets gewusst hatte, dass Mila sie verstand; und Mila hörte, wie die Hunde von der Tür zurückwichen, drückte die Klinke und sagte: *Keine Angst, Jungs, ich bin da, alles ist gut, alles ist gut, alles ist gut.*

«Das ist doch absurd», sagte meine Mutter.

«Ich weiß.»

«Aber siehst du denn nicht selbst, wie absurd das ist?»

«Sicher.»

Eine Stunde später, als wir in den Greys River Canyon bogen, noch dreißig Meilen bis nach Hause, verdunkelte eine Mauer aus Kiefern unseren Weg, und eine Kühle, wie ich sie bis dahin nie gespürt hatte, breitete sich nicht zwischen uns aus, nein, sie gesellte sich zu uns. Meine Mutter fasste mich erneut am Arm. «Was aber, wenn es *doch* Mila war? Was wäre, wenn sie es doch gewesen ist?»

«Ja, was wäre, wenn?», sagte ich, und so war es.

DANK

Dieser Roman wurde überwiegend – zumindest jene Teile, die es bis in die letzte Fassung geschafft haben – zur Zeit des verschwommenen Halbtraums meiner Schwangerschaft und frühen Mutterschaft geschrieben. Es gäbe dieses Buch nicht ohne die Liebe und Unterstützung meiner Familie, insbesondere von Dan, Caroline, Rachel S., Rachel A., Parini, Jill, Shima, Steph, Emily, Cathy, Jared, Maria, Nana, Greg und Lucas.

Es würde auch nicht ohne den Trost und die Zuflucht existieren, die ich in der Teton County Library fand.

Ich schätze mich glücklich, dass ich schon seit vielen Jahren auf diesem Weg mit einer brillanten und leidenschaftlichen Verlagsfamilie unterwegs bin. Für Bücher sind dies heutzutage seltsame und gefährliche Zeiten. Seth, Andrea, Rebecca, Will, Caspian, Maria, Melissa – habt Dank dafür, dass ihr die Flamme am Brennen erhalten habt.

Und zum Schluss möchte ich noch meinen Studenten danken – einige davon sind die klügsten, strengsten, freundlichsten, talentiertesten und unverwüstlichsten Menschen, die ich je getroffen habe. Ich bin so froh, euch zu kennen.

INHALT

Weitere Titel

Die Tigerfrau

Herzland